Historias eróticas para viudas del Punyab

BALLI KAUR JASWAL

HISTORIAS ERÓTICAS PARA VIUDAS DEL PUNYAB

Traducción de
Sheila Espinosa

Grijalbo narrativa

Papel certificado por el Forest Stewardship Council®

Título original: *Erotic Stories for Punjabi Widows*
Primera edición: enero de 2018

Printed in Spain – Impreso en España

ISBN: 978-84-253-5602-5
Depósito legal: B-23001-2017

Compuesto en Revertext, S. L.

Impreso en Impreso en Black Print CPI Ibérica
Sant Andreu de la Barca (Barcelona)

GR 5 6 0 2 5

Penguin
Random House
Grupo Editorial

Para Paul

1

¿Por qué quería Mindi un matrimonio concertado?

Nikki miró el perfil que su hermana había adjuntado al e-mail. Contenía una lista de datos biográficos relevantes: nombre, edad, altura, religión, dieta (vegetariana excepto por algún *fish and chips* de vez en cuando). Cualidades deseables en un marido: que fuera inteligente, compasivo y amable, con valores firmes y una sonrisa bonita. Se aceptaban tanto hombres afeitados como con turbante, siempre que llevaran la barba y el bigote bien cuidados. El marido ideal debía tener un trabajo estable y un máximo de tres aficiones que lo complementaran tanto mental como físicamente. «En ciertos aspectos —había escrito—, debería ser como yo: discreto (un puritano, según Nikki), sensato con el dinero (un tacaño) y centrado en la familia (que quisiera tener hijos cuanto antes).» Lo peor de todo era que el título de su anuncio la hacía parecer un aliño de supermercado: Mindi Grewal, mezcla de oriente y occidente.

El estrecho pasillo que conectaba la habitación de Nikki con la cocina no era apto para pasearse: las maderas del suelo estaban sueltas y, al más mínimo contacto, crujían con una amplia variedad de tonos. Aun así, Nikki lo recorrió de un lado a otro, con pasos minúsculos, mientras intentaba ordenar sus pensamientos. ¿En qué estaba pensando su hermana? Sin lugar a dudas, Mindi siempre había sido más tradicional (una vez la había pillado viendo un vídeo sobre cómo hacer *rotis* totalmente redondos); sin embargo, poner un anuncio para encontrar marido era pasarse.

La llamó varias veces, pero siempre le saltaba el contestador. Cuando por fin consiguió localizarla, el sol había desaparecido tras la densa niebla de última hora de la tarde. Faltaba poco para que empezara su turno en el O'Reilly's.

—Ya sé lo que me vas a decir —dijo Mindi.

—¿Te lo imaginas, Mindi? —preguntó Nikki—. ¿De verdad te ves casándote con un extraño?

—Sí.

—Pues entonces es que estás loca.

—La decisión la he tomado yo. Quiero encontrar marido de la forma tradicional.

—¿Por qué?

—Porque es lo que quiero.

—¿Por qué?

—Porque sí.

—Tendrás que darme una razón mejor que esa si quieres que te corrija el anuncio.

—Eso no es justo. Yo te apoyé cuando te fuiste de casa.

—Me llamaste cerda egoísta.

—Pero cuando te fuiste, y cuando mamá quiso ir a buscarte para exigirte que volvieras a casa, ¿quién la convenció para que te dejara en paz? Si no fuera por mí, mamá nunca habría aceptado tu decisión. Ahora ya lo ha superado.

—Querrás decir que casi lo ha superado —le recordó Nikki.

El tiempo había aplacado la indignación inicial de su madre, que seguía sin estar de acuerdo con su estilo de vida, pero al menos ya no la sermoneaba sobre los peligros de vivir sola. «Mi madre no lo habría permitido ni en sueños», solía decir para demostrar lo moderna que era, con un tono de voz a medio camino entre el lamento y la fanfarronería. «Mezcla de oriente y occidente.»

—Estoy siendo fiel a nuestra cultura —dijo Mindi—. Mis amigas inglesas conocen chicos por internet o en las discotecas y tampoco parece que les vaya muy bien. ¿Por qué no intentarlo con un matrimonio concertado? A nuestros padres les funcionó.

—Eran otros tiempos —protestó Nikki—. Tú tienes muchas más oportunidades de las que mamá tenía a tu edad.

—Soy una mujer culta, he estudiado enfermería, tengo trabajo... Este es el siguiente paso.

—Pero es que no debería ser un paso más. Es como si estuvieras comprándote un marido.

—No es eso. Lo único que quiero es un poco de ayuda para encontrarlo. Además, tampoco es que nos vayamos a ver por primera vez el día de la boda. Ahora está permitido que las parejas tengan más tiempo para conocerse.

Nikki se estremeció al oír «está permitido». ¿Por qué necesitaba permiso de nadie para hacer lo que le diera la gana con su vida amorosa?

—No te resignes. Viaja. Conoce mundo.

—Ya he visto suficiente mundo —resopló Mindi, concretamente en un viaje de chicas a Tenerife el verano anterior, durante el que había descubierto que era alérgica al marisco—. Además, Kirti también está buscando un chico que sea compatible con ella. Ya es hora de que las dos sentemos cabeza.

—Kirti no encontraría un chico compatible con ella ni que entrara volando por la ventana —replicó Nikki—. No es rival para ti.

Nunca se había llevado bien con la mejor amiga de su hermana, que era maquilladora de profesión o «artista del retoque facial», según su tarjeta de visita. El año anterior, durante la celebración del veinticinco cumpleaños de Mindi, Kirti le había pegado un repaso de arriba abajo y había llegado a la conclusión de que «Ser guapa a veces también significa esforzarse para parecerlo, ¿sabes?».

—Mindi, yo creo que estás aburrida.

—¿Y aburrirse no es un buen motivo para buscar pareja? Tú te fuiste de casa porque querías ser independiente. Yo quiero casarme porque quiero formar parte de algo, quiero tener mi propia familia. Tú no lo entiendes porque aún eres muy joven. Todos los días, cuando vuelvo a casa después del trabajo, solo estamos mamá y yo. Quiero volver a casa y que haya alguien esperándome. Quiero explicarle cómo me ha ido el día, cenar con él y hacer planes de futuro.

Nikki abrió los archivos adjuntos que venían con el e-mail. Había dos primeros planos de Mindi, con una sonrisa de anuncio y con su melena espesa y lisa cayendo por encima de los hombros. La otra fotografía era de la familia al completo: su madre, su padre, Mindi y Nikki durante las últimas vacaciones que pasaron juntos. No era su mejor foto de familia; todos salían con los ojos entornados y se les veía minúsculos en comparación con el paisaje. Su padre murió a finales de aquel mismo año; un ataque al corazón fulminante que le había arrebatado el aliento en plena noche, como un ladrón. Nikki sintió que se le revolvía el estómago y cerró el archivo.

—No uses fotos de familia —le dijo a su hermana—. No quiero que mi cara acabe entre los papeles de una casamentera.

—Entonces qué, ¿me vas a ayudar?

—Va contra mis principios.

Nikki tecleó «argumentos contra el matrimonio concertado» en el buscador y clicó en el primer resultado.

—¿Pero me vas a ayudar o no?

—«El matrimonio concertado es un sistema injusto que

socava el derecho de la mujer a escoger su propio destino»
—leyó Nikki en voz alta.

—Tú limítate a retocar mi perfil para que suene mejor.
A mí esas cosas no se me dan bien —replicó Mindi.

—¿Has oído lo que te acabo de decir?

—Alguna tontería en plan radical. He dejado de escuchar
a partir de «socava».

Nikki volvió al perfil de su hermana y encontró que faltaba un acento: «Busco a mi alma gemela. ¿Quien será?». Suspiró. Mindi estaba decidida a seguir adelante, eso estaba claro. La cuestión era si ella quería formar parte del proceso.

—Vale —respondió—. Pero solo porque con esto que has
escrito te arriesgas a atraer a un montón de imbéciles. ¿Por
qué te describes como «amante de la diversión»? ¿A quién no
le gusta divertirse?

—Cuando acabes, ¿te importaría colgarlo en el tablón de
anuncios?

—¿Qué tablón de anuncios?

—El que hay en el templo principal de Southall. Ya te
mandaré los detalles.

—¿En Southall? Estás de coña.

—Está mucho más cerca de tu casa y yo tengo turno doble en el hospital toda la semana.

—Pensaba que había páginas web para estas cosas —dijo
Nikki.

—Había pensado colgarlo en SijMate y en PunyabPyaar.
com, pero hay demasiados indios a la caza del permiso de
residencia. Si alguien ve mi perfil en el tablón de anuncios
del templo, al menos sabré que está en Londres. Southall tiene el *gurdwara* más grande de Europa, lo cual significa que
tengo más posibilidades que si lo cuelgo en el de Enfield.

—Tengo mucho trabajo últimamente.

—Venga ya, Nikki. Eres la que tiene más tiempo libre de
las dos, y lo sabes.

Nikki obvió el tono acusador de su hermana. Ni ella ni su madre consideraban que un puesto de camarera en el O'Reilly's fuera un trabajo a tiempo completo. No valía la pena explicarles que aún estaba buscando su vocación, ese trabajo que le permitiera marcar la diferencia, que estimulara su mente, que fuera un reto, que le hiciera sentirse valorada y recompensada. Por desgracia, ese tipo de trabajos escaseaban y la crisis no había hecho más que empeorar las cosas. En los últimos meses, incluso la habían rechazado como voluntaria en tres ONG por los derechos de la mujer distintas, desbordadas por la cantidad de solicitudes que llegaban a recibir. ¿A qué más podía aspirar una chica de veintidós años con la carrera de Derecho a medias? En el clima económico actual (y seguramente en cualquier otro), a nada.

—Te pagaré —dijo Mindi.

—No pienso aceptar tu dinero —replicó Nikki sin pensárselo ni un segundo.

—Espera. Mamá quiere decirte algo. —Se oyó una voz de fondo—. Dice que te acuerdes de cerrar las ventanas. Ayer por la noche comentaron algo en las noticias sobre una oleada de robos.

—Dile a mamá que no tengo nada que valga la pena robar —respondió Nikki.

—Te contestaré que aún te queda la decencia.

—No, demasiado tarde. Me la dejé en la fiesta de Andrew Forrest, después del baile de graduación del instituto.

Mindi no dijo nada, pero Nikki podía oír perfectamente el reproche al otro lado de la línea.

Más tarde, mientras se arreglaba para ir a trabajar, consideró la oferta económica de su hermana. Era un gesto muy caritativo por su parte, aunque sus problemas no tenían nada que ver con el dinero. Su piso estaba encima del pub y el dueño le perdonaba el alquiler a cambio de que siempre estuviera disponible para hacer turnos extra. Además, lo de ser camarera era temporal, ya debería estar haciendo algo de provecho con su vida. Cada día que pasaba era un recordatorio de que ella seguía estancada mientras que todo el mundo a su alrededor avanzaba. La semana anterior, mientras esperaba el tren, había visto de lejos a una antigua compañera de clase. Con cuánta decisión se dirigía hacia la salida de la estación, con un maletín en una mano y una taza de café en la otra. Nikki empezaba a temerle al día, a las horas en las que era más consciente del Londres que la rodeaba, ese en el que el tiempo pasaba y todo parecía haber encontrado su lugar.

Un año antes de acabar los estudios obligatorios, Nikki había acompañado a sus padres a la India para visitar templos y consultar a gurús para que la orientaran como es debido sobre su futuro. Un gurú le había pedido que se visualizara estudiando la carrera que quería mientras él entonaba plegarias para convertir sus visiones en realidad. Nikki se había quedado en blanco y aquella imagen de la nada era la que había llegado a los dioses. Como cada vez que viajaban a su país de origen, recibió instrucciones muy precisas sobre todo lo que no podía decir delante del hermano mayor de su padre, que los acogía en su casa: nada de palabrotas; ni mencionar que era amiga de chicos; cero impertinencias; hablar siempre en punyabí para mostrar agradecimiento por todas las clases de verano a las que había asistido porque sus padres intentaban inculcarle la cultura de su pueblo. Durante la cena, cuando su tío le preguntó por las visitas a los gurús, Nikki se mordió la lengua para no contestarle: «Putos timadores. Me saldría más barato que mis amigos Mitch y Bazza me leyeran la mano».

Su padre habló por ella.

—Parece que estudiará Derecho.

El futuro de Nikki estaba decidido. Su padre ignoró sus

dudas aduciendo que era una profesión segura y respetable, garantías que solo eran temporales. La ansiedad de saberse en el lugar equivocado ya desde el primer día de clase no hizo más que empeorar a lo largo del curso. En segundo estuvo a punto de suspender una asignatura y el profesor se reunió con ella para decirle que «quizá esto no es lo tuyo». Se refería a la asignatura, pero Nikki se dio cuenta de que el comentario era extrapolable a todo lo demás: el tedio de las clases y las tutorías, los exámenes, los proyectos en grupo y las entregas. No eran lo suyo para nada. Aquella misma tarde dejó la universidad.

Como no tenía el valor de contárselo a sus padres, todas las mañanas salía de casa con la cartera de piel de segunda mano que había comprado en Camden Market y se pasaba el día deambulando por las calles de Londres, que eran el escenario perfecto para su miseria, con sus viejas torres y su cielo intoxicado de hollín. Dejar la universidad fue todo un alivio, aunque pronto se convirtió en ansiedad por no saber qué hacer con su vida. Después de la primera semana deambulando sin rumbo fijo, Nikki empezó a ir a manifestaciones con su mejor amiga, Olive, que trabajaba como voluntaria en una organización llamada UK Fem Fighters. Había muchos temas por los que indignarse. El *Sun* seguía sacando modelos en topless en la página tres. El gobierno, como parte de las nuevas medidas de austeridad, había reducido a la mitad el financiamiento de los centros de acogida para mujeres. Las reporteras de guerra recibían amenazas o eran agredidas mientras hacían su trabajo. Japón seguía masacrando ballenas sin sentido (esto no tenía nada que ver con el feminismo, pero a Nikki le daban pena las pobres ballenas y pedía firmas por la calle para una campaña de Greenpeace).

Un día, un amigo de su padre le ofreció un puesto de becaria en su empresa y no tuvo más remedio que confesar que había dejado la universidad. Su padre no era de los que gritaban para expresar su decepción, prefería la distancia. En la discusión posterior a la confesión, Nikki y su padre se retiraron cada uno a su habitación, y Mindi y su madre se dedicaron a orbitar entre los dos. Lo más cerca que estuvieron de levantarse la voz fue después de que su padre enumerara la lista de cualidades que, según él, hacían que la carrera de Derecho fuese perfecta para su hija.

—Tanto potencial, tantas oportunidades, y las vas a malgastar ¿en qué? Ya casi ibas por la mitad. ¿Qué piensas hacer a partir de ahora?

—No lo sé.

—¿Que no lo sabes?

—Derecho no me entusiasma.

—¿Que no te entusiasma?

—Ni siquiera intentas entenderme. Te limitas a repetir todo lo que digo.

—¿QUE REPITO TODO LO QUE DICES?

—Papá —intervino Mindi—. Tranquilízate. Por favor.

—No pienso...

—Mohan, el corazón... —le advirtió su esposa.

—¿Qué le pasa a su corazón? —preguntó Nikki, y miró a su padre, que apartó la mirada.

—Papá ha sufrido algunas anomalías últimamente. Nada serio, los electrocardiogramas han salido bien, pero tiene la presión a ciento cuarenta sobre noventa, lo cual es bastante preocupante. Encima hay antecedentes de trombosis venosa profunda en la familia, así que hay que vigilarlo... —respondió Mindi; un año trabajando de enfermera y aún seguía utilizando la jerga médica en casa como si fuera una novedad.

—¿Y eso qué quiere decir? —preguntó Nikki, impaciente.

—De momento nada. La semana que viene le harán más pruebas.

—¡Papá!

Nikki corrió junto a su padre, pero este levantó una mano y la detuvo a medio camino.

—Lo has estropeado todo.

Fueron las últimas palabras que oyó de boca de su padre. Unos días más tarde, sus padres compraron dos billetes para la India, a pesar de que solo habían transcurrido unos meses desde la última visita. Su padre quería pasar más tiempo con la familia, esa fue la explicación de su madre.

Los días en que amenazaba a Nikki con enviarla de vuelta a la India si se portaba mal eran cosa del pasado; ahora preferían exiliarse ellos mismos.

—Espero que cuando volvamos hayas recuperado la cordura —le dijo su madre.

A Nikki le dolió el comentario, pero estaba decidida a no provocar más peleas. Hizo las maletas disimuladamente. Cerca del piso de Olive, en la zona de Shepherd's Bush, había un pub que buscaba camarera. Cuando sus padres volvieran de la India, Nikki ya se habría marchado.

Pero su padre murió en la India. Sus problemas de corazón resultaron ser más graves de lo que creían los médicos. En los cuentos tradicionales de la India, todos con moraleja, los hijos descarriados siempre eran los causantes de los problemas de corazón, de los tumores cancerígenos, de la caída del pelo y de cualquier enfermedad que sufrieran sus pobres padres. Nikki no era tan tonta como para culparse de la muerte de su padre, pero estaba segura de que las pruebas que tenía pendientes en Londres, y que había pospuesto por culpa del viaje, lo habrían salvado. El sentimiento de culpa la carcomía por dentro de tal modo que no pudo llorar la muerte de su padre. El día del entierro, deseó que brotaran las lágrimas y le proporcionaran cierto alivio, pero no lo hicieron.

Dos años después, seguía preguntándose si había tomado la decisión correcta. A veces se planteaba la posibilidad de retomar los estudios, aunque la idea de tener que volver a leer casos prácticos o asistir a aquellas clases soporíferas le parecía inconcebible. Quizá la emoción o la entrega solo eran cualidades secundarias en una vida adulta y estable. Si un matrimonio concertado podía funcionar a la perfección, ella también debería ser capaz de mostrar interés por algo que, de entrada, no le entusiasmara, y esperar a que con el tiempo le gustara.

Por la mañana, Nikki salió de casa y fue recibida por una cruel ráfaga de lluvia en la cara. Se cubrió la cabeza con la capucha del abrigo y recorrió los quince minutos que la separaban de la estación de tren con su querida cartera rebotando contra la cadera. Mientras compraba un paquete de cigarrillos en el quiosco, le sonó el móvil en el bolsillo. Era un mensaje de Olive.

> Oferta de trabajo en una librería infantil. Perfecto para ti!
> En el periódico de ayer

Nikki sonrió. Olive llevaba leyendo las ofertas de trabajo del periódico desde que le había contado que no sabía si el O'Reilly's duraría mucho más tiempo abierto. El pub estaba en las últimas; la decoración anticuada se veía demasiado deslucida como para pasar por moderna y el menú no podía competir con el de la cafetería que acababan de abrir justo al lado. Sam O'Reilly, el dueño, pasaba más tiempo que nunca en su pequeño despacho, rodeado de montañas de recibos y facturas.

Nikki respondió.

> La he visto. Piden mínimo cinco años de experiencia en ventas. Necesito un trabajo para conseguir experiencia y experiencia para conseguir un trabajo…
> Qué locura!

Olive no contestó. Era profesora de instituto en prácticas y raramente mandaba mensajes entre semana. Nikki también se había planteado la posibilidad de estudiar para ser profesora, pero cada vez que oía a Olive hablar de lo camorristas que eran sus estudiantes, se alegraba de trabajar en el O'Reilly's. Allí al menos solo tenía que lidiar con algún que otro borracho inofensivo.

Nikki escribió otro mensaje.

> Vendrás esta noche al pub? No te vas a creer adónde estoy yendo... Southall!

Apagó el cigarrillo y se unió a la multitud que se disponía a subirse al tren.

Durante el trayecto, Nikki vio desaparecer Londres y los edificios de ladrillo rojo se convirtieron en desguaces y zonas industriales. El cartel de bienvenida de Southall, una de las últimas estaciones de la línea, estaba escrito en inglés y en punyabí. Se fijó primero en el punyabí, sorprendida por lo familiar que le resultaba aquel trazo lleno de curvas y giros. Las clases de verano en la India incluían leer y escribir en gurmukhi, habilidades que más tarde le resultarían muy útiles en las fiestas, en las que, a cambio de una copa gratis, escribía el nombre de sus amigos ingleses en servilletas de bar.

A través de las ventanas del autobús que conectaba la estación con el templo, vio más carteles bilingües en los escaparates de las tiendas y sintió que le empezaba a doler la cabeza. Era como estar partida en dos: mitad británica, mitad india. Había ido a Southall varias veces con su familia cuando aún era muy pequeña, a alguna boda en el templo o simplemente de compras, en busca de curri fresco. Aún recordaba las extrañas conversaciones de sus padres, divididos entre el amor y el odio hacia aquel barrio repleto de compatriotas. ¿No sería genial tener vecinos punyabíes? Pero entonces ¿por

20

qué habían venido a vivir a Londres? Con el tiempo, la zona norte de la ciudad se fue convirtiendo en su hogar. Cada vez tuvieron menos excusas para ir a Southall, que acabó desapareciendo en el pasado como ya había ocurrido con la India. El bajo de una melodía *bhangra* tronaba desde el coche que iba por el carril contiguo. En el escaparate de una tienda de telas, una fila de maniquís ataviados con saris de todos los colores sonreían con recato a los viandantes. Las verdulerías derramaban su género sobre la acera y una columna de vapor se elevaba desde el carrito de las samosas que ocupaba la esquina. No había cambiado nada.

En una de las paradas, subió al autobús un grupo de adolescentes entre risas y conversaciones cruzadas. De repente, el conductor frenó y salieron disparadas hacia delante, gritando todas al unísono.

—¡Joder! —exclamó una.

Las demás recibieron el exabrupto con carcajadas, pero enmudecieron en cuanto vieron que los dos hombres con turbante que estaban sentados delante de Nikki las fulminaban con la mirada. Se hicieron gestos las unas a las otras hasta que se hizo el silencio.

—Mostrad un poco de respeto —protestó alguien.

Nikki se dio la vuelta y vio a una mujer mayor mirándolas de arriba abajo mientras pasaban a su lado.

Casi todos los pasajeros se bajaron en el *gurdwara*, igual que Nikki. Su cúpula dorada resplandecía frente a unas nubes de un gris plomizo y los vitrales de la segunda planta estaban repletos de florituras de color zafiro y naranja. Las casas victorianas que rodeaban el templo parecían de juguete comparadas con la majestuosidad de aquel edificio blanco. Nikki se moría de ganas de fumarse un cigarrillo, pero había demasiadas miradas curiosas. Sentía cómo se le clavaban en la espalda cuando adelantó a un grupo de mujeres de cabello cano que se dirigían a paso lento desde la parada del autobús hacia el arco de entrada del templo. Cuando era pequeña, los techos de aquel enorme edificio le parecían infinitos, y comprobó que aún seguían siendo increíblemente altos. Del interior de la sala de oraciones surgía el leve eco de un cántico. Nikki sacó un pañuelo del bolso y se cubrió la cabeza. El vestíbulo del templo había sido reformado desde su última visita, hacía unos cuantos años, y los tablones de anuncios ya no estaban tan a la vista como antes. Se paseó un buen rato en silencio, evitando hacer preguntas. Una vez, había entrado en una iglesia en Islington para preguntar por una calle y había cometido el error de decirle al párroco que estaba perdida. La conversación que siguió, sobre descubrir a Dios dentro de uno mismo, duró tres cuartos de hora y no le sirvió precisamente para encontrar la línea Victoria del metro.

Al final, localizó los tablones de anuncios cerca de la entrada del *langar*. Eran dos, muy grandes, y ocupaban casi toda la pared: MATRIMONIO y SERVICIOS A LA COMUNIDAD. El primero estaba repleto de anuncios, mientras que el segundo tenía un aspecto bastante desolado.

EH, HOla, QuÉ Tal? ES COñA! SoY UN Tío BaStAnTe TRanQuILoTe AL QuE NO Le Van LoS MaMOnEoS, Te LO ASeGUrO. Mi OBJETIVO EN LA VIDA es DisFRuTaR, ViVIR El PRESENTE y PReOcUPaRmE LO MÍNiMo. Y SObRe TOdO QuIErO ENcONtRaR A Mi PRiNcESa PaRA TrATaRLa COmO SE MeREcE.

Chico sij de familia jat con buen linaje busca chica sij con orígenes similares. Imprescindible gustos compatibles y mismos valores familiares.
Somos abiertos sobre muchos temas,
pero no aceptaremos chicas no vegetarianas
ni con el pelo corto.

Pareja para profesional sij.
Amardeep ha terminado un máster en contabilidad
y busca a la chica de sus sueños.
Fue el primero de su promoción en conseguir un
puesto ejecutivo en una de las empresas de
contabilidad más importantes de Londres.
La interesada debe tener una formación equivalente,
con un máster a poder ser en alguna de las áreas
siguientes: finanzas, marketing o ADE.
Nosotros nos dedicamos al negocio textil.

Mi hermano no sabe que he colgado esto aquí,
pero he pensado que no perdía nada intentándolo.
Está soltero, tiene veintisiete años y está disponible.
Es muy inteligente (¡¡¡tiene dos másters!!!), divertido,
amable y educado. Y lo mejor de todo es que está
TREMENDO. Ya sé que es un poco extraño que lo diga
su propia hermana, pero es que es verdad, ¡lo juro!
Si quieres verlo en foto, mándame un e-mail.

Nombre: Sandeep Singh
Edad: 24
Grupo sanguíneo: 0 positivo
Estudios: graduado en Ingeniería Mecánica
Ocupación: ingeniero mecánico
Aficiones: deportes y juegos
Aspecto físico: piel morena, 1,72 m, sonrisa agradable.
Véase foto.

—No lo cuelgo ni de coña —murmuró Nikki, y le dio la
espalda al tablón.

Vale, puede que Mindi quisiera seguir la vía tradicional,
pero estaba demasiado bien para cualquiera de aquellos chicos. El perfil de su hermana, o la versión modificada por

Nikki, hablaba de una chica compasiva y segura de sí misma que había conseguido el equilibrio perfecto entre tradición y modernidad.

> *Me siento igual de cómoda en un sari que en un par*
> *de tejanos. Mi pareja ideal es un hombre al que le*
> *gusta salir a cenar y que es capaz de reírse de sí*
> *mismo. Soy enfermera de profesión porque disfruto*
> *cuidando a los demás, pero también quiero un*
> *marido autosuficiente porque valoro mi*
> *independencia. Me gusta ver películas de*
> *Bollywood de vez en cuando, pero en general*
> *prefiero las comedias románticas y las de acción.*
> *He hecho algún viaje que otro, pero ahora mismo*
> *prefiero esperar y seguir viendo mundo cuando*
> *encuentre a esa persona especial que me acompañe*
> *en la aventura más importante de todas:*
> *la vida.*

A Nikki se le escapó una mueca al leer la última línea, aunque sabía que era la típica frase que a su hermana le parecería profunda. Volvió a revisar el tablón. Si se iba de allí sin colgar el anuncio, Mindi acabaría enterándose y no la dejaría en paz hasta que volviera para terminar lo que había empezado. Pero si lo colgaba, su hermana podría acabar con cualquiera de aquellos tipos. Nikki se mordió la cutícula del dedo gordo; se moría de ganas de fumarse un cigarrillo. Al final, lo colgó, pero en la esquina más alejada, donde era casi invisible, superpuesto a los escasos anuncios del otro tablón. Técnicamente, había cumplido con su cometido tal y como le había sido encomendado.

De pronto, oyó que alguien carraspeaba. Dio media vuelta y se encontró cara a cara con un hombre delgaducho que se encogía de hombros como si estuviera respondiendo a una pregunta. Nikki lo saludó con la cabeza y apartó la mirada, pero el tipo le habló.

—¿Estás buscando...? —Señaló tímidamente hacia el tablón—. ¿Marido?

—No —respondió Nikki—. No es mi estilo.

No quería atraer su atención hacia el anuncio de Mindi. El tipo tenía los brazos delgados como palillos.

—Ah —repuso visiblemente avergonzado.

—Solo estaba mirando el tablón de la comunidad —continuó Nikki—. Busco un trabajo de voluntaria o algo así.

Le dio la espalda y fingió que seguía revisando el tablón, asintiendo cada vez que acababa de leer un anuncio. Allí había coches en venta y habitaciones en alquiler. También se había colado algún candidato en busca de esposa, pero no era mucho mejor que los que ya había descartado.

—Entonces te dedicas al servicio comunitario —insistió el desconocido.

—Vaya, tengo que irme.

Nikki fingió que buscaba algo en el bolso para evitar más preguntas y se dirigió hacia la entrada. Fue entonces cuando vio un anuncio que le llamó la atención. Se detuvo y lo leyó en voz baja, deslizando los ojos lentamente por cada palabra.

Clases de escritura. ¡Apúntate!
¿Alguna vez has pensado en escribir? Nuevo taller
de técnicas narrativas, personajes y voz. ¡Cuenta tu
historia! Los talleres culminarán con la publicación
de una antología con los mejores trabajos.

Una nota manuscrita debajo del anuncio decía: «Clase solo para mujeres. Se necesita profesora. Trabajo remunerado, dos días a la semana. Contactar con Kulwinder Kaur en la Asociación de la Comunidad Sij».

No decía nada de títulos o experiencia previa, lo cual resultaba alentador. Nikki sacó el móvil y apuntó el número. Se percató de la mirada curiosa del hombre de antes, pero la ignoró y se unió a un grupo de fieles que acababan de salir del *langar*.

¿Se veía capaz de dirigir un taller de escritura? Había publicado un artículo en el blog de las UK Fem Fighters comparando su experiencia como receptora de piropos indeseados en Nueva Delhi con la de Londres, artículo que había aguantado tres días enteros en la lista de entradas más leídas. Sin duda estaba capacitada para dar lecciones de escritura a cuatro mujeres del templo. Y existía la posibilidad de publicar una antología con los mejores trabajos. Quedaría genial como experiencia editorial en un currículum que, de momento, seguía vacío. Sintió un cosquilleo en el estómago: era esperanza. Aquel podía ser un trabajo con el que disfrutar y del que sentirse orgullosa.

La luz se filtró en el templo a través de los enormes ventanales y bañó las baldosas del suelo con un resplandor cálido, hasta que las nubes volvieron a tapar el sol. Justo cuando Nikki se disponía a salir del edificio, le llegó la respuesta de Olive.

Dónde está Southall?

La pregunta cogió a Nikki por sorpresa. Hacía un montón de años que eran amigas, seguro que alguna vez le había hablado de Southall, ¿no? Aunque se habían conocido en el instituto, cuando ya hacía años que sus padres habían decidido que aquellas expediciones eran demasiado engorrosas. Por eso Olive se había librado de sus quejas cada vez que malgastaban un sábado entero en ir en busca de cilantro en polvo y de semillas de mostaza.

Se quedó quieta y miró a su alrededor. Estaba rodeada de mujeres con la cabeza cubierta; mujeres corriendo tras sus bebés, mujeres mirándose de reojo las unas a las otras, mujeres encorvadas sobre sus andadores. Todas ellas con una historia que contar. De pronto, se vio a sí misma dirigiéndose a una sala llena de mujeres punyabíes. El color de los *kameezes*, el frufrú de las telas y los lápices escribiendo, el olor del perfume y de la cúrcuma saturaban sus sentidos. Su objetivo se hizo evidente. «Hay gente que ni siquiera ha oído hablar de este sitio», les diría. «Tenemos que ponerle remedio.» Indignadas y con la mirada encendida, aquellas mujeres escribirían su historia para que todo el mundo la leyera.

2

Hacía veinte años, en su primer y último intento de parecer británica, Kulwinder Kaur había comprado una pastilla de jabón de lavanda de la marca Yardley. Fue una compra justificada, y es que la pastilla Neem que solían usar en casa estaba tan gastada que apenas quedaba una fina lámina. Sarab le recordó que tenían un armario lleno de productos de primera necesidad traídos expresamente desde la India (pasta de dientes, jabón, aceite para el pelo, Brylcreem, almidón para el turbante y varios botes de jabón íntimo que había confundido con champú), pero Kulwinder replicó que tarde o temprano todos aquellos productos de su tierra natal acabarían terminándose. Solo se estaba preparando para lo inevitable.

A la mañana siguiente, se levantó temprano y vistió a Maya con unas medias de lana, una falda de cuadros y un jersey. Durante el desayuno, le pidió una y otra vez que se estuviera quieta o acabaría manchando su primer uniforme del colegio. Kulwinder había mojado su *roti* en *achar*, una vinagreta de mango que ensuciaba los dedos y dejaba un fuerte olor en las manos. Le ofreció el *achar* a Maya, pero la pequeña arrugó la nariz al olerlo. Después de desayunar, Kulwinder usó el jabón nuevo para frotarse las manos y las de la niña: entre los dedos, debajo de las uñas y sobre todo a lo largo de las finas líneas que escondían sus futuros. Perfumadas como un jardín inglés, madre e hija se acercaron al mostrador de recepción del colegio de primaria.

Una joven rubia se presentó como la señorita Teal y se agachó al lado de Maya para que sus miradas estuvieran al mismo nivel.

—Buenos días —le dijo con una sonrisa, y Maya le devolvió el gesto tímidamente—. ¿Cómo te llamas?

—Maya Kaur —respondió la pequeña.

—Ah, tú debes de ser la prima de Charanpreet Kaur. Te estábamos esperando —dijo la señorita Teal.

Kulwinder notó que el cuerpo se le tensaba de aquella forma que le resultaba tan familiar. Era una confusión muy habitual. La gente creía que todos los que se apellidaban Kaur eran familia. Kulwinder normalmente era capaz de explicarlo sin demasiados problemas, pero aquel día no recordaba ni una sola palabra en inglés. Se sentía superada por aquel mundo nuevo en el que Maya estaba a punto de entrar.

—Explícaselo —le dijo a Maya en punyabí— o creerá que todos los punyabíes del colegio son responsabilidad mía.

De pronto, se imaginó dejando a su hija en el colegio y volviendo a casa con una pandilla de niños nuevos.

—Charanpreet no es prima mía —repuso Maya, suspirando ante la actitud de su madre—. En mi religión, todas las niñas son Kaur y todos los niños son Singh.

—Una gran familia, todos hijos de Dios —comentó Kulwinder—. La religión sij —añadió, y por alguna absurda razón levantó los pulgares como si estuviera recomendando una marca de detergente.

—Qué interesante —dijo la señorita Teal—. Maya, ¿quieres conocer a la señorita Carney? Es la otra profesora que trabaja aquí.

La señorita Carney se acercó al mostrador.

—Pero qué ojos tan bonitos —murmuró.

Kulwinder relajó la mano con la que sujetaba la de Maya. Aquellas mujeres tan amables serían las encargadas de cuidar de su hija. Se había pasado las últimas semanas preguntándose si era buena idea mandar a Maya al colegio. ¿Y si los otros niños se metían con ella por su acento? ¿Y si alguien la llamaba para avisarla de una emergencia y era incapaz de entender lo que le decían?

La señorita Carney le entregó una carpeta llena de formularios en blanco, pero Kulwinder se adelantó y sacó un fajo de papeles del bolso.

—Lo mismo —explicó.

Los había rellenado Sarab la noche anterior. Dominaba el inglés mejor que ella, pero aun así le había llevado un buen rato. Viendo a su marido señalando cada palabra mientras leía, Kulwinder sintió que eran insignificantes en aquel país nuevo, obligados a aprender las letras de aquel alfabeto como si fueran niños. «Maya no tardará en traducírnoslo todo», había comentado Sarab, pero Kulwinder deseó que no lo hubiera dicho. Los hijos no deberían saber más que sus padres.

—Viene usted muy preparada —dijo la señorita Teal, y Kulwinder se alegró de haberla impresionado. La profesora revisó los formularios y de pronto se detuvo—. Espere, aquí ha olvidado apuntar el número de teléfono de su casa. ¿Le importaría decírmelo?

Kulwinder había memorizado los números en inglés para poder recitar aquella extraña combinación de palabras cuando fuera necesario.

—Ocho, nueve, seis... —Se detuvo e hizo una mueca. Tenía un nudo en el estómago. Empezó de nuevo—. Ocho, nueve, seis, cinco...

Se quedó petrificada. El *achar* del desayuno le borboteaba dentro del pecho.

—¿Ocho, nueve, seis, ocho, nueve, seis, cinco? —preguntó la señorita Teal.

—No. —Kulwinder agitó una mano como si intentara borrar la memoria de la profesora—. Otra vez. —Se notaba la garganta caliente y agarrotada—. Ocho, nueve, seis, ocho, cinco, cinco, cinco, cinco, cinco, cinco, cinco.

No había tantos cincos, pero estaba tan concentrada en reprimir el eructo que amenazaba con escapar en cualquier momento que se había transformado en un disco rayado. La señorita Teal frunció el ceño.

—Sobran números.

—Otra vez —masculló Kulwinder.

Consiguió recitar los tres primeros números antes de que una enorme erupción le subiera por la garganta y estallara como una nota de trompeta sobre el mostrador. El aire se volvió fétido, como si estuviera cargado de burbujas marrones y verrugosas, o al menos así lo recordaría Kulwinder en el futuro.

Cuando por fin pudo volver a llenar los pulmones de aire, recitó el resto de la secuencia de carrerilla. Las profesoras abrieron los ojos como platos, aguantándose la risa (esto no eran imaginaciones suyas).

—Gracias —le dijo la señorita Teal. Arrugó la nariz y levantó ligeramente la cabeza por encima de la de Kulwinder—. Eso es todo.

Avergonzada, Kulwinder se apartó de las profesoras. Extendió la mano en busca de la de Maya, pero de pronto la vio a lo lejos, montada en un columpio mientras otra niña, pelirroja y con dos coletas, la empujaba.

Unos años más tarde, cuando Kulwinder anunció que se mudaban a Southall, Maya protestó.

—¿Y qué pasa con mis amigas? —exclamó refiriéndose a la chica pelirroja, la rubia y la que siempre llevaba monos y se cortaba el pelo ella misma («A que es horrible», había dicho su madre con aquel tono de voz tan dulce que hacía que una palabra tuviera dos significados opuestos).

—Ya harás amigas en el barrio nuevo, y mejores —respondió Kulwinder—. Serán más como nosotros.

De vuelta al presente, Kulwinder limitaba el consumo de *achar* para controlar su problema de reflujo gástrico. Su inglés había mejorado, aunque en Southall no lo necesitaba. Como nueva directora de desarrollo de la Asociación de la Comunidad Sij, tenía un despacho para ella sola en el centro cultural. Estaba lleno de polvo y de archivos viejos pendientes de tirar pero que no tiraba porque le daban un aire de profesionalidad al espacio, con etiquetas como NORMATIVA EDIFICIO y ACTAS DE REUNIONES - COPIAS. Había que cuidar las apariencias por si venía alguna visita, como el presidente de la Asociación de la Comunidad Sij, el señor Gurtaj Singh, que ahora mismo estaba en su despacho preguntándole por los carteles.

—¿Dónde los ha colgado?

—En el tablón de anuncios del templo.

—¿Qué tipo de clases son?

—De escritura —respondió Kulwinder—. Para mujeres.

Se recordó a sí misma que debía ser paciente. En la última reunión de presupuestos, Gurtaj Singh había rechazado sus demandas de financiación. «No tenemos presupuesto», le había dicho. No era propio de Kulwinder mostrarse belicosa delante de tantos sijs respetables, pero Gurtaj Singh siempre parecía disfrutar diciéndole que no a todo. Tuvo que recordarle que el Centro de la Asociación Sij estaba dentro de las instalaciones del templo y que decir una mentira allí equivalía a decir una mentira en el templo. De hecho, ambos llevaban la cabeza cubierta con un turbante y un *dupatta* respectivamente, que simbolizaban la presencia sagrada de Dios. Gurtaj Singh tuvo que ceder. Tachó sus notas con el bolígrafo mientras murmuraba cifras y Kulwinder se dio cuenta de que encontrar dinero para la asociación de mujeres no era tan difícil como parecía en un principio.

Y sin embargo allí estaba otra vez, haciendo preguntas como si fuera la primera vez que oía hablar del proyecto. Por lo visto, no esperaba que se pusiera a buscar monitores de inmediato. Kulwinder le enseñó el anuncio. Gurtaj se tomó su tiempo; se puso las bifocales y carraspeó largamente. Entre líneas, la miró de reojo con una expresión como de bandido de película hindi antigua.

—¿Ya ha encontrado profesora?

—Tengo una entrevista hoy mismo. No tardará en llegar —respondió Kulwinder.

El día anterior había llamado una chica llamada Nikki. Debería haber llegado hacía ya un cuarto de hora. Si tuviera más candidatas, Kulwinder no se habría preocupado, pero el anuncio llevaba una semana colgado y la tal Nikki había sido la única en responder.

Gurtaj volvió a revisar el anuncio. Kulwinder esperaba que no le preguntara qué querían decir todas aquellas palabras. Había copiado el texto de otro que había visto en el tablón de un centro cultural cerca de Queen Mary Road. Parecía muy profesional, así que lo había arrancado, había añadido una nota al pie y lo había llevado a la copistería en la que trabajaba el hijo de Munna Kaur. «Hazme unas cuantas copias», le había dicho al chaval. Pensó en pedirle que le tradujera las palabras que no entendía, pero si el chico había salido calculador como la madre, no le haría el favor a cambio de nada. Además, el objetivo no era ser exacto; ella solo quería que la clase, la que fuera, empezara a funcionar cuanto antes.

—¿Hay alguna estudiante interesada? —preguntó Gurtaj Singh.

—Sí —dijo Kulwinder.

Ella misma se había dedicado en persona a informar a todas las mujeres que conocía. Les había explicado que las clases serían dos días a la semana, que eran gratuitas y que, por lo tanto, se esperaba su asistencia. Su principal objetivo: mujeres mayores y viudas a las que les vendría bien un pasatiempo más constructivo que pasarse el día chismorreando en el *langar*. Seguramente dirían que sí y las clases parecerían un éxito. Así Kulwinder podría organizar más iniciativas y mantenerse ocupada.

—Espero que con el tiempo podamos ofrecer muchas más actividades dirigidas a las mujeres —añadió, incapaz de contenerse.

Gurtaj Singh dejó el anuncio sobre la mesa. Era un hombre más bien bajo que siempre llevaba los pantalones caqui por encima de la cintura, como si subirles el dobladillo implicara reconocer su escasa estatura.

—Kulwinder, todos sentimos mucho lo que le pasó a Maya —dijo.

Kulwinder sintió una puñalada que la dejó sin aliento. Se recuperó enseguida y clavó los ojos en Gurtaj Singh. «Nadie sabe lo que pasó realmente. Nadie quiere ayudarme a descubrirlo.» Se preguntó cómo reaccionaría Singh si lo dijera en voz alta.

—Se lo agradezco —respondió—. Pero esto no tiene nada que ver con mi hija. Las mujeres de esta comunidad quieren aprender y, como única mujer en la junta, es mi deber representarlas. —Empezó a recoger los papeles de encima de la mesa—. Si me disculpa, me espera una tarde muy ocupada.

Gurtaj Singh captó el mensaje y se marchó. Su despacho, como los del resto de miembros de la junta, estaba en el ala recién reformada del templo. Los suelos eran de madera y las amplias ventanas daban a los jardines de las casas que la rodeaban. Kulwinder era el único miembro de la junta que seguía trabajando en aquel viejo edificio de dos plantas y, mientras oía los pasos de Gurtaj Singh alejándose lentamente, se preguntó por qué los hombres necesitaban tanto espacio cuando su respuesta a todo siempre era «no».

34

Una ráfaga de aire se coló por la rendija de la ventana y amenazó con arrastrar la pila de papeles que descansaba sobre la mesa. Abrió el primer cajón en busca de algo que hiciera las veces de sujetapapeles y encontró su vieja libreta de Barclays Bank. En la sección de notas había apuntado una lista de nombres y números: el de la policía local, los abogados y hasta el detective privado al que al final nunca llegó a llamar. Ya habían pasado casi diez meses y a veces sentía la misma desesperación que cuando le dijeron que su hija estaba muerta. Cerró la libreta y sujetó la taza de té entre las manos. El calor se hizo más intenso, pero Kulwinder no las retiró. La quemadura se fue abriendo paso a través de las distintas capas de piel. «Maya.»

—*Sat sri akal.* Siento llegar tarde.

Kulwinder dejó la taza. Un hilo de chai fue avanzando hasta mojar los papeles que se apilaban en la mesa. En la puerta había una chica que la observaba.

—Dijiste a las dos de la tarde —le espetó Kulwinder a la vez que rescataba los papeles.

—He intentado llegar a tiempo, pero el tren ha llegado con retraso.

La joven sacó un pañuelo de papel del bolso e intentó limpiar el té que se había derramado por encima de los papeles. Kulwinder retrocedió y la observó en silencio. No tenía hijos varones, pero la analizó según sus aptitudes como futura esposa, como tenía costumbre de hacer. Nikki llevaba el pelo recogido en una coleta que dejaba al descubierto una frente ancha y despejada. Tenía la cara alargada y era atractiva a su manera, aunque no tanto como para no usar maquillaje. Se mordía las uñas, un hábito muy desagradable, y llevaba una cartera cuadrada colgando a la altura de la cadera que sin lugar a dudas había pertenecido a un trabajador de correos.

Nikki la sorprendió mirando. Kulwinder se aclaró la garganta y empezó a recoger y apilar las hojas secas en el extremo opuesto de la mesa. Esperaba que Nikki la mirara, pero en vez de eso vio que la joven estaba revisando las estanterías abarrotadas y la ventana rota con una expresión de disgusto en la cara.

—¿Has traído tu currículo? —le preguntó.

Nikki sacó una hoja de la bolsa de cartero. Kulwinder le echó un vistazo. No podía permitirse ser demasiado exigente. De hecho, le bastaba con que supiera inglés para contratarla, pero le había dolido detectar cierto disgusto en sus ojos y no se sentía especialmente generosa.

—¿Qué experiencia tienes como profesora? —le preguntó en punyabí.

La joven respondió en un inglés atropellado.

—La verdad es que no mucha, pero me interesa...

Kulwinder levantó una mano.

—Por favor, contéstame en punyabí —le dijo—. ¿Has impartido clases alguna vez?

—No.

—Entonces ¿por qué te interesa esta en concreto?

—Me... eh... ¿cómo se dice? Me apasiona ayudar a mujeres —respondió Nikki.

—Ajá —asintió Kulwinder con frialdad.

La lista más larga del currículo llevaba por título «Activismo». Colaboradora de Greenpeace, voluntaria de Women's Aid, voluntaria de UK Fem Fighters. Kulwinder no sabía qué quería decir todo aquello, pero la última línea, UK Fem Fighters, sí que le sonaba de algo. En su casa había entrado un imán con aquellas mismas palabras, cortesía de Maya. Kulwinder sabía que tenía algo que ver con los derechos de las mujeres. «Qué suerte la mía», pensó. Una cosa era plantarle cara a gente como Gurtaj Singh en privado, pero aquellas chicas indias nacidas en Gran Bretaña que reclamaban los derechos de las mujeres a gritos en plena calle eran una pandilla de niñatas consentidas. ¿No se daban cuenta de que con esa actitud tan exigente y grosera se estaban buscando la ruina? De pronto, sintió una descarga de ira hacia Maya, seguida de un dolor tan intenso que le bloqueó los sentidos. Cuando consiguió volver al mundo real, Nikki continuaba hablando. En punyabí se expresaba con menos seguridad, salpicando las frases con palabras en inglés.

—Y creo que todo mundo tiene historias que contar. Sería una experiencia muy gratificante ayudar a esas mujeres punyabíes a crear sus historias y recopilarlas en un libro.

Kulwinder seguramente le había dado alas a la joven asintiendo con la cabeza sin darse cuenta porque todo aquel discurso no tenía ningún sentido.

—¿Quieres escribir un libro? —preguntó con cautela.

—Las historias de las alumnas formarán parte de una recopilación —explicó Nikki—. No tengo mucha experiencia, pero me gusta escribir y soy una lectora ávida. Creo que seré capaz de ayudarles a cultivar su creatividad. Participaré activamente en el proceso, como es natural, y luego quizá también tendré que hacer labores de edición.

De repente, Kulwinder se dio cuenta de que había colgado un anuncio de algo que ni siquiera entendía. Volvió a mirar el papel que tenía delante. «Antología», «técnicas narrativas». No sabía qué significaban aquellas palabras, pero Nikki confiaba en ellas. Rebuscó en el cajón y sacó la lista de inscripciones confirmadas. Repasó los nombres y pensó que debía avisar a Nikki. Levantó de nuevo la mirada.

—Las alumnas no son escritoras muy avanzadas —dijo.

—Por supuesto —asintió Nikki—. Es comprensible. Yo estaré allí para ayudarles.

El tono condescendiente de la respuesta acabó de diluir las simpatías de Kulwinder. Aquella chica era una niña. No paraba de sonreír, pero con los ojos un poco entornados, como si estuviera evaluando a Kulwinder y valorando su importancia en todo aquello. Pero ¿había alguna posibilidad de que una mujer más tradicional, y no esa muchacha altiva que bien podría pasar por *gori*, con sus vaqueros y su punyabí entrecortado, entrara de repente en el despacho y se ofreciera a cubrir el puesto de profesora? Difícilmente. Los planes de Nikki eran lo de menos; la clase tenía que iniciarse cuanto antes o Gurtaj Singh la eliminaría, y con ella, el papel de Kulwinder en los asuntos femeninos de la comunidad.

—Las clases empiezan el jueves.

—¿Este jueves?

—Por la tarde, sí —respondió Kulwinder.

—De acuerdo —dijo Nikki—. ¿A qué hora?

—A la que te vaya mejor a ti —contestó Kulwinder en un inglés de lo más correcto, y cuando Nikki, sorprendida, ladeó la cabeza, fingió no darse cuenta.

3

El camino hacia la que había sido la casa de su infancia, en Enfield, olía a especias. Nikki siguió el olor hasta la puerta y la abrió usando su propia llave. En el televisor de la sala de estar daban un concurso, pero su madre y Mindi estaban ocupadas en la cocina, hablando entre ellas. Su padre siempre veía las noticias antes de la cena. Alguien había dejado una manta en su silla y la mesa en la que solía dejar el vaso de whisky ya no estaba. Cambios como aquellos, aunque triviales y sin importancia, no hacían más que evidenciar su ausencia. Nikki cambió a la BBC y la cabeza de su madre y de Mindi aparecieron inmediatamente por la puerta de la cocina.

—Lo estábamos viendo —protestó su madre.

—Perdón —dijo Nikki, aunque no pensaba cambiar de canal.

La voz del presentador le traía un montón de recuerdos. De pronto, volvía a tener once años y estaba viendo las noticias con su padre antes de la cena. «¿Qué piensas de eso?», le preguntaba él. «¿Te parece justo? ¿Qué crees que quiere decir esa palabra?» A veces, cuando su madre la llamaba para que preparara la mesa, su padre le guiñaba el ojo y respondía en voz alta: «Está ocupada».

—¿Os ayudo en algo? —le preguntó Nikki a su madre.

—Calienta el *dal* si quieres. Está en el congelador.

Nikki abrió el congelador y no vio ni rastro del *dal*, solo un montón de envases de helado con las etiquetas medio borradas.

—Está en la tarrina de vainilla y nueces de macadamia —dijo Mindi.

Nikki sacó el envase, lo metió en el microondas y, a través del cristal de la puerta, contempló horrorizada cómo se derretían los bordes y se doblaban sobre el *dal*.

—Esto va a tardar un poco —anunció, y cuando abrió la puerta del microondas para sacar el envase, un intenso olor a plástico quemado inundó la cocina.

—*Hai*, tonta —exclamó su madre—. ¿Por qué no lo has puesto en un recipiente para el microondas?

—¿Y por qué no lo has guardado directamente en uno? —preguntó Nikki—. Las tarrinas de helado son engañosas.

Era una sugerencia basada en años de esperanzas truncadas cada vez que buscaba un postre en el congelador y lo único que encontraba eran bloques de curri congelado.

—Las tarrinas van perfectamente —repuso su madre—. Y son gratis.

Ni el *dal* ni el contenedor eran recuperables, así que Nikki los tiró a la basura y retrocedió hasta un extremo de la cocina, el mismo en el que se había refugiado la tarde del funeral de su padre. Aquel día su madre estaba agotada. El viaje de vuelta a Londres con el cuerpo de su padre había sido una pesadilla burocrática y logística, pero aun así rechazó todos los ofrecimientos de ayuda de Nikki y le ordenó que se mantuviera al margen. Nikki le preguntó por las últimas horas de su padre. Necesitaba saber que no había muerto enfadado con ella.

—No dijo nada. Estaba dormido —respondió su madre.

—Pero ¿antes de irse a dormir?

Quizá podría deducir que la había perdonado a partir de sus últimas palabras.

—No me acuerdo —replicó su madre, visiblemente colorada.

—Mamá, seguro que puedes intentar...

—No me preguntes más —la interrumpió su madre.

Era evidente que no la habían perdonado, así que volvió a su habitación y siguió haciendo las maletas.

—No pensarás irte igualmente, ¿no? —le preguntó Mindi desde la puerta.

Nikki observó las esquinas de las cajas que asomaban por debajo de la cama. Había metido los libros en bolsas de Tesco reciclables y la chaqueta con capucha que siempre colgaba en el gancho de la puerta estaba enrollada y lista para guardarla en la maleta.

—No puedo seguir viviendo aquí. Si mamá se entera de que estoy trabajando en un pub, no se callará ni debajo del agua. Volveremos a tener la misma discusión de siempre. He tenido que aguantar que papá me ignorara. No pienso quedarme aquí para que mamá haga lo mismo.

—Eres una cerda egoísta.

—Soy realista.

Mindi suspiró.

—Piensa en lo que está pasando mamá. A veces vale la pena hacer lo mejor para todos, no solo para uno mismo.

Nikki siguió el consejo de su hermana y se quedó una semana más, pero un día, al volver de unos recados, su madre se encontró la habitación vacía y una nota sobre la cama. «Lo siento, mamá. Tengo que irme.» Debajo había escrito su nueva dirección. Confiaba en que Mindi le contara todo lo demás. Dos semanas después, Nikki reunió el valor suficiente para llamarla y, para su sorpresa, su madre le cogió el teléfono. Estuvo muy fría y le respondió casi con monosílabos («¿Cómo estás, mamá?» «Viva.»), pero el hecho de que le cogiera el teléfono era una buena señal. En la siguiente conversación telefónica, su madre explotó. «Eres una niñata estúpida y egoísta», le gritó entre sollozos. «No tienes corazón.» Nikki se estremeció con cada palabra y pensó en defenderse, pero ¿acaso no era verdad? Se había ido en el peor momento. Estúpida, egoísta, sin corazón. Palabras que su padre nunca había usado para describirla. Más tarde, una vez purgada la rabia, su madre empezó a dirigirle frases enteras.

De vuelta al presente, la cocina estaba llena de un humo con olor a especias. La cena ya estaba lista. Nikki llevó hasta la mesa una fuente repleta de garbanzos y curri de espinacas.

—Bueno —dijo Mindi en cuanto estuvieron las tres sentadas—, cuéntanos lo del trabajo.

—Voy a hacer de tutora en un taller de escritura para mujeres. Las clases serán dos días a la semana. Cuando acabe el curso, haremos una recopilación con todas las historias.

—Tutora. ¿Es lo mismo que profesora? —preguntó Mindi.

Nikki respondió que no con la cabeza.

—No se trata de enseñar, sino de acompañar.

Su madre parecía confusa.

—Entonces ¿hay otra profesora y tú eres la ayudante?

—No —respondió Nikki, incapaz de disimular cierta irritación—. Encontrar la voz como autor no es algo que se pueda enseñar, al menos no en el sentido tradicional. La gente escribe y luego tú los guías. —Levantó la mirada y vio a su madre y su hermana intercambiando una sonrisa irónica—. Es un trabajo complicado —añadió.

—Bien, bien —murmuró su madre, mientras doblaba un *roti* para rebañar los garbanzos del plato.

—Es una gran oportunidad —insistió Nikki—. También haré algo de edición y podré añadirlo a mi currículo.

—Pero ¿qué quieres ser, profesora o editora? —preguntó Mindi.

Nikki se encogió de hombros.

—Una cosa es ser profesora y otra muy distinta trabajar en el sector editorial —añadió Mindi—. Además te gusta escribir. ¿Vas a aportar alguna historia como escritora?

—¿Por qué hay que definirlo todo? —preguntó Nikki—. Aún no sé a qué me quiero dedicar, pero voy avanzado. ¿Te parece bien?

Mindi levantó las manos en señal de rendición.

—Me parece perfecto. Solo me interesaba por ti, eso es todo. No hace falta que te pongas a la defensiva.

—Estoy contribuyendo al empoderamiento de las mujeres.

De pronto, su madre levantó la cabeza e intercambió una mirada de preocupación con Mindi.

—Os he visto —dijo Nikki—. ¿Qué pasa?

—La mayoría de tus estudiantes son mujeres del templo, ¿no? —preguntó Mindi.

—Sí, ¿y?

—Ve con cuidado —respondió su hermana—. Por lo que cuentas, parece una clase de iniciación para escritoras, pero si crees que vas a cambiarles la vida aprovechando sus experiencias personales...

Mindi sacudió la cabeza.

—Tu problema, Mindi... —empezó Nikki.

—Ya basta —interrumpió la madre, y la seriedad de su mirada acalló las protestas de Nikki—. No vienes a cenar casi nunca, y cuando vienes, siempre acabáis discutiendo. Si tú eres feliz con tu nuevo trabajo, nosotras también. Al menos dejarás de trabajar en la discoteca.

—Es un pub —dijo Nikki.

No se atrevió a corregirla en nada más. Había evitado mencionar que seguiría trabajando en el O'Reilly's. El sueldo por empoderar mujeres a través de la narrativa no le llegaba para cubrir los gastos diarios.

—Tú asegúrate de ir con cuidado. ¿Son clases nocturnas? ¿A qué hora acaban?

—Mamá, estaré bien. Es Southall.

—¿No hay delincuencia en Southall? Debo de ser la única que se acuerda de Karina Kaur. Has visto el anuncio de «Crímenes sin resolver», ¿verdad?

Nikki suspiró. Era muy propio de su madre recuperar un asesinato de hacía catorce años para demostrar que tenía razón.

—Nunca descubrieron quién lo cometió —continuó—. El asesino podría seguir suelto y aprovechando la noche para abusar de la primera chica punyabí que se encuentre por la calle.

Hasta Mindi puso los ojos en blanco ante las exageraciones de su madre.

—Te estás pasando de dramática —le dijo.

—Sí, mamá. En Londres mueren asesinadas todo tipo de chicas, no solo las punyabís —añadió Nikki.

—No tiene gracia —protestó su madre—. Cuando los hijos se van, son los padres los que se quedan sufriendo en casa.

Después de la cena, Mindi y Nikki se ocuparon de recoger mientras su madre se retiraba a la sala de estar a ver la televisión. Fregaron los platos y las ollas en silencio hasta que Mindi habló.

—La tía Geeta ha encontrado unos cuantos solteros disponibles. Me ha pasado los e-mails de tres chicos que ha seleccionado ella misma.

—Puf.

Fue lo único que se le ocurrió contestar cuando oyó el nombre de la tía Geeta. Era una amiga de su madre que vivía en la misma calle y que solía presentarse en casa sin previo aviso arqueando las cejas por la cantidad de secretos que sabía y que tanto le costaba callar. «No es cotillear, es compartir», solía decir antes de exponer las desgracias de los demás.

—He intercambiado unos cuantos e-mails con un chico que parece majo —continuó Mindi.

44

—Genial —replicó Nikki—. El año que viene por estas fechas ya estarás fregando platos en su cocina en lugar de en esta.

—Anda, cállate. —Tras unos segundos, Mindi añadió—: Se llama Pravin. ¿Te parece un buen nombre?

—Me parece un nombre, sin más.

—Trabaja en contabilidad. Hemos hablado una vez por teléfono.

—¿O sea que me has hecho colgar el anuncio en el tablón del templo cuando ya habías reclutado a la tía Geeta para que te hiciera de casamentera?

—Por cierto, aún no he recibido ningún mensaje —dijo Mindi—. ¿Seguro que lo colgaste en el tablón de matrimonios?

—Sí.

Mindi la miró fijamente.

—Mentirosa.

—Hice lo que me pediste —insistió Nikki.

—¿Y qué hiciste?

—Lo puse en el tablón de matrimonios, aunque puede que no fuera el anuncio más llamativo. Había muchos y...

—Cómo no —murmuró Mindi.

—¿Qué?

—Has invertido el mínimo esfuerzo posible en ayudarme con esto, como siempre.

—Tuve que recorrer todo el camino hasta Southall, que no es poco —se quejó Nikki.

—Y en cambio has aceptado un trabajo que te supondrá ir hasta allí varias veces por semana. ¿Cómo es eso? No te importa ir hasta Southall siempre que sea en tu propio beneficio.

—No es en mi beneficio. Voy a ayudar a mujeres que lo necesitan.

A Mindi se le escapó la risa.

—¿Ayudar? Nikki, eso suena como otra de tus... —Sacudió una mano como si intentara extraer la palabra exacta del aire—. Tus causas.

—¿Qué tiene de malo tener una causa? —preguntó Nikki—. Me interesa ayudar a esas mujeres para que puedan contar sus historias. Es un pasatiempo mucho más provechoso que anunciarse para encontrar marido.

—Es lo que haces siempre —dijo Mindi—. Persigues tus pasiones, como tú las llamas, y ni te paras a pensar cómo puede afectar eso a los demás.

Otra vez lo mismo de siempre. Lo tenía mucho más fácil un delincuente común que la hija de una familia india que hubiera decepcionado a su familia. Al menos el primero tenía derecho a un juicio justo y a pagar su delito con una estancia temporal en la cárcel, no como ella, que se enfrentaba a una sucesión infinita de juicios y acusaciones varias.

—¿Se puede saber en qué os afectó a los demás que yo dejara la universidad? Fui decisión mía. Vale, papá ya no pudo seguir diciéndole a su familia que yo iba a ser abogada. Menudo problemón. Sinceramente, prefería no ser una infeliz a que él pudiera fardar de hija.

—No tiene nada que ver con fardar —dijo Mindi—. Se trataba de tu deber como hija.

—Mira, ya hablas como una mujercita de su casa.

—Se lo debías a papá. Él siempre te apoyó, en los debates del colegio, en los concursos de oratoria. Te incluía en las conversaciones con sus amigos sobre política, y si creía que tenías razón, no se metía cuando discutías con mamá. Tenía tanta fe en ti...

Se le notaba en la voz que estaba dolida. Sus padres también se la habían llevado de viaje a la India antes de los exámenes finales y habían dado todos los pasos necesarios para asegurarse de que entrara en la facultad de medicina. Cuando los resultados apuntaron hacia enfermería en vez de medicina como mejor opción, la decepción de su padre fue tan evidente que a partir de entonces se centró en Nikki con más entusiasmo que nunca.

—También estaba muy orgulloso de ti, ¿sabes? —repuso Nikki—. Le habría gustado que yo fuera más práctica, más como tú.

Su padre siempre había vivido a la sombra de su hermano, por eso intentaba no comparar a sus hijas. Pero cuando Nikki dejó la universidad, sus buenas intenciones se fueron al garete. «Mira a Mindi. Trabaja muy duro. Quiere un futuro estable. ¿Por qué no puedes ser como ella?», le decía.

De pronto, Nikki sintió una rabia incontenible hacia su padre.

—Papá se contradecía a todas horas, ¿sabes? Un día me decía «sigue tus sueños, para eso vinimos a Inglaterra» y al siguiente me dictaba lo que debía hacer con mi vida. Daba por sentado que mis sueños eran idénticos a los suyos.

—Creyó que tenías futuro como abogada. Tuviste la oportunidad de triunfar profesionalmente. Y ahora ¿qué haces?

—Exploro mis opciones —respondió Nikki.

—A estas alturas ya podrías estar ganando un buen sueldo —le recordó su hermana.

—No me preocupan ni el dinero ni las cosas materiales, al menos no tanto como a ti, Mindi. Por eso lo del matrimonio concertado, ¿verdad? No estás segura de si conocerás a un tío con un buen sueldo en un pub, pero si revisas los perfiles de unos cuantos médicos e ingenieros indios, puedes fijarte directamente en sus ingresos y actuar en consecuencia.

Mindi cerró el grifo y la fulminó con la mirada.

—¡No intentes hacerme sentir como una cazafortunas por querer ayudar a mamá! Hay muchos gastos en esta casa, ¿sabes? Tú te largaste, por eso no tienes ni idea.

—Me mudé a otra zona de Londres, tampoco es que abandonara la familia. ¡Es lo que hacen todas las chicas británicas de mi edad! Nos mudamos. Nos independizamos. Es nuestra cultura.

—¿Crees que a mamá no le preocupa el dinero? ¿Crees que no quiere prejubilarse y dejar el trabajo en el ayuntamiento para disfrutar un poco de la vida? Yo soy la única que colabora. Hay que hacer reparaciones, pagar recibos inesperados y el coche hace tiempo que no pasa una revisión. Piensa en eso la próxima vez que me sueltes tu discursito sobre la independencia.

Nikki sintió que la culpa le removía las entrañas.

—Creía que papá tenía dinero ahorrado.

—Y lo tenía, pero parte de sus ahorros estaban ligados a las acciones de su empresa y aún no se han recuperado después de la crisis. Encima pidió un préstamo para reformar el lavabo de invitados, ¿recuerdas? Mamá tuvo que aplazar los pagos y ahora los intereses son casi el doble. Por eso ha tenido que posponer todos los arreglos que quería hacer. Las cortinas, el zapatero empotrado, la encimera de la cocina... Le preocupa quedar mal, y lo que pueda pensar de la casa la familia de mi futuro marido, o de que no pueda permitirse una dote y una celebración en condiciones.

—Min, no tenía ni idea.

—Le dije que no pienso casarme con alguien que venga de una familia superficial y me contestó: «Pues entonces puede que no encuentres ningún punyabí con el que casarte». Lo decía en broma, obviamente.

Mindi sonrió, pero se le notaba en los ojos que estaba preocupada.

—Yo podría ayudar —se ofreció Nikki.

—Tú tienes tus propios gastos.

—Pero ahora cobraré más con este nuevo trabajo. Podría enviar algo de dinero cada quince días.

Nikki vaciló un instante, consciente de a lo que acababa de comprometerse. Se suponía que los ingresos extras irían a una cuenta de ahorro para tener un colchón el día de mañana, cuando O'Reilly's quebrara definitivamente. Necesitaría dinero para alquilar un piso; volver a casa sería demasiado humillante.

—No será mucho —añadió.

Mindi parecía contenta.

—Lo que cuenta es la intención —dijo—. He de admitir que no me lo esperaba. Es muy responsable por tu parte. Gracias.

En la sala de estar, su madre había subido el volumen del televisor y las agudas notas de un violín hindi resonaban por toda la casa. Mindi abrió otra vez el grifo y Nikki esperó junto a su hermana, que fregaba los platos con movimientos rápidos haciendo volar la espuma del jabón. Cuando las burbujas aterrizaban en la encimera, Nikki las limpiaba con los dedos.

—Usa el trapo —le ordenó su hermana—. Estás dejando marcas.

Nikki obedeció.

—¿Y cuándo conocerás al tal Pravin?

—El viernes —respondió Mindi.

—Mamá está emocionadísima, seguro.

Mindi se encogió de hombros. Miró a su madre a través de la puerta de la cocina y bajó la voz.

—Pues sí, pero ayer por la noche hablé con él por teléfono.

—¿Y?

—Me preguntó si quería seguir trabajando después de casados.

—Por el amor de Dios —exclamó Nikki. Dejó el trapo sobre la encimera y se volvió hacia su hermana—. ¿Y qué le dijiste?

—Que sí. Me pareció que no le hacía demasiada gracia.

—¿Y aun así vas a quedar con él?

—Nunca se sabe hasta que no conoces a la persona cara a cara, ¿no?

—Después de lo que vi en el templo, no le daría la hora ni a uno solo —dijo Nikki.

—Habla por ti —replicó Mindi—. Tú y tu feminismo.

Con un simple movimiento de muñeca, Mindi despachó a su hermana y todo aquello en lo que creía. En vez de empezar otra discusión, Nikki terminó su parte de los platos sin decir ni media palabra y se escabulló disimuladamente hacia el jardín trasero para fumarse el cigarrillo de después de la cena. Solo entonces sintió que podía respirar con tranquilidad.

Al día siguiente, Nikki llegó temprano al centro comunitario para preparar la clase. La sala era igual de sobria que el despacho de Kulwinder Kaur: dos filas de mesas y sillas de cara a la pizarra. Nikki reorganizó el espacio; según Olive, colocar las mesas en forma de herradura promovía la conversación. De pronto, se imaginó el aula llena de mujeres, todas escribiendo las historias de su vida, y no pudo evitar sentir una descarga de emoción.

Para la primera clase había preparado un ejercicio de introducción. Las alumnas tenían que escribir una escena completa en diez frases sencillas y luego, volviendo a cada frase, añadir un detalle como un diálogo o una descripción, por ejemplo.

A las siete y cuarto, después de pasearse arriba y abajo por la sala, salió por segunda vez al pasillo, que seguía desierto. Volvió a entrar y limpió la pizarra por quinta vez. Contempló las sillas vacías. Quizá le estaban gastando una broma.

Ya había empezado a colocar las mesas como las había encontrado al principio cuando, de pronto, oyó pasos a lo lejos. El ruido, sordo y lento, le hizo ser consciente del latido de su propio corazón. Estaba completamente sola en aquel edificio destartalado. Cogió una silla, se la puso delante y se preparó por si tenía que usarla.

Alguien llamó a la puerta. A través de la ventanilla, Nikki vio a una mujer con un pañuelo en la cabeza. Era una señora mayor que se había perdido. Ni siquiera se le ocurrió que fuera una de sus estudiantes hasta que la mujer entró y tomó asiento.

—¿Ha venido a la clase de escritura? —preguntó Nikki en punyabí.

—Sí —respondió la anciana.

«¿Habla inglés?» Nikki pensó que sería de mala educación preguntárselo.

—Pues parece que esta noche será usted mi única alumna —continuó Nikki—. Empecemos.

Se volvió hacia la pizarra pero la mujer la detuvo.

—No, las demás están de camino.

El grupo al completo se presentó en el aula cuando faltaban cinco minutos para la media y fueron sentándose una tras otra, sin disculparse por su falta de puntualidad. Nikki se aclaró la garganta.

—La clase comienza a las siete en punto —anunció. Las alumnas levantaron la mirada, sorprendidas. Eran casi todas mayores y no estaban acostumbradas a que una mujer más joven les llamara la atención. Por eso Nikki decidió bajar ligeramente el tono—. Si el horario no coincide con el del autobús, podemos cambiar la hora de inicio a las siete y media.

—Hubo algunos gestos de asentimiento y un murmullo de aprobación generalizado—. Empecemos con una breve presentación —continuó—. Yo seré la primera. Me llamo Nikki. Me gusta escribir y estoy deseando que ustedes también aprendan.

Miró a la primera mujer que había entrado en la clase y le hizo un gesto para que se presentara.

—Preetam Kaur.

Llevaba un *salwar kameez* blanco, como otras de las presentes, que indicaba su condición de viuda. Un pañuelo rematado con encaje blanco le cubría el pelo y a sus pies descansaba un bastón decorado con flores de lavanda.

—¿Y por qué se ha apuntado a esta clase, Preetam? —se interesó Nikki.

Al oír su nombre, Preetam no pudo reprimir una mueca. El resto de las mujeres también se mostraron sorprendidas.

—*Bibi* Preetam para ti, jovencita —dijo, un tanto seca—. O tía. O Preetam-*ji*.

—Por supuesto. Lo siento —se excusó Nikki.

Aquellas mujeres eran sus estudiantes, pero también eran mayores que ella y tenía que tratarlas con respeto. Preetam aceptó las disculpas inclinando la cabeza.

—Quiero aprender a escribir —dijo—. Me gustaría enviar cartas a través de internet a mis nietos de Canadá.

Qué raro. Por lo visto, creía que en el curso aprendería a escribir cartas y enviar e-mails. Nikki le hizo un gesto a la siguiente de la fila.

—Tarampal Kaur. Quiero escribir —dijo sin más.

Tenía los labios muy finos y los apretaba como si no fuese a decir ni una sola palabra. Nikki no pudo evitar que sus ojos se posaran en aquella mujer. Iba vestida de blanco de pies a cabeza, como las mayores del grupo, pero apenas tenía arrugas en la cara. Debía de rondar los cuarenta.

La que se sentaba al lado de Tarampal también parecía mucho más joven que las demás. Llevaba mechas de un castaño rojizo y un pintalabios rosa a juego con el bolso. Los colores destacaban sobre el beis del *kameez*. Se presentó en inglés, con un leve acento indio.

—Me llamo Sheena Kaur. Sé leer y escribir en punyabí y en inglés, pero quiero aprender a hacerlo mejor. Y como me llames *bibi* o tía me da algo. No creo que tenga más de diez o quince años que tú.

Nikki sonrió.

—Encantada de conocerte, Sheena.

La siguiente era una mujer alta y delgada, con un lunar muy llamativo en la barbilla del que salían varios pelos.

—Arvinder Kaur. Quiero aprender a escribir de todo. Historias, cartas, todo.

—Manjeet Kaur —dijo otra mujer sin que nadie le diera pie. Miró a Nikki y le sonrió—. ¿También nos enseñarás contabilidad básica?

—No.

—Quiero aprender a escribir y a manejarme con las facturas. Hay tantas...

El resto de la clase asintió entre murmullos. ¡Demasiadas facturas! Nikki levantó una mano hasta que se callaron.

—No tengo ni idea de cómo se lleva una contabilidad. Mi objetivo es coordinar un seminario de escritura creativa, recopilar una colaboración de varias voces. —Las alumnas se la quedaron mirando fijamente. Nikki carraspeó—. Por lo que veo, algunas de vosotras a lo mejor no tenéis el nivel de inglés necesario para escribir con soltura. ¿Quién estaría en esta categoría? ¿Quién no se siente cómoda con el inglés?

Levantó una mano para indicarles que hicieran lo mismo. Todas las viudas menos Sheena la imitaron.

—No pasa nada —continuó—. De hecho, si preferís escribir en punyabí, puedo adaptarme sin problemas. Igualmente hay cosas que se pierden en la traducción.

El grupo al completo clavó la vista en Nikki, que empezó a ponerse nerviosa. Al final, Arvinder levantó la mano.

—Perdona, Nikki, pero... ¿cómo escribimos las historias?

—Buena pregunta. —Nikki se volvió hacia su mesa y cogió un taco de folios—. Ya sé que hoy hemos perdido algo de tiempo, pero este es un buen punto de partida.

Pasó las hojas por toda la clase y dio las instrucciones pertinentes. Las alumnas rebuscaron en sus bolsos y sacaron bolígrafos y lápices. Nikki se acercó a la pizarra para escribir algunos datos importantes para la siguiente sesión.

—La próxima clase será el martes de siete y media a nueve de la tarde. Sed puntuales.

Esto también lo escribió en punyabí y, por un momento, pensó que estaba siendo bastante atenta con sus alumnas. Luego se dio la vuelta, esperando encontrárselas inclinadas sobre sus mesas y tomando notas, pero no se habían movido ni un milímetro. Manjeet y Preetam daban golpecitos con los bolígrafos en la mesa y se miraban la una a la otra. A Tarampal se le notaba que estaba de mal humor.

—¿Qué pasa? —preguntó Nikki.

Silencio.

—¿Por qué nadie escribe? —insistió.

Más silencio. Hasta que Tarampal se decidió a hablar.

—¿Y cómo quieres que escribamos?

—¿Qué quiere decir?

—Que cómo quieres que escribamos... —repitió Tarampal— si aún no nos has enseñado.

—Es lo que intento, pero por algún sitio tenemos que empezar, ¿no? Ya sé que es difícil, pero si quieren que les ayude con sus historias, tienen que empezar a escribirlas. Con unas cuantas frases...

En cuanto miró a Preetam, perdió el hilo de lo que estaba diciendo. La forma en que sujetaba el lápiz le hizo pensar en una guardería. Y de pronto se dio cuenta de lo que pasaba, justo cuando Arvinder empezaba a recoger sus cosas.

—Tú lo sabías —dijo Nikki en cuanto Kulwinder descolgó el teléfono.

No se molestó ni en decir *sat sri akal*; no pensaba ser educada con aquella vieja mentirosa.

—¿El qué? —preguntó Kulwinder.

—Que esas mujeres no saben escribir.

—Pues claro. Tú les vas a enseñar.

—Que no... saben... escribir. —Nikki quería que sus palabras atravesaran la coraza de sosiego que envolvía a Kulwinder—. Me has engañado para que aceptara. Creía que iba a dar un taller de escritura creativa, no una clase de alfabetización para adultos. Ni siquiera saben escribir sus nombres.

—Tú les enseñarás —repitió Kulwinder—. Dijiste que querías enseñar a escribir.

—Escritura creativa. Relatos. ¡No el alfabeto!

—Pues enséñaselo, así luego podrán escribir todos los relatos que quieran.

—¿Tienes idea del tiempo que voy a necesitar?

—Las clases son dos días a la semana.

—Se necesita bastante más de dos días a la semana y lo sabes.

—Son mujeres muy competentes —replicó Kulwinder.

—Me estás tomando el pelo.

—Tú no naciste sabiendo escribir historias, ¿verdad? Primero tuviste que aprender el alfabeto. ¿No crees que fue lo más fácil de todo?

A Nikki le pareció detectar un cierto desdén en la voz de Kulwinder.

—Vale, ya veo que intentas demostrarme algo... ya lo he pillado. Soy una chica moderna y se me ha metido en la cabeza que puedo hacer lo que quiera. Bueno, pues sí puedo.

Estaba a punto de decirle a Kulwinder que abandonaba, pero de pronto sintió que se le atravesaban las palabras en la garganta. Consideró su decisión, presionada por una sensación de angustia en la boca del estómago que no le era extraña. Si dejaba el trabajo, no podría ayudar económicamente a su madre ni a Mindi y, lo que era aún peor, se enterarían de que había abandonado después de la primera clase y, como siempre, tendrían razón: Nikki no acababa nada de lo que empezaba, no era más que una bala perdida que rehuía las responsabilidades. Pensó en lo que quedaba del pub y se imaginó a Sam sepultado entre en facturas y diciéndole que lo sentía pero que no tenía más remedio que despedirla.

—El anuncio del trabajo era falso. Podría denunciarte —dijo Nikki finalmente.

Kulwinder respondió con un bufido, como si supiera que aquello no era más que una amenaza vacía.

—¿Denunciarme a quién? —la retó.

Esperó una respuesta, pero Nikki no supo qué decir. El mensaje era claro: ahora estaba en su territorio y tenía que jugar según sus reglas.

En invierno, los días perdían la forma cada vez más temprano y las calles se llenaban de sombras y de luces de semáforos. Kulwinder volvió a casa andando y reflexionando sobre lo ocurrido. No estaba orgullosa de haber engañado a Nikki, pero cuanto más pensaba en la conversación que habían mantenido, más recordaba lo furiosa que la había puesto. Lo que le molestaba de ella era aquella actitud tan exigente. Solo le había faltado decir «cómo te atreves a pedirme que enseñe a esa pandilla de imbéciles».

La casa de Kulwinder, un adosado de ladrillo de dos pisos, estaba al final de Ansell Road. En una tarde despejada, podía ver la punta de la magnífica cúpula del *gurdwara* desde la ventana de su habitación. Los vecinos de la derecha eran una pareja joven con dos niños pequeños que se sentaban en el porche y se reían sin parar hasta que su padre llegaba a casa. Los de la izquierda tenían un hijo adolescente y un perro grande que se pasaba las mañanas aullando. Kulwinder estaba acostumbrada a repasar todos aquellos detalles sobre sus vecinos; cualquier cosa con tal de no pensar en la casa que había al otro lado de la calle.

—Ya estoy aquí —anunció, y esperó la respuesta de Sarab. A veces se lo encontraba en silencio, con la mirada perdida en su periódico punyabí aún sin abrir, y sufría por él—. ¿Sarab? —lo llamó desde el pie de la escalera, y oyó un gruñido a modo de respuesta.

Dejó las cosas y se dirigió hacia la cocina para preparar la cena. Por el rabillo del ojo, comprobó si Sarab había corrido las cortinas de la sala de estar. Lo había sugerido por la mañana, para que entrara un poco de luz y así poder leer el periódico. «No», había insistido ella. «La luz del sol me da dolor de cabeza.» Ambos sabían que lo que preocupaba a Kulwinder era el número dieciséis y no el pálido sol de Londres.

Puso los platos y el cuenco de *dal*, sacó el *achar* de la nevera y preparó la mesa. En todos los años que llevaba en Inglaterra, no había encontrado nada que le resultara más calmante que la simplicidad de la comida punyabí. Sarab se sentó en su silla y comieron en silencio, luego encendieron la tele y ella fregó los platos. Maya solía ayudar, hasta que un día preguntó: «¿Por qué papá no colabora en la cocina o en la limpieza?». A Kulwinder también se le habían ocurrido preguntas como aquella cuando era joven, pero si se le hubiera pasado por la cabeza sugerir que su padre y hermanos colaboraran en las tareas domésticas, le habría caído una buena tunda. Aquel día había cogido a su hija del brazo y la había empujado hasta la cocina.

Cuando acabó de recoger, fue a la sala de estar y se sentó junto a su marido. El televisor estaba encendido con el volumen muy bajo. Estaban emitiendo un programa inglés, así que daba igual que no se oyera porque a Kulwinder no le hacían gracia las cosas de las que se reían los ingleses. Se volvió hacia Sarab y decidió empezar una conversación.

—Hoy me ha pasado una cosa curiosa. Un malentendido con una de mis clases del centro cultural. —Guardó silencio. «Mis clases del centro cultural.» Qué bien sonaba—. La chica que he contratado creía que iba a enseñar a las alumnas a redactar sus memorias, pero las que se han apuntado al curso no saben ni escribir. El anuncio decía «clases de escritura creativa», y en cuanto empezaron a apuntarse supe que eran de las que no saben escribir ni su propio nombre, pero ¿qué podía hacer? ¿Rechazarlas? No habría estado bien. Al fin y al cabo, mi función es ayudar a las mujeres de la comunidad.

Y era verdad, aunque solo en parte. Cuando habló con las interesadas, fue bastante ambigua sobre lo que aprenderían si se apuntaban al curso. «Leer, escribir, esas cosas», les había dicho mientras repartía los formularios de inscripción.

Sarab asintió, pero tenía la mirada ausente, perdida en la pantalla del televisor. Kulwinder miró el reloj y vio que, como casi cada noche, aún le quedaban por delante un montón de horas muertas antes de irse a dormir. Fuera, había dejado de chispear.

—¿Te apetece dar un paseo? —le preguntó a Sarab. Qué raro se le hacía tener que proponerlo cuando antes era su rutina diaria después de cenar—. Es bueno para la digestión —añadió.

De repente, se sintió ridícula por tener que convencerlo, pero ese día necesitaba su compañía. El enfrentamiento con Nikki le había recordado las discusiones que solía tener con Maya.

—Ve tú delante —respondió Sarab, sin ni siquiera mirarla.

Kulwinder subió por Ansell Road y giró por la calle principal, donde la luz de los fluorescentes iluminaba un pequeño grupo de tiendas. En Shanti, la tienda de vestidos de novia, unas chicas se probaban pulseras y levantaban los brazos para que las piedrecillas reflejaran la luz. En la tienda de especias, el dueño acompañaba hasta la puerta a unos clientes, una pareja de ingleses que parecían encantados con sus botes de polvos rojos y amarillos. Un grupo de adolescentes con chaquetas negras se paseaba por la acera. Sus risas y sus bromas se oían en toda la calle. «Ya. ¡Ja, ja! Mira que eres gilipollas.»

Kulwinder intercambió algún saludo con las mujeres con las que se cruzaba, pero en general evitó mirarlas a la cara. Antes de la muerte de Maya, solía aprovechar los paseos para hablar con todo el mundo y socializar. Si los maridos estaban presentes, se apartaban y formaban otro grupo con Sarab. De camino a casa, mientras compartían sus respectivas historias, a menudo se daba cuenta de que hombres y mujeres explicaban las mismas cosas: quién se casaba con quién, el precio de la comida y la gasolina, algún escándalo de vez en cuando. Ahora prefería no pararse, y de todos modos ya no tenía por qué hacerlo: muy poca gente se acercaba a darle el pésame. La mayoría apartaba la mirada. Sarab y Kulwinder se habían convertido en desconocidos, como las viudas y las divorciadas y todos aquellos padres avergonzados en los que tanto habían temido convertirse.

Se detuvo en un semáforo, dobló la esquina y encontró un banco en el que sentarse. Desde un puesto cercano le llegaba el olor dulce del *yalebi* recién frito. Se quitó los zapatos y se frotó los talones, ásperos como una lija, mientras pensaba en Nikki. Era evidente que la chica no era de allí, por eso había sido tan impertinente. Sus padres seguro que eran de ciudad, de Bombay o de Nueva Delhi, de los que miraban por encima del hombro a los punyabíes que se refugiaban en Southall. Kulwinder sabía lo que el resto de Londres pensaba de Southall, había oído los comentarios cuando Sarab y ella decidieron mudarse allí desde Croydon. «Gente de pueblo levantando otro Punyab en Londres» o «Últimamente parece que cualquiera puede venir a este país». «La mejor decisión que hemos tomado», había declarado Sarab cuando acabaron de deshacer la última caja, y Kulwinder estuvo de acuerdo. No cabía en sí de la emoción después de ver la cantidad de cosas que tenían al alcance de la mano: los mercados de especias, el cine de Bollywood, los *gurdwaras*, los vendedores de samosas en Broadway. Maya lo miraba todo con recelo, pero ya se acostumbraría, pensaron sus padres. Algún día también ella querría criar allí a sus hijos.

Se le llenaron los ojos de lágrimas. Un autobús se detuvo frente a ella. Se abrió la puerta y el conductor la miró expectante. Ella sacudió la cabeza y le hizo un gesto con la mano para que se marchara. De pronto, se le escapó un sollozo, pero el ruido del motor lo ahogó. ¿Por qué se torturaba de aquella manera? A veces se dejaba llevar e imaginaba pequeños instantes de la que habría sido la vida de Maya, detalles sin importancia como el momento de pagar la compra o de cambiar las pilas del mando a distancia. Cuanto más insignificante era la acción, más le dolía la certeza de que su hija nunca haría aquellas cosas. Su historia se había acabado.

Ahora que estaba sentada, el aire parecía más frío. Se enjugó las lágrimas y respiró hondo. En cuanto sintió que recuperaba las fuerzas, se levantó del banco y se dirigió de vuelta a casa. Justo cuando estaba cruzando Queen Mary Road, vio a un policía. Se quedó petrificada. ¿Qué podía hacer? ¿Dar media vuelta y volver por donde había venido? ¿Seguir adelante? Se quedó en mitad del paso de peatones hasta que el semáforo se puso en rojo. Los coches empezaron a pitar y la gente se detuvo en la acera para mirar. El policía buscó la fuente del problema hasta que sus ojos se posaron en ella.

—Nada, no pasa nada —le dijo con un hilo de voz.

El policía se acercó a la calzada y detuvo el tráfico con un gesto firme de la mano. Luego le hizo señas a Kulwinder para que acabara de cruzar la calle.

—¿Va todo bien? —le preguntó.

—Sí —respondió ella.

Mantuvo las distancias y evitó mirarlo a los ojos. La gente había salido de las tiendas para ver qué pasaba y ahora observaban la escena. Kulwinder sintió el deseo de ahuyentarlos a gritos. «¡Meteos en vuestros asuntos!»

—¿Ha salido a dar un paseo?

—Un paseo, sí.

—Es bueno para la salud.

Kulwinder asintió, consciente de los ojos que la observaban. Intentó echar un vistazo rápido a su alrededor para reconocer a alguno de los curiosos. A diferencia de Maya, ella no creía que Southall fuera un hervidero de cotillas. La mayoría solo intercambiaba detalles sin importancia, pero el problema era que no podía permitirse que la vieran hablando con la policía. Alguien podría contárselo a un amigo o a su mujer, que a su vez se lo explicaría a alguien más y...

—¿Seguro que está bien? —insistió el policía, mirándola a los ojos.

—Estoy muy bien, gracias —respondió ella, y de pronto recordó una palabra en inglés—. Estoy espléndida.

—De acuerdo, pero a partir de ahora vaya con cuidado cuando cruce. A la juventud le gusta correr por Broadway y a veces giran por estas calles.

—Lo haré. Gracias.

Kulwinder vio que se acercaba una pareja de mediana edad. Estaban demasiado lejos para reconocerlos, pero ellos sí que la vieron hablando con el policía en medio de la calle y, si la conocían, seguramente se preguntarían: «¿Y ahora qué ha hecho esta?».

—Cuídese —le gritó el policía mientras ella volvía a casa a toda prisa.

Cuando llegó a casa, Sarab estaba arriba. Kulwinder organizó los zapatos en el pequeño círculo de luz que su marido le había dejado en el recibidor y luego buscó algo más que hacer. A los cojines del sofá les vendría bien un buen meneo y

61

seguro que Sarab había dejado algún vaso en el fregadero. Las tareas de la casa la tranquilizaban. Cuando terminó, se dio cuenta de lo paranoica que se había puesto. ¿Qué posibilidades había de que alguien la hubiera visto? Southall no era tan pequeño, aunque a veces lo parecía. No podía saber a quién se iba a encontrar. Ya evitaba pasar por otra calle principal desde que alguien la había visto allí entrando en el despacho de un abogado (aunque se lo podría haber ahorrado porque todo lo que le dijo el charlatán del abogado que la atendió implicaba mucho dinero y ninguna garantía). Si empezaba a cambiar de dirección cada vez que se encontraba con alguien a quien no quería ver, más le valía quedarse en su casa con las cortinas cerradas.

Sin embargo, aquella noche, mientras Sarab roncaba suavemente y Kulwinder no podía pegar ojo, vio que la pantalla de su móvil se iluminaba. Número desconocido. Al otro lado de la línea, una voz conocida.

—Hoy te han visto hablando con la policía. Inténtalo otra vez y tendrás muchos problemas.

Kulwinder quiso defenderse, pero como siempre, la llamada se cortó antes de que pudiera hablar.

4

—En Londres no queda un solo hombre que valga la pena —protestó Olive—. Ni uno.

Estudió a la concurrencia desde su taburete de la barra, maldiciendo entre dientes al grupo de tíos que se habían pasado la última hora entonando cánticos de fútbol y guiñándole el ojo repetidamente.

—Hay muchos —le aseguró Nikki, mientras pasaba la bayeta por la barra.

—Muchos imbéciles —replicó Olive—. A menos que quieras que salga con Steve el del Abuelo Racista.

—Prefiero que te quedes soltera el resto de tu vida —replicó Nikki.

Steve el del Abuelo Racista era un habitual del pub que empezaba todos sus comentarios xenófobos con un «como diría mi abuelo...». Creía que eso le libraba de parecer racista. «Como diría mi abuelo», le dijo una vez a Nikki, «¿tienes la piel de ese color o es que te estás oxidando? A mí nunca se me ocurriría decir algo así, ¿eh? Pero mi abuelo antes llamaba "pantalones paquis" a los pantalones caquis porque creía que se llamaban así por el color de piel. Vaya una pieza, mi abuelo».

—Ese está bien —le dijo a Olive, señalando con la cabeza

a un tipo alto que acababa de unirse al grupo que ocupaba una de las mesas de la esquina.

El recién llegado se sentó y le dio unas palmadas en el hombro a uno de sus colegas. Olive giró la cabeza para mirarlo.

—No está mal —admitió—. Se parece un poco a Lars. ¿Te acuerdas de él?

—Querrás decir Laaaosh —la corrigió Nikki—. Creo que nos repitió cómo se pronunciaba su nombre unas cien veces como mínimo. —Lars era un estudiante sueco de intercambio que se había alojado en casa de Olive cuando ellas tenían dieciséis años—. Fue el año que más veces fingí ir a estudiar a tu casa.

Era la única manera de que sus padres le dejaran pasar tantas tardes en casa de una amiga.

—Con mi suerte, seguro que está pillado —dijo Olive.

—Voy a investigar —anunció Nikki, y se fue paseando entre las mesas hasta llegar junto a él—. ¿Te pongo algo?

—Sí —respondió, y mientras se decidía, Nikki vio una alianza brillando en su dedo anular.

—Lo siento —le dijo a Olive cuando volvió a la barra.

Le sirvió una copa cortesía de la casa y, cuando terminó su turno, se sentó a su lado.

Olive suspiró.

—Quizá debería ser yo la que se buscara un matrimonio concertado. ¿Cómo le fue a tu hermana el otro día?

—Un desastre —respondió Nikki—. El tío se pasó toda la cita hablando de sí mismo y luego montó un pollo porque les habían servido el agua sin una rodaja de limón. Creo que intentaba demostrarle a mi hermana que está acostumbrado a un tipo de servicio concreto.

—Qué lástima.

—En realidad, es un alivio. Me preocupaba que se conformara con el primer punyabí soltero que se le pusiera delante, pero según me comentó, al final de la noche le dijo «no, gracias».

—Puede que hayas influido más en ella de lo que cree —apuntó Olive.

—Yo también lo pensaba, pero el otro día la tía Geeta, que fue quien le sugirió al caballero en cuestión, le hizo el vacío a mi madre en una tienda. Mindi se sintió fatal y la llamó para disculparse. La tía Geeta la presionó hasta que consiguió que se apuntara a una de esas citas rápidas para punyabíes. A Mindi no le va ese rollo, pero de momento dice que va a probar.

—Ah, nunca se sabe a quién podría conocer ni dónde. Con esto de las citas rápidas lo tiene todo a su favor. ¿Quince hombres en una sola noche? Me apunto. Podría ser muy divertido. En el peor de los casos, al menos lo habrá intentado, que es más de lo que estoy haciendo yo.

—Pues a mí me parece una pesadilla. Estamos hablando de quince tíos buscando esposa. Cuando Mindi se apuntó, tuvo que especificar su casta, preferencias en cuanto a dieta y nivel de religiosidad del uno al diez.

Olivia se echó a reír.

—Pues yo sería un menos tres en cualquier religión —bromeó—. Sería una candidata horrible.

—Y yo —dijo Nikki—. Mindi es un seis o un siete, aunque, dependiendo del chico, no creo que le importara subir un poco más. Me preocupa que esté haciendo todo esto para contentar a gente como la tía Geeta.

—Bueno, ahora mismo tu hermana es el menor de tus problemas —apuntó Olive—. A partir de mañana tendrás que enseñar a leer a un montón de abuelitas.

Nikki protestó.

—¿Por dónde empiezo?

—Ya te he dicho que tengo un montón de libros sobre el tema. Te los presto si quieres.

—Para niños de once años. Estas mujeres empiezan de cero.

—¿Me estás diciendo que no saben leer las señales de la calle? ¿Ni los titulares que salen en la parte inferior de la pantalla cuando dan las noticias? ¿Y cómo se las han arreglado para vivir en Inglaterra todo este tiempo?

—Supongo que con la ayuda de sus maridos. Para casi todo les basta hablar punyabí.

—Pero tu madre nunca ha dependido tanto de tu padre, ¿no?

—Mis padres se conocieron en la universidad, en Nueva Delhi, y encima mi madre trabaja. Esas mujeres crecieron en pueblos. La mayoría no sabe escribir siquiera su propio nombre en punyabí, imagínate en inglés.

—No me veo viviendo así toda la vida —dijo Olive, y bebió un trago de su pinta.

—¿Te acuerdas de aquellos libros que teníamos de pequeñas, de cómo hacer mayúsculas y cursivas? —preguntó Nikki.

—¿Esos que practicas siguiendo las líneas? ¿Los de caligrafía?

—Sí. Me vendrían bien.

—Los puedes encontrar en internet —explicó Olive—. Las editoriales de libros de texto tienen un buen catálogo. Te los puedo buscar yo si quieres.

—Sí, pero necesito algo para la clase de mañana.

—Prueba en alguna tienda de segunda mano de King Street.

Después de cerrar, Nikki y Olive se quedaron a tomar unas copas y luego salieron del pub tambaleándose, cogidas del brazo como dos colegialas. Nikki sacó el móvil del bolsillo y le escribió un mensaje a Mindi.

Hola, hermanita! Aún no has encontrado al hombre de tus sueños? Se peina el bigote y se almidona el turbante él solito o eso también tendrás que hacerlo tú como parte de tus OBLIGACIONES?

Se le escapó una risita y le dio al botón de enviar.

Nikki se despertó por la tarde con la cabeza dándole vueltas de la resaca de la noche anterior. Cogió el móvil. Tenía un mensaje de Mindi.

Bebiendo entre semana, Nik? Seguro que sí, viendo la hora a la que me mandaste tu gilipollez de mensaje.

Nikki se frotó los ojos y respondió a su hermana.

Tienes 1 escoba metida en el Qlo.

Mindi respondió en cuestión de segundos.

Y tú las sábanas. Madura de una vez, Nikki.

Nikki tiró el móvil dentro del bolso. Le pesaba tanto la cabeza que tardó el doble de lo normal en levantarse de la cama. Hizo una mueca de dolor al oír el chirrido de la ducha y también al primer contacto con el agua. Se vistió y subió calle arriba hasta la tienda de Oxfam. El olor a rancio de los abrigos de segunda mano hizo que le picara la nariz. Los libros de texto y los cuadernos estaban en la última estantería, debajo de una fila de novelas famosas que Nikki solía revisar y que de vez en cuando compraba. Allí fue donde al fin se despertó. El tacto familiar de los libros le ayudó a librarse de la resaca.

Buscó por el resto de la tienda y encontró un Scrabble. Le faltaban algunas piezas, pero le serviría para enseñar el abecedario. Volvió a la estantería para ver si encontraba algo interesante y, mientras revisaba los libros, un título le llamó la atención. *Beatrix Potter: Cartas*. Tenía una copia de aquel libro en casa, pero el que iba con él, *Diarios y bocetos de Beatrix Potter*, era difícil de encontrar. Lo vio una vez en una librería de segunda mano en Nueva Delhi, el año que viajó a la India con sus padres antes de los exámenes, pero no se lo quisieron comprar y acabaron discutiendo. Para distraerse de aquel recuerdo agridulce, echó un vistazo a la estantería contigua. Sus ojos se fijaron en otro libro. *Terciopelo rojo: Historias de placer para mujeres*. Lo cogió y fue pasando las páginas. Le llamaron la atención algunas frases:

«La desnudó lentamente, primero con los ojos y luego con los dedos.»

«Delia estaba completamente desnuda bajo el sol en la intimidad de su jardín, pero Hunter la estaba observando.»

«—No he venido a verte a ti —le espetó con un tono altivo y distante. Se dio la vuelta, decidida a salir del despacho, y fue entonces cuando vio el bulto de su miembro viril bajo los pantalones. Él sí quería verla.»

Nikki sonrió y llevó los libros a la caja. Cuando salía de la tienda, pensó la dedicatoria que escribiría en la primera página de *Terciopelo rojo*. «Querida Mindi, puede que no sea tan madura como tú, pero al menos sé un par de cosas sobre ciertos rituales entre adultos. Aquí tienes una guía para tu maridito ideal y para ti.»

Nikki cargó con la bolsa de libros hasta la clase y los dejó caer en la mesa. Alguien había dejado una nota pegada con celo: «Nikki, no muevas el mobiliario de la clase. Kulwinder». Las mesas estaban colocadas formando filas perfectas. Un rugido procedente de su barriga le recordó que aún no había comido, pero antes de dirigirse al *langar*, volvió a colocar las mesas en forma de círculo.

El olor a *dal* y a *yalebis* dulces se mezclaba en el aire con el ruido de los cubiertos y las voces. Se puso a la cola con una bandeja y le sirvieron *roti*, arroz, *dal* y yogur. Encontró un sitio en el suelo, cerca de una fila de ancianas, y de repente se acordó de aquella vez que había ido al *gurdwara* de Enfield con sus padres. Tenía trece años y necesitaba algo del coche, así que se acercó a su padre, que estaba sentado con un grupo de hombres, para pedirle las llaves. En el *langar* no se practicaba la segregación por sexos, pero en cuanto cruzó la línea invisible que separaba a hombres y mujeres la gente se la quedó mirando. ¿Qué veía Mindi en aquel mundo que a ella se le escapaba? Todas las mujeres acababan igual: agotadas y arrastrando los pies. Nikki las observó a medida que iban entrando en el *langar*, colocándose bien el pañuelo y parándose cada pocos metros a intercambiar los saludos de rigor con algún miembro de la comunidad. El grupo de mujeres que tenía al lado comentaban las últimas noticias de las recién llegadas. Se sabían vidas enteras de memoria.

—A la mujer de Chacko la acaban de operar, pobrecilla. No podrá caminar durante un tiempo. La está cuidando su hijo mayor. ¿Sabes a cuál me refiero? Tiene dos. Yo te hablo del que le compró la tienda de electrodomésticos a su tío. Le va muy bien. El otro día lo vi empujando la silla de ruedas de su madre por el parque.

—Aquella mujer de allí es la hermana pequeña de Nishu, ¿verdad? Todas tienen la misma frente despejada. He oído que el año pasado se les inundó la casa. Tuvieron que cambiar toda la moqueta y tirar un montón de muebles. ¡Qué desperdicio! Se habían comprado un sofá nuevo hacía solo seis semanas.

—¿Esa es Dalvinder? Creía que estaba en Bristol visitando a su prima.

Cada vez que una viuda hacía un comentario, Nikki se volvía para mirarla. El intercambio de información y de detalles era tan rápido que apenas podía seguir el ritmo. De pronto, apareció una mujer a la que sí conocía. Kulwinder. El grupito al completo cogió aire y sus voces se convirtieron en susurros.

—Mira a esa, entrando aquí como si fuera la jefa. Últimamente se ha vuelto una estirada —dijo una mujer de mediana edad que llevaba un *dupatta* verde tan bajo que casi le tapaba la cara.

—¿Últimamente? Siempre se las ha dado de importante. No sé qué le da derecho a comportarse así.

A Nikki no le sorprendió que no les cayera bien Kulwinder. Siguió escuchando con atención.

—Ay, no —intervino una mujer mayor con la cara muy arrugada, que se subió las gafas de montura metálica hasta el puente de la nariz—. Lo ha pasado muy mal. Deberíamos ser más comprensivas.

—Yo intenté acercarme a ella, pero no quiso saber nada de mí. Fue muy grosera conmigo —dijo *Dupatta* Verde.

—Buppy Kaur pasó por lo mismo, pero al menos ella no te ignora cuando le dices «Te acompaño en el sentimiento». Kulwinder es diferente. El otro día me crucé con ella por el barrio. La saludé y ella miró hacia el otro lado y siguió caminando. ¿Cómo quieres que sea amable con alguien así?

—Buppy Kaur tuvo un problema parecido, no el mismo —dijo la mujer de las gafas—. Su hija se escapó con aquel chico de Trinidad. Está viva; la hija de Kulwinder no.

Al oír aquello, Nikki levantó la mirada. Las mujeres se dieron cuenta, pero continuaron hablando.

—La muerte no tiene vuelta atrás —intervino una tercera—. Es mucho peor.

—Tonterías —protestó *Dupatta* Verde—. Cuando una chica pierde el honor, es mejor la muerte que la vida. A veces es necesario recordarlo a las generaciones más jóvenes.

No sabía muy bien por qué, pero Nikki sintió que aquellas palabras iban dirigidas a ella. Miró a la mujer que las había dicho y se encontró con una mirada fija y desafiante. Las demás asintieron. A Nikki cada vez le costaba más seguir comiendo. Bebió un trago de agua y mantuvo la cabeza baja, pero no pudo evitar que sus ojos se encontraran con los de la mujer de las gafas metálicas.

—*Hai*, no son todas tan malas. Southall está lleno de chicas respetables. Depende de cómo las hayan criado, ¿no? —dijo, y asintió disimuladamente en dirección a Nikki.

—Esta generación es muy egoísta. Si Maya hubiera pensado en lo que le estaba haciendo a su familia, no habría pasado nada de esto —continuó *Dupatta* Verde—. Y no olvidéis los daños que provocó en casa de Tarampal. Lo podría haber destruido todo.

Aquello pareció incomodar al resto del grupo. Al igual que Nikki, bajaron la cabeza y se concentraron en la comida. El silencio era tan intenso que Nikki podía oír el latido de su propio corazón. ¿Tarampal? Se preguntó si se referían a la misma Tarampal de las clases de escritura. Esperó por si *Dupatta* Verde decía algo más, pero sin un público que la escuchara, también ella perdió el interés.

Más tarde, mientras entraba en el edificio del centro comunitario, Nikki no paraba de darle vueltas a la cabeza. La mujer del *langar* parecía tan segura de sí misma cuando hablaba del honor y de la muerte. Nikki no se imaginaba a una hija de Kulwinder cometiendo un acto de rebeldía, tal y como había insinuado la mujer del *dupatta*. Claro que Kulwinder parecía tan inflexible que quizá su hija se había rebelado.

Un estallido de risas recorrió el pasillo y la arrancó de sus pensamientos. Qué raro, pensó. A aquella hora no había más clases. Mientras se dirigía hacia la clase, el ruido fue aumentando y una voz se elevó sobre el resto.

—Él le pone la mano en el muslo mientras ella conduce y la va deslizando entre sus piernas. A ella le cuesta concentrarse en la carretera, así que le dice: «Espera que lleguemos a una calle secundaria». Y él replica: «¿Por qué tenemos que esperar?».

Nikki se quedó paralizada frente a la puerta. Era la voz de Sheena. Otra mujer intervino.

—*Chee*, ¿por qué es tan impaciente? ¿Es que no puede esperarse a que lleguen a una calle menos concurrida? Ella debería castigarlo dándole vueltas por el aparcamiento hasta que se le desinfle el globito.

Otro estallido de risas. Nikki abrió la puerta.

Sheena estaba sentada en la mesa del profesor con el libro abierto entre las manos y el resto de las mujeres se habían reunido a su alrededor. Cuando vieron a Nikki, se escabulleron y regresaron a sus asientos. Sheena se quedó pálida como una sábana.

—Lo siento —se disculpó—. Hemos visto que has traído libros. Les estaba traduciendo un trozo...

Bajó de la mesa y se unió al resto de sus compañeras.

—Ese libro es mío, no para vosotras —dijo Nikki cuando sintió que podía volver a hablar. Metió la mano en la bolsa y sacó los cuadernos de ejercicios—. Estos sí son para vosotras. —Los tiró encima de la mesa y apoyó la cabeza en las manos. La clase se había quedado muda—. ¿Cómo es que habéis venido tan pronto?

—Dijiste que la clase empezaba a las siete —respondió Arvinder.

—Dije a las siete y media porque a vosotras os iba mejor a esa hora —replicó Nikki.

La clase al completo fulminó a Manjeet con la mirada.

—La semana pasada dijo a las siete en punto —insistió Manjeet—. Lo recuerdo bien.

—La próxima vez, súbele el volumen al sonotone —dijo Arvinder.

—No me hace falta —explicó Manjeet. Se pasó el pañuelo por detrás de la oreja para que toda la clase pudiera ver el aparato—. Nunca le he puesto las pilas.

—¿Y por qué lleva un audífono si no lo necesita? —preguntó Nikki.

Manjeet agachó la cabeza, visiblemente avergonzada.

—Para completar el aspecto de viuda —intervino Sheena.

—Ah —exclamó Nikki.

Esperó a que Manjeet se explicara, pero esta se limitó a asentir y a mirarse las manos. Preetam levantó la mano.

—Disculpa, Nikki, ¿podemos cambiar la hora de inicio de la clase a las siete, como al principio?

Nikki suspiró.

—Pensaba que os iba mejor a las siete y media por los horarios del autobús.

—Y es verdad, pero si acabamos antes, podemos llegar a casa a una hora decente.

—Media hora tampoco es que suponga mucha diferencia, ¿no? —preguntó Sheena.

—Para Anya y para Kapil sí —replicó Preetam—. ¿Y qué pasa con Rajiv y con Priyaani?

Nikki supuso que se refería a sus nietos, pero de pronto hubo una protesta colectiva.

—Esos dos son tontos. Un día están enamorados y al siguiente va ella y les confiesa a los criados que quiere casarse con otro —explicó Sheena—. No cambies la hora, Nikki. A Preetam le gusta perder el tiempo viendo series de televisión.

—No es verdad —protestó la aludida.

—Pues electricidad seguro que malgastas —la reprendió

Arvinder—. ¿Sabes cuánto pagamos de luz el mes pasado? —Preetam se encogió de hombros—. Claro que no lo sabes —murmuró Arvinder—. Lo malgastas todo porque nunca te ha faltado de nada.

—¿Vivís juntas? —preguntó Nikki. Lo cierto era que se parecían. Las dos tenían la piel clara, con los mismos labios finos y los ojos de un llamativo color castaño con un toque de gris—. ¿Sois hermanas?

—Madre e hija —respondió Arvinder, señalándose a sí misma y luego a Preetam—. Nos llevamos diecisiete años, pero gracias por pensar que soy tan joven.

—O Preetam tan vieja —bromeó Sheena.

—¿Siempre habéis vivido juntas? —quiso saber Nikki.

Era incapaz de imaginarse un mundo en el que, a esa edad, aún siguiera viviendo con su madre y sin perder la cabeza.

—Solo desde que murió mi marido —dijo Preetam—. ¿Cuánto hace…? *Hai!* —exclamó de pronto—. Tres meses.

Cogió el borde de su *dupatta* y se enjugó los ojos.

—Bah, basta de dramas —dijo Arvinder—. Ya hace tres años.

—Pero es como si hubiera sido ayer —se lamentó Preetam—. ¿De verdad hace tanto tiempo?

—Sabes perfectamente que sí —insistió Arvinder, testaruda—. No sé de dónde has sacado la idea de que las viudas tienen que llorar y golpearse el pecho cada vez que alguien menciona a sus maridos. De verdad, no hace falta.

—Eso lo ha sacado de los culebrones de la tele —apuntó Sheena.

—¿Ves? Otro motivo para dejar de ver tanto culebrón —dijo Arvinder.

—Pues yo creo que es muy bonito —intervino Manjeet—. Yo también quiero estar así de triste. ¿Te desmayaste durante el funeral?

—Dos veces —respondió Preetam, orgullosa—. Y supliqué que no lo incineraran.

—Me acuerdo de eso —dijo Sheena—. Montaste un buen escándalo antes de desmayarte y, en cuanto te despertaste, empezaste otra vez. —Miró a Nikki y puso los ojos en blanco—. Tienes que hacer cosas de esas para que la gente no te acuse de ser insensible.

—Lo sé —dijo Nikki.

Tras la muerte de su padre, la tía Geeta fue a verlas a casa con la cara llena de churretones de rímel. Su madre ya se había desahogado en privado, así que la tía Geeta se sorprendió de que no derramara ni una lágrima. Luego vio la olla de curri que borboteaba en el fuego y se indignó. «¿Estáis comiendo? Yo me negué a probar un solo bocado cuando murió mi marido. Mis hijos tuvieron que meterme la comida en la boca a la fuerza.» Su madre se sintió tan presionada que decidió no tocar el curri, pero en cuanto la tía Geeta se marchó, se lo zampó de una sentada.

—Tienes suerte de poder llorar la muerte de tu marido —dijo Manjeet—. Las mujeres como yo no tenemos funerales ni ceremonias de ningún tipo.

—Venga, Manjeet, no te tortures de esa manera —le dijo Arvinder—. No hay mujeres como tú, solo hombres como él.

—No entiendo... —intervino Nikki.

—¿Vamos a trabajar o va a ser otra clase de presentación? —la interrumpió Tarampal, fulminándola con la mirada.

—Nos queda menos de una hora de clase —dijo Nikki, mientras repartía los libros entre las alumnas—. Aquí encontraréis ejercicios para trabajar el abecedario —explicó, y a Sheena le dio uno sobre redacción de cartas que se había bajado de internet.

El resto de la clase pasó lentamente y en silencio, con las alumnas concentradas en sus tareas. Algunas no tardaron en cansarse y dejaron los lápices sobre la mesa. Nikki quería saber más de ellas, pero la presencia de Tarampal la ponía nerviosa. A las ocho y media en punto anunció que la clase había terminado y las mujeres abandonaron la sala en silencio, tras dejar los libros sobre la mesa. Sheena pasó a su lado, sin decir nada y con la carta aún en la mano.

La siguiente clase fue el jueves. Nikki llegó al aula con una tabla con el abecedario que había comprado en otra tienda de segunda mano y se las encontró sentadas cada una frente a su mesa.

—A de árbol —comenzó, y las alumnas repitieron «árbol»—. Be de bicicleta. Ce de casa. —Cuando llegó a la eme, el coro de voces se había extinguido. Suspiró y dejó la tabla a un lado—. No hay otra forma de aprender a escribir —les dijo—. Hay que empezar por lo más básico.

—Mis nietos utilizan los mismos libros —protestó Preetam—. Es humillante.

—No sé qué más puedo hacer —admitió Nikki.

—La profesora eres tú. ¿No sabes enseñar a adultos?

—Yo creía que íbamos a escribir relatos, no a hacer esto.

Volvió a coger la tabla y siguió con las letras. Cuando llegaron a la zeta, el coro de voces sonaba con más fuerza. Aún había esperanza. Al menos lo estaban intentando.

—Muy bien. Ahora vamos a hacer unos ejercicios para aprender a formar palabras —explicó Nikki. Abrió el cuaderno y copió unos cuantos nombres en la pizarra. Mientras estaba de espaldas, oyó que las mujeres susurraban, pero se callaron en cuanto se dio la vuelta—. La mejor forma de aprender a escribir una palabra es decirla primero en voz alta. Empezaremos con la palabra «gato». ¿Quién quiere repetirla después de mí? «Gato.»

Preetam levantó la mano.

—Sí, adelante, *bibi* Preetam.

—¿Qué clase de historias nos harás escribir?

Nikki suspiró.

—Pasará mucho tiempo antes de que podamos empezar con los relatos. Es difícil a menos que sepas escribir bien las palabras y conozcas el funcionamiento de la gramática.

—Pero Sheena sabe leer y escribir en inglés.

—Y estoy segura de que tuvo que practicar mucho, ¿verdad, Sheena? ¿Cuándo aprendiste?

—En el colegio —respondió Sheena—. Mi familia vino a Gran Bretaña cuando yo tenía catorce años.

—No me refería a eso —repuso Preetam—. Quería decir que si le contamos nuestras historias, ella puede escribirlas.

Sheena parecía encantada con la idea.

—Claro que sí —le dijo a Nikki.

—Y luego podríamos aconsejarnos entre todas para mejorar las historias.

—Entonces ¿cómo aprenderéis a leer? —preguntó Nikki—. ¿No es para lo que os apuntasteis a este curso?

Las mujeres se miraron.

—Nos apuntamos para tener algo que hacer —dijo Manjeet—. Da igual si es aprender a escribir o contar historias. Lo importante es estar ocupadas.

Nikki advirtió que Manjeet hablaba con tristeza. Cuando se dio cuenta de que Nikki la miraba, rápidamente sonrió y bajó la mirada.

—Yo prefiero contar historias —intervino Arvinder—. He sobrevivido todos estos años sin saber leer ni escribir. Ahora ¿para qué me serviría?

El resto de la clase parecía estar de acuerdo. Nikki no sabía qué hacer. Si el tedio de estudiar el abecedario les hacía perder las ganas de ir a clase, tendría que motivarlas para que no abandonaran. Claro que contar historias sería mucho más divertido.

—A mí no me gusta la idea —soltó Tarampal desde el

fondo de la clase—. Yo he venido a aprender a escribir —sentenció, y se cruzó de brazos.

—Pues continúa tú con los cuadernitos para niños —murmuró Arvinder, aunque solo la oyó Nikki.

—Podemos hacer lo siguiente —propuso Nikki—: dedicamos una parte del tiempo a leer y escribir y luego, si os apetece, Sheena y yo podemos transcribir las historias para compartirlas con el resto de la clase. Una historia nueva cada día de clase.

—¿Podemos empezar hoy? —preguntó Preetam.

Nikki miró el reloj.

—Primero repasemos las vocales y luego ya comenzamos con las historias.

Algunas ya se sabían las cinco letras, pero otras, como Tarampal, tenían serios problemas para memorizarlas, hasta el punto que sus compañeras acabaron recriminándole que ralentizara la clase. «La a y la e son muy parecidas», repetía Tarampal una y otra vez. Al final, Nikki le dijo a Sheena que se pusiera al fondo de la clase y empezara a transcribir la primera historia mientras ella trabajaba con Tarampal.

—El inglés es una lengua absurda —protestó esta—. No hay nada que tenga sentido.

—Te cuesta porque todo es muy nuevo. Ya verás como luego es más fácil —le aseguró Nikki.

—¿Nuevo? Hace veinte años que vivo en Londres.

A Nikki le parecía increíble que aquellas mujeres llevaran allí más años de los que había vivido ella y sin embargo supieran tan poco. Tarampal vio la expresión de su cara y asintió.

—Adelante, pregúntamelo. ¿Por qué no he aprendido inglés? Por culpa de los ingleses. —Lo dijo con aire triunfante—. No han intentado que su país o que sus costumbres me resultaran más acogedores. Y luego está el idioma, con todos esos sonidos como aaa-uuu.

De pronto, se oyó un estallido de gritos y carcajadas procedentes del fondo de la clase. Sheena estaba inclinada sobre la hoja, escribiendo a toda prisa mientras Arvinder le susurraba al oído. Nikki se centró de nuevo en su alumna y pronunció con sumo cuidado varias palabras que contenían vocales hasta que Tarampal admitió que había captado alguna diferencia entre ellas. Cuando por fin terminaron, ya era la hora de irse a casa, pero el resto de las compañeras seguían reunidas alrededor de la mesa, susurrándose al oído las unas a las otras. Sheena estaba escribiendo y solo paraba de vez en cuando para buscar la palabra correcta o para descansar la muñeca. Eran las nueve de la noche.

—Ya ha terminado la clase —anunció Nikki dirigiéndose al grupo del fondo.

No la habían oído. Seguían hablando sin parar mientras Sheena transcribía lo que le decían. Tarampal cruzó el aula para recoger sus cosas. Les dedicó una mirada llena de desprecio y murmuró un «adiós» hacia Nikki.

Nikki estaba mucho más animada, ahora que había visto la capacidad de concentración que tenían sus alumnas cuando querían. Así nunca aprenderían a escribir, pero era evidente que estaban más interesadas en contar historias. Se dirigió hacia ellas y, de pronto, se hizo el silencio. Algunas tenían las mejillas coloradas. Otras no podían contener la risa. Sheena se dio la vuelta.

—Es una sorpresa, Nikki —le dijo—. No puedes verla. Además, todavía no hemos acabado.

—Ya es hora de cerrar —replicó Nikki—. Perderéis el autobús.

Las viudas se levantaron de mala gana, recogieron los bolsos y salieron por la puerta inmersas en una nube de cuchicheos. Con la clase por fin vacía, Nikki colocó las mesas en su sitio tal y como Kulwinder le había ordenado.

La luz de la clase seguía encendida. Kulwinder vio la ventana iluminada cuando salía del templo. Aminoró la marcha y consideró sus opciones. Seguramente Nikki se la había dejado encendida y, si no volvía para apagarla, Gurtaj Singh podría decidir que se estaba malgastando el dinero de la comunidad en aquellas clases para mujeres. Pero tampoco era seguro entrar en un edificio desierto a aquellas horas. Cada vez que estaba sola, no podía evitar recordar la llamada de la noche anterior. En realidad, había sido el tercer aviso: el primero lo había recibido a las pocas horas de volver de su primera visita voluntaria a la comisaría y el segundo, después de la última. En ambas ocasiones, la policía no se había mostrado especialmente receptiva, pero aun así quien llamaba sentía la necesidad de ponerla en su sitio.

Decidió no hacer caso de la luz. Se dirigió con paso decidido hacia la parada del autobús y allí se encontró con las alumnas de la clase de escritura, formando un corrillo. Kulwinder pasó lista. Allí estaba Arvinder Kaur, tan alta que tenía que inclinar el cuello como una jirafa para escuchar a las demás. Su hija Preetam no dejaba de ajustarse el *dupatta* de encaje blanco alrededor de la cabeza, como siempre; tan superficial y vanidosa comparada con su madre. En un extremo del grupo, Manjeet Kaur hablaba asintiendo levemente con la cabeza y sonriendo. Sheena Kaur no estaba; seguro que ya iba camino de casa en su cochecito rojo. Tarampal Kaur también se había apuntado, pero no la vio entre las demás. Su ausencia fue un alivio.

De pronto, vieron que se acercaba Kulwinder y la saludaron con breves sonrisas. Quizá ellas sabían por qué estaba encendida la luz de la clase. Puede que Nikki hubiera quedado allí con su amante. No sería la primera joven del barrio que aprovechaba las aulas vacías para sus sucios encuentros carnales, aunque si fuera así, ¿las luces no estarían apagadas? En fin, a saber si a las nuevas generaciones les gustaba así.

80

—*Sat sri akal* —las saludó, y juntó las manos.

—*Sat sri akal* —murmuraron ellas, devolviéndole el saludo.

Parecían incómodas bajo la luz de las farolas, como si las hubieran sorprendido robando.

—¿Cómo están, señoras?

—Muy bien, gracias —respondió Preetam Kaur.

—¿Les gustan las clases?

—Sí.

Respondieron a coro. Kulwinder las observó con cierto recelo.

—¿Están aprendiendo mucho? —preguntó.

Se miraron entre ellas y Kulwinder creyó detectar un destello de picardía en sus ojos que apenas duró unos segundos, hasta que Arvinder respondió por todas.

—Ah, sí. Hoy hemos aprendido mucho.

Las demás sonrieron. Kulwinder se planteó si seguir preguntando o no. Tal vez necesitaban que les recordara que su aprendizaje era el resultado de su brillante iniciativa. «Lo hago todo por ti», solía decirle a Maya, a veces con orgullo y otras con frustración. Las viudas parecían ansiosas por retomar la conversación que Kulwinder había interrumpido. Eran como Maya y sus amigas, hablando en susurros y aguantándose la risa. «¿Qué era tan divertido?», le preguntaba luego, y sabía que con eso bastaba para que a su hija se le escapara la risa otra vez y a ella también. El recuerdo trajo consigo un dolor agudo en el estómago. Lo que daría por volver a ver la sonrisa de su hija… Se despidió del grupo y siguió su camino. Nunca había tenido una relación especialmente cercana con ninguna de ellas y sabía que se habían apuntado al curso porque no tenían nada mejor que hacer. Tenían en común la pérdida de alguien querido, pero la muerte de un hijo era algo muy diferente. Nadie sabía la rabia, el sentimiento de culpa y la profunda tristeza que Kulwinder llevaba consigo todos los días.

La calle principal tenía varias zonas en penumbra donde un delincuente podía esconderse detrás de un seto o entre dos coches. Sacó el teléfono para pedirle a Sarab que la recogiera, pero quedarse allí plantada era igual de peligroso. Fijó la mirada en la intersección con Queen Mary Road y avanzó, consciente de que el corazón le latía a toda prisa. Después de la llamada de la noche anterior, se había quedado sentada en la cama, atenta a cualquier ruido que se oyera en la casa. Al final se había dormido, pero por la mañana, al despertarse sola y agotada, sintió una ira inexplicable, esta vez dirigida hacia Maya por hacerle pasar por todo aquello.

Una carcajada estalló en el aire como un castillo de fuegos artificiales. Kulwinder se dio la vuelta. Era otra vez el grupo de mujeres del curso. Manjeet la saludó con la mano, pero ella fingió que no la había visto. Giró la cabeza, como si estuviera comprobando algo en el edificio. Desde aquella distancia, el brillo de la ventana le hizo pensar en el fuego de un incendio. Le dio la espalda al edificio y aceleró el paso hasta el punto de casi echarse a correr.

5

Nikki había descubierto un sitio al girar una esquina, cerca del aparcamiento, donde podía esconderse para fumarse el cigarrillo de antes de clase. Desde allí no se veía el templo. Sacó un cigarrillo del paquete y lo encendió. El turno del día anterior en el O'Reilly's se le había hecho más largo de lo habitual y se dio cuenta de que ya tenía ganas de empezar la clase.

Terminó el cigarrillo, entró en el edificio y se encontró con Kulwinder en la escalera.

—Ah, hola —la saludó.

Kulwinder arrugó la nariz.

—Has estado fumando. Lo huelo desde aquí.

—Tenía al lado a unos que estaban fumando y...

—Puede que las excusas te funcionen con tu madre, pero conmigo no.

—Tampoco creo que sea asunto tuyo si fumo o no —replicó Nikki irguiendo los hombros.

Había fuego en los ojos de Kulwinder.

—El comportamiento de un maestro sí es asunto mío. Eres como una guía para las alumnas. ¿Cómo esperas que respeten las instrucciones si salen de la boca de una fumadora?

—Hago todo lo que se espera de mí en clase —dijo Nikki, y decidió que en la próxima sesión dedicarían más tiempo al abecedario y menos a las historias, por si a Kulwinder se le ocurría hacer una inspección sorpresa.

—Esperemos que sí —respondió Kulwinder.

Nikki, incómoda, se abrió paso escaleras arriba y al entrar en el aula vio que las alumnas habían llegado temprano. Tarampal había escogido un asiento bastante apartado de los demás.

—¡Nikki! —exclamó Sheena—. He escrito una historia. Es el resultado del esfuerzo de todas.

—Genial —dijo Nikki.

—¿Por qué no la lees en voz alta? —propuso Preetam.

—Debería leerla la profesora —respondió Sheena.

—Enseguida —dijo Nikki—. Antes tengo aquí unos ejercicios para *bibi* Tarampal.

—No te molestes —le espetó Tarampal—. Prefiero seguir con mi libro del abecedario.

—¿Por qué? —le preguntó Arvinder—. No me seas aguafiestas.

—Dentro de poco yo sabré escribir y tú seguirás siendo analfabeta —replicó Tarampal.

Nikki acercó una silla a la mesa de Tarampal y buscó la página en la que se hablaba de cómo juntar vocales y consonantes. Había varias palabras sencillas y al lado el dibujo que las representaba. CASA. BOTA. DEDO.

—No me sé tantas letras —se quejó Tarampal—. Aún no me las has enseñado.

—Haz los ejercicios de las que conozcas —le dijo Nikki tratando de ser amable—. Las otras las trabajaremos las dos juntas.

En cuanto empezó a leer el relato, Nikki fue consciente de que el resto de la clase la observaba atentamente. Su punyabí estaba más oxidado de lo que creía y la letra atropellada de Sheena no se parecía a los caracteres de los libros de los que había aprendido.

—No sé si voy a ser capaz de leer esto, Sheena —dijo Nikki entornando los ojos.

Sheena se levantó de su silla de un salto.

—Ya lo leo yo.

Le cogió el texto de las manos y el resto de las alumnas se irguieron en sus sillas con el rostro expectante. Nikki las observó y tuvo la horrible sensación de que alguien estaba a punto de gastarle una broma. Sheena empezó a leer:

> Esta es la historia de un hombre y una mujer que un día salen a dar una vuelta en coche. Él es alto y apuesto y ella es su esposa. No tienen hijos y les sobra tiempo libre.

Hizo una pausa exagerada y miró a Nikki antes de continuar.

> Un día iban en coche por una carretera apartada y estaban a punto de quedarse sin gasolina. Era de noche y tenían miedo. También hacía frío, así que el hombre detuvo el coche y abrazó a su mujer para que dejara de temblar. En realidad, ella estaba fingiendo. Quería tocar el cuerpo de su marido. No era la primera vez que lo tocaba, pero esta vez le apetecía hacerlo en la oscuridad del coche.
> Él empezó a sentirse como un héroe porque la estaba protegiendo. Deslizó las manos por la espalda de su mujer hasta llegar al trasero y lo acarició. Ella se inclinó hacia él y le dio un beso. También fue bajando con las manos…

—Vale, ya está bien —la interrumpió Nikki.

Le quitó el relato a Sheena y le dijo que se sentara. Las demás se estaban aguantando la risa, todas menos Tarampal, que tenía la cabeza inclinada sobre su libro. Repasó el resto del texto y una frase le llamó la atención: «Su miembro viril tenía el tamaño y el color de una berenjena. Cuando lo sujetó entre ambas manos y lo guió hacia su boca, él se excitó tanto que le empezaron a temblar las rodillas». Nikki ahogó una exclamación de sorpresa y dejó las hojas sobre la mesa.

Las viudas se reían abiertamente y sus voces resonaban por los pasillos del edificio. Llegaron hasta la puerta de Kulwinder Kaur, que levantó la cabeza al oírlas, pero en cuestión de segundos el ruido desapareció.

—¿Qué pasa? —quiso saber Sheena.

—Este no es el tipo de relato que yo tenía en mente —dijo Nikki.

—Tampoco creo que te sorprenda. Tú misma los lees —apuntó Manjeet—. Nos trajiste un libro entero lleno de historias parecidas.

—¡El libro lo compré para gastarle una broma a mi hermana!

Lo que no dijo fue que *Terciopelo rojo* había pasado de la bolsa de la tienda de segunda mano a su mesita de noche, de donde no tenía la más mínima intención de moverlo.

—No entiendo la broma. ¿Se supone que le tenías que comprar otra clase de libro? —preguntó Preetam.

—Mi hermana es un pelín tímida —explicó Nikki—. Pensé que el libro le recordaría que tiene que dejarse llevar un poco, eso es todo. —¿Se reían de ella? Tenía la sensación de que la estaban poniendo a prueba. Se aclaró la garganta—. Creo que de momento vamos a dejar lo de las historias. —Sacó la tabla con el abecedario, que fue recibida con protestas—. Hoy repasaremos las consonantes.

—Ay, otra vez no —se quejó Arvinder—. ¿A de árbol, be de bicicleta? Venga ya, no me trates como si fuera una niña, Nikki.

—En realidad, a es una vocal, ¿recuerdas? ¿Cuáles son las demás?

Arvinder frunció el ceño y no respondió. El resto de las viudas también se la quedaron mirando en silencio.

—Venga, señoras. Esto es importante.

—El otro día dijiste que podríamos contar historias durante la clase —protestó Preetam.

—Tienes razón y no debería haberlo dicho. La cuestión es que me han contratado para que os enseñe a escribir y he de cumplir mi palabra.

Echó otra mirada a las hojas que descansaban sobre su mesa. Si Kulwinder se enteraba de aquello, la acusaría de ser una mala influencia para las mujeres.

—¿Por qué no te gusta la historia de Sheena? —preguntó Preetam—. Yo creía que las jóvenes os enorgullecíais de tener una mentalidad más abierta.

—No le gusta porque es como todo el mundo —dijo Arvinder—, como toda esa gente que dice: «No les hagáis ni caso a las viudas. Sin sus maridos, no son nadie».

—Eso no es lo que pienso —protestó Nikki, aunque las palabras de Arvinder no iban desencaminadas: antes de conocerlas, las creía más influenciables de lo que en realidad eran.

—En la India seríamos invisibles —explicó Arvinder—. Supongo que da igual que estemos en Inglaterra. Seguro que crees que no está bien que hablemos de estas cosas porque ni siquiera deberíamos pensar en ellas.

—Yo no digo que la historia esté mal, pero es que no me lo esperaba.

—¿Por qué? —le preguntó Sheena—. ¿Por qué hemos perdido a nuestros maridos? Pues que sepas, Nikki, que tenemos experiencia más que suficiente en cuestiones carnales.

—Y hablamos de ello a todas horas —añadió Manjeet—. La gente nos ve y da por sentado que nos pasamos las tardes cotilleando, pero ¿quién aguanta tantas horas haciendo lo mismo? Es mucho más divertido charlar de lo que echamos de menos.

—O de lo que nunca tuvimos —intervino Arvinder, un tanto seca.

La clase al completo estalló en carcajadas. Esta vez el ruido fue más fuerte que la concentración de Kulwinder, que estaba a punto de resolver una columna de su sudoku.

—No levantéis la voz —les suplicó Nikki.

—Venga, Nikki —le rogó Preetam—. Será divertido. Tengo una historia dándome vueltas en la cabeza desde hace días. Una versión mucho más satisfactoria del último capítulo de mi culebrón favorito.

—¿Kapil y Anya al final acaban juntos? —preguntó Manjeet.

—Ay, no sabes cuánto —respondió Preetam.

—Por las noches, cuando no puedo dormir, me imagino historias de hombres y mujeres —dijo Manjeet—. Es mejor que contar ovejitas o tomarse una valeriana. Me ayuda a relajarme.

—Seguro que sí —bromeó Sheena arqueando una ceja, y todas se echaron a reír otra vez.

—Hasta Tarampal sabe alguna historia que otra, estoy segura —dijo Arvinder.

—A mí no me metáis en esto —les advirtió la aludida.

De pronto, se abrió la puerta de la clase. Al otro lado estaba Kulwinder Kaur con los brazos cruzados.

—¿Qué está pasando aquí? —preguntó—. Se oye el escándalo desde mi despacho.

Se quedaron todas calladas, sorprendidas por la repentina aparición. Preetam Kaur rompió el silencio:

—Perdón. Nos estábamos riendo porque soy incapaz de pronunciar una palabra.

—Sí —confirmó Arvinder—. Nikki ha dicho esa palabra en inglés que significa «berenjena», pero no sabemos pronunciarla.

Se volvieron a reír tímidamente. Nikki asintió y le sonrió

a Kulwinder como queriendo decir «¿Qué quieres que haga?», mientras con disimulo apoyaba una mano en las hojas que tenía sobre la mesa.

Fue una suerte que Tarampal estuviera sentada tan cerca de la puerta. Tenía el cuaderno abierto encima de la mesa y quedaba muy convincente. Nikki esperaba que no dijera nada. Se le notaba que aún estaba a disgusto con sus compañeras.

—Tengo que hablar un momento contigo en el pasillo —le dijo Kulwinder a Nikki.

—Claro. Sheena, ¿puedes escribir el abecedario en la pizarra? Os lo preguntaré a todas en cuanto vuelva.

Miró fijamente a Sheena y salió del aula detrás de Kulwinder. Una vez fuera, esta la fulminó con la mirada.

—Te contraté para que les enseñaras a leer, no para que os dedicarais a contar chistes —dijo—. No sé qué hacen, pero aprender seguro que no.

A través del cristal de la puerta, Nikki podía ver a sus alumnas mirando la pizarra y a Sheena escribiendo las letras. Tarampal estaba inclinada sobre su mesa, deslizando el lápiz por la hoja con demasiada fuerza. Levantó la mirada para comparar la curva de su letra con la de Sheena.

—Nadie dice que aprender no pueda ser divertido.

—Este trabajo requiere un grado de respeto y profesionalidad. Tu respeto es claramente dudoso porque fumas en las instalaciones del templo. Y tengo muchas dudas sobre tu profesionalidad.

—Estoy cumpliendo con mi trabajo —replicó Nikki—. Hago ni más ni menos lo que me pediste.

—Si fuera así, no tendría que recordarte que no hicieras tanto ruido. ¿Te das cuenta de que cualquier paso en falso, por pequeño que sea, podría significar el fin de estas clases? De entrada tenemos muy pocas alumnas.

—Mira, Kulwinder, ya sé que solo quieres que las clases vayan bien, pero, sinceramente, no sabía que me ibas a estar vigilando a todas horas. Las alumnas están aprendiendo. Tienes que retirarte y dejarme trabajar.

De pronto, fue como si una nube de tormenta oscureciera el rostro de Kulwinder. Sus labios se convirtieron en dos líneas finísimas.

—Creo que te olvidas de una cosa muy importante —dijo en un tono de voz que de repente sonaba grave y firme—. Yo soy tu jefa. Yo te contraté. Deberías darme las gracias por haberte dado el puesto a pesar de que solo sabes servir copas. Deberías darme las gracias por haber venido a recordarte que te centres en tu objetivo. Deberías darme las gracias por dejarlo en una advertencia. No he venido aquí a discutir, he venido a recordarte cuáles son tus responsabilidades, aunque salta a la vista que de responsabilidad vas un poco escasa. ¿Entendido?

Nikki tragó saliva.

—Entendido. —Kulwinder se la quedó mirando como si esperara algo—. Y gracias —susurró, y se sintió tan humillada que se le llenaron los ojos de lágrimas.

Tardó unos segundos en volver al aula. Las viudas la observaron expectantes, con los ojos abiertos como platos. Hasta Tarampal había levantado la vista del libro.

—Tenemos que volver al trabajo —anunció parpadeando con fuerza.

Por suerte, nadie se opuso. Arvinder, Tarampal, Preetam y Manjeet aceptaron un ejercicio de consonantes. Sheena redactó un discurso persuasivo. Mientras ellas trabajaban, Nikki no podía dejar de recordar una y otra vez el enfrentamiento tan humillante que acababa de vivir. Se dijo a sí misma que Kulwinder seguramente era así con todo el mundo, pero en su caso las palabras habían tocado nervio. «... solo sabes servir copas. De responsabilidad vas un poco escasa.» Nikki había intentado reconducir la clase hacia el estudio para no meterse en problemas, pero ¿acaso Kulwinder se había molestado en reconocer sus esfuerzos? Daba igual si hacía lo correcto o no. De todos modos estaba mal.

El tiempo pasó volando mientras seguía inmersa en sus pensamientos. Ni siquiera las peleas con su madre la dejaban tan tocada. Si Kulwinder era así como jefa, no quería ni imaginarse cómo había sido como madre de una hija rebelde.

—¿Habéis terminado? —preguntó después de comprobar la hora.

Las alumnas asintieron y ella recogió los ejercicios sobre consonantes. El pulso inseguro de Arvinder hacía que las haches parecieran emes, pero al menos había persistido hasta llegar a la zeta, que era como un rayo descargando entre dos líneas. La letra de Preetam era más precisa, pero solo le había dado tiempo a llegar hasta la jota. Manjeet había ignorado las consonantes por completo y había escrito en lo alto de la hoja «a e i o u», como si repasara lo que ya había aprendido.

¿Qué podía hacer más allá de ponerles ejercicios y hacerles copiar el abecedario una y otra vez? Aquellas retahílas de letras transmitían la misma falta de emoción que el resto de las monótonas tareas que conformaban la vida de aquellas viudas. Si seguía por ese camino, dejarían de ir a clase. Nikki ya las notaba inquietas. Mientras revisaba los ejercicios, en su cabeza estallaba un debate acalorado. La habían contratado para que enseñara inglés, sí, pero si había aceptado el trabajo, ¿no había sido porque creía que podría aportar su granito de arena al empoderamiento de la mujer? Si las viudas querían compartir historias eróticas, ¿quién era ella para impedírselo?

—Hoy os habéis esforzado mucho —les dijo—. Estos ejercicios están muy bien. —Se los devolvió y luego esbozó una sonrisa—. Pero estoy convencida de que vuestras historias están mejor.

Las viudas se miraron las unas a las otras y sonrieron. Solo Tarampal frunció el ceño y se cruzó de brazos.

—Te prometo que seguiré enseñándote a leer y escribir —le dijo Nikki—. Pero las demás podéis traer vuestras historias. Eso sí, a partir de ahora no podemos hacer ruido.

—Hasta el martes —se despidió Sheena mientras se dirigía hacia la puerta.

—Nos vemos el martes —dijo Nikki—. Ah, y si veis a *bibi* Kulwinder, acordaos de decirle gracias.

«Y que te jodan», pensó.

El martes siguiente, Nikki se aseguró de tener tiempo suficiente para cumplir con el ritual antiolor que había perfeccionado cuando era adolescente. Antes de fumar, tenía que recogerse el pelo en un moño y quitarse la chaqueta para que no se le pegara el olor del tabaco, y después comerse un caramelo de menta extrafuerte y rociarse con un perfume especialmente empalagoso.

Estaba en pleno baño de perfume cuando, de pronto, vio aparecer la cara de un hombre para acto seguido desaparecer.

—Perdón —dijo su propietario.

Nikki apenas tuvo tiempo de verlo, pero le pareció que era guapo. Dobló la esquina y se lo encontró apoyado contra la pared.

—Todo tuyo.

—Gracias —dijo él inclinando la cabeza—. Solo necesito hacer una llamada y me voy.

—Claro —contestó Nikki—. Igual que yo.

—No, tú estabas fumando, está claro. No es bueno para la salud —dijo mientras se encendía un cigarrillo—. Deberías dejarlo.

—Y tú.

—Cierto. ¿Soy yo o saben mejor cuando te los fumas a escondidas?

—Mucho mejor. —Nikki asintió. De adolescente, solía fumar en el parque que había detrás de su casa y cada vez que veía la silueta de sus padres pasando por delante de una ventana tenía un subidón de adrenalina—. Sobre todo cuando te arriesgas a que te pillen tus padres.

—¿Y te pillaron alguna vez?

—No. ¿A ti?

—Ah, sí. Un drama.

Nikki le observó mientras daba una calada al cigarrillo y dirigía una mirada ausente hacia el templo. Era evidente que intentaba hacerse el interesante, pero contra todo pronóstico, a Nikki le gustó.

—Me llamo Nikki —se presentó.

—Jason.

Nikki arqueó una ceja.

—¿Un nombre estadounidense para un chico punyabí?

—¿Y quién ha dicho que soy estadounidense?

—¿Canadiense? —preguntó Nikki; acento tenía, eso seguro.

—Estadounidense —respondió Jason—. Y punyabí. Y sij, obviamente —añadió señalando hacia el templo—. ¿Y tú?

—Inglesa y punyabí y sij.

Hacía mucho tiempo que no se presentaba con todos aquellos adjetivos a la vez. Se preguntó si era lo que las viudas pensaban de ella y en qué medida.

—¿Y cuál es tu auténtico nombre?

—Jason Singh Bhamra. —La miró entornando los ojos—. Pareces sorprendida.

—Estaba convencida de que era la versión inglesa de otro nombre.

—Mis padres querían un nombre que los estadounidenses pudieran pronunciar sin problemas. Fueron muy modernos en ese sentido. Como los tuyos, supongo.

—Ah, no —dijo ella—. Yo es que no le digo a nadie cómo

me llamo realmente. Solo sale en el certificado de nacimiento. Nadie me llama así.

—¿Empieza por ene?

—No lo vas a adivinar.

—Navinder.

—No.

Nikki ya se estaba arrepintiendo de haber mentido sobre su nombre, pero es que era más interesante aquello que la verdad: «Nikki» quería decir «pequeño» y ella era la hermana menor, así que a sus padres les había parecido acertado.

—Najpal.

—De hecho...

—Naginder, Navdeep, Narinder, Neelam, Naushil, Navjhot.

—Ninguno de los que has dicho. Era broma, en realidad me llamo Nikki.

Jason sonrió y le dio otra calada al cigarrillo.

—Lástima. Iba a decir «si lo adivino, ¿me das tú teléfono?».

«Madre mía», pensó Nikki. Qué típico.

—Vaya, no creo que a nadie le salga bien eso de ligar con chicas por callejones de mala muerte.

Jason le ofreció el paquete de tabaco.

—¿Otro?

—No, gracias —dijo ella.

—¿Y tu número de teléfono?

Nikki respondió que no con la cabeza. Fue algo instintivo. No conocía al tal Jason Bhamra. Lo volvió a mirar y vio que tenía un leve hoyuelo en la barbilla. Era mono, no lo podía negar.

—Soy una mujer de principios —le explicó, deseando que le pidiera otra vez el teléfono—. Y estamos en un templo.

—Vaya —dijo Jason—. Así que tienes principios.

—Unos cuantos. Estoy pensando en añadir «no fumar» a la lista, pero cuesta demasiado.

—Es casi imposible —admitió Jason—. Hace unos años lo intenté y me tuve que conformar con dejar la bebida. Pensé que al menos me llevaría algún punto si eliminaba un vicio.

—¿No bebes?

—Duré una semana.

Aquello le arrancó una carcajada. Fue entonces cuando vio la oportunidad.

—¿Has estado en el O'Reilly's? Es un pub de Shepherd's Bush.

—No, pero he estado en el que hay en Southall Broadway. ¿Sabías que se puede pagar en rupias?

—No es muy práctico si te pagan el sueldo en libras.

—Es verdad. Y el O'Reilly's ese...

—No hace falta pagar en rupias. Estoy allí casi todas las tardes. Por trabajo, no porque sea una alcohólica.

La sonrisa de Jason le supo a gloria.

—¿Estarás esta semana?

—Casi todos los días —respondió Nikki, y mientras se alejaba sintió los ojos de Jason clavados en la espalda.

—Nikki —la llamó, y ella se dio la vuelta—. ¿Es un diminutivo de Nicole?

—Es Nikki, a secas.

Contuvo la sonrisa hasta que se hubo alejado. El encuentro con Jason le había dejado un cosquilleo en la piel, como si estuviera atravesando una leve llovizna.

—Tengo una historia de Manjeet —anunció Sheena en cuanto Nikki entró en el aula—. La que se repite a sí misma todas las noches al acostarse.

—Es muy buena —dijo Preetam—. Me la contó el otro día en el mercado.

Manjeet rechazó las alabanzas tímidamente mientras Sheena le entregaba a Nikki tres hojas llenas de garabatos.

—Se titula «La visita». «El lunar oscuro y liso que Sonya tenía en... eh...» —Entornó los ojos.

—Sunita —la corrigió Manjeet—. «El lunar oscuro y liso que Sunita tenía en la barbilla.»

—Perdón. —Nikki señaló los caracteres gurmukhi como si pudiera descifrarlos solo con tocarlos—. «El lunar oscuro y liso que Sunita tenía en la barbilla parecía una roncha. Cuando era norteña, la mondaron...»

Aquello no podía estar bien. Levantó los ojos de la hoja y se las quedó mirando sin saber qué hacer.

—*Hai* —exclamó Preetam, muy afectada—. Pero ¿qué estás haciendo con la historia?

—Me cuesta mucho leerla.

—No la atosigues. Es normal que le cueste leer gurmukhi. No ha nacido en la India —dijo Sheena.

—Me cuesta más escribirlo que hablarlo —admitió Nikki.

—La gramática punyabí la tienes toda mal. —Preetam resopló—. El otro día dijiste pe de perro y luego lo tradujiste al femenino *kutti* en lugar de *kutta*. Fue horrible. Y encima no parabas de repetirlo: *kutti, kutti...*

—Fue como si nos llamaras perras —añadió Sheena en inglés.

—Lo siento —se disculpó Nikki—. Sheena, ¿entiendes tu propia letra?

Sheena miró las hojas y se encogió de hombros.

—Tuve que ir rápido.

Manjeet levantó la mano con timidez.

—Diría que me lo sé de memoria de tanto repetírmelo todas las noches.

—En ese caso, adelante —dijo Nikki.

Manjeet respiró hondo e irguió los hombros.

La visita

El lunar oscuro y liso que Sunita tenía en la barbilla parecía una mancha. Cuando era pequeña, la llevaron a un vidente que predijo que el lunar sería una carga. «Un lunar tan grande es como un tercer ojo», había dicho el vidente. «Tendrá una imaginación desbocada y lo criticará todo.»

El vidente tenía razón. Sunita solía perderse en su mundo interior y enseguida juzgaba a la gente. Cuando se convirtió en una mujer, Dalpreet, su madre, pensó que tendría más posibilidades de casarse si le daban a escoger entre dos pretendientes. Habló con la primera familia, los Dhaliwal, y decidieron que irían a conocer a Sunita el martes. La segunda familia, los Randhawa, iría el miércoles. Sin embargo, el tren de los Dhaliwal sufrió un retraso de última hora que aplazó su llegada hasta el mismo miércoles. A la madre de Sunita le entró el pánico. No podía rechazarlos y era de mala educación cambiar la visita de los Randhawa.

Sunita era consciente del problema porque había oído a su madre explicarlo a una vecina de confianza. «Si mi hija fuera más atractiva, podría negociar en mis propios términos, pero Sunita no es lo que se dice un buen partido, con ese horrible lunar en la cara. No sé cómo lo voy a hacer, pero tengo que conseguir que ninguna de las dos familias se dé cuenta de la presencia de los otros. No tengo otra opción.»

Las palabras de su madre le habían hecho daño, pero Sunita sabía que tenía razón. El lunar era horrible. Además, hacía que los niños de la escuela, crueles por naturaleza, la insultaran y que sus posibles pretendientes fueran incapaces de ver la belleza que se escondía detrás. Sunita se gastaba el poco dinero que tenía en cremas caras para hacerlo desaparecer, pero no servían para nada. Su única esperanza era casarse con un hombre que tuviera dinero suficiente y pudiera pagar a un cirujano para que se lo extirpara. Precisamente por eso, Sunita estaba deseando conocer a sus pretendientes, pero en lugar de dejar su destino en manos de las dos familias, ideó un plan.

—Madre —dijo—, recibamos a ambas familias al mismo tiempo, pero en espacios separados. A los Randhawa los podemos recibir en la sala de estar y a los Dhaliwal, en la cocina. Mientras tú te ocupas de unos, yo serviré té a los otros. Y luego nos cambiamos.

Era un plan descabellado, pero podía funcionar. Por suerte, eran terratenientes y su casa era muy espaciosa; las mesas de la cocina y de la sala de estar podían recibir al mismo número de invitados. A Dalpreet no se le ocurría una solución mejor, así que accedió. Estaba desesperada, tenía que casar a su hija como fuera. Una mujer sin marido era como un arco sin flecha, así rezaba el dicho, y Dalpreet estaba de acuerdo, pero también creía que un hombre sin mujer era peor aún. Solo había que ver a su vecino, que tenía el pelo cano y seguía soltero. Algunos le llamaban Profesor porque se pasaba el día leyendo, pero la madre de Sunita creía que estaba loco. Una tarde, mientras su hija tendía la ropa, Dalpreet lo sorprendió observándola desde una ventana de arriba. ¿Seguiría espiándola cuando Sunita se convirtiera en la esposa de otro hombre?

Por fin llegó el día. Dalpreet despertó a Sunita y le ordenó que se aplicara unos polvos muy caros del mismo color de su piel que ocultarían el lunar. «Pero ¿qué diferencia hay?», se preguntó Sunita. «Si tarde o temprano me verá como realmente soy.» Aun así hizo lo que su madre le había mandado.

Desde la ventana de su habitación, vio a los Dhaliwal entrando en la casa y se fijó en su hijo. El joven tenía los *hombros anchos y la barba rala, y entonces le oyó hablar. Su voz era tan aguda que podía confundirse con la de su madre. Mientras preparaba el té, Sunita advirtió que los Randhawa entraban por la puerta principal. Se dirigió hacia la sala de estar con una bandeja de dulces y allí vio a su segundo pretendiente. Tenía una mirada amable entre castaña y gris, pero estaba tan escuálido que se le marcaban los hombros a través de la camisa. No era el hombre que se había imaginado. Se excusó educadamente y regresó a la cocina.*

—¿Qué te parecen? —le preguntó su madre cuando se cruzaron en el pasillo—. ¿A cuál de los dos prefieres?

Sunita se sintió mal por su madre. Una mirada no bastaba para descubrir lo que más le interesaba de aquellos hombres. Estaba tan ocupada yendo de una familia a la otra que no le había dado tiempo a imaginarse cómo sería restregar su carne desnuda contra las de ellos. En sus fantasías, las visitas eran muy distintas. Ambos pretendientes se colocaban delante de ella, con el pecho desnudo y los poderosos músculos de las piernas al descubierto, y Sunita les daba la oportunidad de impresionarla contagiándole la calidez de sus bocas o excitándola con unos dedos firmes y experimentados. Era lo que todas las noches se imaginaba haciendo con el vecino, con el Profesor. Sabía que él la observaba y eso la excitaba aún más.

—Están bien —le dijo a su madre.

—¿Bien? —repitió Dalpreet—. ¿Y eso qué quiere decir? ¿Cuál de los dos te gusta más?

Sunita no supo qué responder. Por suerte, la madre interpretó su silencio como timidez y la dejó volver a la cocina con los Dhaliwal. Una vez allí, se sentó delante de su pretendiente y desvió la mirada hacia el suelo. Si los padres estaban contentos con el encuentro, se ocuparían disimuladamente de propiciar que la pareja pudiera estudiarse más de cerca. Apartarían la vista a propósito o participarían en una animada discusión para que los jóvenes pudieran mirarse a los ojos. Sunita esperó ese momento, pero no llegó. La señora Dhaliwal no era una mujer muy habladora y encima estaba sentada tan cerca de su hijo, con el muslo apretado contra el de él, que Sunita se preguntó si también le daba el pecho y le limpiaba el culo como a un bebé.

Aún faltaban unos minutos antes de que tuviera que volver con los Randhawa, así que clavó la mirada en las baldosas del suelo e imaginó un encuentro con el hijo de los Dhaliwal. «Bésame», le dijo mientras lo arrastraba hacia la espesura que rodeaba el hogar de su familia. Se tumbó en el suelo, entre la frondosa hierba donde siempre olía a tierra recién removida, y él se estiró encima de ella y le metió la lengua dulcemente en la boca. Luego deslizó las manos desde la cintura hasta los pechos y los acarició y los apretó con ternura. La camisa de Sunita se abrió de repente, momento que el joven aprovechó para llevarse uno de sus pezones a la boca y lamer el hilo de sudor que le corría por el canalillo. Ella tenía las piernas abiertas y notaba la suave presión de su miembro erecto sobre el suave cojín de su sexo. Con un suspiro, arqueó la espalda y...

—¡Juaaaa!

La ensoñación de Sunita saltó en mil pedazos por culpa de la risa del hijo de los Dhaliwal. Alguien había contado un chiste. Todo el mundo se estaba riendo, pero aquel hombre era el más ruidoso de todos. Su sonrisa dejaba al descubierto una hilera de dientes grandes. Sunita no podía imaginarse un beso tierno saliendo de aquella boca.

—No pienso casarme con ese asno —le comunicó a su madre cuando se encontraron en el pasillo.

Su madre pareció aliviada.

—Bien. De todas formas, los Randhawa ofrecen una dote mejor —dijo mientras la acompañaba hasta la sala de estar.

Ahora que había eliminado al pretendiente de los Dhaliwal, Sunita se sentó delante de los Randhawa con un interés renovado por su hijo. La delgadez del chico seguía siendo preocupante, pero aún tenía los ojos del gris de los charcos que se formaban en las aceras y reflejaban los destellos del sol. Se imaginó sujetando a su primogénito y perdiéndose en aquellos ojos, aunque primero vendría el acto en el que crearían al bebé. Se dejó llevar otra vez por la imaginación. Esta vez la escena se desarrollaba en su lecho marital. Ella llevaba un vestido rojo cubierto de cuentas y él la desnudaba poco a poco. Por cada centímetro de piel que se quedaba al descubierto, se detenía a contemplarla. Cuando por fin estuvo completamente desnuda y de pie frente a él, se arrodilló a sus pies y le quitó los zapatos. Luego la levantó en brazos, la llevó hasta la cama y dibujó círculos con los dedos en sus muslos mientras la besaba con pasión.

La fantasía terminaba allí. Ya era demasiado inverosímil. Aquel chico patoso y escuálido nunca tendría la fuerza necesaria para levantar a Sunita en brazos. Sus dedos estarían rígidos como palos y se le clavarían en la carne, lo sabía por la impaciencia con la que mojaba las galletas en el té. Tampoco tendría ni idea de cómo acariciar a una mujer. Pellizcaría y retorcería como si estuviera sintonizando una radio.

—Ninguno de los dos es el elegido —*le dijo Sunita a su madre después de que las dos familias se marcharan*—. No me casaré con ellos.

De hecho, daba igual. Ambas familias la habían rechazado. Los Dhaliwal creían que era superficial. «Ha dedicado más tiempo a mirarse la laca de uñas de los pies que a atender a sus posibles suegros. Qué chica tan desagradecida», *protestó la señora Dhaliwal. Los Randhawa oyeron los comentarios de Dalpreet sobre la dote y se ofendieron. Creyeron ver codicia en la mirada de Sunita cuando solo había lujuria; no se daban cuenta de que en realidad estaba fantaseando con su hijo.*

Dalpreet se lamentó, desesperada.

—¿Y ahora qué hago yo? —Lloró amargamente, enjugándose los ojos con el dupatta—. *He sido maldecida con una hija exigente. Nunca se casará.*

Sin saber cómo consolar a su madre, Sunita se subió al tejado de la casa y levantó la mirada hacia el cielo. Allí fuera, en algún lugar, había un marido para ella. Un chico no, un hombre. Se tumbó boca arriba; estaba siendo demasiado atrevida. Si alguien miraba por la ventana, vería a una chica sola y tumbada en la oscuridad, desafiando al mundo a que se le uniera. Una brisa sopló sobre los campos levantándole el borde de la túnica de algodón y dejándola caer como el guiño de un ojo. Extendió los brazos y los estiró todo lo que pudo. Nunca era suficiente. En aquellas visitas al tejado, Sunita soñaba con tener las extremidades más largas del mundo para poder abarcarlo.

De pronto, notó una presencia y se le puso la piel de gallina. Se incorporó, miró a su alrededor y vio una luz encendida en uno de los dormitorios de la casa de al lado. Una sombra cruzó la ventana. El corazón le dio un vuelco. Se había fijado en el Profesor cuando este se mudó a la casa (según los rumores, había estado casado y ahora hacía vida de soltero en casa de su hermana), pero nunca podía observarlo con detenimiento porque tenía miedo de que su madre sospechara algo. Lo que sí intuía por su forma de caminar era que se trataba de un hombre experimentado.

Mientras esperaba a que volviera a cruzar por delante de la ventana, aprovechó para soltarse la coleta y deshacer la trenza que su madre le había obligado a llevar. Se pasó los dedos por el pelo hasta que la melena le cayó libremente sobre los hombros. Pensó que ojalá tuviera un poco de khol para pintarse la raya de los ojos. Se mordió los labios y se pellizcó las mejillas para darles algo de color.

El Profesor pasó de nuevo junto a la ventana y, esta vez, se detuvo más tiempo.

—¿Cómo has subido ahí arriba? —preguntó con una voz grave y profunda que removió algo en el interior de Sunita.

—No es difícil —respondió ella.

—Pues parece peligroso —comentó él—. ¿No estás asustada?

Sunita negó con la cabeza y su pelo se movió de un lado al otro. Podía sentir cómo la miraba. Animada por el interés, decidió esbozar una sonrisa.

—No me da miedo nada —contestó. El corazón latía desbocado.

El Profesor le devolvió la sonrisa, salió por la ventana y, con unos cuantos movimientos rápidos y precisos, se plantó en el tejado de Sunita. Tenía un cuerpo musculoso, pero sus pasos apenas hacían ruido. Sunita notó la suave brisa que recorría las calles del pueblo y no pudo evitar estremecerse. Sin mediar palabra, el Profesor la atrajo hacia la calidez de su cuerpo, que desprendía un olor embriagador.

Sunita se recostó contra el tejado y cerró los ojos. El Profesor rodó hacia ella y le metió las manos por debajo de la túnica. Sus dedos se movían con la seguridad y la destreza de quien sabe lo que hace. Le acarició los pezones. Sunita arqueó la espalda y levantó los brazos para que él pudiera quitarle la blusa. El Profesor no volvió a tocarle los pechos; inclinó la cabeza y los acarició con la lengua. El cosquilleo de placer fue tan intenso que no pudo reprimir un gemido. Solo sentía su boca sobre la piel, húmeda y caliente; el resto de su cuerpo se había desvanecido. Él empezó a tirar de los cordones de su salwaar y ella separó las piernas. El Profesor la miró sorprendido. Seguramente nunca había conocido a una joven tan directa como aquella. Justo cuando Sunita empezaba a arrepentirse de haber sido tan impaciente, él apretó la boca contra sus partes más íntimas y deslizó la lengua por los pliegues cálidos y húmedos de su carne hasta detenerse en el punto en el que más placer sentía. Algo empezó a crecer dentro de ella, una tensión creciente y que la dejaba sin aliento. Aquel peso que notaba en el pecho la puso nerviosa. Quería incorporarse, pero al mismo tiempo quería que aquella sensación continuara. Sunita nunca había sentido dos fuerzas tan opuestas en su propio cuerpo. Su vientre desprendía un calor intenso y, en cambio, las piernas le temblaban. Los dedos de los pies se contraían y los hombros se relajaban. Se sentía como si se hubiera metido en un río de aguas tan frías que quemaban.

Al final, sucedió. Una explosión de placer que se extendió por todo su cuerpo y sacudió hasta el último de sus músculos. Gimió, con los dedos hundidos en el pelo del Profesor. Él levantó la mirada y, por primera vez, Sunita sintió vergüenza. Apartó la cara para esconderla entre las sombras. Pasaron segundos, puede que horas; no podía saberlo porque en aquellas tierras, cuando el sol se ponía, el tiempo no era más que una ilusión.

Al final, se atrevió a girar la cabeza: el Profesor había desaparecido. Se incorporó, confundida. Llevaba el salwar firmemente atado alrededor de la cintura y la túnica puesta. ¿Había sido todo producto de su imaginación? No podía ser. La sensación de placer había sido demasiado vívida. Se inclinó sobre el tejado y miró hacia la casa del vecino. La ventana del dormitorio del Profesor estaba cerrada y las cortinas, corridas.

Sunita no quería entristecerse. Quizá tenía una imaginación tan poderosa que era capaz de convertir sus sueños en realidad, aunque fuera por un tiempo, pero aquello solo quería decir que podría volver a ocurrir. Bajó del tejado y pensó en los hombres que había rechazado aquella misma *tarde, sentados con sus familias y planeando su siguiente visita como pretendientes. Se llevó las manos al lunar. El sudor había borrado los polvos que lo disimulaban. Todos estaban equivocados desde el principio, decidió Sunita. No había nada malo en ver el mundo como solo ella era capaz de hacerlo.*

Las viudas escuchaban embelesadas, inclinadas hacia Manjeet y sentadas en el borde de la silla para poder oír mejor. Manjeet había mantenido una postura erguida durante toda la narración, con los ojos cerrados e inmersa en el mundo de Sunita. Cuando por fin los abrió, buscó a Nikki con la mirada.

—Lo siento —susurró—. Me he dejado llevar demasiado.

—No te disculpes. Ha sido precioso. Tu historia tiene detalles increíbles —le dijo Nikki.

—Todo sale de la imaginación de Sunita, no de la mía —replicó Manjeet.

—¿Sunita no eres tú? —quiso saber Preetam—. También tienes un lunar.

—Ah, pero el lunar de Sunita es una prueba de su belleza —explicó Manjeet—. El mío es...

Se encogió de hombros y Nikki se dio cuenta de que tenía una mano ahuecada delante de la barbilla para ocultarlo.

—Es bonito, *bibi* Manjeet —intervino Nikki—. Igual que el de Sunita.

Manjeet hizo una mueca y se puso colorada de la vergüenza.

—Por favor, no hace falta que digas esas cosas. A mi madre le preocupaba mucho el lunar. Decía que traía mala suerte y que nunca encontraría a nadie.

—Tu madre tenía cosas mucho más importantes de las

que preocuparse, si te pasabas el día pensando en meterte en la cama con hombres —le soltó Tarampal.

—Nadie te ha dicho que estés obligada a escuchar —intervino Arvinder—. Si estuvieras tan concentrada en aprender, no nos harías tanto caso.

Tarampal se puso colorada, aunque era difícil saber si de vergüenza o de rabia.

—Tu madre se equivocaba, está claro —dijo Nikki—. Al final encontraste a alguien y te casaste.

—Sí, pero no conseguí retenerlo, ¿verdad?

Las demás viudas se miraron.

—Venga, mujer —le dijo Arvinder con decisión—. Ya te lo he dicho, no tienes que pensar eso.

—¿Por qué no? —preguntó Manjeet, y se le llenaron los ojos de lágrimas.

—No sé qué pasó, pero tú no tienes la culpa de la muerte de tu marido —intentó animarla Nikki.

—No está muerto —dijo Manjeet, y se le escapó una carcajada—. Está vivito y coleando. Se fugó con la enfermera que lo cuidó cuando tuvo el infarto.

—¡Ah! —exclamó Nikki.

Pobre Manjeet. Ahora todo tenía más sentido, el «aspecto de viuda» del que Sheena le había hablado. Manjeet se vestía como una porque era mejor estar viuda que separada de su marido.

—Lo siento mucho.

—Es lo que me decís todos —repuso Manjeet—. Que lo sentís. Pero vosotros nos hicisteis nada malo, fue él.

—Eso es verdad, fue él —reconoció Arvinder—. Él y la zorra de la enfermera. Tú no tuviste nada que ver.

Manjeet sacudió la cabeza y se sonó la nariz.

—Si volviera a nacer, sería más como Sunita. Ella sabe lo que quiere. Y la enfermera también. Sabía lo que quería y lo cogió.

—*Hai* —dijo Preetam, mientras se enjugaba las lágrimas con el *dupatta*—. Es una tragedia.

—No estás siendo una gran ayuda—le espetó Sheena—. Nikki, di algo.

Nikki no sabía qué hacer; sus alumnas la miraban fijamente, a la espera. Repasó los detalles de la historia de Manjeet y se imaginó a Sunita tumbada sobre el tejado, con toda la vida por delante.

—Creo que lo más importante de la historia de *bibi* Manjeet es la diferencia que hay entre ser valiente y tener malicia —concluyó, y Sheena tradujo la palabra «malicia» para el resto de sus compañeras—. Creo que el valor que muestra Sunita es digno de admirar y que quitarle el marido a otra mujer es egoísta y mezquino.

—Tú también eres valiente, Manjeet —dijo Sheena—. Si no lo fueras, no nos habrías contado la historia.

—Me da miedo contarle a la gente lo que hizo mi marido —explicó Manjeet—. Eso es cobarde, ¿verdad? Llevo todo este tiempo fingiendo que murió en un viaje a la India para que no me hagan preguntas. Si hasta me fui a Canadá a ver a mi hijo mayor para que la gente pensara que me estaba ocupando del funeral de mi marido.

—¿Cuándo se fue? —preguntó Nikki.

—El verano pasado.

—Entonces, aún lo tienes muy reciente.

—Eso díselo a ellos. Se han comprado una casa —repuso Manjeet—. La enfermera también vino a Inglaterra desde una aldea, como yo, pero es de otra generación, Nikki. Esas mujeres saben hacer todo lo que un hombre desea antes incluso de casarse.

—En mi época, tan solo sabías lo que te contaban las hermanas y las primas que ya estaban casadas —intervino Arvinder.

Nikki se imaginaba perfectamente a una joven Arvinder,

inocente e impresionable, rodeada de mujeres de su familia vestidas con saris, aguantándose la risa y turnándose para compartir con ella su sabiduría sobre el tema. Había algo envidiable en la escena, ya que no se veía compartiendo un momento así con Mindi antes de su boda.

—Suena bien —dijo—. Os cuidabais entre vosotras.

—Era útil —explicó Preetam—. Como la vez que mi prima Diljeet me dijo: «Usa un poco de mantequilla para engrasar el tema por ahí abajo».

—Eso te lo dije yo —intervino Arvinder—. Es el truco más viejo del mundo.

Sheena se echó a reír.

—¡Mirad la cara de Nikki! —exclamó.

Por lo visto, no había conseguido disimular la expresión de horror absoluto, y es que le había venido a la cabeza la imagen de su madre en la cocina de casa, untando una *tava* caliente con mantequilla, que se deshacía al instante. A partir de aquel día, la mantequilla tendría unas connotaciones muy diferentes.

—Es verdad —añadió Preetam—. Fue Diljeet quien me aconsejó que fuera discreta y que, siempre que pudiera y que mi suegra no se diera cuenta, aprovechara para escamotear un poco de mantequilla y ponerla en un bote pequeño. Era demasiado complicado llevarse un bloque entero a la habitación sin que lo viera el resto de la familia.

—¿No tenéis tubitos de esos para la cocina? —preguntó Nikki.

—En el Costco la venden a granel —respondió Preetam—. ¿Por qué te gastas el dinero en esos tubos tan ridículos?

—Una vez me dieron un consejo muy útil para complacer a mi marido si le apetecía hacerlo durante esos días —dijo Manjeet—. Tenía que dejar que me la pusiera aquí, en el sobaco, y luego hacer esto.

De pronto, empezó a mover el brazo arriba y abajo.

—¡No me lo creo! —exclamó Sheena.

—Pues créetelo —replicó Manjeet—. Y a él le gustaba. Decía que la sensación era la misma que en mis partes íntimas: cálida y peluda.

A Nikki nunca le había costado tanto aguantarse la risa. Sus ojos se encontraron con los de Sheena, que se había tapado la boca con ambas manos. Sheena disimulaba, pero se partía de la risa.

—Muchas mujeres ni siquiera sabían qué se esperaba de ellas hasta la noche de bodas —explicó Preetam—. Por suerte, yo sí, pero ¿os imagináis la sorpresa?

—De nada, hija —dijo Arvinder—. Fui yo quien te contó todo lo que tenías que saber.

—¿En serio? —preguntó Nikki—. Qué moderna.

Arvinder debía de tener unos ochenta y pico. A Nikki le costaba imaginarse a alguien de la generación de su madre hablando de florecillas y de abejas. Había subestimado a Arvinder, otra vez, y también a Manjeet y a sus métodos alternativos para darle placer a su marido.

—*Hanh*, bueno, me pareció importante —comentó Arvinder—. Dios sabe que yo no supe qué era el placer de verdad hasta que alguien me regaló uno de esos aparatos de masaje para los hombros. Y dejadme que os diga que son geniales para aliviar la tensión de muchos sitios.

La clase al completo se echó a reír. Nikki estaba a punto de recordarles que no levantaran la voz, pero cambió de idea en cuanto vio la cara de Manjeet: observaba a sus compañeras con una expresión de auténtica gratitud en la mirada, y las marcas que la tristeza había dejado alrededor de los ojos se habían convertido en profundas arrugas de tanto reír. Se le había escurrido el *dupatta* blanco de la cabeza y ahora lo tenía sobre los hombros. Y allí lo dejó.

6

Kulwinder entornó los ojos, observó los impresos que tenía delante e intentó concentrarse. Hacía apenas un momento, había vuelto a escuchar las risas de las alumnas y le costaba pensar con claridad. Sintió la tentación de presentarse en la clase sin avisar, pero las voces enmudecieron antes de que le diera tiempo a levantarse de la silla. Ahora era el silencio el culpable de su incapacidad para concentrarse. Sin nada que la distrajese, no podía seguir escondiéndose de todas aquellas palabras en inglés que no conocía. Hacía poco que habían cambiado las solicitudes de visado para ir a la India, que ahora incorporaban una batería de preguntas absurdas y declaraciones sobre seguridad nacional. Que un indio tuviera que pedir un visado para entrar en su país ya le parecía incomprensible, por no hablar de aquel vocabulario tan complicado. Había hecho las dos preguntas en la agencia de viajes Lucky Star, donde con toda la paciencia del mundo le habían recordado que era ciudadana británica y que lo había sido durante las últimas dos décadas. «Oficialmente, usted no es india», le habían dicho. Para Kulwinder, aquello no explicaba nada.

Tenía la vista cansada. Se había dejado sus queridas bifocales en casa y decidió que las necesitaba para acabar de rellenar el formulario. Ya había perdido el último autobús, así que salió del edificio y cruzó el aparcamiento. Detrás de ella iba un grupo de gente que venía del templo, pero en cuanto dejara la calle principal se quedaría sola, rodeada de casas con las ventanas cerradas a cal y canto. Dirigió la mirada hacia las farolas del final de la calle y avanzó con paso decidido.

Cuando dobló la esquina, oyó pasos detrás. Clavó la mirada en su casa, que estaba un poco más adelante, y aceleró, pero la persona que la seguía también apretó el paso. Sentía su presencia tan cerca que se le había puesto la piel de gallina. La alcanzaría en cuestión de segundos.

De pronto, se dio la vuelta.

—¿Cuándo piensas dejarme en paz de una vez? —gritó.

Su acosador retrocedió. El corazón de Kulwinder latía a cien por hora y no se tranquilizó hasta que vio que se trataba de Tarampal Kaur.

—Necesito hablar contigo —dijo.

—¿Sobre qué? —preguntó Kulwinder.

—Un problema que tengo. —Tarampal bajó la mirada—. Pero no sé cómo reaccionarás.

Kulwinder se puso aún más tensa. La actitud de Tarampal era, cuando menos, sospechosa. No paraba de juntar las manos y separarlas una y otra vez, como si estuviera sujetando algo invisible a los ojos de Kulwinder. De repente, sintió que el corazón se le volvía a acelerar. No estaba preparada para mantener aquella conversación con Tarampal en medio de la calle.

—¿Es sobre...?

No pudo continuar. Llevaba tanto tiempo ignorando voluntariamente la conexión entre Maya y Tarampal que ni siquiera era capaz de decir el nombre de su hija delante de ella.

—El curso de escritura —dijo Tarampal—. Las demás no están trabajando mucho que digamos.

—Ah.

La exhalación fue involuntaria, como si le hubieran dado

un puñetazo. Sintió alivio y decepción, todo al mismo tiempo, y la mezcla de sentimientos le afectó tanto que solo pudo responder con un susurro.

—La clase.

Tarampal no quería hablar de Maya, obviamente. Pero ¿qué esperaba? Se le llenaron los ojos de lágrimas y, por un momento, se alegró de que la calle estuviera casi a oscuras.

—Yo voy haciendo los ejercicios de lectura y de escritura —le explicó Tarampal—, pero las otras van a... —Dudó por un instante—. A hacer el tonto.

Así que las viudas hablaban entre ellas y se lo pasaban bien y Tarampal se sentía excluida. ¿Y por qué le iba a ella con el cuento en vez de solucionarlo sola?

—Habla con ellas. O con la profesora —le dijo Kulwinder.

Tarampal cruzó los brazos.

—Podría presentar una queja sobre las clases, ¿sabes? Le podría decir a Gurtaj Singh que no son muy productivas que digamos. No lo hago porque no quiero crearte problemas.

—Es un poco tarde para eso —replicó Kulwinder, sin pararse a pensar en lo que acababa de decir.

Tarampal bajó la mirada. Parecía afectada.

—Espero que algún día podamos volver a ser amigas.

«Nunca», pensó Kulwinder, pero esta vez se contuvo y no lo dijo en voz alta. Estaba claro que a Tarampal no le interesaba su amistad, solo quería vigilarla de cerca. De hecho, no le sorprendería que se hubiera apuntado a las clases precisamente por eso.

El silencio apenas duró un instante, pero fue como si se expandiera, como ocurría siempre que se encontraba con Tarampal. Sabía que sería más fácil decirle la verdad: «Me he rendido. Soy incapaz de demostrar nada; es lo que dicen los abogados y la policía. Ya ni siquiera puedo salir a dar un paseo sin que luego me amenacen por teléfono». Pero no podía permitirlo. De vez en cuando, abría su libreta del Barclays y repasaba los detalles con la esperanza de haber obviado algo, de encontrar la forma de recuperar el pasado.

Seguía negándose a aceptar lo que le había dicho la policía. Era imposible que fuera tan sencillo. ¡Era su Maya! La habían ascendido en el trabajo justo una semana antes de morir. Había comprado entradas para un concierto. Seguramente había reservado libros en la biblioteca, había hecho planes con alguna amiga o había descubierto una nueva receta que le apetecía probar. La última vez que la vio, Maya estaba jugando con el perro del vecino, que se había escapado hasta su jardín. Intentó lamerle la cara y por poco la tiró al suelo. Kulwinder había gritado asustada, pero a Maya le pareció divertido y hundió la cara en el pelo del perro y le dijo lo buen chico que era. ¿Cómo era posible que la creyeran capaz de algo tan horrible? ¿Y por qué seguía recibiendo amenazas si la muerte de Maya había sido tan clara? La policía decía que no había nada raro; tenían testimonios que confirmaban que Maya se sentía culpable y estaba muy alterada. Además, «es comprensible buscar respuestas cuando se llora la muerte de un ser querido», le había dicho el abogado justo antes de advertirle de la cantidad de horas que tendría que pagar solo para preparar el caso. De pronto, la asaltaron la misma frustración y las dudas de siempre, pero Kulwinder recordó lo siguiente: Dios lo había presenciado todo. Sarab siempre decía que, al final, era lo único que importaba.

—Gracias, Tarampal, pero prefiero la compañía de mi marido —le dijo—. Buenas noches.

«Dios lo ve todo», pensó. Aquello le dio la fuerza suficiente para alejarse de Tarampal, pero en cuanto llegó a casa, hundió la cara en uno de los cojines del sofá y lloró desconsoladamente mientras Sarab la observaba, pálido como una sábana.

La tubería gorgoteó tan fuerte que parecía un motor. Antes de ir a trabajar, Nikki lo añadió a la larga lista de reparaciones pendientes, que incluían un bulto misterioso en el techo y una conexión inalámbrica tan débil que solo funcionaba si sujetaba el portátil encima del fregadero. Las últimas líneas se amontonaban al pie de la hoja, escritas en una letra minúscula. Se había prometido a sí misma que en cuanto se quedara sin espacio para escribir, le pasaría la lista a Sam O'Reilly para que se ocupara de las reparaciones, pero después de lo que había ocurrido el año anterior entre ellos, prefería no pedirle nada.

Había empezado como algo inocente. Nikki se había ofrecido a hacer horas extra y Sam le había preguntado si estaba ahorrando para las vacaciones.

—Es para ir al musical de *Mary Poppins* —respondió Nikki.

Mary Poppins era su película favorita cuando era pequeña. Una vez, con siete años, siguió a una mujer por la calle porque llevaba un paraguas grande y una falda hasta los pies.

—Estaba segura de que saldría volando por los aires y aterrizaría encima de una chimenea. Quería darle la dirección de mi casa.

Al oír aquello, a Sam se le iluminaron los ojos y sonrió. Fue como si su cara de agotamiento perpetuo se hubiera quitado diez años de encima. Nikki se lo dijo bromeando, justo en el momento en que Garry, uno de los rusos de la cocina, pasaba junto a ellos. Los miró, primero a él, luego a ella, y al cabo de un rato Nikki lo vio riéndose por lo bajini con Viktor, el otro ayudante de cocina. Al día siguiente, Sam apareció en el pub con dos entradas para *Mary Poppins*.

—Por si te apetece ir este viernes conmigo.

Nikki se quedó mirando fijamente las entradas, colorada como un tomate. ¿Acaso Sam creía que había estado tonteando con él? ¿Lo creían Garry y Viktor? No lo había hecho a propósito, eso seguro, pero era lo que había entendido Sam cuando le había comentado lo del musical.

—No puedo aceptarlas —consiguió decir—. No creo que sea apropiado.

Sam lo comprendió a la primera. Sus labios, haciendo casi una mueca por lo forzado del gesto, dibujaron una sonrisa de oreja a oreja.

—Ah, claro —dijo, e intentó disimular la vergüenza fingiendo un ataque de actividad frenética.

Se pasó las manos por el pelo y empezó a clasificar los vasos detrás de la barra. Cada vez que Nikki estaba cerca, Garry y Viktor no dejaban de hacer comentarios en ruso. Sanja, una de las camareras, le confirmó que estaban hablando de ella, diciendo que ofrecía favores sexuales a cambio de un ascenso. «Qué deprimente», pensó Nikki. Ya que la acusaban de ascender a base de acostarse con el jefe, habría preferido que hacer de camarera en un pub roñoso de Shepherd's Bush no fuese el punto álgido de su carrera.

Nikki dobló la lista y la guardó. Se alegraba de que el trayecto hasta la puerta del pub apenas durara treinta segundos, sobre todo después de tener que desplazarse dos veces por semana hasta Southall. Además, las noches de Trivial siempre iba mucha gente, así que sabía que sería un turno largo y agotador. Una vez en el pub, pasó junto a un grupo de hombres que se habían reunido cerca del televisor y saludó a un par de asiduos. Sanja estaba pasando la bayeta con su estilo habitual, como si las mesas merecieran un castigo. Otra compañera, Grace, siempre le preguntaba por su madre, como si fuesen amigas de toda la vida. Solía emocionarse con el pasado de los participantes de *Britain's Got Talent*, hasta el punto que una vez había aparecido en el pub con la cara hinchada y sin haber pegado ojo porque el chaval que hacía de mago, y que había sufrido *bullying* en el colegio, no había ganado.

—¡Nikki! —la llamó Grace desde la otra punta del local—. ¿Cómo está tu madre, cariño?

—Muy bien —respondió Nikki.

—No estará pasando frío... —dijo, y se la quedó mirando; por alguna extraña razón, la temperatura de la vivienda de su madre era un asunto de máxima importancia para ella.

—Tiene la casa muy bien aislada del frío —le aseguró Nikki.

—Aunque seguro que no hace el mismo calor que en su pueblo de Bangladés —apuntó Steve el del Abuelo Racista.

A Nikki le habría gustado tener una respuesta ingeniosa, pero no se le ocurrió nada.

—Que yo nací en Inglaterra, imbécil —le espetó, y Steve sonrió como si le hubiese regalado un piropo.

De pronto, vio a Olive saludándola entre las mesas y sintió un alivio enorme. Le sirvió una cerveza y la llamó a voces.

—Tengo un regalo para ti —anunció, y sacó una carpeta de la bolsa.

—¿Es lo que creo que es? —quiso saber su amiga.

—Sí —asintió Nikki—. Este está escrito en inglés.

Era el relato de Sheena Kaur.

El complejo hotelero El Cocotero

Lo más difícil de planear una boda era decidir qué viaje de novios elegir. Kirpal y Neena se pasaron semanas barajando las distintas posibilidades. Al final, se decidieron por un complejo hotelero llamado El Cocotero. A Kirpal le gustaban las fotos del mar azul y la arena blanca. Neena se había dejado llevar por el lema del hotel: «Pruébalo todo al menos una vez». Aquella sería su única luna de miel y estaba decidida a aprovecharla hasta el último minuto. Quería probar el buceo, la inmersión en aguas profundas y todo lo que ofrecía el hotel una vez como mínimo.

Cuando llegaron a la recepción, se aseguraron de que la habitación tuviera una cama extragrande, tal como habían pedido. La recepcionista del hotel les dio una lista de sitios donde comer y les explicó cómo llegar a la piscina, pero Kirpal miró a su esposa, Neena, con una sonrisa en los labios y dijo:

—Algo me dice que estos días los pasaremos encerrados en la habitación.

Neena se puso colorada y sintió que un fuego ardía en su vientre. No veía el momento de quedarse a solas con él. Llevaba meses, desde que habían reservado el viaje, mirando de vez en cuando el tríptico de la agencia en el que salía una cama extragrande cubierta de pétalos de rosa. Se había imaginado cayendo sobre la cama entre gemidos, abrazada a Kirpal en una maraña de brazos y piernas cubiertos de sudor. Tenían que aprovechar la luna de miel porque después ya no podrían repetirlo. En casa de sus suegros, la pared que separaba un dormitorio del otro era fina como el papel de fumar. Habría que aprender a disimular los sonidos de sus encuentros sexuales.

Kirpal le sonrió y Neena se preguntó si estaría pensando lo mismo que ella. Luego, mientras recogían las maletas, se le borró la sonrisa de la cara y en su lugar apareció una mueca de dolor.

—¿Qué te pasa? —le preguntó.

—Es la espalda —dijo él, apretando los dientes—. Hace días que tengo unos dolores horribles, pero con todos los preparativos de la boda no he tenido tiempo de ir al médico. Creo que la celebración no ha hecho más que empeorarlo.

Neena intentó disimular su decepción. Obviamente,

aquello significaba que no podrían hacer el amor en sus primeras vacaciones juntos. ¿Cuándo volverían a tener otra oportunidad?

Un botones subió las maletas a la habitación y recibió una generosa propina a cambio.

—Disfruten de la estancia —dijo.

Cuando se fue, Neena y Kirpal se quedaron por fin a solas, pero sin poder expresar su amor. Kirpal se entretuvo con la cremallera de su maleta, luego se sentó en la cama y se tumbó despacio hasta que estuvo completamente estirado. El movimiento fue acompañado de un sonoro suspiro de alivio.

—Me gustaría descansar un poco —anunció.

Cerró los ojos y su rostro se contrajo con un último espasmo de dolor. Neena se dio cuenta entonces de la gravedad del dolor que llevaba semanas ocultándole. Quizá podía hacer algo para aliviarlo.

Se tumbó sobre la cama, al lado de Kirpal. Su cuerpo era cálido y duro; su respiración, suave. Tenía los ojos cerrados como si estuviera dormido, pero en cuanto le acarició la mejilla con los labios notó que se movía. Luego le lamió el lóbulo de la oreja. Neena no sabía si aquello era lo que se esperaba de ella, pero su marido estaba disfrutando tanto que supuso que no iba desencaminada. Siguió acariciándolo con los labios, primero cuello abajo y luego en el pecho, y sintió que se le aceleraba la respiración. Se detuvo allí y consideró las posibilidades. Antes de casarse, le habían advertido que lo que una pareja hacía en la noche de bodas establecía las pautas para el resto de su vida juntos. A Kirpal le dolía la espalda; claro que era un problema, pero si pretendían envejecer juntos, había muchas enfermedades capaces de dejarlos postrados de por vida, a cualquiera de los dos o a ambos. ¿Qué harían entonces? Neena quería mucho a su marido y estaba disfrutando en aquel momento, pero *debía dejarle claro que él también tenía obligaciones que cumplir. Se colocó de forma que la cabeza le quedara a la altura de los pies de Kirpal que, en cuanto se encontró el culo de su mujer delante de la cara, empezó a protestar.*

—¿Por qué has parado? —preguntó.

Apenas le dio tiempo a pronunciar la última palabra antes de que Neena cubriera con los labios su precioso miembro viril. En cuanto lo tocó, se puso duro como una piedra. Empezó a deslizar los labios hacia abajo y sintió que cada centímetro de su cuerpo se ponía tenso. Tuvo mucho cuidado y evitó apoyar el peso del cuerpo en él para no hacerle daño en la espalda; se montó a horcajadas sobre su torso y clavó las rodillas a ambos lados del pecho. Luego arqueó un poco la espalda para que sus partes íntimas quedaran completamente al descubierto. Kirpal solo tenía que levantar un poco la cabeza y ya podría acariciar con la punta de la lengua el botón cálido y palpitante que se ocultaba entre sus piernas...

—¡Madre mía! —exclamó Olive levantando la mirada de la página—. No me esperaba esto. Pensaba que serían romances para abuelas. Esto es guarro, guarro.

—Sheena no es una abuela —dijo Nikki—. Creo que ronda los treinta y cinco. Su marido murió de cáncer hace bastantes años.

Nikki no entendía por qué Sheena prefería la compañía de aquel grupo de mujeres, mucho más mayores y conservadoras que ella, en vez de ir con chicas de su edad.

—Espera, que hay más.

Buscó entre las páginas y señaló un párrafo.

—No me muerdas ahí —le advirtió Kirpal.

Ella obedeció, pero en cuanto se le empezaron a cansar los labios de tanto subir y bajar, decidió arañarle la piel con los dientes y sintió un escalofrío de placer, potente como una descarga eléctrica. Entre los labios de Kirpal se escapaba un sonido a medio camino entre el dolor y el placer.

—Tiene estilo escribiendo —apuntó Olive.

Nikki pasó la página y buscó entre el texto.

—Espera —dijo—, que ahora viene el giro argumental, cuando ella empieza a tirarse al botones.

Neena se puso a cuatro patas y él se colocó detrás, con los dedos hundidos en la calidez de su sexo, mientras ella hacía girar la cadera como preparándose para su enorme miembro erecto. Normalmente, Ramesh estaba demasiado ocupado cargando maletas y haciendo recados para fijarse en los clientes, pero a Neena la había visto aquella misma mañana al bajar de la furgoneta que traía a los huéspedes desde el aeropuerto. El viento le había levantado la falda, bajo la que ocultaba unas braguitas de encaje rojo, las mismas que ahora descansaban en el suelo hechas un amasijo. No se lo acababa de creer, estaba a punto de penetrarla.

—Ah, sí, sí, no pares —gimió Neena.

Ramesh levantó la mirada, consciente de que le estaba haciendo el amor a la mujer de otro hombre.

—Claro que sí, Neena —dijo Olive—. Tienes que probarlo todo.

—Pero su marido está mirando. Y pasándoselo de miedo.

Los ojos de Ramesh se cruzaron con los de Kirpal, que estaba sentado en una esquina de la habitación, con su pro-

pio miembro en la mano y viendo gemir a su mujer, loca de deseo, mientras Ramesh la penetraba una y otra vez.

—¿Y todos los relatos son así de guarros? —preguntó Olive.

—Más o menos.

—Menuda pandilla de golfas —bromeó Olive—. ¿Quién más los lee, además de las viudas y de ti?

—Nadie más de momento —respondió Nikki—. Pero eso podría cambiar en breve. He pensado que cuando tengamos suficientes historias, intentaremos publicarlas.

—Mmm... No sé —murmuró Olive—, son muy íntimas. Seguro que no les importa compartirlas contigo, pero publicarlas ya es otra cosa.

—Son mucho más lanzadas de lo que suponía —dijo Nikki—. No me cuesta imaginarme a Arvinder hablando en una manifestación de Fem Fighters. O a Preetam haciendo una lectura dramatizada.

Olive ladeó la cabeza y sonrió. Era aquel gesto de «vas demasiado embalada» que Nikki conocía tan bien, aunque estaba más acostumbrada a recibirlo por parte de Mindi.

—Tendríamos que trabajar el tema —admitió.

De pronto, se oyó un grito procedente de la cocina. Nikki abrió la puerta y se encontró a Sam dando saltos de un lado a otro y apretándose los dedos de la mano izquierda.

—¿Qué ha pasado?

—Me he quemado con agua caliente. La lucecita del lavavajillas está rota.

Sanja se acercó al lavavajillas y, en cuanto abrió la puerta, enseguida tuvo que apartar la cara. Una nube de vapor se elevó hasta el techo. Empezó a sacar los platos con mucho cuidado y los apiló sobre la encimera. Sam farfulló algo entre dientes y salió de la cocina. Nikki lo siguió, pero se detuvo en cuanto oyó las risas de los chicos de la cocina. No tenía por qué ir detrás de Sam. Estaba bien, seguro. Volvió a su puesto detrás de la barra.

—Imbéciles —murmuró.

—¿Quién? —preguntó Olive.

—Los de la cocina.

—No les hagas ni caso. Son unos resentidos —le recordó Olive.

—Seguramente —dijo Nikki—, pero a veces entiendo de dónde han sacado la idea... Sam me contrató sin que yo tuviera experiencia. Es raro, ¿no?

Olive se encogió de hombros.

—Le pareció que tenías potencial. Puede que también le gustaras, pero ya intentó quedar contigo hace siglos, al poco de empezar a trabajar, y le dijiste que no. Después de aquello, no te ha tratado de ninguna manera especial.

—En realidad, sí. Antes podía hablar tan tranquila con él y reírme, pero desde entonces se me hace un poco incómodo. La culpa la tienen Garry y Viktor —se lamentó, aunque en secreto también se culpaba a sí misma. ¿Por qué le habría echado un piropo?

—Pues ciérrales la boca —dijo Olive—. Venga, ponlos en su sitio.

A pesar de lo indignada que estaba, le daba reparo enfrentarse a ellos. No quería oír su respuesta: «Te lo has buscado». Le daba miedo no ser capaz de convencerlos de que se equivocaban.

—Tampoco es para tanto. Casi prefiero ignorarlos.

Olive levantó una ceja pero no dijo nada. De pronto, se abrió la puerta del pub y entró un chico. Nikki no tuvo tiempo de disimular su alegría. Olive le siguió la mirada y se encontró con Jason, que se dirigía hacia la barra.

—¿Quién es ese?

—El chico que conocí el otro día —murmuró Nikki, incapaz de disimular una sonrisa, y se puso a limpiar la barra como si estuviera ocupadísima—. Ah, hola —saludó a Jason como si tal cosa.

—Pub O'Reilly's —dijo él—. Hay unos diecisiete por todo Londres. Este es el cuarto intento.

—Te dije que estaba en Shepherd's Bush, ¿no? —preguntó Nikki.

Jason se lo pensó antes de contestar.

—Seguramente. No me enteré.

—¿No te dio la dirección? —intervino Olive—. Soy Olive, por cierto. La dama de compañía de Nikki.

—Encantado de conocerte. Me da un poco de vergüenza, pero necesito ir al lavabo antes de pedir.

Nikki le indicó dónde estaban los servicios.

—Es mono —comentó Olive en cuanto Jason se alejó.

—¿Tú crees? No sé —dijo Nikki.

—Y una mierda. Te he visto la cara cuando ha aparecido por la puerta. ¿Cómo os habéis conocido?

—Ni más ni menos que en el templo, en un callejón al que los dos nos habíamos escabullido para fumarnos un cigarrillo. No me dio tiempo a preguntarle qué hacía allí.

—¿Rezar, quizá?

—El templo es más una especie de club social a lo bestia. La gente dedica exactamente dos minutos a presentar sus respetos y luego se reúne con sus amistades en el comedor para comer gratis y cotillear. Tiene poco de espiritual, sobre todo para la gente joven.

—Quizá había quedado con unos amigos.

—Ah —dijo Nikki—. Pues ese es el problema, que yo nunca salgo con tíos a los que les gusta reunirse en el templo. O sea, viven en una ciudad genial, con el mundo entero al alcance de la mano, ¿y prefieren pasar la tarde en el *gurdwara*?

Olive la miró fijamente.

—Lo estás haciendo otra vez.

—¿El qué?

—Ser demasiado crítica. Dale una oportunidad al chico, que se ha recorrido todos los O'Reilly's de Londres hasta encontrarte. Qué aplicado, ¿no?

—Quizá demasiado —replicó Nikki.

—Nikki —la reprendió Olive con un suspiro.

—Vale, lo reconozco, me estoy resistiendo y no sé por qué.

—Yo tengo una teoría.

—No me vengas con que sufro un trauma por lo de mi padre —le advirtió Nikki—. Esa teoría ya me la has explicado y solo conseguiste que me sintiera como una mierda.

—Por tu padre no, por tu madre. Jason es el prototipo de chico con el que tu madre querría que salieras. Un buen chico punyabí.

Olive sonrió, aunque el gesto denotaba cierta picardía.

—Ay, Dios, Olive. ¿Y si estaba en el templo porque había ido a mirar los anuncios del tablón de matrimonios? —preguntó Nikki—. ¿Crees que vio el de Mindi? Eso sería... No sé, una especie de incesto, ¿no?

Olive la hizo callar en cuanto vio que Jason salía del lavabo. Cuando llegó a la barra, hubo un silencio incómodo entre los tres. La voz del presentador del Trivial retumbaba por todo el local.

«¿Cuál es la segunda ciudad más poblada de México? Por tres puntos, la segunda ciudad más poblada de México.»

—Guadalajara —dijo Jason, y se volvió hacia Nikki—. ¿Me pones una Guiness, por favor?

—Ah, sí, claro —respondió ella, y se puso manos a la obra.

Por el rabillo del ojo, vio que Olive no apartaba los ojos de Jason.

—Jason, ¿te puedo preguntar algo? Es para aclarar una cosa —le preguntó.

—Claro.

—¿Qué hacías en el templo el día que conociste a Nikki?

Nikki se quedó petrificada, sujetando el vaso con una mano.

—¡Olive!

—Mejor lo aclaramos y luego yo ya me quito del medio.

—No le hagas caso a mi amiga —intentó excusarse Nikki, pero Olive levantó la mano y la hizo callar.

—Déjale hablar.

Jason carraspeó.

—Había ido a dar las gracias.

—¿En serio? —preguntó Nikki.

Jason asintió.

—Hace un par de años, a mi madre le diagnosticaron un cáncer y los médicos nos acaban de decir que está curada. La verdad es que le fue de muy poco, por eso me apetecía hablar con Dios y darle las gracias.

Olive miró a Nikki y sonrió. Cogió su copa, se levantó y desapareció entre la multitud que seguía jugando al Trivial en una esquina del pub.

—Siento que tu madre tuviera que pasar por eso —dijo Nikki—. Tuvo que ser muy duro.

—Lo fue, pero ahora ya está mejor. He de admitir que no suelo practicar la religión, y mucho menos en el templo, pero sentí una especie de paz.

—Mi padre murió hace un par de años. Un infarto.

—Lo siento.

—Gracias. Fue muy repentino, un día mientras dormía. —Nikki no sabía por qué le estaba contando todo aquello. De pronto, notó una sensación de calor en la cara y se alegró de que la luz del pub fuera tan débil—. Entonces, tienes familia en Londres, ¿no?

—Unos tíos lejanos. Viven en Southall, cerca del templo. Cada vez que vengo a verlos, me dicen que me quede a vivir con ellos. A mi tía le preocupa que no tenga a nadie que me cocine.

—Los padres son así —dijo Nikki—. Mi madre solía recitarme toda la lista de horrores que acaban sufriendo las chicas que viven solas. La inanición estaba entre los primeros puestos, justo debajo de la violación y el asesinato.

—He de reconocer que estuvo bien poder ir al *langar* del templo el otro día. No era consciente de lo mucho que echaba de menos el *dal* y los *rotis* caseros.

—Yo tampoco —admitió Nikki—. Es curioso, pero cuando vivía con mis padres me daba bastante igual el *dal*. Si llamara a mi madre y le preguntara cómo lo hace, estoy segura de que lo usaría para convencerme de que volviera a casa. Un día pensé: no puede ser tan difícil, ¿no? Compré lentejas en el supermercado, las herví y añadí las especias del curri. Creo que le puse demasiada cúrcuma, o al menos ese fue uno de los problemas. Me salió una cosa amarillo fosforito, totalmente incomible. Al final, pensé que me bastaba con que pareciera *dal*, así que le eché un poco de café molido para bajar el color.

—Dime que no te lo comiste.

—Lo tiré a la calle. A la mañana siguiente, Sam, mi jefe, entró en el pub quejándose de que alguien había vomitado al lado de la puerta y yo pensé: no, es mi versión del *dal* al café expreso.

Nikki se sentía tan cómoda hablando con él que se le estaba pasando el turno volando. Cuando Jason le preguntó qué hacía ella aquel día en el templo, Nikki aprovechó para atender a un grupo de clientes que acababan de llegar al pub y servirles sus bebidas. La distracción le sirvió para ganar algo de tiempo y pensar una respuesta.

—Llevo una clase de escritura... de alfabetización para adultos —respondió, y decidió que a partir de entonces aquella sería su respuesta, para todos menos para Olive; era más seguro.

En cuanto acabó la última ronda de Trivial, Olive regresó a la barra.

—Jason, tenías razón con la pregunta sobre México. Era Guadalajara.

Tenía la voz más aguda que de costumbre.

—Oh, oh. Olive ya va con el puntito —se burló Nikki—. Debe de ser horrible tener que enseñar a una pandilla de monstruitos con resaca.

Olive la ignoró.

—Nikki, ¿has oído lo que acabo de decir? Jason es muy inteligente. He de decir que pegáis y mucho. Mindi y tú deberíais organizar una boda punyabí doble.

—Mindi es mi hermana —le explicó Nikki a Jason—. Y Olive, cierra la boca.

—Mindi está buscando marido —continuó Olive—. ¿Se te ocurre alguien, Jason? ¿Algún amigo? ¿Un hermano?

—Tengo un hermano pequeño, pero solo tiene veintiún años. Eso sí, es famoso, por si sirve de algo.

—¿Y por qué es famoso? —preguntó Nikki.

—¿Habéis oído hablar de una web que se llama «*Hipster* o Harvinder»?

—Sí —contestó Nikki, justo al mismo tiempo que Olive respondía que no—. Es una web en la que los tíos envían fotos de sus barbas —le explicó a su amiga— y la gente las puntúa según si se parecen o no a la de un sij famoso que se llama Harvinder. Ese tipo tiene una barba superfrondosa.

—Mi hermano estudió un año en la India. Una vez, fue de excursión a una aldea minúscula y conoció al tal Harvinder. Se cayeron bien y estuvieron hablando de la relación de la barba con la identidad sij y cómo se ha puesto de moda en occidente. De ahí la idea de la web —explicó Jason.

—¿Tu hermano es el creador de «*Hipster* o Harvinder»? Qué guay.

—Sí. Él también volvió de la India con una barba enorme. Tiene que ver con la necesidad de expresarse como individuo. Intentó convencerme para que yo también me la dejara larga, pero parecía un hobbit.

—Eres demasiado alto para ser un hobbit —dijo Olive.

—Gracias —respondió Jason.

—Entonces qué, ¿tienes algún amigo que podamos juntar con la hermana de Nikki? —preguntó Olive—. ¿Que sea alto?

—La verdad es que no creo en el sistema de matrimonios indio.

—¿Por qué no? —quiso saber Olive.

—Demasiada presión. Todo el mundo se involucra tanto... Amigos, padres... Empiezan a fijar fechas límite para todo, como si cualquier relación entre una mujer y un hombre tuviera que acabar en boda. Es estresante.

—¡Exacto! —exclamó Nikki—. Imagínate salir con alguien que tu madre ha elegido para ti. Menudo fiasco.

—Y encima, si no funciona, tienes que dar explicaciones.

—Y evitar a un montón de gente.

—Demasiado teatro para mí —asintió Jason.

Nikki se dio cuenta de que Olive los observaba como quien ve un partido de tenis. Se levantó del taburete, le guiñó un ojo a Nikki por encima del hombro y se retiró disimuladamente hacia las mesas donde la concurrencia seguía jugando al Trivial.

Una ráfaga de viento golpeó las ventanas del autobús con una cortina de lluvia. Los pasajeros se bajaron en la parada y corrieron en tropel hacia el templo. Nikki se sujetó la capucha del impermeable, pero aun así el viento le cortaba las mejillas. La noche anterior, después de cerrar el pub y fumarse el último cigarrillo en la calle con Jason, habían hablado de dejar el tabaco. «Yo lo dejo si tú también lo dejas», le había dicho. «Podemos ayudarnos el uno al otro. Tendrás que darme tu teléfono, claro. Ya sabes, para seguir mis progresos y animarme con alguna charla motivacional.»

Ahora, después de enfrentarse a la lluvia y llegar hasta la marquesina del templo, Nikki contempló la posibilidad de fumarse un último cigarrillo. Avanzó por el lateral del edificio, cruzó el aparcamiento y se refugió en el callejón. El cigarrillo bien lo valía. Le dio una larga calada y se preguntó cómo lo haría para dejarlo, pero la idea de tener una excusa para hablar con Jason hacía que valiera la pena.

Apuró el cigarrillo inmersa en sus pensamientos y salió del callejón. Una voz ronca la sorprendió.

—Perdona —le dijo.

Nikki se dio la vuelta y vio a un joven de aspecto corpulento, vestido con una camisa de cuadros con los primeros botones abiertos para que se le viera el vello rizado del pecho.

—¿Eso es el templo? —preguntó, y Nikki tuvo la sensación de que era una afirmación, no una pregunta.

—Sí —respondió ella—. ¿Te has perdido?

Le aguantó la mirada y él avanzó hacia ella con una mueca de asco en la cara.

—Deberías llevar la cabeza cubierta —le dijo.

—Aún no estoy en el templo —replicó Nikki.

El hombre dio un paso hacia ella. Tenía una mirada fría. Nikki sintió que se le revolvía el estómago. Miró a su alrededor y vio a una familia que se dirigía hacia la entrada del templo. El desconocido le siguió la mirada.

—Cúbrete la cabeza cuando estés en presencia de Dios —le espetó, y se alejó rápidamente, dejando atrás a una Nikki perpleja.

Cuando llegó a la clase, sus alumnas ya hacía rato que la esperaban. Estaban distraídas hablando entre ellas y al principio Nikki no hizo nada para interrumpirlas. No podía dejar de pensar en el encuentro con el desconocido del callejón. Nunca había visto a nadie tan ofendido por que una mujer no llevara el velo en las inmediaciones del templo. ¿Quién era él para darle órdenes?

Tarampal Kaur entró detrás de ella y se sentó al fondo del aula. Colocó los lápices en fila y miró a Nikki, expectante.

—Ahora mismo estoy contigo —le dijo Nikki.

Las demás levantaron la cabeza como si no se hubieran dado cuenta de la presencia de Nikki.

—Hemos estado hablando de nuestras historias en el autobús—dijo Manjeet.

—¿En el autobús? ¿Y la gente no os oía? —preguntó Tarampal.

—Nadie presta atención a la cháchara de un grupo de viejas. Para ellos es como un zumbido constante. Creen que solo hablamos de dolores de piernas y de cómo queremos que nos incineren —dijo Arvinder.

—Al menos podríais intentar ser un poco más discretas —protestó Tarampal.

—Bah, ser discretas nunca nos ha servido de nada —dijo Preetam—. ¿Recuerdas cuando nos hacíamos las tímidas y fingíamos que no nos apetecía hacerlo?

—Y luego no hablábamos de ello. Siempre quise saber… ¿a él le habrá gustado? ¿Podría intentar que la próxima vez durara más? —apuntó Manjeet.

—O añadir algunos trucos nuevos a su repertorio —añadió Arvinder—. Había demasiado de esto. —Estiró los brazos y apretó unos pechos imaginarios, y luego imitó el movimiento de cadera de un hombre en plena faena—. Cuando te dabas cuenta, ya se había acabado.

Las compañeras se rieron a carcajadas y aplaudieron su representación.

—Os van a pillar hablando de estas cosas —dijo Tarampal—. Y luego ¿qué?

Las demás viudas guardaron silencio y cruzaron las miradas.

—Ya veremos qué hacemos, si es que pasa —dijo Sheena al final—. Como dice Arvinder, nadie nos presta atención.

—Venga, Tarampal —repuso Manjeet con una sonrisa nerviosa—. Solo queremos divertirnos, nada más.

—Os estáis arriesgando demasiado —advirtió Tarampal, y empezó a recoger sus cosas—. Si alguien os pilla, no será problema mío.

La expresión de consternación en la cara de Manjeet era más que evidente. Arvinder se inclinó hacia ella y le apretó el brazo para darle ánimos.

—La única forma de que nos pillen es si alguien lo cuenta —dijo Arvinder—. ¿Vas a denunciarnos tú? Porque como te atrevas, Tarampal, todas somos testigos de que tú también has estado en esta misma clase.

—¿Y qué?

Preetam se levantó y avanzó lentamente hacia su compañera. De repente, tenía los andares de una de las matriarcas de sus culebrones: alta y poderosa, con la barbilla levantada en el ángulo exacto que le permitía mirar a Tarampal desde arriba.

—Diremos que fuiste tú la que lo empezó todo y que luego te enfadaste porque no nos gustó una de tus historias. Será la palabra de cuatro mujeres contra la de una. Y Nikki, que es capaz de convencer a la gente porque tiene la carrera de Derecho —dijo Preetam.

—Mmm, no acabé la carrera. Además, seguro que hay una forma mejor... —trató de mediar Nikki.

—No tenéis vergüenza, ninguna de vosotras —les espetó Tarampal, y abandonó el aula como una exhalación.

—Espera, Tarampal, por favor —la llamó Nikki, y salió corriendo detrás. Tarampal se paró en el pasillo, con el bolso apretado contra el pecho. Tenía los nudillos completamente blancos—. Tarampal, antes de que vayas a ver a Kulwinder para hablarle de las clases, por favor...

—No tengo intención de ir a verla otra vez. Eso ya lo he intentado y no quiso escucharme.

—Vaya —dijo Nikki. No sabía si enfadarse con Tarampal o aplaudir a Kulwinder—. ¿A quién le tienes tanto miedo, entonces?

Tarampal no respondió. Se quedó mirando la ventana que había en la puerta del aula.

—¿Has visto cómo se han aliado contra mí? —preguntó—. Las conozco desde hace años y me han dado la espalda así, sin más. ¿Qué te hace creer que puedes confiar en ellas?

—Solo intentaban protegerse —replicó Nikki.

—¿Estás segura?

—Sí —dijo Nikki.

Pero cuando miró de nuevo hacia la clase, una sensación de inquietud se apoderó de ella. Estaban hablando en voz baja, apenas las oía desde el pasillo. Una cosa era cierta: no sabía nada de su mundo.

—¿Por qué no vuelves a clase, Tarampal? Ya encontraremos una solución.

Tarampal sacudió la cabeza.

—No pienso arriesgarme a que me relacionen con estas clases. Esas mujeres de ahí no tienen integridad ninguna. Les da igual la reputación de sus difuntos maridos. Yo tengo que mantener el buen nombre de Kemal Singh. Hazme un favor y deshazte de mi formulario de acceso. No quiero tener nada que ver con esas historias.

Y se marchó.

—Deberíamos pedirle que vuelva —estaba diciendo Manjeet cuando Nikki volvió a la clase—. Ya sabéis de lo que es capaz.

—Espera un momento, Manjeet. ¿No estuvimos a tu lado cuando Tarampal se enteró de que tu marido te había abandonado? En cuanto vio que estaba en minoría, te dejó en paz —dijo Preetam.

—¿Qué quieres decir? —intervino Nikki—. ¿Qué pretendía hacer?

—Nada —declaró Arvinder, sin responder a la pregunta de Nikki. Arvinder levantó la barbilla con orgullo—. No te preocupes, Manjeet.

—*Hai*, pero su autobús acaba de pasar. Tendrá que esperar veinte minutos hasta que llegue el siguiente —comentó Manjeet.

Nikki espió el aparcamiento del templo desde la ventana. Tarampal apareció por la puerta del edificio y se dirigió con paso firme hacia la calle. De pronto, un BMW plateado se detuvo junto a ella y bajó la ventanilla. Tarampal se paró a hablar con el conductor y luego se montó en el asiento del copiloto.

—Se acaba de subir a un coche —dijo Nikki—. Un poco arriesgado, ¿no?

Las viudas se miraron y encogieron los hombros.

—¿Qué querría un hombre peligroso de unas ancianas como nosotras? —preguntó Arvinder.

—Tarampal solo tiene unos años más que yo —dijo Sheena a la defensiva—. Debe de rondar los cuarenta.

Aquel dato no debería haber cogido a Nikki por sorpresa. La tersura del rostro de Tarampal contrastaba con la monotonía de la ropa de viuda con la que se cubría. Los andares encorvados, el suspiro cada vez que se sentaba, no eran más que gestos ensayados para representar el papel de mujer marchita y agotada, que era lo que se esperaba de cualquier viuda.

—¿Aquí es normal subirse en el coche del primero que pasa y pedirle que te lleve a casa? —preguntó Nikki.

—Seguro que se conocen. A mí la gente también se me ofrece para llevarme a casa cuando me ven en el mercado, aunque antes me dicen de quién son hijos —dijo Arvinder.

—¿Era un BMW plateado? —preguntó Sheena. Nikki

asintió—. Entonces seguro que era Sandeep, el nieto de Resham Kaur.

Preetam resopló al oír el nombre de Sandeep.

—El chico ese que se cree demasiado bueno para las jóvenes de esta comunidad. Ha rechazado hasta a la sobrina nieta de Puran Kaur, la que vive en Estados Unidos. ¿Os acordáis de ella? Vino para una boda. Tiene la piel como la leche y los ojos verdes.

—Resham me contó que eran lentillas —dijo Manjeet.

—*Hai*, Manjeet, te crees todo lo que oyes. Era de esperar que Resham fuera por ahí difundiendo rumores sobre la chica y diciendo que no era suficientemente buena para su queridísimo nieto —dijo Sheena—. Es una de esas madres indias chapadas a la antigua, obsesionadas con sus hijos. Cuando se casó el mayor, se pasó un mes durmiendo entre su mujer y él para que no tuvieran relaciones.

—¿Y el hijo tardó un mes en pedirle a su madre que saliera de su cama? Menudo pelele —soltó Preetam—. Yo me habría pasado las noches fingiendo que lloraba como una recién casada aterrorizada hasta que la mujer se cansara de mí y nos dejara tranquilos. Y a mi marido le diría: «¡Decídete! ¿Tu madre o yo?». Y él me escogería a mí.

—Mi suegra hizo lo mismo —explicó Arvinder—. No en la noche de bodas; ese día nos dejó tranquilos. Muchas noches me quedaba dormida y por la mañana me la encontraba roncando plácidamente entre nosotros. Le pregunté a mi marido: «¿No te molesta el ruido?». Y él respondió: «¿Ruido? ¿Qué ruido? Es mi madre».

Nikki no podía dejar de pensar en Tarampal.

—¿Por qué Tarampal tiene que proteger la reputación de su marido si está muerto?

Las viudas intercambiaron unas cuantas miradas.

—Kemal Singh era un gurú religioso —le explicó Manjeet—. Era bueno leyendo el futuro y elevando plegarias en nombre de los demás. Hay gente que aún lo venera. Tarampal es una esposa entregada porque cuida de la reputación de su marido y se asegura de que siga intacta.

A Arvinder se le escapó la risa.

—¿Una esposa entregada? Tiene cosas mejores en las que invertir el tiempo.

—Ha de preservar una imagen, ¿verdad? Depende de ello. No me extrañaría un pelo que esta noche se presentara en nuestras casas con una plegaria especial —dijo Manjeet.

—Le enseñaría esto y me dejaría en paz a la primera —replicó Arvinder.

Extendió las manos con las palmas hacia arriba y las demás se echaron a reír. Por lo visto, era otra de sus misteriosas bromas privadas, algo sobre Arvinder y las líneas de la palma de su mano, supuso Nikki.

Sheena levantó la mirada.

—Nikki, no te preocupes demasiado por Tarampal —le dijo—. Mientras los hombres no sepan nada de las historias, todo irá bien.

Nikki pensó en el comedor del templo, en la estricta línea divisoria que separaba a hombres y mujeres como si de un campo de fuerza invisible se tratara.

—No creo que eso sea un problema —respondió—. Vosotras no soléis hablar con los hombres, ¿verdad?

—Claro que no. Somos viudas. Apenas tenemos contacto con ellos. No nos está permitido —explicó Preetam.

—Y yo que me alegro —dijo Arvinder.

—Habla por ti —le soltó Sheena—. Yo no tuve tantos años buenos con mi marido como vosotras.

—¿Qué años buenos? Entre la limpieza, la cocina y las discusiones, apenas nos daba tiempo a disfrutar. —Arvinder miró a Nikki—. Las chicas de tu generación tenéis más suerte que nosotras. Al menos podéis conocer a los hombres antes de casaros y separar a los imbéciles de los más imbéciles.

Manjeet se echó a reír y Sheena permaneció en silencio, pensativa, sin levantar la mirada del suelo. Nikki supo que había llegado la hora de cambiar de tema.

—¿Quién quiere contar su historia? —preguntó.

Arvinder levantó la mano.

El tendero y la clienta

El tendero estaba ocupado llenando las estanterías cuando, de pronto, la puerta de la tienda se abrió y entró una mujer. Era esbelta, aunque con la cadera ancha, y vestía ropa moderna, a pesar de que era punyabí.

—¿Puedo ayudarla en algo? —le preguntó el tendero.

Ella lo ignoró y se dirigió hacia el fondo de la tienda. El tendero pensó que quizá se trataba de una ladrona, aunque con aquella ropa tan ceñida no tenía dónde esconder la mercancía robada. La siguió hacia el fondo de la tienda y vio que estaba mirando la estantería de las especias.

—¿Cuál debería usar para preparar el té? —preguntó la mujer.

La respuesta correcta era cardamomo y semillas de hinojo, pero el tendero no se lo quería decir. Prefería que siguiera haciéndole preguntas con aquella voz tan dulce.

—No lo sé —respondió—. Yo no preparo té.

—Si me lo dice, podemos prepararlo juntos —repuso ella, y le sonrió.

El tendero le devolvió la sonrisa y se acercó un poco más para ayudarle a escoger.

—Quizá es esto —dijo, y cogió un paquete de semillas de mostaza.

Se lo acercó a la nariz para que lo oliera, y ella cerró los ojos e inspiró.

—No —sentenció, y se echó a reír—. No tiene ni la menor idea.

—Puede que no sepa nada sobre cómo preparar té, querida —le dijo el tendero—, pero sí sé cómo mantener esa sonrisa en tu cara.

Dejó el paquete de semillas en la estantería y le pasó un mechón de pelo por detrás de la oreja. Ella se inclinó hacia delante y lo besó en los labios. El tendero no se lo esperaba. No estaba acostumbrado a aquel tipo de comportamiento en su tienda, aunque había empezado él. La mujer le cogió la mano, lo llevó hasta la trastienda y se dio la vuelta.

—¿Por qué es ella la que lo lleva hasta la trastienda? ¿No debería ser él? ¿Cómo sabe ella dónde está? —preguntó Preetam.

—No me interrumpas —le soltó Arvinder—. ¿Acaso yo me meto cuando tú cuentas tus historias?

Sheena dejó el bolígrafo sobre la mesa y se masajeó la muñeca.

—Esto es duro —le comentó a Nikki en inglés.

—No tiene sentido —protestó Preetam—, a menos que la clienta ya haya estado allí antes. Quizá él quería casarse con ella, pero sus padres no lo permitieron y por eso vuelve disfrazada.

Arvinder parecía furiosa, pero Nikki se dio cuenta de que estaba sopesando la versión de Preetam.

—Vale, Sheena, apúntalo también.

—¿Dónde? —preguntó Sheena.

—Donde quieras. De todas formas, ya estamos llegando

a la mejor parte. «La mujer empezó a desnudarse y giró sobre sí misma hasta que el sari cayó al suelo en una montaña de colores.»

—¿Pero no llevaba ropa moderna? —preguntó Sheena—. ¿De dónde ha salido el sari?

—Los saris son más estéticos.

—Entonces ¿también cambio eso? ¿Borro lo de la ropa moderna?

—Una mujer que vista saris nunca sería tan lanzada.

—Tonterías. Londres está lleno de mujeres así, da igual lo que lleven.

—Londres sí, por las *goris*, pero Southall no —apuntó Manjeet.

—Southall también. ¿Sabes la colina que hay detrás de Herbert Park? Los chicos y las chicas siempre quedan por aquella zona. Una vez, teníamos familia de visita en casa y los llevamos allí por la tarde para que vieran la puesta de sol. Vimos a una mujer musulmana entre los coches aparcados, vestida con un *nicab*, que iba de coche en coche... De un hombre a otro. Hay de todo —explicó Preetam.

—Entonces ¿ahí es donde pillaron a Maya? —preguntó Manjeet.

De repente, fue como si se hubiera hecho el vacío. Las viudas se revolvieron en sus asientos y se miraron con la misma expresión de incomodidad que el grupo que Nikki había visto en el *langar* ante los comentarios de la mujer del *dupatta* verde. Algo pasaba con la muerte de la hija de Kulwinder para que todo el mundo reaccionara así.

—¿Qué? —Manjeet miró a su alrededor—. Tarampal ya no está, y además no sé la historia completa porque yo por aquel entonces estaba en Canadá.

—Él encontró unos mensajes en su móvil —dijo Preetam—. Al menos, eso es lo que yo he oído.

—Lo has oído, pero ¿qué sabes en realidad? —preguntó

Arvinder, y se volvió hacia su hija—. No te he educado para que hables mal de los muertos.

—*Hai*, pero lo sabe todo el mundo, ¿no? —protestó Preetam—. Ya ha pasado casi un año.

—Todo el mundo no —apuntó Sheena señalando a Nikki con la cabeza—. Y no tiene por qué saberlo. Lo siento, Nikki, pero es un asunto privado. A Kulwinder no le gustaría que habláramos de ello.

Era un recordatorio más de que las viudas no confiaban del todo en ella. «¿Y por qué no lo puedo saber?», quiso preguntar, mientras las demás se fulminaban con la mirada. Sheena parecía especialmente molesta, lo cual no hizo más que avivar la curiosidad de Nikki sobre Maya y su pasado escabroso. Solo era eso, curiosidad, aunque si supiera la historia, quizá también podría mejorar su relación con Kulwinder. Consideró la posibilidad de comentarlo con las viudas. Al fin y al cabo, ellas eran las primeras interesadas en que las clases de inglés funcionaran bien. De pronto, Sheena se hizo con las riendas de la clase.

—Sigue con tu historia, Arvinder —dijo señalando hacia el reloj—. No queremos estar aquí hasta mañana.

Se produjo una pausa más que evidente. Todas miraron a Nikki.

—Sí, adelante. Íbamos justo por la mitad.

Miró a Sheena y le dio las gracias con una sonrisa, gesto que esta le devolvió. El resto de las alumnas por fin pudieron relajarse.

Arvinder se encogió de hombros.

—No sé cómo seguir.

—Describe su miembro —le sugirió Sheena—. ¿Era grande o pequeño?

—Grande, claro —respondió Arvinder burlándose—. ¿Qué gracia tiene que te metan una zanahoria esmirriada?

—También las hay demasiado grandes. Nadie quiere que

le metan un boniato entre las piernas. *Hai*, ese era mi problema —explicó Sheena negando con la cabeza—. Daba igual cuánta mantequilla me pusiera, la primera embestida siempre era dolorosa.

—Lo ideal es un plátano —apuntó Preetam—. Tiene el tamaño y la forma ideal.

—¿Cómo de maduro? —preguntó Arvinder—. Porque si está pasado, es como en mi primera vez: una plasta.

—¿Por qué usáis nombres de frutas y verduras? —quiso saber Nikki, que después de aquella conversación no sabía si volvería a pisar un supermercado.

—No lo hacemos siempre —explicó Manjeet—. A veces decimos *danda*. —El término punyabí para «palo»—. Nadie habla de estas cosas. Todo lo que sabemos y las palabras que usamos las aprendimos de nuestros padres que, como comprenderás, nunca comentan lo que hacen los hombres y las mujeres cuando están juntos.

—Claro —convino Nikki.

Ni siquiera recordaba el término punyabí que significaba «pene». Tendría que acostumbrarse a aquellas palabras, por extrañas que le sonaran. En una clase anterior, ninguna de las viudas había reaccionado lo más mínimo cuando Sheena leyó en voz alta: «Ella suspiró y le susurró "Oh, mi amor, cómo me gusta" mientras él le introducía el pepino en lo más profundo de sus partes pudendas».

—Pero las palabras en inglés sí que las conocemos —dijo Preetam—. Las aprendimos enseguida, de la tele y de nuestros hijos, un poco como con las palabrotas: oíamos cómo las decían y automáticamente sabíamos que estaban mal.

—Polla —dijo Arvinder.

—Cojones —apuntó Preetam—. Tetas.

—¿Coño? —susurró Manjeet, que sonrió de oreja a oreja al ver que Nikki asentía.

—Tetas, joder, coño, culo —soltó Arvinder de carrerilla.

—Muy bien —dijo Nikki—. Si os sentís más cómodas usando nombres de vegetales, por mí no hay ningún problema.

—Son perfectos —declaró Preetam—. Dime, ¿se te ocurre algo que transmita mejor las sensaciones y el sabor que la descripción de una berenjena jugosa?

A la semana siguiente, un poco antes de la hora de clase, Nikki corrió desde la parada del autobús hasta el templo bajo una cortina de lluvia helada. Entró temblando en el *langar* y vio a Sheena sentada en el suelo, sola. Se puso a la cola, se sirvió un plato de curri de garbanzos, *dal* y *roti* y le preguntó a Sheena si le importaba que se sentara con ella.

—Claro que no —dijo Sheena apartando el bolso.

Nikki arrancó un trozo de *roti* y lo hundió en el *dal*. Luego, con una cucharita, añadió un poco de yogur.

—Mmm —exclamó mientras masticaba el *roti*—. ¿Por qué el *dal* del templo siempre está tan bueno?

—¿Quieres la explicación religiosa o la de verdad? —preguntó Sheena.

—Las dos.

—El *dal* se hace con el amor de Dios. Y va cargadísimo de mantequilla.

—Me lo apunto —dijo Nikki, y procuró no coger tanto *dal* con el siguiente trozo de *roti*.

—Que no te impida disfrutar de la comida —dijo Sheena—. Pero cada vez que me pruebo unos pantalones y me quedan demasiado justos, sé quién tiene la culpa.

—No siempre comes aquí antes de clase, entonces.

Sheena era una mujer más bien delgada; no parecía que hubiera sufrido una sola sobredosis de *dal* en toda su vida.

—Normalmente, voy a casa después del trabajo y antes de venir preparo la cena para mi suegra y para mí. Hoy ya he visto que el tráfico estaba fatal por culpa de la lluvia, así que he venido directa del trabajo.

Así que aún vivía con su suegra, a pesar de que su marido llevaba años muerto. Nikki se preguntó si lo hacía por puro sentido del deber. La miró de reojo, algo que solía hacer a menudo, en busca de alguna pista en su ropa moderna o en su apariencia que le indicara si se trataba de una mujer tradicional o no y hasta qué punto.

—Tiene demencia, pobre —continuó Sheena, deduciendo la pregunta que Nikki no había llegado a formular—. A veces me pregunta por su hijo. No me la imagino viviendo sola, confundida y desorientada a todas horas.

Aquella explicación tenía más sentido.

—Entonces ¿fue una buena suegra? —preguntó Nikki—. Últimamente no hago más que oír historias para no dormir y, la verdad, me preocupan porque mi hermana quiere casarse a la manera tradicional. Al menos tu suegra te trata bien, ¿no?

—Sí, claro. Era como una amiga —dijo Sheena—. Nos divertíamos mucho en casa. Mi suegra no tuvo hijas, así que le gustaba pasar el tiempo conmigo. Cuando Arjun murió, ni siquiera se planteó la cuestión de si yo debía seguir formando parte de la familia. Al principio me costó un poco acostumbrarme a vivir con ellos, pero todo es cuestión de adaptarse. Díselo a tu hermana. ¿Quiere un matrimonio concertado?

—Más o menos —respondió Nikki—. Hace unas semanas me pidió que le colgara un anuncio en el tablón del templo.

—Uf, ahí hay de todo, ¿verdad?

—Sí. Me gustó sobre todo uno que especificaba su grupo sanguíneo —explicó Nikki—. Supongo que una de las obligaciones de la futura esposa será donarle un riñón a alguien de su nueva familia.

Sheena se rio.

—Cuando mis padres estaban arreglando mi matrimonio, me reventaba que hablaran de mi piel «trigueña» como si fuera mi cualidad más importante.

—¡Exacto! —exclamó Nikki—. Como si así fueras a tener más candidatos que comparándola con la cebada.

—Por desgracia, funciona —dijo Sheena—. Todo ese rollo de las cremas para aclarar la piel. La familia de Arjun tiene la piel más oscura que la mía, y cuando supimos que no podríamos tener hijos, alguien tuvo las santas narices de decir «Bueno, al menos ya no tendréis que preocuparos de que salgan al padre».

—Qué horror —dijo Nikki.

Sin embargo, una vez, durante un viaje a la India, Nikki había visto a su hermana comprar cremas aclarantes y se lo había echado en cara, a lo que Mindi había respondido: «Para ti es fácil decirlo, como tienes la piel al menos tres tonos más clara que la mía...».

—¿Luego irás tú? —preguntó Sheena—. Después de tu hermana, quiero decir.

—Ay, no, no —respondió Nikki—. No me imagino casándome por conveniencia.

Sheena se encogió de hombros.

—No está tan mal, aunque tienes que poner de tu parte. De todas formas, no creo que se me hubiera dado muy bien lo de salir con chicos.

—¿Y no tenías la sensación de que tu opinión no contaba para nada?

—No si juegas bien tus cartas —repuso Sheena—. Cuando mis padres estaban buscando un chico para mí, yo me dediqué a buscar por mi cuenta. Ya había visto a Arjun en una boda, así que cuando mis padres me preguntaron cómo quería que fuera, básicamente describí a Arjun pero sin decir su nombre. Tardaron una semana en encontrarlo. Por suerte, él también se había fijado en mí el día de la boda. Al final, todos contentos.

—Es bastante romántico, la verdad —admitió Nikki, que esperaba que Mindi tuviera la misma suerte.

—Si quieres algo, asegúrate de que tus padres y tus suegros crean que ha sido idea suya —dijo Sheena señalándola con el dedo—. Hazle caso a esta vieja viuda.

Nikki se echó a reír.

—A tus órdenes, *bibi* Sheena. Porque ¿cuántos años tienes?

—Llevo seis años cumpliendo veintinueve —respondió Sheena—. ¿Tú?

—Si le preguntas a mi madre, te dirá que sigo siendo una niña y que nunca me ganaré el derecho a pensar por mí misma. En serio, veintidós.

—¿Vives sola?

Nikki asintió.

—En un piso encima de un pub, y a eso sí que no le puedes dar la vuelta para que parezca idea de los padres.

De pronto, a Sheena se le iluminó la cara y saludó a alguien con un discreto movimiento de los dedos.

—No, Nikki, no te des la vuelta —le dijo rápidamente en cuanto vio que empezaba a girar la cabeza.

—¿Quién es?

—Nadie —respondió Sheena.

—¿Y cómo se llama ese tal Nadie?

—Eres muy chafardera.

—¿Nadie Singh?

—¿Quieres parar de mirar, Nikki? Vale, se llama Rahul. Rahul Sharma. Hace *sewa* aquí, en el templo, tres días a la semana, porque cuando lo despidieron de su trabajo anterior, comía aquí todos días. Aquello le salvó la vida. Ahora trabaja como voluntario en la cocina para devolver el favor.

—Sabes muchas cosas de él. ¿Habláis o solo os miráis como dos tortolitos en el *langar*?

—No hay nada entre nosotros —dijo Sheena—. Nada

oficial. Trabajamos juntos en el Bank of Baroda. Le impartí la formación cuando entró, hace unas semanas.

—Te has puesto colorada.

—¿Y?

—Que estás enamorada.

Sheena se inclinó hacia Nikki.

—A veces se queda un rato después del trabajo para hablar, siempre en el aparcamiento que hay detrás del banco para que nadie nos pueda ver desde la calle. Eso es todo.

—¿Habéis quedado alguna vez? Si tanto te preocupa que os vean, podéis montaros en tu cochecito rojo y salir de Southall. O quedar directamente en algún sitio.

—No es tan fácil —dijo Sheena—. Una cita te lleva a otra, y cuando te das cuenta, has empezado una relación.

—¿Y?

—Que sigo formando parte de la familia de mi difunto esposo. La cosa podría complicarse. Además, Rahul es hindú. Ya sabes que a la gente le gusta hablar.

«A la gente le gusta hablar.» Nikki odiaba aquella frase. Su madre la usaba a menudo cuando pretendía convencerla para que dejara de trabajar en el O'Reilly's.

—¿Quién hablaría de Rahul y de ti? ¿Las viudas?

—No sé qué pensarían. Creo que su tolerancia tiene un límite, sobre todo si nos vieran en público. Las viudas no deberían volver a casarse, ya lo sabes, y mucho menos quedar con hombres.

—A veces me pregunto por qué eres amiga de esas mujeres —le soltó Nikki.

Sheena arqueó una ceja.

—¿Perdona?

De repente, Nikki fue consciente de lo que acababa de decir y se avergonzó de sí misma.

—Lo siento, no me he explicado bien.

Pasaron los segundos. Nikki evitó mirar a la cara a Sheena

y observó la sala en silencio en busca de una distracción. Sentadas en el centro había una camarilla de mujeres. La ropa brillante y el maquillaje impecable les conferían el mismo aire de glamour de las mujeres de los culebrones indios que tanto le gustaban a Preetam.

—No sé, supongo que me cuesta menos imaginarte siendo amiga de aquel grupo de allí. En cuanto a edad y valores.

—Soy incapaz de seguirles el ritmo —dijo Sheena, y Nikki se dio cuenta de que ni siquiera se había girado para mirarlas—. Lo he intentado. Fui al colegio con algunas de ellas. Pero a Arjun le detectaron el cáncer poco después de casarnos; aquello fue el primer revés. Al principio, la gente es muy comprensiva, pero a medida que la enfermedad se va alargando, empiezan a evitarte, como si tu mala suerte fuese contagiosa. Luego tuvimos que olvidarnos de tener hijos por culpa de la quimioterapia. Revés número dos. Ellas estaban teniendo hijos y formando grupos de madres y no podían identificarse conmigo. Al final, después de siete años de remisión, Arjun recayó y acabó muriendo. Y yo me convertí en viuda.

—Revés número tres —dijo Nikki—. Te entiendo.

—Tampoco lo considero una gran pérdida. Las viudas son más realistas. Saben lo que es perder a alguien. Esas mujeres de ahí se casaron con hombres bien posicionados, dueños de negocios familiares. No trabajan y se pasan el día en Chandani.

—¿Qué es eso?

—El salón de belleza más caro de Southall —respondió Sheena—. Es el típico sitio al que solo vas muy de vez en cuando, en alguna ocasión especial. El resto del año te apañas con esas manicuras baratas que hacen por la zona de Broadway. —Le enseñó las uñas y sonrió—. Hace años que me las hago yo misma. Base rosa chillón con purpurina dorada; es lo que suelo llevar.

—Está genial —dijo Nikki, y se miró las uñas—. Creo que nunca me he hecho la manicura.

—Yo no podría vivir sin hacérmela. Ojalá me hubiera casado con un hombre rico. Me pasaría el día entero en Chandani, hablando de todo el mundo. Es la cloaca del chismorreo. Peor que el *langar*. No puedes fiarte de esas mujeres.

Nikki recordó la advertencia de Tarampal sobre las viudas. Pero en Sheena sí que se podía confiar, o al menos lo parecía. Se sentía cómoda hablando con ella.

—Oye, ¿te puedo preguntar algo?

Sheena asintió.

—A Tarampal le preocupaba que alguien nos pillara in fraganti. ¿Tanto miedo le tiene a Kulwinder?

—Se refería a los Hermanos —dijo Sheena.

—¿Los hermanos de quién?

—No, los Hermanos. Es un grupo de chavales que no trabajan y se creen que son la policía moral de Southall. Muchos eran empleados de la fábrica de chatarra hasta que cerró. Ahora se dedican a patrullar por los alrededores del templo diciéndole a la gente que se cubra la cabeza.

Mientras lo decía, Sheena se llevó la mano al cuello y acarició la cadenita de oro que asomaba entre la ropa.

—Eso me pasó a mí —reconoció Nikki, estupefacta, y el recuerdo de la sonrisa de aquel desconocido le despertó una sensación de rabia que casi había olvidado—. Pensé que era un tío muy religioso.

—Su forma de pensar no tiene nada que ver con la religión. Están aburridos y frustrados. Los más motivados se reparten por Broadway y revisan las mochilas de los niños en busca de cigarrillos o interrogan a las niñas sobre sus actividades para, según ellos, mantener intacto el honor de la comunidad. He oído que también ofrecen sus servicios a particulares.

—¿Qué clase de servicios?

—Cobro de recompensas, básicamente. Una chica se fuga de casa con su novio musulmán y los Hermanos hacen correr la voz por toda su red de taxistas y tenderos para encontrarla y traerla de vuelta a casa.

—¿Y la gente no dice nada? ¿Nadie se queja de que los intimiden así?

—Claro, se oyen comentarios, pero nadie se atreve a hablar mal de ellos. Además, la gente les tiene miedo, pero al mismo tiempo creen que son útiles porque les ayudan a mantener a sus hijas a raya. Y tampoco te puedes quejar en público porque no sabes quién se siente en deuda con los Hermanos.

—¿Ese tío es uno de ellos? —preguntó Nikki.

Un chico joven y fornido acababa de entrar en la sala del *langar*. Resultaba bastante imponente, lo suficiente para asustar a una adolescente y convencerla de que hiciera caso a sus padres.

Sheena asintió.

—No son difíciles de detectar. Se pasean por ahí como si fueran vaqueros para que todo el mundo sepa que están aquí.

La voz de Sheena desprendía un cierto rencor. Nikki se dio cuenta de que estaba jugando otra vez con el colgante, aunque esta vez lo había sacado por encima del cuello. Era un medallón con forma de letra ge. Cuando notó que Nikki la miraba, Sheena volvió a guardar el colgante.

—No es más que un regalo de mi marido —explicó Sheena—. Es la letra inicial de un mote cariñoso con el que solía llamarme.

El colgante se parecía a uno que la abuela de Nikki les había enviado a ella y a su hermana al poco de nacer: eran sus iniciales, dibujadas con un trazo infantil y moldeadas en color dorado. Era el collar de una niña; la cadena era corta y muy delicada. La atropellada explicación de Sheena sonaba un tanto extraña, pero en aquel momento Nikki estaba concentrada en algo mucho más importante: ¿qué harían los Hermanos si se enteraban de lo que pasaba en las clases? De repente, se dio cuenta de que tenía la piel de gallina. Ya sabía cuál era la respuesta.

7

El icono de la pantalla llevaba casi un minuto dando vueltas. Nikki le dio al botón de CONFIRMAR y recibió una advertencia: «Al clicar en CONFIRMAR, está usted reenviando su pedido. ¿Desea reenviarlo?».

—No —murmuró Nikki—. Esperaba que funcionara la primera vez.

Le dolían los brazos de sujetar el portátil encima del fregadero y se sentía fatal porque ni siquiera era capaz de completar un pedido en Amazon. Durante la última clase, Sheena le había dicho si podía tomarse un respiro de sus labores de transcriptora para descansar la muñeca y Nikki se había comprometido a comprar una grabadora. Miró por la ventana; estaba nublado, pero no hacía mal día para pasear. Podía probar en alguna tienda de electrónica de la zona.

A medio camino de King Street, empezó a diluviar. Nikki echó a correr y se refugió en la tienda de Oxfam. Cuando entró, le faltaba el aliento y tenía el pelo pegado a la frente. La dependienta la miró y sonrió.

—El tiempo está loco, ¿eh?

—Loquísimo —dijo Nikki.

En la estantería de los aparatos electrónicos, al lado de una caja llena de secadores de segunda mano y adaptadores, encontró una grabadora antigua de color rojo brillante. Podría servir perfectamente. Además, así se ahorraría tener que enseñarles a usar una grabadora digital llena de botoncitos. La cogió y se dirigió hacia el mostrador.

—No tendrás cintas de casete por un casual...

—Tengo una caja llena —respondió la dependienta—. Y también quiero deshacerme de todos los casetes de cuentos recitados. Tengo una colección de casetes de *Los Cinco* de Enid Blyton que nos donó la biblioteca hace años, pero me da pena tirarlos. Esta semana tenemos que hacer limpieza en el almacén y si no les encuentro un hogar...

—Yo podría llevarme alguno —dijo Nikki.

No soportaba la idea de que acabaran en la basura. Cuando era pequeña, antes de aprender a leer, su madre los cogía de la biblioteca para que pudiera seguir el ritmo de Mindi.

La dependienta desapareció por la puerta del almacén. Mientras esperaba, Nikki revisó las estanterías. Se encontró de nuevo con el libro de Beatrix Potter y lo hojeó.

—No tienes más libros de Beatrix Potter, ¿verdad? —preguntó levantando la voz.

—Todo lo que tenemos está expuesto —respondió la dependienta, que ya había vuelto—. ¿Qué libro estás buscando?

—No es una de sus historias exactamente. Es una colección de bocetos y de notas personales. Es difícil de encontrar porque todo son fotografías reales de las entradas de su diario, no es el texto impreso. Lo vi hace años en una librería, pero no lo compré.

—Qué rabia cuando pasa eso. El remordimiento del lector. Das con algo y piensas que no lo quieres, y luego, cuando ya no se encuentra por ninguna parte, vas y te obsesionas.

Los remordimientos de Nikki iban mucho más allá. «*Beti*, ¿qué es eso? ¿Un libro de ilustraciones?», le había preguntado su padre al verla hojeando el libro de Beatrix Potter en una librería de Nueva Delhi. «Este año te examinas. Ahí solo hay dibujitos.» Nikki no llevaba ni una sola rupia encima, así que no pudo comprarlo. «No son dibujitos», le dijo a su padre. «Son los diarios de Beatrix Potter.» Aquello no significaba nada para su padre. Nikki se había pasado el resto del viaje enfadada con él.

La dependienta la miró con curiosidad.

—¿Existe algún motivo en concreto para que te estés comprando una grabadora de casete en pleno siglo veintiuno?

—Enseño inglés a un grupo de mujeres mayores —respondió Nikki—. Grabamos conversaciones para mejorar el acento y, la verdad, no tengo mucho presupuesto para comprar material.

Era la respuesta que había ensayado por si Kulwinder le preguntaba por la grabadora. Incluso tenía pensado ensayar un par de conversaciones estándar con las alumnas por si acaso. La dependienta le enseñó la caja llena de casetes de *Los Cinco*.

—Coge los que quieras —le dijo con una sonrisa—. Este es mi preferido.

Era la historia de un pasadizo secreto. Solo salían unas cuantas frases, pero Nikki sintió como si de repente se hubiese teletransportado a su infancia, cuando su madre les ponía aquellas mismas cintas todas las noches, sin apenas decir nada, mientras Mindi seguía las palabras del texto con el dedo y Nikki escuchaba en silencio, fascinada por la cadencia de la voz del narrador. A pesar de haber recibido una muy buena educación en la India, en cuanto llegaron a Inglaterra su madre perdió confianza en su pronunciación del inglés. Nikki pensó en Tarampal Kaur y se sintió culpable. Aquella mujer solo quería aprender inglés y ella apenas le había hecho caso.

—¿Cuánto cuestan?

—Solo diez peniques cada uno.

Nikki miró la caja. Era difícil resistirse.

—Pues me los llevo todos.

También pagó la grabadora, y salió a la calle protegiendo sus compras de la lluvia abrazándolas contra el pecho.

Después de cerrar la maleta, Kulwinder ordenó los papeles y el pasaporte y los metió en una bolsita. Cerró los ojos, se cubrió la cabeza con el *dupatta* y le pidió a Gurú Nanak que la bendijera con un viaje seguro.

De pronto, oyó un crujido en el piso de abajo y abrió los ojos. Seguro que era Sarab, que había salido antes del trabajo, se dijo, tratando de controlar el pánico que le subía por la garganta. Fue repasando cada uno de los sonidos que anunciaban su llegada (los pasos en la cocina; el chirrido de la puerta de atrás que daba al garaje, donde tenían un segundo congelador en el que Kulwinder había guardado la comida para cada noche durante su ausencia) y enseguida notó que el corazón recuperaba su latido normal. Abrió los ojos y lo llamó. Había *rotis* recién hechos y una jarra de té sobre la mesa, pero Sarab no los había visto. Se dirigió hacia la escalera para llamarlo otra vez y, de pronto, se dio cuenta de que su marido creía que ya se había ido.

Pisó deliberadamente un tablón que estaba suelto y el escalón protestó con un crujido que se oyó en toda la casa.

—Estoy aquí —dijo cuando llegó al recibidor; Sarab estaba en la sala de estar viendo la televisión.

—Ah —dijo—. ¿A qué hora tienes el vuelo?

—A las cuatro y media —respondió ella—, pero tengo que estar allí dos horas antes. Lo ideal sería tres horas, pero supongo que con dos horas ya me bastará.

Cuantas menos horas se pasara en Heathrow encontrándose con punyabíes por todas partes, mejor.

—Nos iremos a las dos —sentenció él.

Kulwinder no sabía si el resentimiento que le había parecido detectar en su voz era producto de su imaginación o no. El día anterior habían vuelto a discutir. Sarab exigía saber por qué insistía en ir. «Vamos todos los años», le había recordado ella. Tenía que visitar a la familia, asistir a alguna boda que otra. Por supuesto, nadie le diría nada si se saltaba un año, pero su vida en Londres ya había cambiado demasiado últimamente. En la India todo sería igual, como si jamás se hubiera marchado, y necesitaba más que nunca el ruido y el caos de aquella vida pasada que era mucho menos complicada. Quería respirar el aire áspero de la ciudad y abrirse paso a codazos por los mercados. La negativa de Sarab había sido un mazazo; ensanchaba aún más el abismo que el dolor había abierto entre ellos. Kulwinder no entendía por qué prefería lidiar con la pérdida de aquella manera. Ella estaba dispuesta a viajar por todo el mundo si eso la ayudaba a escapar del dolor.

—¿Qué estás viendo? —le preguntó.

Sarab nunca era desagradable, solo distante, pero esta vez recibió la pregunta con una leve expresión de irritación que apenas duró un par de segundos.

—Un programa —respondió.

Kulwinder se retiró a su habitación y puso una silla junto a la ventana para sentarse a contemplar la calle. Se colocó como siempre, de forma que la casa de Tarampal no fuera más que un molesto borrón en los límites de su campo visual. Una pareja de abuelas, vestidas las dos con jerséis de lana por encima de los *salwaar kameezes*, tiraban de sendos carros repletos de comida procedentes del mercado. Un poco más adelante, una pareja y sus tres hijos pequeños se colocaron en fila para dejarlas pasar. Los dos grupos intercambiaron gestos de agradecimiento y una de las ancianas alargó la mano para acariciarle la cara a uno de los niños. El pequeño levantó la mirada y sonrió, y Kulwinder sintió un dolor agudo en el corazón. ¿Sarab también sentía la pérdida de Maya en aquellos detalles tan pequeños? No se atrevía a preguntárselo.

Al otro lado de la calle, le llamó la atención la presencia de una mujer joven. Entornó los ojos y apretó la nariz contra el cristal. Por la forma de andar, tenía que ser Nikki. ¿Qué hacía allí? Avanzaba por la acera con la cartera rebotándole contra la cadera y una caja de cartón en las manos. Kulwinder giró el cuello y la vio llamar al timbre del número dieciocho. Se abrió la puerta y apareció la señora Shah. ¿Qué querría Nikki de ella? Hablaron unos segundos y luego la señora Shah señaló la casa de al lado y regresó al interior de la suya.

El número dieciséis. Nikki había ido a ver a Tarampal. Kulwinder respiró hondo y dejó que sus ojos siguieran a la joven hasta la siguiente puerta. Se le estaba acelerando el corazón; le ocurría cada vez que miraba directamente hacia aquella entrada, hacia aquella puerta. En las semanas siguientes a la muerte de Maya, Kulwinder vivió atormentada por la visión de su hija atravesando aquella puerta para no salir nunca más.

Nikki llamó al timbre y esperó. Luego dejó la caja en el suelo y picó en la puerta. Al no obtener respuesta, sacó una libreta y un bolígrafo de la cartera, escribió una nota y la metió dentro de la caja. Dio media vuelta, siempre bajo la atenta mirada de Kulwinder, y regresó a la acera, mirando por encima del hombro por si Tarampal aparecía.

Kulwinder esperó hasta que Nikki desapareció calle abajo y bajó corriendo las escaleras.

—Voy un momento a casa de los vecinos a despedirme —gritó por encima del hombro.

Justo cuando se disponía a cruzar la calzada, frenó en seco. ¿Qué estaba haciendo? Tenía curiosidad por saber qué era lo que Nikki había dejado en la puerta, pero ¿valía la pena? La casa de Tarampal la atraía y la repelía a partes iguales, la mantenía inmóvil en la acera, moviendo los pies en una especie de baile extraño. «Es para tus clases», se dijo a sí misma. Había algo extraño en Nikki y tenía que descubrir qué era antes de que las clases se vieran perjudicadas. Cruzó la calle mirando a derecha e izquierda, en busca de coches o de vecinos indiscretos. Lo último que necesitaba era que alguien la viera rebuscando entre las cosas de Tarampal delante de la puerta de su casa.

La caja estaba medio abierta; las cintas de casete que había dentro asomaban entre las solapas e impedían que se pudieran cerrar. Eran cintas de Enid Blyton y *Los Cinco*. Kulwinder sacó la nota. Estaba escrita con prisas y el gurmukhi estaba todo mal, pero aun así se entendía más o menos lo que decía.

> (A la hija de Tarampal: Por favor, léele esta nota. Es de Nikki.) Siento mucho lo de la última clase. Te he traído unas cintas para que puedas retomar el estudio del inglés.

¿Retomar el estudio del inglés? ¿Qué había pasado en clase? Kulwinder dejó la nota dentro de la caja y volvió corriendo a su casa. Podía oír el latido de su propio corazón. Sacó el móvil y buscó el número de Nikki. Había sido una buena idea guardarlo por si se volvía a dejar las luces de clase encendidas y tenía que cantarle las cuarenta.

Esperó a que le dejaran de temblar las manos y escribió un mensaje.

> Hola, Nikki. Solo comunicarte que estaré en la India más tiempo del que pensaba. Volveré el 30 de marzo. Si tienes algún problema, habla con la oficina del Centro Cultural Sij.

Le dio al botón de enviar. En realidad, tenía la vuelta programada para el 27 de marzo. Así tendría tres días para presentarse en la clase por sorpresa y descubrir qué se traían todas entre manos.

Al cabo de unos segundos, recibió la respuesta de Nikki.

Muy bien! Buen viaje!

—Juguemos a un juego —sugirió Manjeet cuando Nikki entraba en clase.

Nikki estaba distraída; acababa de ver a cuatro señoras mayores, vestidas todas ellas de blanco, vagando por los pasillos.

—¿Alguien sabe quiénes son esas señoras? —preguntó.

Las mujeres pasaron delante de la puerta. Una de ellas apretó su cara arrugada contra el cristal y luego se apartó.

—Son amigas mías. Quieren unirse al grupo —explicó Arvinder.

—¿Y por qué no entran? —preguntó Nikki.

—Ya entrarán.

—Nos están mirando —dijo Nikki.

Un par de ojos la observaron desde el cristal y volvieron a desaparecer.

—Déjales que lo hagan a su manera —dijo Arvinder—. Nunca han estado en un aula y la idea de explicar este tipo de historias en público les resulta intimidante.

—Les hemos dicho que no hay de qué preocuparse —intervino Preetam—. Te tienen un poco de miedo.

—Eres demasiado moderna para ellas —apuntó Arvinder.

—¿Demasiado moderna?

—Llevas vaqueros. Siempre —dijo Preetam—. Y un suéter con un cuello tan abierto que todas sabemos que llevas un sujetador rosa chillón.

—Se llama cuello de barco —intervino Sheena en defensa de Nikki—. Es la moda.

—Lo de la moda está bien para una chica joven como tú, y que conste que nosotras no tenemos ningún problema con eso, pero estas señoras son ultraconservadoras y para ellas es como si fueses marciana —explicó Arvinder.

—O inglesa —añadió Preetam.

—Esto es ridículo —protestó Nikki—. Es como estar en el recinto de un zoo.

El grupito seguía en el pasillo, turnándose para mirar a través del cristal. Una de ellas la estudió de arriba abajo y se volvió hacia su amiga para cuchichear.

—Perdona, Nikki. ¿Qué quiere decir «recinto»? —preguntó Manjeet.

—Es como una jaula —respondió Nikki.

—A veces mezclas palabras en inglés con las punyabís.

—¿Y eso también es un problema para vosotras?

Manjeet asintió como disculpándose.

—Y no estás casada —observó Preetam—. ¿Cómo van a hablar de cosas tan íntimas delante de ti cuando se supone que no las has vivido?

—¿Tú quieres casarte, Nikki? —preguntó Manjeet—. ¿Estás buscando marido? Porque no deberías esperar mucho más.

—Cuando decida casarme, *bibi* Manjeet, serás la primera en saberlo —respondió Nikki.

—Ni se te ocurra —protestó Arvinder frunciendo el ceño—. Díselo primero a tu familia.

—Ya está bien —exclamó Nikki, y se dirigió hacia la puerta para abrirla, a pesar de las protestas de sus alumnas. Juntó las palmas de las manos y recibió a las recién llegadas con la mejor de sus sonrisas—. Buenas tardes. *Sat sri akal.* —Las mujeres se apiñaron y la miraron fijamente—. Bienvenidas a la clase —continuó Nikki—. Adelante. —Se notaba la tensión en el aire y empezaba a dolerle la cara de forzar la sonrisa—. Por favor.

El grupo al completo empezó a retroceder. Arvinder apareció por la puerta como una exhalación y fue tras ellas para disculparse mientras desaparecían escaleras abajo en una lenta procesión. Arvinder sujetó a Nikki por los hombros y la metió otra vez en clase.

—¿Adónde van?

—Las has asustado. No estaban preparadas para esto.

—Bueno, cuando vuelvan me disculparé y empezaremos de cero. Es que...

—No volverán —le espetó Arvinder; su mirada parecía capaz de atravesarla—. No todas somos iguales, Nikki —le dijo—. En esta comunidad hay gente muy reservada.

—Ya lo sé, pero es que...

—No, no lo sabes —la interrumpió Arvinder—. Nuestro grupito fue el único que se apuntó a las clases de escritura. A ti eso te parecerá nada, pero para mucha gente es algo muy valiente y bastante aterrador. Esas mujeres son muy tímidas y tienen miedo. No recibieron atención de sus maridos, al menos no el tipo de atención que querrían...

—Venga ya, madre, por favor... —protestó Preetam.

Arvinder se volvió hacia su hija.

—Por favor qué.

—Nikki, esas mujeres son de una aldea muy tradicional. Eso es todo. Y tú —dijo Preetam señalando a su madre con la cabeza—, tú siempre hablas de papá como si hubieras tenido un marido horrible. No recuerdo que fuera ni la mitad de malo de lo que insinúas.

—Tú no sabes nada de mi vida privada con tu padre.

—¿Y la noche antes de mi boda, cuando me diste todos aquellos consejos? Te brillaban los ojos. Parecía que la novia eras tú. No me digas que te lo inventaste todo. Sabías perfectamente lo que era la pasión. Supongo que en algún momento te lo enseñó.

A Arvinder le tembló el labio inferior. Nikki se dio cuenta de que se lo estaba mordiendo, aunque no sabía si era para no reírse o para no decir algo de lo que luego se pudiera arrepentir. En cualquier caso, tenía que acabar con aquella conversación cuanto antes. Sacó la grabadora de la cartera y la dejó sobre la mesa.

—He comprado una grabadora para la clase. Así Sheena ya no tendrá que transcribir las historias y las demás podréis explicar las vuestras sin necesidad de hacer pausas. —La enchufó e introdujo una cinta nueva—. ¿La probamos? —preguntó, y apretó el botón de grabar—. Que alguien diga algo.

—Holaaaa —dijo Manjeet, mientras saludaba al aparato con la mano.

Nikki paró la cinta, la rebobinó y le dio al PLAY. Sus voces se escucharon altas y claras, y el silencio de las demás también.

—¿Te importaría darme las cintas al final de cada sesión? —preguntó Sheena—. Así me las puedo poner en casa y transcribir las historias.

—Pero ¿todavía queréis tenerlas por escrito? —preguntó Nikki.

—Si no es mucha molestia para Sheena... —respondió Manjeet—. Me gusta que mis historias estén en un papel.

—A mí también —dijo Arvinder, olvidando el enfrentamiento con su madre—. No puedo leer lo que dice, pero sí verlo. Es la única oportunidad de ver mis palabras por escrito, aunque ni yo misma pueda leerlas.

Nikki aún llevaba las inscripciones del curso en la cartera; las había cogido para saber la dirección de Tarampal y se había olvidado de sacarlas. Alguien, seguramente uno de sus nietos, había escrito su nombre, dirección y número de teléfono con letra de palo, y no era el único formulario que parecía rellenado por otra persona. ¿Era posible que aquellas mujeres vieran las palabras escritas y se sintieran orgullosas de

que las representaran como personas? ¿O quizá se avergon-
zaban por ser incapaces de descifrar el abecedario?

—¿A qué juego te referías antes, Manjeet? —preguntó
Nikki, recordando lo que le había oído decir al entrar en la
clase.

Manjeet parecía contenta.

—Podríamos inventarnos una historia a partir de estas
imágenes —explicó, y sacó una revista del bolso en cuya portada salía una mujer desnuda tumbada boca arriba, con los
pechos brillando bajo la luz natural que entraba por una ventana.

—¿Eso es una *Playboy* antigua? —preguntó Nikki, y
notó que se le salían un poco los ojos de las cuencas.

—Confiscada a mi hijo hace treinta años. La guardé en el
fondo de un baúl porque me dio miedo que los vecinos la
vieran entre la basura. Me la he encontrado esta mañana
mientras rebuscaba en el baúl.

Una *Playboy* de los ochenta. Las mujeres llevaban el pelo
cardado y las fotografías eran de color sepia, lo cual les con-
fería un aire nostálgico. Algunos hombres llevaban bigote.
Las alumnas se pasaron la revista y empezaron a hojearla.
Arvinder levantó el póster central para que pudieran verlo
todas: la modelo salía completamente denuda y sentada en el
capó de un deportivo. El color bronceado de su piel resaltaba
contra el rojo del coche.

—La mujer está esperando en el garaje para sorprender a
su amante, que es mecánico —empezó Arvinder.

—El pobre se pasa el día arreglando coches y, cuando
llega a casa, también le apetece que le revisen los bajos —propuso Sheena.

—El problema es que ella se está cansando de esperar.
Además, cuando él llega, se tiene que duchar para quitarse
toda la grasa y el sudor y oler bien —añadió Manjeet.

—Por eso ella decide vestirse y salir a dar un paseo por el

barrio con el coche. El primer hombre guapo que vea, se lo lleva a casa —siguió Preetam.

La revista seguía en manos de Arvinder. Pasó las páginas y se detuvo en otra fotografía.

—Este hombre. —Señaló la imagen de un tipo musculoso y de piel morena.

Las demás asintieron, y la historia fue tomando forma bajo la atenta mirada de Nikki, que las observaba sin hablar. Al final, se hizo el silencio.

—Creo que ya está —dijo Sheena.

—Pero de momento solo han usado las manos —protestó Manjeet.

—¿Y qué? —intervino Arvinder—. Los dos están más que satisfechos. Además, déjala que se guarde lo mejor para su amante. Aún le falta irse a la cama con él cuando llegue a casa.

—Es verdad. Cuando termina con este, ya es tarde y su pareja está a punto de llegar.

—¿Y no se dará cuenta de que ha estado con otro?

—Se puede dar una ducha —propuso Sheena.

—Entonces estará demasiado limpia. Seguro que él sospecha algo —dijo Arvinder.

—¿Demasiado limpia? —preguntó Preetam—. ¿Qué hombre se fijaría en algo así? Yo siempre me duchaba antes de que mi marido llegara a casa.

—Se puede echar un poco de perfume —sugirió Sheena.

Arvinder negó con la cabeza y su voz se elevó sobre la de sus compañeras, cargada de certeza.

—Esto es lo que hace. Se da una ducha y luego sale de casa. Pasa por delante del viejo pozo y charla con otras amas de casa en el pequeño mercado del pueblo. Se le ocurren varios recados que podría hacer: pagarle al *chai wallah* una semana de té por adelantado, llevarles agua a los mozos del campo. Es más o menos lo que habría hecho a lo largo del día.

Cuando acaba, le brilla un poco la piel del sudor, pero no está sucia. Así es como lo disimula.

Cuando terminó, Arvinder parecía emocionada, triunfante y falta de aire. Había desvelado mucho más de lo que en realidad había dicho y la fuerza de la confesión la dejó sin aliento. Las demás la miraron. Preetam en concreto parecía horrorizada.

—Todos esos sitios estaban cerca de nuestra casa en el Punyab —consiguió decir finalmente.

—Pues entonces sustitúyelos por tiendas *goris* —replicó Arvinder—. Nikki, ¿qué hay cerca de tu casa adonde se pueda ir a pie?

—Un pub —respondió Nikki.

—Eso es —dijo Arvinder—. Añade eso, Sheena.

—¿Quién era? —preguntó Preetam con un hilo de voz—. ¿Y cuándo?

Arvinder cogió aire, pero no dijo nada.

—¿Quién era? —repitió Preetam, esta vez gritando.

—No hace falta que me levantes la voz, Preetam —le dijo Arvinder a su hija—. Sigo siendo tu madre.

—Acabas de confesarte culpable de lo más indecente que se puede hacer —exclamó Preetam—. ¿Con quién engañabas a mi padre? ¿Destruiste otra familia? —Preetam miró a su alrededor con cara de espanto y Nikki se dio cuenta de que aquel era el papel de su vida. Toda la rabia, todo el drama por fin tendrían salida—. ¿Quién era?

El resto de las presentes se acomodaron en sus respectivas sillas y presenciaron la escena entre madre e hija como si de un partido de tenis se tratara. Nikki aún se acordaba de la primera impresión que le habían causado. Se parecían tanto que había supuesto que eran hermanas, pero aquel enfrentamiento sacaba a la luz las diferencias. Las mangas de la túnica blanca de Arvinder colgaban libremente de sus huesudas muñecas y el dobladillo se había vuelto gris con el paso del tiempo, mientras que el atuendo de viuda de Preetam era más refinado, con adornos de encaje sobre un *dupatta* de color crema. A Preetam los ojos le brillaban de la rabia, mientras que Arvinder tenía una mirada distante y llorosa; su cuerpo se estremecía después de aquella revelación.

Preetam se abanicó la cara con las manos.

—*Hai*, Nikki. Creo que me voy a desmayar.

—Tampoco hace falta, Preetam —dijo Sheena.

—Sheena, no te metas —intervino Manjeet en voz baja.

—¿Pensaste en tu familia? —preguntó Preetam—. ¿En lo que tendrías que hacer si papá se enteraba? Sigue pasando, incluso hoy en día, ¿sabes? Mira cómo acabó Maya.

—Ya basta —le espetó Arvinder, y Preetam se echó a llorar y salió corriendo del aula.

—Creo que es la hora del descanso. Diez minutos y nos vemos aquí otra vez —anunció Nikki.

Las alumnas salieron de clase en silencio y Nikki se sentó en su silla. Después de semejante torbellino de revelaciones, sentía la cabeza a punto de estallar. Lo más extraño de todo había sido la mención de Maya. ¿Cómo acabó? Las insinuaciones sobre su muerte, sobre los mensajes que le habían descubierto en el móvil. No tenía a nadie a quien preguntar ni un momento apropiado para hacerlo. Desde la ventana, las vio salir del edificio y dirigirse hacia el templo; Sheena y Manjeet tomaron la delantera para dejar espacio a Arvinder, que se quedó atrás, debajo de la marquesina, con la mirada perdida en los coches que ocupaban el aparcamiento. Nikki pensó en bajar a hablar con ella, pero después de lo que había ocurrido con las viudas de antes, no quería meterse donde no la llamaban. Arvinder pasó por debajo de una farola y una luz cálida tiñó sus ropas de un suave color amarillo. Ya no era una viuda, sino una mujer joven y esbelta necesitada de afecto.

El suéter azul marino se ajustaba como un guante a los hombros de Jason realzando su buen físico. Estaban haciendo cola delante de una sala de cine independiente y Nikki no podía evitar echarle alguna mirada de vez en cuando. Tenía un corte en la mandíbula que parecía reciente, seguramente de afeitarse. Se preguntó si había tardado tanto como ella en arreglarse. Había comprado rímel, un pintalabios, sombra de ojos y un maquillaje nuevo en Boots, después de que una vendedora supermotivada la convenciera para dejarse hacer un mini cambio de imagen. Luego se había pasado todo el camino de vuelta a casa enfadada consigo misma por haber comprado todas aquellas cosas de las que en realidad solía despotricar. El maquillaje era opresivo. Creaba un ideal de mujer... ¿no? Pero entonces se había visto reflejada en el escaparate de una tienda y había descubierto una versión de sí misma con los labios más gruesos y los ojos más grandes. Y le había gustado.

Cuando por fin llegó su turno, solo quedaban entradas para una película francesa.

—Tiene buenas críticas —dijo Nikki—. Eso sí, empieza dentro de hora y media. ¿Quieres que demos un paseo y aprovechemos para comer algo?

Jason asintió.

—¿Has estado alguna vez en París? —le preguntó mientras caminaban calle abajo.

—Una vez —respondió Nikki—. Con un amante.

Había intentado hacerse la interesante y le había salido el título de un relato erótico. «Una vez, con un amante.» Le pareció tan ridículo que se le escapó la risa.

—Qué bien, ¿no? —dijo Jason.

—No, en realidad fue horrible. Era un chico francés que estaba estudiando cine. Lo conocí en una fiesta el año pasado. Encontré un billete barato para el Eurostar y me fui cuatro días a París. Se suponía que iba a ser romántico.

—¿Y no lo fue?

—No teníamos ni un duro. Él estaba todo el día fuera trabajando, y no en su arte precisamente. Curraba en un McDonalds. Yo me pasaba el día en su piso viendo la televisión.

—¿Y no aprovechaste para salir a conocer la Ciudad de la Luz?

—Él me lo prometía todos los días, que cuando volviera a casa me llevaría a conocer la ciudad. El piso estaba en una zona un poco conflictiva y mi francés es un chiste, así que no me importaba esperarlo. Pero todas las noches llegaba a casa cansado y refunfuñando. La cosa no duró demasiado.

—Qué lástima —dijo Jason.

—¿Y tú? ¿Has estado en París?

Jason negó con la cabeza.

—He estado en Grecia y en España, con mi ex. Fueron los únicos viajes que quiso hacer. Me tuve que conformar sin ir a París. —Nikki se dio cuenta de que algo había cambiado en su voz. Lo observó en silencio y, cuando él se dio cuenta, enseguida cambió de tema—. Conozco un sitio donde hacen unas pizzas buenísimas.

De camino hacia el restaurante, pasaron por delante de una librería llamada Sally's y Nikki tuvo un presentimiento.

—¿Te importa si entramos un momento? Me gustaría ver si tienen un libro —le preguntó.

—Claro —dijo Jason.

En cuanto entraron, él se fue directo a una de las secciones del fondo y Nikki se acercó al mostrador para preguntar por *Diarios y bocetos de Beatrix Potter*.

—Está descatalogado —dijo la dependienta, después de consultar la base de datos—. ¿Has intentado encontrarlo de segunda mano por internet?

—Sí —respondió Nikki.

Había encontrado dos copias, pero estaban en muy mal estado, con el lomo roto y las páginas dobladas. Una tenía las páginas arrugadas e hinchadas, como si se hubiera caído dentro de una bañera. Nikki le dio las gracias a la dependienta y fue en busca de Jason. Estaba en la sección de filosofía oriental. Le hizo una señal y se dirigió hacia la de antologías. Mientras repasaba los títulos, no pudo evitar oír las voces de sus narradoras de Southall tejiendo rítmicamente sus cuentos llenos de sensualidad.

Fue a reunirse con Jason.

—¿Qué estás buscando? —preguntó él.

Nikki le contó lo del libro de Beatrix Potter.

—Lo vi en una pequeña librería de Nueva Delhi que estaba llena hasta el techo de libros de texto y novelas. Podrías pasarte días enteros metido allí.

—¿No recuerdas el nombre de la librería?

—No, solo que estaba en Connaught Place, medio escondida detrás de una tienda de ropa, en uno de esos edificios coloniales restaurados.

—Entre al menos diez librerías más exactamente iguales. —Jason sonrió—. Sé que la gente va a Connaught Place para escapar de la locura de Nueva Delhi, pero yo casi prefiero las carretillas y los puestos ambulantes.

—Exacto. Cuanto más lo pienso, más claro tengo que quiero esa copia exacta, no una nueva. Aún recuerdo que tenía una mancha de té en la portada con la forma de una hoja. Mi padre lo miró y dijo: «Este libro ni siquiera es nuevo». Aquello me enfureció aún más. Yo, emocionada por el contenido del libro y resulta que él ni siquiera era capaz de ver más allá de la mancha de la portada.

Se dirigieron hacia la caja y Jason compró un libro titulado *Filosofía japonesa*.

—Este es el último de la colección —le explicó mientras la dependienta marcaba el precio—. Los tengo todos: filosofía china, india, occidental e islámica. Ah, y sij, claro. Aunque para los libros sobre filosofía sij tengo otra estantería entera.

«Friqui», pensó Nikki, no sin cierto placer.

—¿Tus padres son religiosos?

—No mucho. Tradicionales, pero religiosos no. Eso fue precisamente lo que me impulsó a leer más sobre el sijismo. Parecía que había muchas normas que no tenían una base religiosa. Por eso empecé a leer las escrituras, para poder contestarles.

—Y les encantó, claro —bromeó Nikki.

—No sabes cuánto —dijo Jason con una sonrisa—. Les cuesta admitir que de vez en cuando aprenden algo nuevo gracias a mí. ¿Y los tuyos? ¿Son tradicionales?

—Mi madre siempre ha sido un poco más tradicional que mi padre. Él me apoyaba muchísimo. Mi madre, en cambio, era como si tuviera que atarme corta a todas horas. En ese sentido, la muerte de mi padre fue un golpe muy duro.

—¿Estabais muy unidos? —dijo Jason, y enseguida añadió—: Perdona, qué pregunta más tonta. Cuando mi madre estaba enferma, odiaba profundamente que la gente me lo preguntara. Como si eso importara... Es parte de mi familia, la cuestión no es si estamos unidos o no.

—Tranquilo —dijo Nikki—. Y sí, lo estábamos. Siempre me apoyaba, pero justo antes de morir tuvimos una bronca bastante importante. Se puso como una fiera porque dejé la carrera de Derecho. Nunca lo había visto tan enfadado. No nos hablábamos, y luego se fue a la India con mi madre para coger un poco de distancia y se murió allí. —Lo dijo de carrerilla, pero en cuanto acabó sintió que se le llenaban los ojos de lágrimas. Se puso muy nerviosa. ¿En serio iba a llorar por su padre, por primera vez desde su muerte, en una primera cita?—. Perdona —consiguió murmurar.

—Eh, no pasa nada —dijo Jason.

Un poco más adelante, había un pequeño parque con un banco de forja orientado hacia la calle. Jason lo señaló con la mano y Nikki asintió. Se sentaron y ella se alegró de que la oscuridad le ocultara la cara. Al cabo de unos segundos, ya había conseguido controlar las lágrimas.

—Es duro porque fue tan repentino que nunca sabré si acabó aceptando mi decisión o no. Mi madre siempre se pone nerviosa cuando le pregunto cómo fueron sus últimas horas, así que supongo que aún estaba enfadado. No sé qué es peor, el dolor o el sentimiento de culpabilidad. O cual de los dos se supone que debo sentir.

—Dolor, supongo —dijo Jason—. No tiene mucho sentido sentirse culpable.

—Pero si no hubiera dejado la carrera...

—No deberías ser tan dura contigo misma. Y que conste que te entiendo. A mis padres les habría dado algo si hubiese dejado ingeniería. Por suerte para ellos, me gusta, la verdad. Pero no puedes atormentarte de esta manera pensando qué habría pasado si no hubieras dejado la carrera. Seguramente no serías feliz.

Nikki respiró hondo y sintió que el aire entraba en sus pulmones sin problema. Lo que le estaba diciendo Jason no era nuevo para ella; Olive le había aconsejado algo parecido poco después de la muerte de su padre. Sin embargo, Jason era el primer punyabí que intentaba convencer a Nikki de que había tomado la decisión correcta. De pronto, se dio cuenta de que en realidad esperaba que le dijera lo mismo que Mindi. «¿Y tu deber como hija?» En vez de eso, lo único que veía en su cara era comprensión.

—Gracias —dijo.

—De nada. Todos hemos tenido que lidiar con la decepción de nuestros padres.

—No creo que tú hayas sido muy problemático, siendo el primogénito varón y encima ingeniero —bromeó Nikki, y quizá fue solo el efecto de las luces de un coche al pasar, pero le pareció que a Jason le cambiaba la cara. Se rio, aunque tardó un segundo de más. Nikki sintió curiosidad. Sin embargo, era un poco pronto para preguntar sobre algo tan personal—. Era broma —añadió.

—Ya lo sé —dijo él—. Aunque a veces la presión para que triunfes es asfixiante. Desde el principio, tuve que marcar todas las casillas del éxito. Me recuerda a las chips de plátano.

Nikki se lo quedó mirando.

—Me he perdido.

—Verás, cuando iba a preescolar, mis padres descubrieron que era zurdo. Casi les da algo. Mi padre se sentaba conmigo cada noche para enseñarme a escribir con la derecha. Yo lo odiaba, pero mi padre había encontrado la forma de motivarme: por cada línea del abecedario que reseguía con la mano derecha, me daba una chip de plátano. Me encantaban. Eso fue unos cuantos años antes de que descubriera la comida basura, claro.

—¿Y qué tiene de malo ser zurdo?

Jason se puso serio.

—Estaba dando mis primeros pasos en la vida con una desventaja demoledora, Nikki. Nunca sería capaz de usar unas tijeras como Dios manda. Me costaría atarme los cordones. Y lo peor de todo: mis deberes siempre estarían sucios. Mi padre tenía un primo zurdo en la India que siempre estaba castigado porque, según sus profesores, llenaba los deberes de manchurrones.

—Un par de chips de plátano y te rendías. No te iría muy bien como espía.

—Yo seguía en mis trece; me negaba a usar la derecha. Todos los días volvía a casa con la mano izquierda manchada de tinta y todos los días me caía una bronca. Mi madre tenía muchos complejos por el hecho de ser inmigrante. Creía que, si me veían las manos, la gente pensaría que no éramos limpios. Por eso me las frotaba todos los días con una pastilla de jabón granulado, pero lo que no podía cambiar era mi forma de ser.

—Uy, qué rebelde —se burló Nikki.

Jason sonrió.

—Quiero decir que siempre he sido consciente de la presión que se nos impone para que sigamos las normas y cumplamos las expectativas. Del hijo mayor se espera que sea el que siente las bases. Según mis padres, si yo fallo en algo, mis hermanos pequeños estarán condenados al fracaso.

—A veces creo que mi hermana le da tanto bombo a lo de encontrar marido precisamente por eso —dijo Nikki—. Quiere hacer las cosas como es debido y espera que yo siga su ejemplo.

—Entonces ¿vas a colgar tus datos en el tablón del templo?

—Jamás.

—Mejor. Ya es demasiado que me recogieras en el templo.

—Yo no te recogí —protestó Nikki, y le dio un manotazo en el brazo.

Jason se rio y luego se levantó del banco.

—Venga, vamos a cenar algo.

Extendió las manos con las palmas hacia arriba para que Nikki pusiera las suyas encima y tiró de ella. Nikki se tambaleó y estuvo a punto de caerse de culo, pero Jason la sujetó y le pasó los brazos alrededor de la cintura. Se besaron. La calle se desvaneció bajo el peso de un silencio que los siguió mientras, sin mediar palabra, echaban a andar en dirección al restaurante.

Durante la cena, Jason le preguntó cómo le iba el trabajo en el templo.

—Bien —respondió Nikki, a la vez que cortaba la pizza margarita con un cuchillo. Se la llevó a la boca y, cuando levantó la mirada, vio que Jason seguía esperando una explicación—. No hay mucho que contar, la verdad —añadió encogiéndose de hombros—. Enseño a leer y escribir a un grupo de ancianas, eso es todo.

—Suena muy gratificante.

—Y lo es —dijo Nikki.

De pronto, por encima de la amalgama de voces y ruido de cubiertos que reinaba en el restaurante, creyó oír los suspiros de sus alumnas cuando acababan de escuchar una historia especialmente subidita de tono.

—¿Es algo que siempre habías querido hacer?

—Claro —dijo Nikki, y esta vez no pudo evitar que se le escapara una sonrisa—. Siempre he querido realizar algún tipo de servicio a la comunidad y esto implica escribir, así que es como una combinación de mis dos pasiones.

Se le escapó la risa en cuanto pronunció la palabra «pasión».

—Mírate, se te ve emocionada con lo que haces. Es genial —dijo Jason—. Tu madre y tu hermana deberían estar orgullosas de ti por ayudar a las mujeres de la comunidad.

De repente, le vino una imagen a la cabeza: Mindi y su madre sentadas en clase, con los lápices preparados para tomar notas, hasta que las viudas empezaban a explicar sus escenas de sexo con vegetales y se les iba poniendo cara de desconcierto. Nikki no pudo aguantar más y rompió a reír. Era el tipo de risa entrecortada e incontrolable que hacía que luego te dolieran los abdominales. Sacudió la cabeza y cerró los ojos, incapaz de contenerse, y cuando los volvió a abrir vio que Jason la observaba con curiosidad.

—Ay, Dios mío —exclamó Nikki—. Lo siento. —Le caían lágrimas por las mejillas—. Voy a tener que contártelo, ¿verdad?

—¿Contarme el qué?

—No soy profesora.

—¿Y qué eres entonces?

—Llevo un taller de cuentos eróticos para viudas punyabíes.

Jason abrió los ojos como platos.

—¿Y eso qué quiere decir?

—Lo que has oído. Nos reunimos dos días a la semana en el centro cultural del templo con la excusa de aprender inglés, pero en realidad las alumnas cuentan relatos eróticos de su propia invención.

—No puede ser —dijo Jason—. Te estás quedando conmigo.

Nikki se llevó la copa de vino a los labios con una floritura, encantada de ver que Jason se lo tomaba con humor.

—No es broma. La autora explica la historia y luego las demás decimos qué nos ha parecido y sugerimos cambios para que sea más creíble. A veces un solo relato nos puede llevar toda la clase.

Jason frunció el ceño y Nikki no pudo evitar preocuparse. Quizá no debería haber dicho nada.

—¿Algún problema con mi maravilloso trabajo? —preguntó, tratando de quitarle hierro al asunto.

—Ninguno. Es que me cuesta creérmelo, la verdad —respondió Jason.

—«La mujer sintió el latido de su corazón palpitando en aquel punto dulce y secreto que se escondía entre sus piernas» —recitó—. Es de una de las viudas.

Jason sacudió la cabeza lentamente y en sus labios se fue dibujando una sonrisa.

—Pero ¿cómo ocurrió todo?

Nikki le contó cómo la habían engañado con una oferta de trabajo para un taller de escritura creativa. Jason sonreía cada vez más y ella empezaba a estar un poco aturdida.

—Pero ¿son viudas de verdad? ¿Como mi abuela?

—No lo sé. ¿Tu abuela tiene fantasías eróticas en las que trabaja la masa para los *rotis* de tu abuelo con las nalgas? Porque esa es una historia que inventamos hace poco.

Había sido idea de Arvinder. A los dos miembros de la pareja les había parecido muy sensual: la mujer medio desnuda aplastando la masa viscosa con el culo y el hombre comiéndose los *rotis* recién hechos que, según él, eran suaves como el terciopelo gracias a aquel método de preparación secreto.

—No me la imagino inventándose una escena así.

—Tampoco te lo contaría a ti. Seguro que con sus amigas sí que habla de estas cosas.

—¿Me estás diciendo que mi Nani-ji, que es la mujer más dulce e inocente del mundo, habla de guarradas con su grupo de oración?

Nikki sonrió.

—Hace un mes, a mí también me habría parecido una locura, pero no te imaginas lo creativas que son algunas de estas historias, y te estoy hablando de solo cuatro viudas. Seguro que hay muchas más.

Últimamente, Nikki no podía evitar mirar a las ancianas de otra manera, y no solo a las punyabíes.

—Mi abuela ni siquiera sabe escribir su propio nombre. Cuando era pequeño, un día me vio jugando con el ordenador y creyó que la pantalla estaba llena de hombrecillos de verdad, armados con pistolas en miniatura en aquella ciudad diminuta y frenética. Es imposible que una persona tan ajena al mundo real se invente detalles como esos.

—Pero el placer y el sexo son instintivos, ¿verdad? Hasta el más analfabeto es capaz de entender el concepto de relación sexual gratificante. Tú y yo estamos acostumbrados a verlo como una invención moderna porque lo aprendimos después de todo lo demás: leer, escribir, usar un ordenador, todo eso. Para las viudas, el sexo es anterior a todos esos conocimientos.

—No he oído ni una sola palabra. Me estoy imaginando a mi abuela preparando *roti* sexual —reconoció Jason con una mueca.

—Pan de pandero —propuso Nikki.

—Tostadas con forma de nalga —añadió Jason, y se le escapó la risa—. Estoy en estado de shock. —Sacudiendo la cabeza—. ¿Y cómo es que se sienten cómodas hablando de sexo delante de ti? Además de por tu encanto innegable, claro está.

—Supongo que pensaron que como soy una chica moderna no las juzgaría. Eso sí, no me lo cuentan todo. —Recordó el arrebato de Preetam al enterarse de la infidelidad de su madre y la reacción de las demás al escuchar el nombre de Maya. Después del descanso, nadie le dio ninguna explicación y Nikki supo que pasaría mucho tiempo hasta que pudiera preguntar abiertamente sobre el tema—. Ya basta de hablar de mi trabajo. Explícame en qué consiste la ingeniería.

—Hasta en la pregunta se te nota que te aburre el tema.

—¡En qué... consiste... la ingeniería! —exclamó Nikki levantando los puños en alto.

Las carcajadas de Jason se oyeron en todo el restaurante. Uno de los camareros los miró de reojo.

Al final, no volvieron al cine. Se quedaron en el restaurante, pidiendo más vino y disfrutando de la conversación. Solo miraron la hora una vez y enseguida estuvieron de acuerdo en quedarse allí de cháchara. Jason lo quería saber todo sobre los relatos y Nikki aprovechó para observar su reacción mientras le explicaba los detalles; ni una pizca de indignación ni de asco. Le confesó que a veces sentía que estaba introduciendo el elemento feminista en la vida de aquellas mujeres y él ni siquiera parpadeó. La palabra no lo amilanaba.

Más tarde, salieron del restaurante y decidieron dar un paseo. Hacía frío y las luces brillaban por las calles de Londres. Nikki se acurrucó contra Jason y él le pasó el brazo alrededor de la cintura. Se besaron otra vez.

—¿Ves? Esto te pasa por explicarme historias picantonas —bromeó él, y Nikki se rio.

«No, esto me pasa por ti», pensó ella.

8

Nikki colocó las tres blusas indias una al lado de la otra y les hizo una foto. Luego se la envió a Mindi con el texto: «¿Cuál te gusta para mí?». El dueño del puesto, un hombrecillo con la barba blanca y un turbante enorme de color rosa, se apresuró a enumerar las cualidades de sus productos: «¡Cien por cien algodón! ¡Muy transpirables! ¡Los colores no se van con los lavados, ni siquiera el rojo!». Su exceso de entusiasmo hizo sospechar a Nikki que, en realidad, eran blusas de poliéster que apestarían a sudor a los diez minutos de llevarlas puestas que convertirían el resto de su colada en la escena de un crimen como se le ocurriera mezclarlas.

De pronto, le sonó el móvil. Era Mindi.

—¿Desde cuándo llevas *kurti*? —le preguntó.

—Desde que he descubierto un bazar de ropa en Southall que los vende mucho más baratos que cualquier tienda de segunda mano de Londres —respondió Nikki.

—El azul verdoso de la izquierda es el mejor.

—¿Y el marrón no?

—Prefiero el otro —dijo Mindi—. El negro también es bonito me gusta el bordado en color plata del cuello. ¿Te importa comprarme uno?

—¿Quieres que vayamos vestidas igual, como cuando mamá nos obligaba a llevar la misma ropa en primaria?

Mindi resopló.

—Era lo peor, ¿te acuerdas? Todo el mundo nos preguntaba si éramos gemelas.

—Y cuando le pedíamos ir diferentes, nos soltaba que éramos unas desagradecidas. «¡Muchos no tienen ni siquiera ropa!»

Aquella imagen de niños desnudos siempre acababa provocándoles un ataque de risa.

La carpa que cubría el tenderete empezaba a hundirse bajo el peso de la lluvia. Nikki se frotó las manos. En el puesto de chai de al lado empezaba a formarse cola.

—¿Qué más hay en el bazar? ¿Algo que valga la pena? —preguntó Mindi.

—Algunos puestos de verduras, un par donde venden masala, otro de dulces indios... —dijo Nikki mientras miraba a su alrededor—. Hay una mujer que te tiñe las piedras de las joyas para que hagan juego con tu ropa y una hilera entera de puestos de decoraciones de boda, de esas que se cuelgan y hacen ruiditos. También he visto a un tío con un loro que te lee el futuro con un sombrero.

Un número considerable de mujeres iban de tenderete en tenderete, con los respectivos bolsos bien apretados bajo el brazo. Hacía un rato, Nikki había prestado atención a un grupo de ancianas que caminaban a su lado comparando el tamaño de unas berenjenas. Por desgracia, no había tardado en descubrir que solo estaban compartiendo una receta.

—¿Estás trabajando? —le preguntó Nikki a su hermana, sorprendida por la cantidad de ruido que se oía de fondo.

—Ahora salgo. Estoy intentando aclararme con unas muestras de maquillaje que me ha dado Kirti para esta noche. No acabo de decidirme entre dos delineadores.

—Espero que lo hagas por ti y no por el tío, básicamente porque no creo que se dé ni cuenta.

—De hecho, esta semana seremos solo mujeres —dijo Mindi.

—En ese caso, estaría bien que antes hablaras con la gente del *gurdwara* para saber si celebran bodas de lesbianas.

El ruido desapareció de repente.

—¿No te lo he contado?

—Creo que lo recordaría.

—Pues resulta que como no estoy teniendo mucho éxito con el anuncio del templo, he decidido aprovechar el periodo de prueba de SijMate.com. Es más discreto de lo que creía y está muy bien porque puedes usar filtros muy, muy específicos.

—¿Y has decidido que quieres que tu marido tenga vagina? —preguntó Nikki, olvidándose por completo de dónde estaba. El vendedor del turbante se tambaleó como si le hubieran disparado—. Perdón —se disculpó en voz baja, y se sintió tan culpable que señaló las tres blusas y levantó el pulgar; el hombre asintió y las metió en una bolsa de plástico azul.

—En SijMate te dan la posibilidad de conocer a las mujeres de las familias antes que al novio. Te tomas un café con ellas y, si les gustas, te presentan a sus hermanos, sobrinos o hijos.

A Nikki aquello le sonaba a pesadilla.

—Cuánta presión, ¿no? —le dijo a su hermana—. Te estarán observando todo el rato.

Por no mencionar lo raro que sería entrar a formar parte de una familia en la que las hermanas y las madres eligen las parejas de sus hermanos e hijos.

—Se supone que lo hacen así para que haya menos presión —explicó Mindi—. Lo que está claro es que cuando te casas con alguien pasas mucho tiempo con su familia. Supongo que quieren saber si somos compatibles.

—Entonces ¿yo también tengo que elegir? —preguntó Nikki—. ¿Podré vetar a los que no me gusten? ¿O solo funciona en un sentido? En serio, Mindi, me parece muy mala idea. Casi prefiero que quedes con algún friqui del templo antes que pasar por el filtro ese de las madres de SijMate.

De pronto, se volvió a oír ruido de fondo.

—Creo que voy a usar el perfilador de color ciruela —dijo Mindi—. Es más sutil. Queda mejor. —Era la señal que significaba que sus consejos no eran bienvenidos—. Ya te contaré qué tal me va.

—Buena suerte —murmuró Nikki.

Se despidió de Mindi y colgó. Le pagó al tendero, se puso en la cola de los chais y observó a la gente que corría bajo una lluvia cada vez más fuerte. Pegó la bolsa de las blusas al pecho. Mindi seguramente no lo sabía, pero de pequeña a ella le gustaba vestirse como su hermana. Cuando por fin ganaron la guerra y su madre les permitió vestirse diferente, disimuló la tristeza.

Arvinder y Preetam no se hablaban. Llegaron a clase con diez minutos de diferencia y se sentaron en extremos opuestos. Entre las dos, sobre una mesa, descansaban el bolso de Sheena, su móvil y su libreta, pero no había ni rastro de su dueña. Manjeet tampoco estaba.

—Bueno, esperaremos a las que faltan —anunció Nikki.

Sonrió a Arvinder, que apartó la mirada. Preetam acariciaba el encaje de su *dupatta* y lo doblaba una y otra vez. A Nikki aquel silencio le recordó el día que conoció a las viudas. Miró hacia la mesa en la que se había sentado Tarampal, siempre atenta y repasando las letras de su libro de ejercicios.

—Perdón, ya estoy aquí —anunció Sheena, que acababa de entrar en el aula acompañada de tres mujeres—. Estas son

Tanveer Kaur, Gaganjeet Kaur y la mujer del difunto Jasjeet Singh. Podemos llamarla Bibi. Quieren unirse a la clase.

Nikki miró a las recién llegadas. Tanveer y Gaganjeet debían de tener casi setenta años, pero Bibi rondaba la edad de Arvinder. Las tres iban vestidas de blanco.

—¿Sois todas amigas de Sheena? —preguntó Nikki. Las tres asintieron—. Muy bien, en ese caso ya sabéis de qué se habla en estas clases.

Lo último que necesitaba era a otra Tarampal que solo quisiera aprender inglés.

—Yo sigo diciendo que vengo a estas clases a mejorar mi inglés —explicó Sheena—. A menos que sean de confianza —añadió, y miró a las recién llegadas con una sonrisa en los labios.

Arvinder tomó la palabra desde su esquina de la clase.

—No puedes ir confiando en las amigas de cualquiera. No todo el mundo sabe guardar un secreto.

Bibi parecía indignada.

—Tranquila que no se lo voy a contar a nadie.

—Solo intenta decir que vayamos con cuidado —le dijo Sheena a Bibi.

—Sois más que bienvenidas a esta clase. Aunque debemos procurar que cierta gente no sepa lo que se hace aquí —advirtió Nikki.

Mientras cruzaba Broadway después de salir del mercado, había visto a tres chicos punyabíes paseándose por la parada del autobús y recordando a las colegialas que volvieran directamente a casa, de muy malas maneras.

Preetam, que estaba preparada para participar en la clase, ahora que ya no estaba a solas con Arvinder, se quedó mirando la pedrería de la blusa nueva de Nikki.

—Me gusta eso que llevas puesto.

—Gracias —dijo Nikki—. Ya no se me ven los tirantes del sujetador.

—Sí, es muy bonito —asintió Gaganjeet.

Y de pronto fue como si se le deformara la cara: abrió los ojos como platos, retiró los labios hasta que se le vieron las encías y soltó un grito ensordecedor. Nikki miró a su alrededor y vio que, de todas las presentes, era la única sorprendida.

—*Waheguru* —dijo Arvinder.

—¿Eso ha sido un estornudo? —preguntó Nikki.

—*Hanh*, me estoy recuperando de un catarro. Llevo todo el fin de semana tosiendo y estornudando —respondió Gaganjeet.

—Hay una pasa —dijo Preetam—. Esta mañana a primer ahora he visto a Manjeet en el templo y me ha dicho que hoy no podría venir. Supongo que tampoco se encuentra bien. Estaba un poco pálida. Deberías tomarte algo para el resfriado, Gaganjeet.

—Me he tomado un chai con extra de hinojo.

—Me refiero a un medicamento. ¿La farmacia de Boobie Singh no está cerca de tu casa?

—Es Bobby —la corrigió Sheena.

—El Boobie ese es un carero —se quejó Gaganjeet.

—¿Alguna de las recién llegadas tiene una historia que quiera compartir? —preguntó Nikki antes de que la conversación se desviara aún más del tema.

Aquel era el otro peligro que corría al añadir alumnas nuevas. Justo antes de empezar con las historias, las viudas tenían la costumbre de aprovechar para intercambiar chismes: qué color de *lengha* llevaría la nieta de una amiga a la recepción de su boda; a qué hora pasaba el autobús del mercado los domingos, pues ese día siempre había alteraciones en el servicio; quién se había confundido de sandalias en el templo y se había llevado las de otro, iniciando así una cadena de robos por parte de todos aquellos que tenían que sustituir las suyas...

—Nikki, espera una momento, *nah?*, que nos estamos conociendo un poco —dijo Arvinder—. He oído que Kulwinder se ha ido de viaje a la India. Eso significa que podemos quedarnos más rato.

—Y hacer más ruido —añadió Sheena.

—No debemos aprovechar la ausencia de Kulwinder para relajarnos, creo yo —replicó Nikki, aunque se sentía mucho menos tensa sabiendo que la oficina del final del pasillo estaría vacía las próximas cuatro semanas—. Yo preferiría no quedarme hasta tarde. Tengo que coger el tren para volver a casa.

—¿Coges el tren por la noche tú sola? ¿Dónde vives? —preguntó Bibi.

—En Shepherd's Bush —respondió Nikki.

—Pero ¿dónde, cerca del mercado o lejos?

—No vivo en Southall. Mi piso está en la zona oeste de Londres.

—Aquí se puede ir por la calle de noche sin peligro —dijo Bibi—. Yo lo hago continuamente.

—Porque eres una mujer mayor —apuntó Tanveer—. ¿Qué iba a querer de ti un hombre de esos que se esconden entre los matorrales?

—Pues resulta que tengo una buena pensión —replicó Bibi con un bufido.

—Tanveer se refiere a que nadie te agrediría —intervino Sheena—. Ese problema solo lo tienen las mujeres jóvenes.

—¿Eso es lo que le pasó a Karina Kaur? —preguntó Tanveer—. He visto que es el aniversario de su muerte y que le van a hacer un programa especial. La pobre murió unos años antes de que nosotros llegáramos de la India. La verdad, si hubiera sabido que a una de mis hijas le podría haber pasado algo así, ni se nos habría ocurrido venirnos a Londres.

Al oír el nombre de Karina, la clase al completo guardó silencio, como si todas estuvieran pensando en ella. Nikki se sintió más desplazada de lo habitual. Paseó la mirada entre las alumnas y vio que una tensión poco frecuente en la cara de Sheena.

—Aún lo recuerdo. La gente decía que iba sola por el parque, que había quedado con su novio —dijo Arvinder.

—Y por eso merecía morir, ¿no? —le espetó Sheena.

Arvinder parecía sorprendida.

—Sheena, sabes perfectamente que no quería decir eso.

—Lo sé —replicó Sheena con un hilo de voz. Miró a Arvinder e inclinó la cabeza—. Lo siento.

Nikki nunca había visto a Sheena tan alterada. Hizo un cálculo rápido. Por lo que recordaba (y su madre se había asegurado de que no olvidara lo sucedido), Karina y Sheena tenían más o menos la misma edad por aquel entonces. Quizá se conocían.

—No te dejes intimidar por todas esas historias, Nikki. Southall es un sitio muy seguro —intervino Gaganjeet—. ¿Por qué no vives aquí? Esto está lleno de compatriotas nuestros.

—Nikki es una chica moderna —informó Arvinder a sus compañeras—. No os habéis dado cuenta porque hoy va vestida como una buena punyabí. Nikki, deberías llevar unas cuantas pulseras.

Nikki no apartaba la mirada de Sheena, que parecía inmersa en sus pensamientos. Se llevó la mano al cuello y acarició el colgante como si quisiera comprobar que seguía allí. Nikki se disponía a preguntarle si estaba bien cuando oyó que Gaganjeet la llamaba.

—Nikki, ¿estás buscando marido? Se me ocurre alguien perfecto para ti.

—No.

—¿Por qué no? Si aún no te he dicho nada de él —contestó Gaganjeet ofendida; se sacó un pañuelo de la manga y se sonó los mocos—. Tiene varias propiedades —añadió.

—¿Alguien tiene una historia que quiera contar? —preguntó Nikki mientras volvía hacia su mesa, al frente de la clase—. Se nos acaba el tiempo.

—Vale, vale, no seas impaciente —le dijo Arvinder—. Sigue siendo una mandona —murmuró volviéndose hacia sus compañeras.

—Yo tengo una historia —dijo Tanveer, y por un momento pareció que vacilaba—. Aunque es un poco diferente.

—Créeme, todas las historias que se cuentan en esta clase son diferentes —apuntó Preetam.

—Quiero decir que en mi historia hay un elemento poco común —explicó Tanveer—. Y sorprendente.

—No creo que nada pueda sorprenderme más que lo que se contó aquí durante la última clase —dijo Preetam, y miró a su madre de reojo.

—Cuéntanos tu historia, Tanveer —la animó Nikki, antes de que estallara otra discusión.

—Está bien.

Meera y Rita

Todo tenía su sitio en casa de Meera porque le gustaba el orden. Hasta los encuentros íntimos con su marido se regían según unos horarios muy estrictos. Lo hacían los martes y los viernes, justo antes de irse a dormir. La rutina siempre era la misma. Meera se desnudaba, se tumbaba sobre la cama y contaba las pequeñas marcas del techo mientras su marido la penetraba agarrándole el pecho derecho con una mano. No había sorpresas, aunque siempre se aseguraba de exclamar «¡Ah! ¡Ah!» como si estuviera abriendo un regalo que no le gustaba. Tras un último gemido, su marido rodaba sobre la cama y se quedaba dormido en el acto. Era precisa-

mente aquella parte del ritual la que le provocaba emociones encontradas: alivio porque había terminado y asco porque su marido no se molestaba en lavarse. Los miércoles y los sábados tocaba lavar las sábanas.

El detergente que usaba para aquella tarea en particular era un polvo especial que olía a flores. Lo guardaba en el estante más alto, encima del detergente que utilizaba para lavar la ropa de sus hijos, de su marido y del hermano menor de este, que también vivía con ellos.

Un día, su cuñado anunció que se había enamorado de una chica llamada Rita y que se iba a casar con ella. Lo primero que pensó Meera fue: «¿Y cuál será su lugar en esta casa?». Tendrían que reorganizarlo todo para que la novia encajara en sus vidas. Meera compartió la preocupación con su marido, que le recordó que ella era mayor. «Puedes darle órdenes si quieres.» Lo dijo con generosidad, como si después de años mandándola por fin le concediera el privilegio de hacerle lo mismo a otra persona.

Meera decidió ser amable con la recién llegada, compartir con ella en lugar de intimidarla. Siempre había querido tener una niña en vez de los dos niños ruidosos que le llenaban de barro la alfombra recién aspirada y se peleaban por todo como babuinos. Sin embargo, durante la boda, los celos se apoderaron de ella. Rita era joven y estaba llena de vida. La blusa cortada de su lengha de bodas dejaba al aire la piel de su vientre, tersa y suave como la miel. Cuando ella era joven, un atuendo como aquel habría causado un auténtico escándalo. Meera sintió envidia al ver cómo la miraba su cuñado. Sus ojos se paseaban por el cuerpo de su esposa como si intentara devorarla. «Espera a que lleven casados unos cuantos años», se dijo. «Verás qué rápido se le pasa.» Aquellos pensamientos le eran gratos y, sin embargo, Meera era consciente de que su marido nunca la había mirado de aquella manera, ni siquiera al poco de conocerse.

Cuando los recién casados regresaron de la luna de miel, Meera le enseñó la casa a Rita y se aseguró de que supiera dónde estaba todo, desde la funda de recambio del sofá hasta las chaquetas de invierno. Rita parecía que estaba atenta, pero aquella misma noche, después de fregar los platos, los colocó en el escurridor de cualquier manera y rellenó los espacios libres con los cubiertos. Meera los sacó resoplando del escurridor y empezó de nuevo. Tardó un buen rato en terminar las faenas de la tarde porque Rita insistía en ignorar su sistema para limpiar las mesas y barrer a conciencia debajo de las encimeras, en busca de algún grano de arroz extraviado. Cuando por fin acabó, se alegró de que no fuera martes ni viernes; estaba demasiado cansada y enfadada para soportar las embestidas de su marido.

Se metió en la cama, con su marido roncando plácidamente a su lado, y oyó ruidos procedentes de la habitación contigua. Una risa seguida de un «¡Chisss!» y la risa inconfundible de su cuñado. Apretó la oreja contra la pared y oyó la voz de Rita. «Muy bien», decía. «Sigue, no pares. Más fuerte.» Meera se apartó de la pared. Ahora entendía por qué Rita no se dejaba dar órdenes. Estaba demasiado ocupada llevando los pantalones en su matrimonio. «Esto no funcionará», pensó Meera. Solo podía haber una voz cantante y era la suya. Decidió que al día siguiente sería especialmente dura con Rita. Insistiría en enseñarle otra vez la casa y luego le haría preguntas. «¿Dónde va el Windex? ¿Y las bolsas de plástico de la tienda?»

A través de la pared, podía oír los gemidos cada vez más potentes de Rita y el chirrido frenético de la cama. ¿Es que no se daba cuenta de que había más gente en la casa? Abrió la puerta de su habitación y la cerró de un portazo para recordar a los recién casados que en aquella casa se oía todo. El ruido desapareció por un momento, pero enseguida volvió con energías renovadas. Los gemidos de Rita atravesaban las paredes como las notas de una ópera. Meera estaba verde de la envidia. Salió de su habitación de puntillas y vio, no sin cierta decepción, que la puerta de los tortolitos estaba cerrada. Si hubiera estado abierta, aunque solo hubiera sido una rendija, habría visto lo que estaba pasando. Por alguna extraña razón, era incapaz de visualizarlo. Lo único que veía cuando cerraba los ojos era el vientre liso y plano de Rita. Siguió subiendo con la imaginación y se detuvo a la altura de los pechos, firmes y redondos, con los pezones erectos y rosados. Imaginó unos labios cerrándose sobre los pezones y, de repente, se dio cuenta horrorizada de que aquellos labios eran los suyos. Borró la imagen de su cabeza y culpó al cansancio de aquella transgresión.

A la mañana siguiente, Meera se levantó de la cama lista para cumplir con las tareas matinales y acabarlas cuanto antes. Pasó por delante de la habitación de Rita y vio que la puerta seguía cerrada. Mientras preparaba el té, el sonido de una risa llegó hasta la cocina. Los niños levantaron la mirada hacia el techo y luego se miraron.

—Acabaos el desayuno —les ordenó Meera.

En algún lugar por encima de su cabeza, se oía la voz de Rita otra vez dando órdenes. «Usa la lengua», decía. «Sí, así.» Meera se puso colorada y volvió a sentir un cosquilleo muy fuerte, como si estuviera experimentando en sus propias carnes lo que Rita le pedía a su amante.

Rita no bajó hasta que su marido se marchó a trabajar y los niños se fueron al colegio. En la casa reinaba el silencio. Meera se puso manos a la obra.

—¿Te puedo ayudar en algo? —preguntó Rita, y ella le respondió con cierta frialdad que no necesitaba su ayuda para nada—. Pues muy bien —dijo la joven, y se encogió de hombros.

Podía notar la mirada de su cuñada observándola y empezaba a sentirse cohibida.

—Seguro que crees que soy una estirada —le dijo al final.

—Yo no he dicho eso.

—Pero es lo que estás pensando.

—¿Y lo eres?

—No —replicó Meera. Cogió la cesta de la ropa y se dirigió hacia la lavadora—. Soy práctica. Soy considerada con los demás. Y no me interesa oír tus actividades nocturnas.

—La próxima vez no gritaremos tanto.

La tranquilidad de Rita enfureció aún más a Meera. Recorrió toda la casa en busca de una tarea imposible para Rita. ¿Limpiar las ventanas quizá? Las marcas de agua siempre se secaban y dejaban el cristal sucio, lleno de círculos blanquecinos. Estaba a punto de darle las órdenes cuando se dio cuenta de que el detergente de la lavadora había desaparecido.

—¿Dónde está? —le preguntó—. ¿No te dije que lo dejaras en la estantería?

Rita le explicó con toda la tranquilidad del mundo que el detergente estaba mejor en el armario, con los demás productos de limpieza.

—Tonterías —exclamó Meera—. ¿Así es como esperas llevar una casa?

Se dirigió como una exhalación hacia el armario de la limpieza y allí encontró el detergente. También rozó con la mano una caja que nunca había visto hasta entonces. La abrió, metió la mano y descubrió que estaba llena de barras de arcilla. Eran redondeadas por ambos lados y tenían el grosor y la envergadura de cierta parte de la anatomía masculina. Meera se disponía a ir en busca de Rita para preguntarle qué era aquello, pero de pronto sintió un aliento en la nuca.

—Pensaba que nadie las encontraría —susurró la joven.

—No creo que las necesites —replicó Meera, y se dio la vuelta. Tenía la garganta seca, pero consiguió que le salieran *las palabras. Se rumoreaba que algunas mujeres, sobre todo si eran mayores, moldeaban barras de arcilla como aquellas, las cocían y luego las guardaban por si en el futuro sentían una urgencia que sus maridos ya no pudieran satisfacer—. Eres demasiado joven.*

La risa de Rita era como el trino de un pájaro.

—¿Demasiado joven? Ay, Meera, podría enseñarte tantas cosas...

—¿Tú? ¿A mí? —replicó Meera—. Soy mayor que tú.

Pero mientras hablaba, Rita se inclinó hacia ella, la besó en el cuello y luego recorrió lentamente la línea de la clavícula con la lengua. Meera ahogó una exclamación de sorpresa y retrocedió hacia el armario mientras su cuñada le acariciaba la mejilla con los labios y al final le daba un beso en los labios.

—Puedo enseñarte muchísimas cosas —susurró.

Al llegar a aquel punto, Tanveer se detuvo. Tenía las mejillas coloradas. Apretó los labios y esperó. En la clase reinaba un silencio tan intenso que Nikki oía el sonido del aire al salir por los conductos de ventilación.

—¿Qué pasa luego? —preguntó.

—Se ayudan mutuamente —respondió Tanveer, incapaz de soportar las miradas de sus compañeras. Nikki asintió para tratar de animarla—. Aún no me he imaginado esa parte.

—Es diferente, de eso no cabe duda —apuntó Sheena, y paró la grabadora. Parecía más animada que antes. Se irguió y observó a Tanveer con evidente curiosidad. Su amiga agachó la cabeza como si se esperara una reprimenda—. Pero no en el mal sentido —le aseguró Sheena—. Diferente, nada más. ¿Verdad, Nikki?

—Verdad —respondió Nikki, a pesar de ser consciente de la tensión creciente que reinaba en el aula.

Arvinder estaba pensativa. Gaganjeet se había llevado un pañuelo a la nariz para reprimir un estornudo y allí seguía, paralizado desde el momento en que Rita y Meera habían tenido el primer contacto. Bibi asentía despacio, como si procesara los detalles de la historia. De pronto, habló.

—Estas cosas son más habituales de lo que creemos. En mi pueblo decían que había dos chicas que se lo montaban, aunque yo creo que solo lo hacían con la mano.

Las palabras de Bibi sacaron a Gaganjeet de su trance. De pronto, se produjo una actividad frenética en su silla: estornudó, tosió, cerró el bolso y recogió su bastón.

—No me encuentro bien, debería irme a casa. Lo siento —le dijo a Nikki; se levantó de la silla con un fuerte chasquido de las rodillas y se dirigió hacia la puerta.

—La has asustado —le echó en cara Preetam a Tanveer—. ¿Por qué tenías que escribir una historia como esa? Esto no es una clase para mujeres pervertidas.

Tanveer agachó de nuevo la cabeza y Nikki se encaró con Preetam.

—Tanveer ha explicado una historia sobre el placer —le dijo—. Lo de menos es con quién lo compartan Meera y Rita.

—Es antinatural. Podría ser perfectamente ciencia ficción —protestó Preetam—. Y las dos están casadas y les están siendo infieles a sus maridos —concluyó enfatizando sus palabras con una mirada dirigida a su madre.

—Quizá para ellas no es más que una forma de practicar. O algo que mejora sus vidas maritales —dijo Sheena—. En la siguiente escena, los maridos vuelven a casa y nuestras Rita y Meera les preparan una pequeña escena. Al final, disfrutan los cuatro.

—¿Y por qué tienen que volver los maridos? —preguntó

Arvinder—. Quizá ellas están bien como están. No hace falta que haya hombres en todas las historias.

—Las relaciones íntimas han de ser entre un hombre y una mujer —protestó Preetam—. Defiendes este tipo de historias como si todas estuviéramos insatisfechas con nuestros maridos.

—Tienes suerte de que tu marido te tratara bien. No todas sabemos lo que es eso —le replicó Arvinder.

—Venga ya, madre, por favor. Mantuvo la casa, ¿verdad? Puso un techo sobre tu cabeza. Trabajó, te dio hijos. ¿Qué más quieres?

—Lo mismo que las mujeres de nuestras historias.

—Parece que al final lo conseguiste, aunque no con el hombre con el que te habías casado—murmuró Preetam.

—No te atrevas a juzgarme, Preetam —le advirtió Arvinder.

Su hija abrió los ojos como platos.

—No tengo ningún secreto. No sé de qué me acusas exactamente, pero mientes.

—Es verdad, tú no tienes secretos. Nunca los has necesitado. Tuviste un matrimonio feliz. ¿Alguna vez te has parado a pensar por qué? Yo me aseguré de que pudieras elegir. Rechacé a todos los hombres que aparecieron por todas partes en cuando cumpliste la mayoría de edad. Me daba igual que dijeran que mi hija era guapa o que formarías parte de una familia conocida; yo solo quería que tuvieras elección.

—¿Qué os parece si hacemos una pausa? —sugirió Nikki, pero Arvinder la hizo callar.

—Nikki, no me vengas ahora de mediadora. Hay cosas que todo el mundo debería saber y me dispongo a remediarlo. —Se volvió hacia su hija y la miró fijamente—. Para algunas mujeres, el periodo de adaptación era terrible. Tú no eras una niña como Tarampal, que solo tenía diez años; ni como yo, que me tuve que casar deprisa y corriendo con un hombre treinta centímetros más bajo que yo porque nuestras familias querían unir unas tierras afectadas por la sequía antes de que perdieran todo su valor. Tu padre se sentía tan pequeño en comparación conmigo que el palo apenas se le ponía tieso, y si se me ocurría quejarme de que no teníamos relaciones, me amenazaba con echarme de casa.

El arrebato de Arvinder las había dejado a todas mudas. Nikki sentía que el cerebro le iba a mil. De todas las revelaciones que le rondaban por la cabeza, solo podía pensar en la más horrible de todas.

—¿Tarampal tenía diez años? —susurró.

En la clase reinaba un silencio tan intenso que sus palabras rebotaron contra las paredes. Arvinder asintió.

—Con esa edad, sus padres la llevaron a ver a un gurú. El hombre le leyó la mano y determinó que estaba destinada a casarse con él. Les dijo que tendrían cinco hijos varones, que todos serían terratenientes y que no solo se ocuparían de ella, sino que también se asegurarían de la prosperidad de sus abuelos. Se pusieron tan contentos al escuchar aquello que no tuvieron en cuenta la edad (el gurú era treinta años mayor que Tarampal) y la casaron. Vinieron a Inglaterra diez años después.

—¿Y qué pasó con las predicciones del gurú? Tarampal solo ha tenido hijas —dijo Sheena.

—Supongo que le echó la culpa a su madre. Es lo que hacen siempre —añadió Arvinder, con la voz cargada de rencor.

—Muchas de nosotras teníamos más o menos esa edad, pero no nos enviaron a acostarnos con nuestros maridos hasta que fuimos mayores —apuntó Bibi.

—¿Cómo de mayores? —quiso saber Nikki.

Bibi se encogió de hombros.

—¿Dieciséis, diecisiete? ¿Cómo quieres que me acuerde? La siguiente generación ya se casó un poco después. Seguro que tu madre lo hizo con dieciocho o diecinueve años.

—Mi madre primero fue a la universidad —explicó Nikki—. Tenía veintidós años cuando se casó.

Seguía siendo una edad demasiado temprana para tomar una decisión de semejante calibre.

—La universidad. —Arvinder parecía impresionada—. No me extraña que tus padres te criaran en el Londres de verdad. Eran gente moderna.

—Nunca he creído que mis padres fueran modernos —replicó Nikki.

Recordó todas las veces que habían discutido porque llevaba la falda demasiado corta, porque bebía, porque hablaba con chicos o porque era «demasiado británica». Complacerles siempre había sido una batalla que aún seguía librando.

—Claro que lo eran. Ya sabían hablar inglés antes de llegar aquí. Los demás levantamos Southall porque no sabíamos actuar como británicos.

—Mejor hacer piña con los tuyos, o al menos esa era la idea —dijo Sheena—. Mi madre estaba muy nerviosa antes de venir a Inglaterra. Había oído historias de niños indios que recibían palizas en el colegio. Mi padre vino primero y la convenció de que Southall estaba lleno de gente como ellos y que no tendrían problemas para adaptarse.

—Y si los tenías, los vecinos iban enseguida a verte con dinero, comida, lo que necesitaras. Es la gracia de vivir en comunidad —dijo Arvinder—. En cambio, si el problema era con tu marido, ¿quién te iba ayudar a dejarle? Nadie quería meterse en los asuntos privados de los demás. «Deberías estarle agradecida», te decían si se te ocurría quejarte. «Este país te está corrompiendo.» —Miró a Preetam de reojo—. Te di toda la felicidad que yo no pude tener. Tú querías a tu marido, estabas encantada con tu matrimonio. Me alegro por ti, pero yo «sobreviví» al mío.

Cuando la última alumna abandonó la clase, Nikki salió corriendo del edificio con un plan muy claro. La calle principal rebosaba luz y calidez gracias a los escaparates de las tiendas. El dueño de Sweetie Sweets le hizo un gesto desde la puerta para que se acercara. «Tengo el *gulab yamun* y los *barfis* a mitad de precio», le dijo. En el quiosco de al lado, un cartel enorme anunciaba la llegada de tres actores de Bollywood, cuyos rostros y nombres le resultaban familiares por la colección de películas de Mindi. Hacía tanto frío que le ardían las mejillas y tenía el pelo cubierto de gotas de lluvia.

El número dieciséis de Ansell Road era un edificio compacto de ladrillo con la entrada asfaltada, idéntico a casi todas las casas vecinas. El viento soplaba con fuerza e impregnaba toda la calle de un intenso olor a comino. Nikki llamó al timbre. Oyó ruido de pasos y luego la puerta se abrió unos centímetros. Los ojos de Tarampal la observaron a través de los eslabones de la cadena, primero con sorpresa y luego con indignación.

—Por favor, Tarampal —dijo Nikki, y apoyó las manos en la puerta para que no se la cerrara en las narices—. Solo quiero hablar un momento contigo.

—No tengo nada que decirte —repuso ella.

—Y no hace falta que digas nada. Me gustaría pedirte disculpas.

Tarampal permaneció inmóvil.

—Ya me pediste perdón en la nota.

—¿Recibiste las cintas?

La puerta se cerró con un chasquido. Nikki tenía la piel de gallina; cada vez hacía más frío y encima había empezado a chispear. Se refugió bajo el dintel y volvió a llamar.

—¿Puedo hablar contigo un momento? —Por el rabillo del ojo, vio la silueta de Tarampal a través de la ventana de la sala de estar. Se acercó y picó en el cristal—. Tarampal, por favor.

Tarampal desapareció de la ventana, pero Nikki siguió golpeando el cristal con los nudillos, a sabiendas de que estaba armando un escándalo. Y funcionó. De pronto, se abrió la puerta y apareció Tarampal.

—Pero ¿se puede saber qué estás haciendo? Te están viendo los vecinos —le susurró mientras la fulminaba con la mirada. Le hizo un gesto para que entrara y cerró la puerta tras ella—. Sarab Singh le contará a su mujer que me vienen a ver lunáticas a casa.

Nikki no sabía quién era Sarab Singh o qué tenía que ver su mujer en todo aquello. Miró a su alrededor. Aquella casa era impecable; a juzgar por el olor a barniz, la habían reformado hacía poco. Recordaba que las mujeres del *langar* habían dicho algo sobre unos daños en casa de Tarampal. Estaba claro que ya los había arreglado.

—¿Están tus hijos en casa? ¿O tus nietos?

—Solo tengo hijas, todas casadas. Viven con sus maridos.

—No sabía que vivieras sola.

—Jagdev ha encontrado un piso cerca de su nuevo trabajo, pero viene de visita los fines de semana. Fue el que me leyó la nota.

¿Quién era Jagdev? Nikki se había perdido.

—No conozco a casi nadie del barrio…

—Ah, es verdad, que tú eres una chica de Londres —se burló Tarampal, e hizo una mueca al pronunciar el nombre de la ciudad.

En su propia casa, mostraba una seguridad que rayaba en la arrogancia. Aún iba vestida de viuda, pero llevaba una versión actualizada de la túnica blanca: el cuello era más abierto y la cintura más ajustada para resaltar su figura.

La lluvia había empezado a golpear los cristales.

—¿Serías tan amable de prepararme una taza de té? —preguntó Nikki—. Hace mucho frío en la calle y he venido andando.

Tarampal contestó que sí a regañadientes y Nikki sintió que aquella era una primera victoria. Seguro que le costaría menos convencerla para que volviera a clase si había té de por medio. La siguió hasta la cocina. Las encimeras eran de granito y recorrían toda la estancia de punta a punta. Los armarios tenían un acabado muy elegante y la vitrocerámica era el modelo que le gustaba a su madre, con una espiral blanca que parecía dibujada en la superficie que se iluminaba cuando se ponía en marcha. Tarampal la había encendido y estaba rebuscando en uno de los armarios. Sacó una olla de acero inoxidable llena de golpes y la caja metálica de galletas en la que guardaba las semillas y las especias. Nikki tuvo que reprimir una sonrisa. Si su madre tuviera una cocina ultramoderna como aquella, probablemente también seguiría almacenando el *dal* en tarrinas de helado y usaría la olla más sencilla para hervir el té.

—¿Quieres azúcar? —preguntó Tarampal.

—No, gracias.

Los faros de un coche inundaron la cocina de luz.

—Debe de ser Sarab, que hoy trabaja de noche —dijo Tarampal mientras añadía la leche—. No creo que le guste estar solo en casa. Hace unos años, Kulwinder y Maya se fueron unos días de vacaciones a la India las dos solas y él trabajó turnos dobles hasta que volvieron. Y Dios sabe que ahora necesita más distracciones que nunca.

—¿Kulwinder vive ahí? —preguntó Nikki, y se dirigió hacia la sala de estar para mirar por la ventana; la entrada de la casa de enfrente era exactamente igual que la de Tarampal.

—Sí. Viniste al *sangeet* de la boda de Maya, ¿verdad? Fue ahí. Yo pensé que habían alquilado un local porque había muchos invitados, pero... —Levantó las manos como queriendo decir que no había dependido de ella.

Nikki no tuvo tiempo de corregir el malentendido y aclarar que no había estado en la boda. Tarampal ya había vuelto a la cocina y estaba sirviendo dos tazas de té humeante. Nikki la siguió.

—Gracias —dijo Nikki, y cogió su taza—. Ya casi nunca puedo tomarme un buen chai casero.

El que había comprado en el puesto del mercado estaba demasiado dulce y espeso.

—Las inglesas preferís el Earl Grey —dijo Tarampal, y arrugó la nariz.

—Qué va, a mí me encanta el chai, pero como ya no vivo con mi familia... —El aroma del clavo le despertó una extraña nostalgia de las tardes que había pasado en la India visitando a sus pacientes. De pronto, se le ocurrió una idea—. ¿Podrías escribirme la receta?

—¿Cómo quieres que la escriba si no sé? —protestó Tarampal.

—Podríamos hacerlo las dos juntas. Si volvieras a las clases.

Tarampal dejó la taza encima de la mesa.

—No tengo nada que aprender de ti o de las viudas. No debería haberme apuntado.

—Hablemos de ello.

—No hace falta.

—Si te preocupa que la gente descubra lo de las historias...

Al oír la palabra, Tarampal hinchó las aletas de la nariz.

—Tú crees que lo de las historias no es para tanto, pero no tienes ni idea de lo que pueden llegar a hacerle a alguien en la cabeza.

—Las historias no corrompen a la gente —replicó Nikki—. Le dan la oportunidad de experimentar cosas nuevas.

—¿Experimentar cosas nuevas? —repitió Tarampal, y se le escapó una carcajada—. No me vengas con esas. A Maya también le gustaba leer. Un día la vi con un libro con un hombre y una mujer en la portada besándose delante de un castillo. ¡En la portada!

—De verdad, no creo que los libros sean una mala influencia.

—Bueno, pues te equivocas. Gracias a Dios mis hijas no son así. Las sacamos del colegio antes de que empezaran a tener ideas raras.

La intransigencia de Tarampal resultaba inquietante.

—¿Cuántos años tenían tus hijas cuando se casaron? —le preguntó.

—Dieciséis —respondió Tarampal—. Las mandamos con doce años a la India para que aprendieran a cocinar y a coser. Se les buscó marido mientras estaban allí y luego volvieron a Inglaterra para estudiar unos años más.

—¿Y si no hubieran estado de acuerdo con los maridos que escogisteis para ellas? Eran muy jóvenes.

Tarampal hizo un gesto con la mano, como quitándole importancia al tema.

—Nadie les pidió que opinaran, solo que aceptaran nuestra decisión y se adaptaran lo mejor que pudieran. Es lo que hice yo cuando me casé. Cuando les tocó a ellas, sabían perfectamente cuál era su obligación.

Aquella interpretación del matrimonio parecía una lista interminable de obligaciones.

—Suena muy aburrido —dijo Nikki— y supongo que una chica que crece en Londres lo que quiere es pasión y romance.

—*Hai*, Nikki. Las cosas no se hacen así. Yo tampoco tuve elección —replicó Tarampal, y pareció que lo decía con una cierta tristeza.

—Y cuando les tocó casarse a tus hijas, ¿te dio igual que tampoco pudieran elegir? —preguntó Nikki, consciente de que estaba pisando un terreno peligroso, pero sin saber cómo abordar el tema con más delicadeza.

—Hoy en día —prosiguió Tarampal, y sus ojos habían recuperado su dureza habitual—, las chicas van por ahí con tres o cuatro hombres a la vez, decidiendo ellas cuándo quieren que pase. ¿Tú crees que eso está bien?

—¿Qué quieres decir? —preguntó Nikki inclinándose sobre la mesa.

Tarampal apartó la mirada.

—No quería decir que tú seas así.

—No, no me refiero a eso, sino a lo de decidir ellas cuándo quieren que pase. ¿Que pase el qué?

—Va, no me obligues a decirlo, Nikki. Las chicas de ahora son unas consentidas, con tanto poder de decisión. Aquí un hombre no puede entrar en una habitación, arrancarle la ropa a una chica y decirle que se abra de piernas. Alguien del templo me contó que aquí hay una ley que prohíbe que un marido se acueste con su mujer si ella no quiere. ¡Con su propia mujer! ¿Por qué se castiga a los hombres por algo así? Porque los ingleses no valoran el matrimonio como nosotros.

—Es un delito porque está mal, aunque estén casados. Es una violación —replicó Nikki.

Era otra de esas palabras rodeadas de tantos tabús que ni siquiera sabía cuál era el equivalente en punyabí, así que la dijo en inglés. Ahora entendía el resentimiento de Tarampal hacia las otras viudas: parecían recatadas como ella, pero sus historias iban contra los fundamentos de lo que para ella era el matrimonio.

—Era lo que hacían antes los maridos, y nosotras no nos quejábamos. Casarse implica madurar.

Tarampal ya empezaba a tener algunas arrugas alrededor de los ojos. Conservaba la melena negra y abundante, a diferencia de los moños canos que llevaban el resto de las viudas. Aún era joven y, sin embargo, llevaba casada tres cuartas partes de su vida. Aquel detalle golpeó a Nikki con fuerza.

—¿Cuántos años tenías? —le preguntó.

—Diez —respondió Tarampal, y su rostro se llenó de tal orgullo que Nikki sintió que se le revolvía el estómago.

—¿Y no tenías miedo? ¿Ni tus padres tampoco?

—No había nada que temer. Tuve mucha suerte de que el destino me deparara ser la esposa de Kemal Singh, el mismísimo gurú —dijo Tarampal—. Nuestros horóscopos coincidían, por eso nadie dudó de que estuviéramos predestinados, a pesar de la diferencia de edad.

—¿Tuvisteis tiempo para conoceros? Antes de la noche de bodas, me refiero.

Tarampal hizo una larga pausa para beber un sorbo de té. Mientras esperaba, Nikki creyó ver una sombra atravesando su cara.

—Lo siento, no debería meterme —dijo Nikki—. Es algo muy personal.

—No es como crees —respondió al fin Tarampal—. Es mucho más sencillo y, cuando te llegue el día, querrás que se acabe nada más empezar. El romance, la consideración por las necesidades del otro... eso llega después.

—Pero ¿llega? —preguntó Nikki.

No sabía por qué se sentía tan aliviada, pero se alegró de ver la misma reacción en el rostro de Tarampal. Sus labios esbozaron una sonrisa inesperada.

—Sí —respondió, con las mejillas coloradas—. Todo lo bueno vino después.

Carraspeó y apartó la cara; era evidente que le daba vergüenza que Nikki la hubiera visto rememorando el pasado.

—¿Y qué tiene de malo escribir sobre ello? ¿Compartir lo positivo?

—*Hai*, Nikki, esas historias son muy vulgares. ¿Por qué contar algo tan privado para que lo vea todo el mundo? Tú lo defiendes porque no estás casada; aún no sabes nada de la vida. Te imaginas haciéndolo con alguien en concreto, con algún chico que conoces, ¿verdad?

—¿Yo? Qué va.

Si le confesaba que había estado con más de un hombre sin la más mínima perspectiva de casarse con ninguno de ellos, Tarampal se pasaría el resto de sus días yendo detrás de ella y desinfectando todas las sillas en las que Nikki tuviera la osadía de sentarse. Estaba Jason, claro. La noche anterior la había ido a ver al pub, y al acabar el turno lo invitó a subir a su piso. Las maderas del suelo crujieron peligrosamente mientras rodaban por la cama. Después, Nikki propuso que la próxima vez quedaran en casa de él. «No podemos ir a mi piso», dijo Jason. «Tengo un compañero de piso que está siempre en casa, además de las paredes más finas del mundo.» Algo en su voz le hizo sospechar que aquello era una excusa, pero tampoco le dio más importancia. No podía. Le gustaba demasiado.

Pasaron los segundos. Nikki miró hacia la ventana y observó la casa de Kulwinder. Las cortinas estaban cerradas y la luz del porche apagada; la casa desprendía una sensación extraña, como de luto. Se volvió hacia Tarampal y sus ojos se detuvieron en algo que había en la puerta de la nevera: un imán de las Fem Fighters.

—¿Eso es tuyo? —preguntó Nikki sorprendida señalándolo.

—No, claro que no. Era de Maya —respondió Tarampal—. Lo dejó ahí. Kulwinder y Sarab vinieron un día y se llevaron todas sus cosas: la ropa, los libros, las fotos. Solo quedaron algunas cosas sin importancia: un clip por aquí, un calcetín por allá. Y el imán.

—¿Maya vivió aquí?

Tarampal la miró extrañada.

—Sí, estaba casada con Jagdev. ¿Cómo es posible que no lo sepas? ¿No eras amiga de Maya?

—No.

—Y entonces ¿de qué conoces a Kulwinder?

—Respondí a un anuncio de trabajo.

—Creía que eras una de las amigas de Maya y que Kulwinder te había ofrecido el trabajo para hacerte un favor.

Nikki se quedó mirando el imán. Con razón Tarampal la había confundido con una de sus amigas; tenían muchas cosas en común. La voz de Tarampal transmitía tanto desprecio cada vez que mencionaba el nombre de Maya... Sin embargo, eran prácticamente familia.

—Entonces ¿Jagdev es tu sobrino?

—Es un amigo de la familia de Birmingham. No estamos emparentados. Lo despidieron y vino a Londres a buscar trabajo. Kulwinder insistió en presentárselo a Maya porque le pareció que eran compatibles —explicó Tarampal con un suspiro—. Pero se equivocó. Maya era una chica muy inestable.

Jagdev, el hijo que Tarampal siempre había querido. Nikki se la imaginaba representando el papel de suegra posesiva. Deseó que existiera una forma de teletransportar a Mindi hasta allí para que escuchara la conversación y supiera en qué se estaba metiendo. Tarampal ni siquiera era familiar directa de Jagdev y era incapaz de disimular el desprecio que sentía por Maya. ¿Qué probabilidades tenía Mindi de ganarse la aprobación de una suegra de verdad?

—Así que fue un matrimonio acordado... ¿Cuánto tiempo estuvieron saliendo?

—Tres meses —respondió Tarampal.

—¿Tres meses? —Era poquísimo tiempo incluso para los estándares de su madre y de Mindi—. Creía que Maya era una chica moderna. ¿Por qué tanta prisa?

—¿Las viudas no te lo han contado?

—No.

Tarampal se echó hacia atrás y la miró fijamente.

—Qué curioso. Si lo único que hacen todo el día es cotillear.

—Eso no es verdad —protestó Nikki, decidida a defender a las viudas. A pesar de la frustración que le producía que la excluyeran de las conversaciones sobre Maya, Nikki admiraba la actitud protectora de Sheena—. Sheena le es especialmente leal. Supongo que sabe la facilidad con la que se puede distorsionar una historia como esta y quiere evitar que pase.

—Esta historia solo tiene una versión —dijo Tarampal—. Sheena es como Kulwinder: no quiere creer la verdad. Esa es la verdad —sentenció señalando hacia el fondo de la casa.

Había una puerta con una pequeña ventana a través de la cual debería verse el jardín, pero ya era de noche. Tarampal estaba dando por sentado, otra vez, que Nikki conocía esa verdad de la que hablaba. Miró el imán de las Fem Fighters; si Maya estuviera viva, quizá sería ella la que les diera clases a las viudas y buscara la forma de colar los relatos eróticos sin que Kulwinder se diera cuenta. ¿Cuál había sido aquel final tan horrible del que nadie se atrevía a hablar? Si quería saber más, tendría que seguirle la corriente.

—Bueno, según algunos rumores que me han llegado, Maya no era una mujer demasiado honrada —dijo.

—Maya estaba viéndose con un chico inglés, ¿te lo ha contado Sheena? *Hanh*, quería casarse con él. Un día volvió a casa con un anillo en el dedo y todo. Kulwinder decidió cuadrarse y le dijo que tenía dos opciones: casarse con el chico y perder a su familia para siempre o dejar al chico y conservar la familia.

«Dejar la familia», pensó Nikki automáticamente. «A tomar por saco los padres chapados a la antigua.» De pronto, le asaltó el recuerdo de lo duras que habían sido las primeras semanas en su piso. Se había sentido muy sola, y eso que no había renunciado a su familia para siempre.

—¿Y obligarla a casarse también formaba parte del acuerdo? —preguntó.

—Fue un matrimonio acordado por aquellos que más se

preocupaban por ella —respondió Tarampal—. Todos la queríamos mucho, ¿sabes? Yo era muy amiga de Kulwinder y la había visto crecer. Sabíamos lo que necesitaba.

—Entonces ¿eran compatibles?

«¿Tenían el mismo grupo sanguíneo?», estuvo a punto de preguntar.

—A veces se llevaban bien, pero también se peleaban mucho. Casi siempre discutían en inglés, pero el lenguaje corporal lo entiende todo el mundo. —Tarampal hinchó el pecho y levantó la cabeza como si retara a un enemigo invisible—. Un día dijo en punyabí: «Deberíamos comprarnos algo solo para nosotros». Lo hizo a propósito. Quería que yo lo oyera.

Nikki percibió cierta emoción en el relato de Tarampal. La tía Geeta hacía lo mismo cada vez que se presentaba en casa de su madre con algún chisme nuevo. «Pobrecilla, lo hace para intentar conectar con la gente», solía decir su madre para defenderla, aunque Nikki sabía que aquel afán de divertirse a costa de denigrar a cualquiera le parecía despreciable. Sin embargo, Nikki sentía tanta curiosidad que no se podía aguantar.

—¿Y se mudaron?

—Ella era muy inestable. —Era la segunda vez que lo mencionaba—. La pregunta es: ¿para qué quería tanta privacidad? En nuestra comunidad, las mujeres se van a vivir con su familia política en cuanto se casan; yo les ofrecí un alquiler muy razonable, así que Jaggi decidió quedarse aquí y convertir mi casa en su hogar. Pero Maya se negaba a aceptar su vida. Quería seguir viviendo como si se hubiera casado con aquel *gora*.

«Supuso que funcionaría», pensó Nikki con tristeza.

—Entonces ¿se quedaron aquí? —preguntó mirando a su alrededor, e imaginó la sensación de saberse atrapada en un matrimonio infeliz, incluso en una casa moderna como aquella—. Supongo que Maya no estuvo muy de acuerdo.

—No. Fue entonces cuando Jaggi empezó a contarme cosas. Sospechaba que Maya tenía una aventura. Se ponía perfume por la mañana antes de ir a trabajar a la ciudad. Se quedaba hasta tarde en la oficina y volvía a casa en el coche de un compañero. ¿Quién recorrería todo el camino hasta Southall solo para dejar a una chica en su casa si no sacara nada a cambio?

—Un amigo. Un compañero de trabajo —dijo Nikki.

Tarampal sacudió la cabeza.

—Tonterías. —Su veredicto no admitía discusión alguna—. Maya y Jaggi se pelearon. Ella hizo las maletas y se fue a casa de su madre.

Tarampal hizo una pausa y miró por la ventana. Nikki le siguió la mirada. Las cortinas de la sala de estar de Kulwinder seguían corridas. ¿Qué pasó cuando Maya decidió marcharse de casa? Nikki se imaginó a su madre con los labios apretados, moviendo la cabeza de lado a lado y ordenándole que cumpliera con su deber.

—¿Y luego qué?

—Maya estuvo allí una semana y después volvió. Al principio parecía que la cosa había mejorado, pero enseguida empezaron a discutir otra vez. —Tarampal suspiró—. No se puede esperar tanto de un marido. Cuanto antes lo entendáis, menos chascos os llevaréis.

A Nikki le vino a la cabeza la foto del perfil de su hermana, con aquella mirada llena de esperanza, y se sintió aliviada. Mindi ejercía mucho más control sobre su vida que Maya. Nikki seguía teniendo dudas sobre lo de conocer primero a la familia política, pero al menos su hermana podía elegir. Podía decir que no y jamás nadie le impondría un noviazgo de tres meses. Su madre no lo permitiría.

—Mi hermana está buscando marido, pero está siendo muy selectiva —explicó Nikki—. Quiere evitar que la decepcionen.

—Pues que tenga suerte —dijo Tarampal—. Esperemos que no acabe perdiendo la chaveta como Maya.

Las dos se quedaron calladas y Nikki revisó hasta el último rincón de la casa con tal de evitar la intensa mirada de Tarampal. La cocina se abría a una sala de estar presidida por un lujoso sofá de terciopelo colocado frente a una chimenea de piedra de aspecto moderno. Encima de la repisa colgaban tres marcos con sus respectivas fotos de boda, en fila. Las tres novias llevaban un aro grande de oro en la nariz y dos hileras de *bindis* brillantes adornando el arco de la ceja. El efecto era tan excesivo que ocultaba la expresión de sus rostros.

—¿Cómo murió Maya? —preguntó Nikki bajando la voz.

—Se suicidó —respondió Tarampal.

—¿Cómo?

Era una pregunta morbosa, pero necesitaba saberlo.

—Como cualquier punyabí que viva atormentada por la vergüenza. —Parpadeó un par de veces y apartó la mirada—. Con fuego.

Nikki la miró horrorizada.

—¿Con fuego?

Tarampal señaló la puerta de atrás con la cabeza.

—Aún se ve el trozo de hierba quemada en el jardín. Ya no salgo nunca.

Así que era eso a lo que se refería antes. La revelación la dejó sin aliento. Podía ver la puerta por el rabillo del ojo y, aunque estaba demasiado oscuro para que se viera algo a través del cristal, decidió girar un poco la silla para comprobarlo. ¿Cómo podía soportarlo Tarampal? Ahora entendía por qué había reformado la casa entera: era su manera de superar el espantoso suicidio de Maya. Pensó en Kulwinder y en Sarab viviendo al otro lado de la calle, justo delante de la casa en la que había muerto su hija, y sintió que se le hacía un nudo en la garganta.

—¿No había nadie más en casa aquel día? —preguntó.

«Seguro que alguien podría haberla detenido», pensó, y sintió el impulso desesperado e irrefrenable de salvarla de sí misma.

—Yo estaba en el templo. Jaggi se alejaba calle arriba. Había encontrado unos mensajes en el móvil de Maya del hombre con el que se estaba acostando. Le dijo que quería el divorcio y Maya perdió el control. No quería divorciarse. Tenía miedo de que la comunidad o sus padres la rechazaran. Estaba histérica, le suplicó a Jaggi que no se fuera. Él le dijo que se había terminado y salió a la calle. Fue entonces cuando Maya corrió al jardín de atrás, se echó un bidón de gasolina encima y encendió la cerilla.

—Dios mío —murmuró Nikki.

Cerró los ojos, pero no pudo evitar imaginarse la escena. Tarampal seguía hablando, aunque su voz sonaba muy lejos.

—Ese es el problema de tener demasiada imaginación, Nikki: que esperas demasiado.

La lógica de Tarampal, tan rígida, tan equivocada, era exasperante. Nikki no tenía ni idea de cómo era Maya, pero se imaginó una versión de Kulwinder más joven y delgada, con unos vaqueros y el pelo recogido en una coleta. Una chica moderna. De pronto, recordó las duras palabras del grupo de ancianas del *langar*. «Una mujer sin honor.» Maya sabía que la comunidad la tacharía de inmoral y no vio ninguna razón de peso para seguir viviendo.

—Pobre Kulwinder y pobre Sarab.

—Pobre Jaggi —dijo Tarampal—. Deberías haberlo visto en el funeral tirándose del pelo, cayéndose al suelo, suplicándole que volviera, a pesar de todo lo que le había hecho. Sufrió más que nadie.

Nikki no creía que el dolor fuese una competición.

—Seguro que fue muy duro para todos, también para ti.

—Para Jaggi fue más duro aún —insistió Tarampal—.

Piensa en todo lo que Kulwinder y Sarab van diciendo por ahí de él: que la empujó a hacerlo, que nunca la cuidó. ¿Por qué tiene que verse afectada su reputación?

Nikki cada vez estaba más incómoda. ¿Cómo habían llegado hasta ese punto? Hacía apenas una hora, iba caminando por Broadway pensando que quizá conseguiría convencer a Tarampal para que retomara las clases, pero estaba claro que era mucho más testaruda de lo que suponía.

—Tienes una casa muy bonita —dijo Nikki aprovechando un silencio, para que Tarampal no pudiera seguir despotricando.

—Gracias.

—Mi madre también quiere hacer reformas. ¿Tienes el teléfono del contratista que te las hizo a ti? Mi madre está buscando alguien que sea punyabí y entienda la necesidad de que la casa se vea lujosa para la boda de mi hermana.

Tarampal asintió y desapareció por la puerta de la cocina. Nikki se sintió aliviada por quedarse sola. Respiró hondo y se bebió el té de golpe, incluidos los restos de semillas y hojas que se habían escapado del colador. En la casa reinaba el silencio, excepto por el coro de la lluvia que repiqueteaba contra las ventanas. Cogió el imán de las Fem Fighters de la nevera y lo sujetó en la palma de la mano. Y pensar que ella misma había repartido cientos de imanes como aquel durante una manifestación en Hyde Park, y que en algún lugar entre la multitud quizá estaba Maya.

Tarampal regresó con un folleto del contratista. En la parte de arriba había enganchado una tarjeta de visita con su nombre en letras doradas: REFORMAS DEL HOGAR RICK PETTON.

—Es inglés —dijo Nikki sorprendida.

—Le pedí a Jaggi que me ayudara con la comunicación —dijo Tarampal—. Ha vuelto a Birmingham, pero viene a verme a menudo.

—Como un buen hijo —dijo Nikki.

Tarampal frunció el ceño.

—No es mi hijo.

—Claro que no.

Qué existencia tan dolorosa la de Tarampal, incapaz de engendrar un varón, un hijo para el líder espiritual de la comunidad. Por un momento, se arrepintió de lo que acababa de decir. Cogió la cartera y se dirigió hacia la salida.

Mientras atravesaba la sala de estar, sintió las miradas de las hijas observándola desde la pared. Sus ojos rebosaban juventud. Era difícil captar sus emociones bajo una gruesa capa de maquillaje y alhajas. ¿Era excitación? Nikki se lo preguntaba. ¿O quizá miedo?

9

Nikki estiró la pierna y cogió el borde de la cortina con los dedos de los pies para cerrarla. Jason, tumbado junto a ella, se movió.

—Déjala abierta —murmuró.

—Eres un exhibicionista —bromeó Nikki—. No quiero que entre el sol.

Era casi mediodía. Se habían pasado toda la noche despiertos, leyéndose relatos el uno al otro y parando para representar las mejores escenas. Jason le dio una palmada en el culo.

—Qué vaga eres.

Se inclinó por encima de ella y cerró las cortinas. Luego se desplomó de nuevo sobre la almohada y le plantó un beso húmedo y delicioso en la oreja. Nikki se acurrucó contra su pecho y tiró del edredón por encima de sus cabezas. Jason se apartó y rodó hacia el borde de la cama. Se oyó un ruido, como un frufrú; cuando regresó a su lado, tenía un papel en la mano ligeramente arrugado.

—«Hace muchos siglos, en los suburbios de una ciudad imperial, vivía un sastre modesto aunque con mucho talento...»

—Esa ya la hemos hecho.

—Estoy escribiendo la secuela —replicó Jason.

Metió las manos por debajo de las sábanas y las deslizó por la espalda de Nikki, desde la nuca hasta la curva de la cintura; ella se estremeció. Luego le acarició el cuello con los labios y lo recorrió de arriba abajo con besos dulces y superficiales. Le metió una mano entre las piernas y empezó a describir círculos con los dedos por la parte interna de los muslos, subiendo poco a poco y volviendo a retroceder. Nikki se hundió en la cama.

«Carne chamuscada.»

La imagen se materializó en su cabeza tan de repente que Nikki se incorporó de golpe. Jason se llevó un buen susto y se apartó.

—¿Qué pasa?

Parecía tan preocupado por ella que Nikki se sintió estúpida.

—Nada —respondió—. Creo que he tenido una pesadilla esta noche y acabo de recordarla.

Aún conservaba fragmentos del sueño en la parte consciente de su cerebro: un ligero olor a quemado y una boca desencajada emitiendo un grito lleno de angustia. Sacudió la cabeza. Era la tercera vez que soñaba con Maya desde que había estado en casa de Tarampal.

Jason le dio un beso en el cuello y regresó a su lado de la cama sin apartar el brazo de su cintura.

—¿Quieres explicármelo?

Nikki respondió que no. Ya había pasado una semana desde la visita a Tarampal, visita que había intentado olvidar. Lo había conseguido, al menos en parte: ya no revivía a todas horas trozos enteros de la conversación, pero algunas imágenes se materializaban en su mente sin previo aviso.

—¿Era una pesadilla o un mal sueño? —preguntó Jason.

—¿Cuál es la diferencia?

—Una pesadilla da miedo. Un mal sueño puede ser...

pues eso, malo. —Nikki se dio la vuelta para ver una sonrisa dibujada en los labios de Jason—. Como la historia de una mujer que, a pesar de sus esfuerzos para mantener la casa bajo control, no consigue encontrar tiempo para disfrutar de su marido.

Nikki reconoció el principio de uno de los relatos de las viudas. Jason continuó.

—La mujer decide hacer algo al respecto y contrata a una criada sin que su marido se entere. La criada entra en casa cuando el marido ya se ha ido a trabajar y se marcha antes de que regrese. Por fin la mujer es libre y puede hacer lo que quiera durante todo el día porque ya no tiene obligaciones; no tiene que recoger a los niños del colegio ni tampoco ocuparse de hacer la compra. Se pasa el día entero en el *spa* y explorando los monumentos más famosos de Londres que hasta entonces no había podido visitar.

—Al principio, todo va a la perfección —dijo Nikki—, hasta que un día el marido vuelve a casa antes de tiempo porque se ha olvidado unos papeles. Cuando entra, se encuentra a la criada sacando el polvo de encima de los armarios. «¿Y tú quién eres?», le pregunta.

—Ella se da la vuelta y ve a un hombre muy alto avanzando hacia ella —continuó Jason—. «Por favor, no se enfade», dijo la criada. Y le explicó el plan de la esposa. «Ella solo quiere tener tiempo para sus cosas. Y yo la ayudo.»

—El hombre no sabe cómo reaccionar. Se queda mirando a la criada preguntándose cuánto tiempo hace que dura aquello. La criada no puede evitar fijarse en lo atractivo que es. «Puedo hacer todo lo que hace su mujer», le susurra mientras avanza lentamente hacia él. «He planchado todas sus camisas.» Le toca el cuello. «He comprado un paquete de maquinillas nuevas.» Le acaricia la mejilla y siente el tacto áspero de su piel. «¿Qué más hace su mujer?»

—La criada no se espera a que él responda. Le baja la

cremallera de los pantalones y su martillo sale disparado —continuó Jason.

Nikki se ríe a carcajadas.

—¿Así la llamas?

—Es que es una buena herramienta.

—Tú sí que eres una herramienta —dice Nikki, y le da un empujón.

—Me ha salido así. ¿Qué tal «su instrumento»?

—Eso implica un uso clínico —respondió Nikki—. Un instrumento quirúrgico, por ejemplo.

—O algo que interpreta una música dulce, dulce —añadió Jason.

—Prueba con una hortaliza.

—«Y su chirivía sale disparada.»

—Inténtalo con una forma un poco más consistente.

—Eres un poco mandona con lo del vocabulario.

—Es que quiero que quede bien.

—Vale, pues su panocha.

—También se puede llamar «mazorca».

—Ah, me gusta. Suena más sofisticado, como bailar la mazurca —bromeó Jason.

—Su mazorca tiene un tacto suave y delicado —continuó Nikki.

Jason frunció el ceño.

—La última vez que asé panochas, estaban ásperas y rugosas, al menos antes de lavarlas.

—Seguro que has visto alguna panocha suave en tu vida.

—Pues no.

—¿Dónde haces la compra?

—Me he perdido.

—¿Mejor así? —preguntó Nikki, y pasó una pierna por encima de Jason para sentarse a horcajadas encima de él.

—Creo que acabo de olvidar todo lo que sabía —dijo Jason sin apartar los ojos de los pechos desnudos de Nikki.

—Practican sexo en todas las habitaciones de la casa. Más tarde, el marido se siente culpable y se lo confiesa todo a su mujer. Para su sorpresa, ella parece alegrarse. «Supuse que pasaría», dijo. Resultó que los papeles que el marido había vuelto a buscar los había escondido ella en casa. La idea era que la criada y el marido se encontraran. Ahora era la esposa la que quería mirar mientras lo hacían. La idea la excitaba.

—¿Dónde puedo encontrar a una chica así? —preguntó Jason.

—Cierra los ojos —le ordenó Nikki. Se inclinó sobre él y lo besó—. Nos está mirando ahora mismo —le susurró al oído—. ¿Crees que se estará poniendo cachonda?

Jason alzó la vista.

—Sí.

De pronto, el sonido de un móvil retumbó por todo el piso; los dos se llevaron un buen susto. Jason alargó un brazo para coger el teléfono, que estaba en el bolsillo de los vaqueros, debajo de la cama, y acto seguido se le borró la sonrisa de la cara.

—Perdona —murmuró sin apartar los ojos de la pantalla—. Tengo que cogerlo.

Se levantó de la cama y se puso los pantalones.

«Podría ser del trabajo», pensó Nikki, pero era domingo y la reacción de Jason no era la de alguien que tiene que soportar a un jefe un poco pesado. Además, ya era la segunda vez que pasaba: una llamada repentina y Jason desaparecía tan rápido que Nikki casi podía oír el ruido de los pies chocándole contra el culo. «¿Quién es?», le había preguntado la vez anterior. No quería parecer indiscreta, pero la llamada ya le había estropeado otra cita en la que Jason había insistido en cenar con el móvil encima de la mesa. Al final, había estado veinte minutos fuera del restaurante. «Unas cosas del trabajo que no pueden esperar», le había dicho.

Nikki intentó oír algo, pero Jason estaba en el lavabo y encima había bajado la voz. Corrió por el pasillo de puntillas para poner la oreja. Una de las maderas del suelo decidió delatar su posición y crujió bajo el peso de su cuerpo. Corrió hacia la cocina y se puso a preparar el desayuno para los dos.

—No hay café —anunció en cuanto él salió de su refugio. Parecía cansado, aunque Nikki intentó obviar el detalle. Se sentó en la mesa y apoyó la cabeza en las manos. Ella colocó una silla junto a él y le apretó el hombro—. ¿Quién era?

—Cosas del trabajo —respondió, y empezó a vestirse a toda prisa, inmerso en sus pensamientos y con la mirada ausente.

—Voy a preparar un par de tortillas francesas —dijo ella mientras abría la nevera—. ¿Quieres dos huevos o uno?

—Muy bien —dijo Jason.

—Pues que sean dos huevos.

Jason miró hacia arriba.

—Ay, perdona. —Sonrió—. Mejor de un huevo. Gracias.

Nikki asintió y se colocó delante de los fogones.

—He pensado que podríamos ir a ver la peli francesa del otro día. Me gustaría verla, la verdad.

—Buena idea —dijo él—. ¿Aún está en cartelera?

—Ese cine repite las películas durante siglos —le explicó Nikki—. Si no me equivoco, la estrenaban el fin de semana que fuimos. Hace un par de años, programaron un documental sobre los suburbios de Calcuta. Mis padres fueron a verlo tres veces en seis meses.

—Menos mal que aún queda gente a la que le gusta repetir las películas. Son los que mantienen la industria viva.

—Mis padres tenían gustos muy diferentes. A mi padre le gustaban las películas históricas o basadas en hechos reales y mi madre solo veía dramas indios o comedias románticas de Hollywood. En aquella película encontraron algo con lo que podían disfrutar los dos.

Sonrió al recordar a su madre y a su padre llegando a casa con las mejillas coloradas como dos tortolitos después de ver otra matiné de la misma película.

—Por lo que cuentas, consiguieron que les funcionara eso del matrimonio concertado —comentó Jason.

—Es verdad —reconoció Nikki, y se sorprendió porque nunca lo había pensado. De pronto, se le llenaron los ojos de lágrimas—. ¿Quieres queso con la tortilla?

—Vale —respondió Jason, justo cuando le volvía a sonar el móvil. Nikki se dio la vuelta y lo vio mirando la pantalla con el ceño fruncido—. Tengo que volver a cogerlo, Nikki. Lo siento.

Salió al rellano para hablar y Nikki se tuvo que aguantar las ganas de acercarse de puntillas a la puerta para espiar. Lo oía paseándose de un lado a otro del estrecho pasillo. Cuando volvió a entrar, intentó sonreír pero el gesto le salió demasiado forzado.

—¿Qué está pasando? —quiso saber Nikki.

—Se trata de un tema del trabajo —contestó Jason—. Es un poco difícil de explicar. Vamos a ir de culo durante una temporada.

Nikki sirvió las tortillas y los dos comieron sin decir nada. El piso entero estaba sumido en el silencio. ¿Jason era consciente de que lo había retenido con la excusa del desayuno para preguntarle, como quien no quiere la cosa, hacia dónde iba su relación? Quizá era demasiado pronto, pero llevaban viéndose casi cada noche desde la primera cita. Los inicios siempre resultaban emocionantes, sobre todo si eran tan intensos, pero enseguida tendían a desinflarse y Nikki quería algo más que un simple rollo.

Jason terminó de desayunar y se marchó después de otra ronda de disculpas y promesas de que la llamaría más tarde. «Tiene un trabajo exigente. Se ha tenido que ir para ocuparse de algo muy importante», se dijo a sí misma, poniendo a prueba la veracidad de sus propias palabras, que no sonaban demasiado convincentes.

Aquella tarde, Nikki bajó al O'Reilly's y vio que había una chica en la barra a la que nunca había visto. Tenía el pelo castaño y lo llevaba recogido en una coleta; el maquillaje era tan exagerado que los ojos parecían hundidos. Cuando entró Nikki, le sonrió y siguió enroscándose la coleta alrededor del dedo.

—Hola.

—Me llamo Jo —dijo la chica sin ofrecer ninguna otra explicación.

Sam apareció por la puerta del almacén.

—Ah, qué bien. Nikki, veo que ya conoces a Jo; Jo, esta es Nikki. Le estoy enseñando a llevar la barra, así que esta noche te necesito en la cocina.

—Muy bien —respondió Nikki.

De haberlo sabido antes, se habría preparado mentalmente para pasar la noche con la pareja de bufones de la cocina, pero por lo visto ese día todo le salía mal. Se dirigió hacia la cocina, no sin antes echarle una última mirada a Jo. Era una chica joven y atractiva; seguro que los rusos ya estaban haciendo comentarios sobre el curioso criterio de Sam a la hora de contratar personal. Estaba inclinado sobre ella, que no parecía estar prestando atención a nada de lo que se le decía. «Madre mía, Sam», pensó Nikki. Ojalá estuviera Olive, pero por desgracia le había declarado la guerra al mal tiempo y se había ido a pasar el fin de semana a Lisboa, por cortesía de un chollo de última hora que había encontrado por internet. Nikki sacó el móvil y le mandó un mensaje rápido:

Londres es lo peor ahora mismo. Vuelve!

La respuesta era una foto de una playa prístina y soleada. Nikki le contestó:

Eso, restriégamelo por la cara

Esto es lo que me gustaría restregarme a mí por la cara jajajaja

Al cabo de unos segundos, Nikki recibió una imagen. Era de un hombre en la playa, moreno y sin camiseta, con los abdominales tan marcados que parecían dibujados a mano. Tenía un brazo alrededor de la cintura desnuda de Olive, que miraba a la cámara guiñando un ojo y con la mejilla apoyada en su pecho. «Tráeme uno», respondió Nikki.

La cocina era un frenesí de carreras y palabras incomprensibles. Los rusos se gritaban el uno al otro mientras Sanja revoloteaba entre ellos. En cuanto vieron a Nikki, bajaron el tono de voz e intercambiaron una sonrisa burlona. Nikki dedujo por la expresión de Sanja que había oído y entendido el chiste. Al otro lado de la puerta, el pub era un estallido de aplausos y risas. Era noche de Trivial y el presentador estaba calentando al público con un monólogo.

De pronto, Garry apareció al lado de Nikki.

—¿No has oído? —preguntó—. He dicho que lleves esto a la mesa cinco.

—Perdón —se disculpó Nikki.

—Tienes que estar atenta. Esto es cocina, no oficina de Sam —añadió moviendo la cadera adelante y atrás.

—Mira, Garry, no me parece bien que sugieras…

Garry dio media vuelta y la dejó con la palabra en la boca. Nikki cogió las comandas y las llevó a la mesa. Estaba colorada como un tomate de la indignación. Pasó junto a Jo, que parecía muy ocupada leyendo mensajes en el móvil.

—Creo que tienes clientes —le dijo, y Jo la miró con el ceño fruncido.

Volvió a la cocina y vio a Sanja en la puerta.

—No les hagas ni caso —le dijo—. Son imbéciles. Los dos quieren trabajar en la barra porque creen que así ligarían más.

—No creo que les funcione, la verdad.

—Yo prefiero la cocina, aunque seguramente lo haría mejor que la nueva en la barra.

—Cualquiera lo haría mejor —reconoció Nikki—. No sé en qué estaría pensando Sam.

«O quizá sí lo sé», se dijo al ver el escote de Jo cada vez que se inclinaba delante de un cliente. Volvió a la cocina y se concentró en las comandas, con la esperanza de que la noche pasara rápido. Quería volver a casa y acurrucarse en la cama. El ruido de la cocina era ensordecedor y encima, cada vez que se abría la puerta, se oía la voz atronadora del presentador leyendo las preguntas.

«Mamífero anfibio, natural de Australia, ovíparo.»

«¿Qué actriz hizo de Marta en *Sonrisas y lágrimas*?»

«¿Qué les dio Jesús a sus discípulos?

A) Palos y piedras B) Pan y dinero C) Pagarés D) Bastones.»

«¿Qué es un pagaré?», se preguntó Nikki mientras abría la puerta del lavavajillas. Una nube de vapor le abrasó la cara; soltó un grito y cerró la puerta de golpe. Sanja corrió a su lado.

—A ver, abre los ojos, déjame que te los vea.

Nikki parpadeó con fuerza hasta que la cara de Sanja dejó de verse borrosa.

—Ten cuidado con esa cosa —le advirtió mirando de reojo al lavavajillas—. La alarma suena antes de que los platos estén secos del todo. Te lo tendría que haber dicho.

Garry llamó a Sanja y ella le respondió en ruso.

—Gracias —dijo Nikki, y abrió los ojos—. Y gracias por defenderme.

—No sabes qué he dicho.

—Sonaba al equivalente en ruso de «vete a la mierda».

—Correcto.

La amabilidad de Sanja ayudó a que las horas pasaran más rápido durante su turno. La parroquia tenía una noche buena, a pesar de que Steve el del Abuelo Racista había contestado una pregunta sobre Corea del Norte con un «¡Hacer amor contigo mucho!». Sin embargo, cuando acabó de trabajar, aún no se le había pasado el enfado con Sam. Se dirigió hacia su despacho y llamó a la puerta.

—Adelante.

Nikki entró.

—El lavavajillas va mal —anunció.

—Sí, ya lo sé —dijo Sam, sin levantar la mirada del montón de papeles que ocupaban toda la mesa—. Lo arreglaré en cuanto pueda.

—Pues más vale que sea pronto —replicó Nikki, sin poder evitar que le temblara la voz.

Esta vez Sam sí que levantó la mirada.

—Lo arreglaré cuando tenga dinero para arreglarlo, Nikki. Por si no te has dado cuenta, la cosa no está lo que se dice boyante.

—Es un peligro —respondió ella—. Además, si no tienes dinero, ¿por qué contratas a más gente? ¿Qué pasa con la nueva, Sam?

Por un momento, disfrutó viéndolo tan descolocado.

—Ah, ¿es que ahora tengo que pedirte tu opinión cada vez que contrato a alguien?

—Al menos creo que sería más profesional que la tuya.

—No me digas —dijo Sam con ironía.

—¿Sabes lo que van diciendo de mí los imbéciles que tienes en la cocina? Que me contrataste porque te seduje. ¿Es verdad, Sam? Porque yo no recuerdo que fuera así. Yo creía que había conseguido el trabajo porque soy una currante, pero...

—Nikki, permite que te interrumpa antes de que sigas. —Su voz transmitía una tranquilidad exasperante que no cuadraba con las arrugas de preocupación que le recorrían la frente—. No he contratado a Jo. Es mi sobrina, la hija de mi hermana. ¿Te acuerdas del fin de semana que me fui a Leeds? Fue para traérmela. Le estoy enseñando el oficio como un favor personal. Acaba de cumplir dieciocho años y no sabe qué quiere hacer con su vida. Últimamente mi hermana y ella no se llevaban demasiado bien, por eso decidí intervenir.

Muy propio de Sam.

—Eso no quita... —empezó Nikki.

Sam la hizo callar con la mano.

—Debería haber hablado contigo sobre lo de pedirte una cita. Me daba mucha vergüenza. No tenía ni idea de que se estaban metiendo contigo por eso. Hablaré con ellos.

—No hace falta.

—¿No será más fácil si les digo que paren?

—Preferiría que me lo oyeran decir a mí —respondió Nikki—. Si te ven defenderme, será como confirmar sus sospechas.

—De acuerdo —dijo Sam—, pero que sepas que te contraté porque se puede contar contigo. Eres una buena trabajadora. Lo supe en cuanto te vi.

—Es exactamente lo contrario de lo que me dijo mi tutor en la carrera de Derecho. Más o menos me soltó que no hacía ni falta que me molestara en ir a clase.

—Tenías muy claro en qué no querías malgastar tu tiempo, eso es una habilidad muy importante. Para ser sincero, ojalá me hubiera hecho más caso a mí mismo antes de coger el pub, como hiciste tú en su día. Se está cayendo a trozos y el dinero que voy a tener que invertir para evitarlo no equivale a la ilusión que siento por él.

Nikki se avergonzó de la pataleta que acababa de montar. Se acercó a su bolso y sacó la tarjeta del contratista de Tarampal.

—Sam, si te interesa, esta gente se supone que son bastante buenos y entiendo que no muy caros. Le han reformado la casa a una señora de Southall que conozco.

Sam cogió la tarjeta y silbó en cuanto vio lo que ponía.

—¿No muy caros? Lo dices en broma, ¿no? Conozco la empresa. Les llamé para pedir presupuesto cuando quería reformar los lavabos. Son carísimos.

—¿En serio? —preguntó Nikki, y cogió la tarjeta para examinarla. ¿Cómo era posible que Tarampal, viviendo sola y sin ingresos, se lo hubiera podido permitir?—. Eh, Sam, los recortes no van a afectar a mi trabajo, ¿verdad?

Sam respondió que no con la cabeza.

—Por lo que a mí respecta, puedes trabajar aquí el resto de tus días.

Nikki sonrió aliviada.

—Eso no significa que debas hacerlo —añadió Sam—. Prueba otra cosa, Nikki. Con la cabeza que tienes y tu habilidad para tratar con la gente...

—Aún no sé qué hacer.

—Ya lo descubrirás. —Sam suspiró y miró a su alrededor—. Si tuviese tu edad, haría las cosas de otra manera. Heredé el pub de mi padre porque así al menos tenía alguna ocupación, pero la verdad es que me habría gustado abrir un negocio de alquiler de bicicletas en la costa. Ahora estoy atado a este sitio. Al principio era genial y hasta me gustaba hacer lo mismo que mi padre, pero en cuanto dejó de ser una novedad se convirtió en un simple trabajo. Con las bicis creo que no sería así, pero mientras esto se mantenga en pie no tengo más remedio que seguir aquí. —Se encogió de hombros—. Obligaciones, ¿sabes?

Bailando bajo la lluvia

Le gustaba estar un buen rato bajo la ducha para liberarse del estrés tras un largo día de trabajo. Su mujer se quejaba de que nunca lo veía; salía a primera hora de la mañana y por la tarde se dedicaba a quitarse el sudor y la suciedad de todo un día de trabajo en la construcción. Pagaban unas facturas de agua carísimas, y cuando terminaba de ducharse, encima se había acabado el agua caliente.

—¿Qué quieres que haga? —repetía—. Es la única forma que tengo de relajarme.

A la mujer aquello la ofendió.

—Hay otras formas de relajarse con las que además podemos disfrutar los dos —le recordó.

La mujer se marchó y él la miró sin acabar de entender. Se encogió de hombros, se dirigió hacia el lavabo y empezó a desnudarse. Le dolían los músculos y tenía los hombros cargados.

Al cabo de un rato, la puerta del lavabo se abrió. Era su mujer, tapada únicamente con una toalla. El hombre entendió entonces a qué se refería, pero aun así prefería estar solo. Levantó las manos, le pidió que se marchara y la regañó por haber irrumpido de aquella manera. La mujer ignoró sus protestas y levantó los brazos para soltar la toalla. Cuando cayó al suelo, el hombre admiró el cuerpo de su mujer y se preguntó cuándo había sido la última vez que la había tenido delante completamente desnuda. Se dio la vuelta para abrir el grifo y sintió que ella se le acercaba por detrás y que sus pezones, duros, le acariciaban la espalda. El agua les salpicó la cara como si estuvieran bailando bajo la lluvia, pero en realidad se movían lentamente. Ella deslizó las manos por el cuerpo de su marido, arrastrando a su paso la arena y la suciedad, que había dejado aquel trabajo en las profundidades de la tierra, tan ajeno a los pequeños placeres de la vida como las primeras gotas de agua limpia tras una jornada calurosa y agotadora. Bajó hasta encontrar su miembro, grande y erecto, y empezó a acariciarlo. Le besó la cara, los labios, el cuello. Las caricias fueron aumentando de velocidad para ajustarse a los jadeos cortos y entrecortados de él, que acompañaba el movimiento de ella con la cadera. Con las uñas de la otra mano, su mujer le arañaba suavemente la espalda, y las puntas de sus dedos escribían fervientes palabras en la fina capa de agua que le cubría la piel. De pronto, aún en la mano de ella, eyaculó con un gemido gutural.

—Nunca lo habíamos hecho así —dijo jadeando.

Ella sonrió y enterró la cara en su pelo. Había tantas cosas que no habían hecho nunca juntos...

Ahora le tocaba a él devolver el favor. La mujer apoyó la espalda contra la pared y separó las piernas, y él le acarició con la lengua el tierno capullo que florecía entre ellas. El agua seguía cayendo sobre los dos. El placer era tan intenso que le temblaban las piernas. Se aferró al pelo de su marido y sintió las oleadas de calor que irradiaba desde su interior, cada vez más potentes, a punto de explotar. Casi resultaba doloroso. Sentía la caricia del agua sobre la piel como un suave cosquilleo; de repente notaba cada parte de su cuerpo despierta y sensible.

—No pares —gritó—. No pares.

Y él no paró.

La clase aplaudió y Preetam se puso colorada. Era una historia muy poco propia de ella, pensó Nikki, y entonces se dio cuenta de un detalle.

—¿Cómo se llaman los protagonistas de tu historia?

—No tienen nombre.

—Anda, ponles nombre —le suplicó Arvinder a su hija, como si le estuviera pidiendo caramelos para un niño.

—John y Mary —dijo Preetam.

La clase recibió los nombres con una mezcla de risas y protestas.

—Ponles nombres punyabís. O al menos que sean indios —intervino Bibi.

—No me imagino a una pareja de indios haciendo esto —replicó Preetam.

—¿Y cómo crees que se hacen los niños? —preguntó Arvinder.

—Así no —dijo Preetam—. Esta pareja no está haciendo niños. Solo se están dando placer el uno al otro.

—¿De dónde has sacado la idea para esta historia, Preetam? —se interesó Tanveer, entornando ligeramente los ojos.

—De mi imaginación —respondió Preetam.

Tanveer se volvió hacia Nikki.

—Nikki, ¿cómo se dice cuando presentas un trabajo que no has escrito tú? Te pueden expulsar de la universidad por hacer algo así; al hijo de Satpreet Singh lo pillaron in fraganti. Es una palabra en inglés.

—Plagio —dijo Nikki.

—Eso —confirmó Tanveer—. Me acuerdo de la palabra porque nadie sabía qué quería decir; ni siquiera Satpreet Singh lo tenía claro. Creía que el castigo por copiar unos cuantos párrafos de un libro de la biblioteca no sería muy duro. «Mi hijo ha usado su ingenio», no paraba de decir. Pero los ingleses son muy quisquillosos con la verdad. Preetam, lo que has hecho es plagio —espetó resaltando la palabra con su acento.

—Tú estás loca —dijo Preetam, pero parecía preocupada—. No sé leer en inglés. ¿De dónde quieres que saque esa historia?

—Del Canal 56 a la una de la madrugada.

El resto de las viudas se miraron. Nikki no necesitaba preguntar qué era eso del Canal 56 a la una de la madrugada, bastaba con fijarse en las sonrisas de sus alumnas.

—El otro día dieron una película sobre una pareja. El hombre llegaba a casa vestido con uno de esos monos fluorescentes, como de minero o algo así, y le decía algo en inglés a su mujer. Ella se lo llevaba al baño y hacían exactamente lo que acabas de describir.

—No era en inglés —intervino Arvinder—. Parecía inglés, pero creo que era en francés o español.

—Las alemanas son las mejores —apuntó Bibi—. Sus hombres son tan fuertes...

—Hemos descubierto tu secreto, Preetam —dijo Tanveer con una sonrisa.

Preetam se moría de la vergüenza.

—Por la noche nunca dan nada en el canal indio —protestó.

—Qué os parece si avanzamos —propuso Nikki.

—Yo tengo la continuación de mi historia —se ofreció Tanveer.

—¿La de Rita y Meera? —preguntó Arvinder, y Tanveer asintió.

—Sí, por favor, explícanos qué más pasa —dijo Bibi.

Rita guió a Meera hasta su cama. Las sábanas estaban un poco arrugadas de la noche anterior, pero Meera se contuvo y no la regañó por no haberla arreglado. Se tumbó en la cama y cerró los ojos cuando Rita se lo pidió. Sintió un potente latido entre las piernas mientras el aliento de Rita le abrasaba la piel. Se besaron apasionadamente, rozándose las lenguas como si de un juego se tratara. Rita le desabrochó la parte de arriba y le mordisqueó los pezones por encima de la tela del sujetador. Meera apretó los dientes. La sensación que le producía aquella mujer tan joven era tan intensa que sentía que necesitaba gritar de euforia, pero sabía que aún le esperaba mucho más placer. De pronto, le acarició el melocotón que se escondía entre sus piernas. El cuerpo de Meera irradiaba tanto calor que Rita supo que estaba preparada. Le arrancó la ropa y deslizó los dedos en la sima húmeda y profunda que se abría entre sus piernas. Meera emitió un quejido de placer que dio paso a una serie de gemidos profundos y rítmicos. Los dedos de Rita rotaban describiendo círculos, preparándola poco a poco para lo que estaba a punto de ocurrir. La barra de arcilla descansaba sobre la mesita de noche. Meera la miró pero Rita le dijo que no con la cabeza.

—Aún no.

Sabía que era cruel privar el placer a alguien que lo ansiaba tanto, pero quería alargar la experiencia. En aquel momento ejercía un gran poder sobre ella. Podría ordenarle que hiciera cualquier cosa. El resto de su vida en aquella casa dependía de cómo gestionara la situación.

Rita se apartó de Meera y sacó un bote de aceite de coco de un cajón de la cómoda. Lo había usado con su marido en su primera noche y a veces, para darle una sorpresa, se lo echaba por todo el cuerpo y lo esperaba en la cama, desnuda y brillante. Se desnudó para Meera, que observaba cada uno de sus movimientos, se echó el aceite de coco en las manos y luego se frotó lentamente los pechos, el vientre y los muslos. Era consciente de lo sexy que estaba en aquel momento, como una diosa con la piel de bronce. Volvió a la cama, cogió la barra de arcilla y se la pasó por todo el cuerpo, desde el cuello hasta el vientre, hasta que estuvo empapada de aceite. Meera estaba disfrutando del espectáculo. Se había tumbado de lado y observaba a Rita fascinada.

—Enséñame qué sabes hacer con eso —le dijo.

Rita se tumbó en la cama, abrió las piernas e introdujo la barra de arcilla entre los sedosos pliegues de su sexo. Lo movió adelante y atrás, mientras arqueaba la espalda y suspiraba como hacía con su marido. Con una mano, se acariciaba los pechos y retorcía los pezones entre los dedos.

—¿Ahora lo entiendes? —preguntó mirando a Meera a los ojos. Sacó la barra y se incorporó—. Te toca. Estírate.

Meera sacudió la cabeza.

—Sigue tú.

—Oh, ahora no me digas que quieras parar.

—No quiero parar.

—Entonces ¿qué pasa?

Meera recorrió el cuerpo desnudo de Rita con una mirada cargada de timidez.

—Durante todo este tiempo he fingido que te tenía envidia cuando en realidad me moría de deseo por ti. Por eso quiero seguir admirando tu cuerpo.

Esta vez fue Rita la que sintió vergüenza.

—No tenía ni idea. Creía que me odiabas.

Meera cubrió los labios de Rita con los suyos en un beso largo y apasionado, a la vez que la joven estiraba un brazo y sujetaba la barra con las dos manos. La introdujo entre las piernas de Rita y empezó a moverla poco a poco.

—¿Qué quieres que haga? —preguntó.

Rita abrió los ojos, sorprendida. No creía que estuviera en posición de pedir nada, y sin embargo, allí estaba Meera, dispuesta a servir.

—Ve más rápido —le ordenó, y Meera obedeció—. Más rápido —repitió.

Se le escapó un gemido justo cuando echaba la cabeza hacia atrás. Los movimientos de Meera eran tan febriles que le temblaban las piernas. Las levantó para que la barra de arcilla pudiera penetrar más adentro.

—¡Ah! ¡Ah! —exclamó.

La sábana estaba empapada de sudor y fluidos. Atrajo la cara de Meera hacia la suya y le susurró:

—Estoy a punto.

Meera sacó la barra, se colocó encima de Rita y empezó a restregarse contra ella. El roce con su carne prieta y caliente hizo que su excitación creciera al instante. Le pasó las piernas alrededor de la cintura. Cada movimiento, cada fricción le arrancaba un nuevo gemido. Se abrazaron, se sujetaron la una a la otra tratando de prolongar las sensaciones, pero el orgasmo no tardó en llegar. Meera se estremeció y dejó caer la cabeza sobre el hombro de Rita, que le acarició el pelo. Durante un breve instante, estuvieron más unidas de cuanto lo habían estado nunca y al mismo tiempo perdidas cada una en sus pensamientos. Meera se preguntaba si podría irse a la cama con su marido después de lo que acababa de vivir con aquella mujer. Rita, por su parte, pensaba en el orden que reinaba en la vida de Meera y que acababa de dinamitar. «A partir de ahora, seré yo quien decida dónde va cada cosa», pensó.

—Vaya, vaya —dijo Arvinder—. Qué giro final.

—Muy buena —apuntó Bibi.

—Gracias —contestó Tanveer.

—¿No te parece que es una historia muy buena, Preetam? —preguntó Arvinder—. Es muy original.

Preetam, que de pronto parecía muy preocupada por sus uñas, murmuró un «Sí» casi inaudible.

Cuando las viudas se marcharon, Sheena esperó junto a la mesa de Nikki.

—Tengo noticias sobre Manjeet.

Nikki se había percatado de que era la segunda clase seguida que se saltaba.

—¿Está bien?

—Se ha ido de Southall.

—¿Qué? ¿Por qué?

—Su marido tuvo otro infarto la semana pasada y su novia, la enfermera, decidió que no le apetecía seguir cuidándolo y lo dejó. Cuando Manjeet se enteró de que estaba enfermo y solo, hizo las maletas y se fue al norte a cuidar de él.

—¿No piensa volver? —preguntó Nikki.

Sheena se encogió de hombros.

—Es lo único que sé. El otro día una de sus hijas vino al banco para enviarles dinero y me lo contó. Dice que Manjeet hablaba como si todo hubiera vuelto a la normalidad, como si él nunca se hubiera ido. —Sacudió la cabeza—. ¡Después de todo lo que le ha hecho pasar! Y encima duerme en la casa que él se compró con su novia en Blackburn. No sé si considerarla una esposa leal o un pelele de mucho cuidado.

A Nikki los dos títulos le sonaban a lo mismo. Observó la clase vacía.

—Ojalá hubiera podido quitárselo de la cabeza o al menos despedirme de ella. Menos mal que hemos añadido a

Tanveer y a Bibi al grupo. Sin Tarampal y sin Manjeet da la impresión de que sois tan pocas que no vale la pena seguir con las clases.

—Sí. —Sheena asintió—. Hay algo más que quería contarte. —Vaciló antes de continuar—. Prométeme que no te enfadarás.

—No sé qué has hecho, pero seguro que tiene solución.

—¿Me prometes que no te enfadarás? —insistió Sheena.

—Te lo prometo.

Sheena respiró hondo y confesó de carrerilla.

—He hecho copias de las historias para enseñárselas a unas amigas.

—Ah.

—¿Estás enfadada?

Nikki respondió que no con la cabeza.

—Era cuestión de tiempo. Habrían acabado circulando igualmente de boca en boca, así que tampoco pasa nada si las lee alguna amiga.

—La cuestión es que tuvieron muchísimo éxito, sobre todo la del sastre, y ellas también han hecho fotocopias para repartirlas entre sus amigas. Puede que alguna incluso se una a la clase.

—¿De cuántas amigas estamos hablando?

—No lo sé.

—¿Tres?

—Más.

—¿Cinco? ¿Diez? Tenemos que estar seguras de que no levantamos sospechas.

—Más. Hay algunas de fuera de Southall.

—¿Y eso cómo ha sido?

—Por e-mail. Alguien escaneó uno de los relatos y empezó a aparecer en un montón de listas de distribución. Hoy mismo se me ha acercado una mujer en el templo; venía desde Essex.

Nikki se la quedó mirando.

—Me has prometido que no te enfadarías —le recordó Sheena.

—No estoy enfadada —dijo Nikki—. Estoy sorprendida. Estoy... —Miró a su alrededor, a las sillas vacías, y recordó la emoción con la que había colocado las mesas aquel primer día de clase—. Estoy impresionada, supongo. Había pensado compilarlas en un libro, pero ni se me había ocurrido la posibilidad de hacer fotocopias y enviarlas.

—He de admitir que no pretendía que las historias llegaran a tanta gente. Yo solo hice las fotocopias porque había venido a verme una amiga de Surrey y se quejaba de que no encontraba nada que leer. Al día siguiente, me llamó y me dijo: «¡Envíame más!». Escaneé unas cuantas, pero cometí el error de dejarme los originales en la fotocopiadora del trabajo. A que no sabes quién me los devolvió.

—¿Rahul?

Sheena se puso colorada.

—Hizo como si no hubiera leído lo que ponía, pero seguro que le llamaron la atención. Al día siguiente, durante la comida, me dijo: «Parece que tienes mucha imaginación».

—Oooh —exclamó Nikki—. ¿Y qué le dijiste tú?

—Sonreí en plan misteriosa y le contesté: «Hay una línea muy fina entre la imaginación y la realidad».

—Bien dicho.

—Rahul no se lo dirá a nadie.

—No es él quien me preocupa —repuso Nikki—. El problema es que ya no podremos evitar que los Hermanos acaben enterándose.

—Es verdad —admitió Sheena—. Pero si nos escondemos, será como darles todo el poder a ellos, ¿no?

Lo preguntó sin demasiada seguridad, aunque su voz desprendía una fuerza nueva e inaudita hasta entonces.

—Así es —respondió Nikki.

Abrió la grabadora y sacó el casete con tanto entusiasmo que la cinta se enredó en el aparato.

—Toma, recógela con esto —dijo Sheena ofreciéndole un bolígrafo.

Nikki levantó el casete y lo revisó.

—La he roto —dijo—. Mierda. Me he cargado las historias de esta noche.

—No pasa nada. Me acuerdo de casi todos los detalles. Escribiré lo que pueda y el próximo día lo leemos en clase y lo corregimos entre todas.

—Gracias, Sheena —dijo Nikki. Recogió la cinta marrón que colgaba del casete y la envolvió alrededor—. Por cierto, esta era la última cinta.

—¿No te queda ninguna?

—Es posible que me dejara alguna en la caja que le llevé a Tarampal —explicó Nikki, y Sheena se la quedó mirando—. Me sentía un poco culpable por lo que había pasado en clase, así que la semana pasada le llevé unas cintas a su casa para que pueda seguir aprendiendo inglés. Una forma de pedirle disculpas, supongo.

—¿Y cómo reaccionó ella? —quiso saber Sheena.

—Sigue teniendo ganas de aprender, pero se niega a volver a clase. Intenté convencerla, pero...

—No la dejes volver —la interrumpió Sheena—. Estamos mejor sin ella.

—¿Tan mal te cae? Ya sé que es un poco tradicional, pero pensaba que erais amigas.

—Tarampal no es amiga de nadie —dijo Sheena.

—No te entiendo.

Sheena se la quedó mirando a los ojos, estudiándola. Nikki casi podía oír el tic tac de los segundos al pasar. Cuando por fin se decidió a hablar, su voz sonó firme y segura.

—Lo que te voy a contar no puede salir de aquí, ¿vale?

—Prometido.

—Primero déjame que te pregunte algo: ¿entraste en su casa?

—Sí.

—¿Qué te pareció? Tu primera impresión.

—Muy bonita —respondió Nikki—. Parecía recién reformada.

—¿Le preguntaste de dónde ha sacado el dinero para pagar la reforma?

—No, pensé que sería un poco grosero, aunque me quedé con las ganas, la verdad. Me dio la tarjeta de la empresa. El otro día se la enseñé a mi jefe y me dijo que eran carísimos.

—Me lo creo. Y normalmente, cuando se contrata a una empresa tan cara, es porque es otro quien paga la factura.

—¿Quién? —preguntó Nikki.

—La comunidad —respondió Sheena, y señaló hacia la ventana, a través de la cual se veía una parte de la cúpula del templo. Abajo, en el aparcamiento, las voces de la gente rellenaban los silencios—. Todos los que tienen dinero le pagan para que no cuente sus secretos.

—¿Tarampal se dedica a chantajear a la gente?

—Ella no lo llama así —dijo Sheena—. Lo considera una forma de ayudarlos. Es lo mismo que hacía su marido.

—¿Alguna vez te ha pedido dinero? —preguntó Nikki—. ¿Crees que podría intentar chantajearnos por lo de las clases?

Sheena sacudió la cabeza.

—No creo. Solo lo hace con los ricos.

Nikki recordó a Arvinder con las manos extendidas y diciendo que Tarampal no estaba interesada en ellas. Ahora entendía por qué. Eran manos vacías; no había nada que pudiera quitarle a una viuda.

—Sabe que no vale la pena —murmuró—. ¿Cómo te has enterado de todo eso, Sheena?

—El año pasado decidí darme un caprichito por mi cumpleaños y me hice la manicura en Chandani. Me lo contó la chica que me atendió. Me dijo que casi todas las víctimas de Tarampal son las clientas del salón, aquellas mujeres ricas que vimos el otro día en la sala del *langar*. Por lo visto, su marido dejó una lista con los nombres de todos los miembros de la comunidad que le habían confiado sus indiscreciones. Llevaba un archivo con lo que le contaban y las oraciones que les prescribía. Es la lista que usa Tarampal. Mantener la reputación en una comunidad como la nuestra cuesta mucho dinero, sobre todo para aquellas familias que pueden permitírselo. Como los padres de Sandeep Singh, el chico del coche blanco que la recogió el día que se marchó de clase. Es gay. Su madre había hablado con el marido de Tarampal para intentar reconducir el comportamiento de su hijo, y ahora el chico la lleva arriba y abajo para saldar su deuda.

—¿Cuánto le tienen que pagar? —preguntó Nikki.

—Lo que les pida. Ella no lo plantea así, claro. Les dice que continúa el trabajo que empezó su marido, que encarga plegarias especiales en la India para que recuperen el rumbo. Según ella, el dinero es para cubrir las llamadas de larga distancia y los gastos de viaje de sus agentes. Lo hace con sonrisas y mucha simpatía, pero todo el mundo sabe que regenta una empresa que se dedica a hacer dinero a costa de la vergüenza y los secretos ajenos.

—Madre mía —exclamó Nikki. Aún recordaba la mirada de Tarampal cuando hablaba del honor y de la vergüenza. Ahora entendía por qué se lo tomaba tan en serio: así se ganaba la vida—. Me cuesta imaginármela llevando una empresa, la que sea.

—Es muy hábil. Además, realmente se cree que no está haciendo nada malo, que solo ofrece una especie de servicio para devolver el amor propio a la gente. Al final, los que le pagan también se lo acaban creyendo. De lo contrario no se separarían de su dinero tan alegremente.

El día que visitó a Tarampal, a Nikki le había sorprendido

la poca compasión con la que hablaba del suicidio de Maya, como si solo le preocupara la reputación de Jaggi. Entonces pensó que solo estaba siendo sobreprotectora, pero ahora todo tenía sentido.

—Es bastante ingenioso, a decir verdad —admitió Nikki. Sheena entornó los ojos y se dispuso a replicar—. No digo que me parezca bien, ¿eh? Tranquila, que no volveré a pedirle que vuelva a clase —añadió.

—Mejor —dijo Sheena, y se la veía aliviada—. Prefiero que no se meta en mis asuntos.

—Por mí, perfecto. El único que puede meterse en tus asuntos es Rahul —bromeó Nikki sonriendo.

—Nikki...

—Se me ha escapado.

—No hay nada entre Rahul y yo.

—¿Aún estáis así? Venga ya.

Sheena bajó la voz y parpadeó con una coquetería exagerada.

—El fin de semana pasado quedamos para cenar.

—¿Y...?

—Estuvo muy bien. Me llevó a un restaurante en Richmond con vistas al Támesis y bebimos vino. Después de cenar paseamos por la orilla del río. Se había levantado una brisa muy fría, así que me puso su chaqueta sobre los hombros.

—Qué bonito —dijo Nikki, maravillada por el brillo que desprendían los ojos enamorados de Sheena—. ¿Volveréis a quedar?

—Puede —respondió Sheena—. De momento, mientras sea fuera de Southall, entonces sí. En Richmond no había ni un solo punyabí. Al principio me daba miedo que nos vieran; tampoco está tan lejos y mi suegra tiene mucha familia cerca de Twickenham. Luego se me olvidó. Cuando te lo pasas bien, no te das cuenta de las miradas ajenas. Y tampoco te importan.

—¿Crees que Tarampal intentaría chantajear a Rahul si se enterara de lo vuestro?

El rostro de Sheena recuperó la tensión.

—Tampoco podría sacarle nada —respondió—. Le interesan los ricos, ¿recuerdas?

Nikki negó con la cabeza.

—¿Te puedes creer que me sentía mal por ella por la tragedia que ocurrió en su casa?

Sheena la fulminó con la mirada.

—¿Te habló de Maya?

Nikki estuvo a punto de responder que sí, pero entonces pensó en todo lo que Sheena acababa de explicarle y sintió que una extraña inquietud empezaba a crecer en su interior. Volvió a sentirse como una auténtica intrusa. Por cada pregunta que hacía, había cientos que quedaban sin respuesta.

—Solo sé lo que me contó —dijo finalmente.

—Y seguro que te explicó una historia muy buena —replicó Sheena.

Cogió el bolso y se dirigió tan deprisa hacia la puerta que Nikki no tuvo ni tiempo de pedirle que se quedara.

10

Sus huesos avisaron a Kulwinder de que había llegado a Londres. Antes de que el piloto anunciara el aterrizaje, sintió el dolor pegajoso del reuma extendiéndose por todo el cuerpo. En la India era capaz de subir varios tramos de escaleras y abrirse paso entre la multitud. Las sandalias anunciaban su llegada batiendo contra el suelo de la tierra de sus ancestros. En Heathrow, en cambio, llevaba deportivas con un viejo *salwaar kameez* y recibía órdenes de una vigilante de seguridad con cara de pocos amigos.

Su último viaje a la India había sido con Maya. Se pasaron horas en los tenderetes del bazar, acariciando las telas exquisitas de los saris y sintiendo cómo se arrugaban entre sus dedos. Kulwinder le compró a Maya unos pendientes de oro, unos aros pequeños y muy elegantes. «Oh, mamá», exclamó Maya con una sonrisa de oreja a oreja, «no hacía falta». Pero Kulwinder sentía una inmensa gratitud hacia su hija, y como si intuyera que no les quedaba mucho tiempo, se pasó todo el viaje comprándole cosas. Quería regalarle el mundo entero.

—Pasaportes. Internacionales por aquí, británicos por aquí —anunció la vigilante devolviéndola al presente.

La fila empezó a deshacerse a medida que la gente se dividía entre las dos colas. Cuando Kulwinder estaba a punto de llegar a la cabecera, la vigilante volvió a repetir la información y se la quedó mirando.

—Señora, ¿me permite su pasaporte?

No se lo dijo de una forma desagradable, sino más bien impaciente, como si se supiera su vida de memoria. Kulwinder le entregó el pasaporte.

—Británica —dijo, y la vigilante le devolvió el pasaporte y se alejó como si no la hubiera oído.

No era la primera vez que le pasaba. Se lo había explicado a Maya más de una vez, pero su hija no lo entendía. «¿Qué esperas que piensen, mamá?», le decía, y se quedaba mirando la ropa de su madre con una expresión en la cara de lo más elocuente. Kulwinder se preguntara cómo era posible quererla tanto y odiarla al mismo tiempo.

Cuando por fin salió, Sarab estaba esperándola fuera.

—¿Cómo ha ido? —preguntó a la vez que le apretaba la mano con recato.

—Bien —respondió ella—. Como en casa.

Mientras lo decía, sintió que una profunda pena le inundaba el corazón. Maya había estado más presente durante el viaje de lo que esperaba. Kulwinder había visitado templos y encendido velas por su hija y por el esclarecimiento de su muerte. Durante la boda de unos parientes lejanos, se había llevado la mano al costado repetidas veces para que la gente creyera que estaba enferma, cuando en realidad lo que le dolía era la visión del novio y de la novia caminando juntos alrededor del Libro Sagrado.

Londres no había cambiado. El viento le golpeó la cara y le roció el pelo con una fina llovizna. Kulwinder se cubrió la cabeza con el chal y siguió a su marido hasta el coche. La periferia de la ciudad la recibió con las mismas vistas deprimentes de siempre: paredes cubiertas de grafitis, tejados y gasolineras por todas partes.

—¿Tienes hambre? —le preguntó Sarab cuando ya estaban cerca de Southall.

—He picado en el avión.

—Podemos parar a comer algo si quieres.

Era su forma de decir que él no había comido. Kulwinder calculó el número de tápers que le había dejado. Había suficientes para todas las cenas, incluida la de aquel día.

—En ese McDonald's, por ejemplo —insistió Sarab.

Kulwinder no dijo nada y su marido dirigió el coche hacia el aparcamiento. Se lo imaginó allí todas las noches, pidiendo lo de siempre (filete de pescado y McNuggets) y masticándolo poco a poco para que el tiempo pasara más rápido. Los tápers seguían intactos en el congelador. Durante las próximas semanas, descongelaría uno cada día y esa sería su cena. Pasaba lo mismo cada vez que se iba de viaje sin él y, en cierto modo, le resultaba reconfortante porque significaba que si era incapaz de comer en casa sin ella, era porque la echaba de menos, un sentimiento que su marido jamás expresaba con palabras. También era un recordatorio de que él sería capaz de sobrevivir si ella faltaba.

—Entremos dentro —dijo Kulwinder—. No me gusta comer con el coche en marcha.

Sarab asintió. Aparcaron, entraron en el restaurante y buscaron una mesa en la esquina, pegada a la ventana. El ruido era ensordecedor; era viernes por la noche y el local estaba lleno de adolescentes. Por el rabillo del ojo, Kulwinder vio un grupo de chicas punyabíes, pero tenía demasiado *jet lag* para intentar deducir quiénes eran sus padres.

—Tus clases de escritura se han hecho muy famosas —dijo Sarab—. El otro día estaba en el templo y vi a un grupo de mujeres yendo hacia el edificio.

—¿Qué mujeres? —preguntó Kulwinder; mientras estaba en la India, los problemas con Nikki le parecían tan lejanos como el propio Londres.

—Exactamente no lo sé —respondió su marido—. El otro día me encontré con Gurtaj Singh en el *langar* y me preguntó qué se aprendía en esas clases. Le dije que Nikki enseñaba a leer y escribir y me dijo: «¿Nada más?».

—¿Como si desconfiara? —preguntó Kulwinder.

Recordó la nota que Nikki había dejado en la puerta de Tarampal. Seguía sin tener sentido. ¿Por qué se disculpaba? Pero si había más alumnas, eso quería decir que su iniciativa era todo un éxito, a pesar de las dudas de Gurtaj Singh.

—Más bien parecía impresionado —respondió Sarab.

Acabaron de cenar y retomaron el camino. La casa desprendía un olor que le resultaba familiar y desconocido al mismo tiempo. Kulwinder respiró hondo y sintió como una patada en el estómago. «Nuestra hija está muerta.» Miró a Sarab con la esperanza de que sus miradas se encontraran, pero el rostro de su marido seguía ausente. Pasó junto a ella y unos segundos después le llegó el sonido de las noticias en punyabí desde la sala de estar.

Kulwinder apoyó la maleta en el primer escalón y la dejó allí. Sarab se la subiría a la habitación y luego bajaría a ver la tele a la sala de estar hasta que se quedara dormido en el sofá. Subió las escaleras hasta su habitación y trató de bajar la cremallera del *kameez* como pudo. Le dolió el hombro al pasar el brazo por detrás de la espalda, pero le daba apuro pedirle ayuda a Sarab. ¿Y si creía que se le estaba insinuando? Peor aún: ¿y si no se daba por aludido? Kulwinder intentó alejar aquellos pensamientos de su cabeza. Consiguió alcanzar la cremallera y tiró de ella. Luego se dirigió hacia el lavabo y de camino pasó por delante de la habitación de Maya. La puerta estaba abierta. En el pasado, había sido como un altar repleto de todo aquello que Kulwinder detestaba de la vida occidental de su hija. Cuando Maya se mudó al que sería su hogar marital, fue vaciándola poco a poco: las montañas de revistas, al contenedor del cartón; el colgador de la puerta con su docena de bolsos, a la basura; los tacones, los pintalabios, los trozos de entradas de conciertos, las novelas, todo metido en cajas. Kulwinder no recordaba haber abierto la puerta. Tenía que haber sido Sarab mientras ella estaba fuera.

¿La perdonaría algún día? A veces quería romper el silencio y gritarle: «Fue culpa mía, ¿verdad?». Le había planteado una elección imposible a su propia hija. Había pactado el matrimonio pensando lo afortunada que era por haber encontrado un chico disponible justo al otro lado de la calle; así podría tenerla vigilada. «No me vuelvas a dejar en ridículo», le había dicho el día que Maya llegó a casa y anunció que su matrimonio se había terminado. Cuando estaba más baja de ánimos, Kulwinder se convencía de que todo el mundo tenía razón: no había nada raro en la muerte de Maya. Se había suicidado porque su madre la había obligado a volver.

Miró de reojo hacia la ventana y vio una sombra fantasmal: las cortinas de la sala de estar de Tarampal. Apartó la vista, incapaz de soportar los remordimientos. En la boda, la extraña sensación al ver que Tarampal se abrazaba a Jaggi más tiempo del estrictamente necesario. El miedo que apareció en el rostro de Maya. La mirada de extrañeza de Sarab. La forma en que ella misma, de camino a casa en el coche, había ignorado la preocupación de su marido cuando dijo: «Ahora ya está casada. Será feliz».

«Cuando te llame un hombre, siempre contesta el teléfono con un "Eh, hola. Estaba en la ducha". Así proyectas una imagen muy clara en su cabeza.» Era el único consejo que Nikki recordaba de una columna de citas que había leído en una revista de Mindi. Por fin le iba a ser de utilidad; estaba en la ducha y su móvil no paraba de sonar con el tono que le había asignado a Jason. Se enfadó consigo misma por lo nerviosa que se había puesto. Tenía que ser más fría. «Fría», pensó mientras le devolvía la llamada. «Distante. Relajada. No estaba esperando al lado del teléfono.»

—Hola, Nikki —la saludó Jason.

—Eh, tío, qué pasa. Me he duchado —soltó ella.

—Me alegro.

—Quería decir que estaba en la ducha cuando me has llamado.

—Ah, vale. Perdona por la interrupción.

—Tranquilo, no pasa nada. Casi había acabado... ¿Sabes qué? Que da igual. ¿Cómo estás?

—Bien. He estado bastante liado.

—¿Cosas del trabajo? —preguntó Nikki.

Por un instante, se hizo el silencio.

—Sí —dijo por fin—. Entre otras cosas. Quería hablar contigo de un tema. ¿Cuándo podríamos vernos?

—Esta noche tengo turno doble en el O'Reilly's —respondió Nikki.

—¿Puedo ir a verte?

—Vale. Los miércoles se lía un poco a partir de las ocho, así que mejor antes.

—De acuerdo.

—Eh, Jason...

—Dime.

—Es un poco raro.

—¿El qué?

—Esto... tú. Que me llames así, de repente, y me digas que quieres que nos veamos.

—¿No quieres que vaya?

—Claro que sí, pero es que hace tiempo que no sé nada de ti y ahora me llamas y me dices que vienes y... —Le estaba costando encontrar las palabras—. ¿Entiendes lo que quiero decir? —El silencio de Jason no hizo más que cabrearla—. Mira, estoy un poco cansada de sentirme como si tuviera que estar disponible cuando a ti te va bien —dijo—. El otro día te fuiste de mi casa de muy malos modos.

—Y no sabes cuánto lo siento.

—Me gustas, no me importa decírtelo. Tampoco es tan complicado.

—Para mí sí. Necesito que me des una oportunidad para explicarme. Ahora mismo hay ciertas circunstancias en mi vida que se escapan a mi control.

—Ah, la excusa de las circunstancias, ¿eh? Esa especie de poder indeterminado que los tíos sois incapaces de controlar.

—Eso no es justo.

Nikki se quedó callada. Jason continuó.

—Tú también me gustas, Nikki. Mucho. Pero necesito hablar contigo en persona para explicarte cuál es mi situación ahora mismo. ¿Puedo ir a verte esta noche?

Nikki no quería ceder tan fácilmente, pero tenía ganas de verlo. Alargó el silencio.

—¿Nikki? —La voz de Jason sonaba débil e insegura.

—Vale, sí —respondió al fin.

«Última oportunidad», pensó, aunque no se atrevía a decirlo en voz alta.

Steve el del Abuelo Racista había llegado acompañado. La chica en cuestión tenía una larga melena rubia que se balanceaba sobre su espalda cada vez que él le susurraba algo al oído y ella echaba la cabeza hacia atrás para reírse. Eso había que anunciarlo. Nikki le envió un mensaje a Olive:

Steve tiene novia!

Olive respondió al instante:

Me acercaría a verlo, pero tengo Noche de Padres. Es inflable?

Es de verdad! Me parece increíble que alguien quiera salir con él.

Lo mismo digo! Todos los buenos están pillados y los que no valen una mierda ni siquiera lo saben.

Ha habido suerte allende los mares?

Nada. El Chico de Lisboa no sabía mucho inglés. Mi cerebro necesita la misma estimulación que el resto de mi cuerpo.

Nikki respondió con un guiño y se centró en los clientes. Grace estaba al final de la barra tomando nota a un grupo de hombres trajeados.

—Cariño, ¿cómo está tu madre? —preguntó.

—Bien.

—Sin tanto frío, seguro. Dile que ya no falta nada para el verano.

Grace tenía razón. Ya no hacía tanto frío durante el día y por la tarde casi podía empezar a sentirse el calor. El verano estaba a la vuelta de la esquina. La cafetería que había junto al pub no tardaría en montar la terraza, por lo que empezaría el goteo de turistas americanos a la caza del auténtico pub inglés, aunque la falta de encanto del O'Reilly los decepcionaría. Nikki seguiría trabajando allí y eso le preocupaba más de lo habitual. De pronto, se vio a sí misma convertida en Grace, con la voz ronca y charlando con clientes a los que llevaba décadas sirviendo.

La risa de Steve interrumpió sus pensamientos.

—Nikki, mira a ese tío de la tele. Nola dice que debería dejar la música y ganarse la vida haciendo de doble de Osama bin Laden.

Era un hombre muy delgado, ataviado con turbante y un

kurta tradicional. Estaba sentado en un escenario enorme y tocaba las tablas con una habilidad increíble. Nola se removió en la silla, incómoda.

—Es lo has dicho tú —protestó la chica.

La cámara enfocó la mesa de los jueces que observaban atentamente la actuación. Era *Britain's Got Talent*. Nikki volvió a la barra en busca del mando a distancia. Grace estaba ocupada con los clientes, al menos de momento, pero no podían permitirse que empezara a llorar con la desgarradora historia de alguno de los concursantes. ¿Dónde demonios estaba el mando? Nikki corrió al despacho de Sam y llamó a la puerta. No contestó nadie, aunque no estaba cerrado. La mesa estaba cubierta de papeles y manchas de café. Encontró el mando encima de la silla; se lo había dejado allí y ni se había dado cuenta. Volvió a la barra y cambió de canal.

—Lo estábamos viendo —protestó Steve.

—Pues ahora estáis viendo *Top Gear*.

El goteo de clientes era continuo, pero ninguno era Jason. Miró la hora: habían dado las nueve. Comprobó el móvil por si tenía alguna llamada perdida. Nada. Escribió un mensaje. «¿Al final vas a venir?» Detuvo el pulgar encima del botón de enviar. Sonaba quejica. Desesperado. Lo borró.

La puerta de la cocina se abrió y apareció Garry cargado con dos platos enormes en un mismo brazo.

—¿Has visto a Sam? —le preguntó en cuanto volvió de la mesa.

—No está en su despacho —respondió Nikki.

—Dile que renuncio —dijo Garry—. Que lo dejo.

—¿Qué? ¿Ahora?

—Ahora —repitió Garry.

—¿Qué ha pasado?

—Sueldo aquí es una mierda —protestó Garry—. Pido aumento y dice ya veremos, ya veremos. Luego nada. Viktor también renuncia.

A través del cristal de la puerta, Nikki vio a Viktor recogiendo sus cosas.

—Garry, estamos a tope.

Garry se encogió de hombros.

—¿No puedes acabar el turno y luego ya hablas con él?

Viktor salió de la cocina.

—Hablar no funciona a nosotros —contestó—. Quizá Sam te da aumento cuando vas a su despacho.

A Nikki aquel comentario se le atravesó en la garganta. Vio que alguien había vuelto a cambiar de canal. Se veía un primer plano del hombre de las tablas dando las gracias a los jueces con las manos juntas delante del pecho. Steve señaló la pantalla y se rio. Una ira incontenible rompió contra ella como una ola.

—A ver si os enteráis, tontos de los cojones —les soltó, incapaz de contenerse—: no me he acostado con Sam, pero si lo hubiera hecho, tampoco sería asunto vuestro. Podéis largaros si os da la gana, me facilitaríais mucho la vida, pero si cambiáis de idea y decidís quedaros, os sugiero que os concentréis en vuestro trabajo y lo hagáis como es debido. Quizá entonces Sam sí que os consideraría suficientemente competentes como para cobrar el sueldo que creéis merecer.

Se hizo el silencio en el pub. En la pantalla, el público aplaudía mientras el músico abandonaba el escenario. Steve silbó desde su esquina del local.

—No te callas ni una, ¿eh, Nikki?

Ella dio media vuelta y lo miró.

—Ah, tú no te creas que eres mucho mejor. Llevo demasiado tiempo soportando tus mierdas racistas. Me da igual que seas un cliente. Puedes coger tus comentarios de ignorante y largarte de aquí. —Luego se dirigió hacia el centro de la sala—. Para vuestra información, en este establecimiento los pasatiempos los decide la dirección. —Se señaló a sí misma con el pulgar—. O sea yo. Yo decido qué se ve en la tele.

Me da igual quién tenga el mando, tiene diez segundos para devolvérmelo o, como mínimo, cambiar de canal, porque si algo tengo claro es que no vamos a ver *Britain's Got Talent*.

Grace dio un paso adelante y le entregó el mando con la cabeza gacha. Al fondo del local alguien tuvo la brillante idea de empezar a aplaudir, aunque no duró mucho. Nikki cambió de canal y volvió a situarse detrás de la barra. Garry y Viktor intercambiaron una mirada indecisa y regresaron a la cocina.

—Cariño, ¿por qué no te coges el resto del turno libre? Yo me encargo —le dijo Grace.

—Estoy bien. Es que... me han dicho cosas muy insultantes y empezaba a estar enfadada conmigo misma por no haber dicho nada antes y...

Grace la miraba fijamente; su rostro era la viva imagen de la comprensión.

—Les has dicho lo que les tenías que decir, cariño. No hace falta que te expliques.

—No quería ser tan dura con lo del mando a distancia —se disculpó Nikki.

—No importa —dijo Grace—. No sé qué me pasa con ese programa, pero en cuanto empiezo a llorar no puedo parar. Ya me has visto.

—Es verdad —admitió Nikki.

—Mi marido siempre me dice: «Eso es cosa de mujeres. Lo lleváis en los genes. No podéis evitar que las emociones os superen». Pero nunca me pongo así con una película triste o con las noticias de desgracias. El otro día salió una niña con un cáncer de esos raros; dije «Qué pena» y seguí con mi vida como si tal cosa. Pero luego veo a ese hombre que tiene dos trabajos para pagar las clases de contorsionismo de su hermana porque quiere que algún día pueda salir en el *Royal Variety Show*... —Grace tuvo que callarse porque se le quebraba la voz.

Llegados a aquel punto, cualquier cosa era mejor para el pub que *Britain's Got Talent*. Nikki le apretó el hombro a Grace para darle las gracias y cambió de canal. La escena era todo lo contrario: la policía peinando un bosque y a continuación un sargento hablando a la cámara. «Perfecto», pensó. Los clientes la evitaban, así que se quedó sola en la barra sin nada que hacer. Miró la hora en el móvil y repasó a la concurrencia del pub. Ni rastro de Jason. Se acabó. Buscó su número, respiró hondo y lo borró. Quería evitar la tentación de llamarlo.

En la esquina, Steve le susurró algo a Nola y ella se bajó del taburete de un salto y se marchó indignada del pub. A Steve se le borró la sonrisa de la cara. Se dirigió hacia la puerta para salir detrás de su novia, pero Grace le bloqueó la salida.

—Tienes que pagar la cuenta —le recordó. Luego dijo algo más que Nikki no llegó a oír. Steve sacó la cartera, le tiró unos billetes a Grace y se marchó. Grace los recogió y se los llevó a Nikki—. Mira, nos ha dejado propina. Toma, tu parte.

—Ay, no, Grace. Les has servido tú toda la noche.

—Y tú llevas años aguantándolo —replicó Grace—. Te mereces una recompensa. Le he dicho que como se le ocurra volver, Sam lo pondrá de patitas en la calle. A partir de ahora, ya no es bienvenido; pone nerviosos a los clientes y al personal.

Le cogió la mano y la obligó a aceptar los billetes. El gesto de Grace removió algo en el interior de Nikki. De pronto, se dio cuenta de lo mucho que echaba de menos a su madre, la misma que, la primera vez que fue a cenar a casa después de independizarse, la obligó a aceptar el dinero que le ofrecía con la misma insistencia que Grace.

Aún tenía el móvil en la mano. Buscó el número de su madre y empezó a escribir un mensaje, pero no se le ocurría nada. Decidió llamarla. El teléfono sonó unas cuantas veces;

Nikki ya estaba a punto de colgar cuando por fin su madre contestó.

—¿Nikki?

—Hola, mamá. ¿Cómo estás?

—Justo estaba pensando en ti.

Nikki sonrió al oír las palabras de su madre.

—Yo también estaba pensando en ti, mamá.

—Necesito que me hagas un favor. —Había algo raro en la voz de su madre, un leve tono de pánico—. Mañana viene la tía Geeta y me he quedado sin dulces indios para ofrecerle. La tienda a la que suelo ir, en Enfield, está cerrada (por una defunción en la familia, he oído) y las otras tiendas no tienen tanta variedad. ¿Podrías ir a Southall y comprarme *gulab yamun*, *ladoo*, *barfi*, *yalebi*, lo que tengan, y traérmelo? También necesito un poco de cardamomo para el té. El de Waitrose es demasiado caro.

Y Nikki que creía que estaba teniendo un momento emotivo con su madre. Por suerte, al día siguiente libraba.

—Claro, mamá.

Sabía que no tenía sentido preguntarle por qué insistía en mantener el contacto con la tía Geeta, para quien un té que no estuviera preparado a la perfección seguramente era la evidencia inequívoca del fracaso de una mujer.

—¿Por qué se oye tanto ruido?

—Mmm, estoy en el cine.

—¿Te va bien en el trabajo nuevo?

—Ajá.

—¿Te gusta ser profesora? Quizá podrías dedicarte a eso en el futuro.

—No lo sé, mamá —respondió Nikki deseando cortar la conversación—. Te tengo que dejar. Nos vemos mañana por la tarde.

Su madre le dijo adiós y Nikki se guardó el móvil en el bolsillo trasero de los pantalones. No sabía si estar decepcionada, aliviada o reírse sin más de la situación. Ojalá hubiera venido Jason; se habrían reído de lo lindo.

Un cliente se acercó tímidamente a Nikki y le preguntó si aún duraba la hora feliz.

—Claro —respondió Nikki, aunque había terminado hacía un cuarto de hora, y le sirvió otra cerveza.

Por mucho que lo intentara, no podía dejar de pensar en Jason. De vez en cuando miraba hacia la puerta esperando que apareciera en cualquier momento y se disculpara por haber llegado tarde.

De pronto, notó que el móvil vibraba. Lo sacó y se encontró un mensaje de su madre.

> Otra cosa. Por favor, ten cuidado en Southall. Están
> explicando lo que le pasó a Karina Kaur en el Canal Cuatro...
> No vayas sola por la calle de noche!!!

Nikki levantó la vista y vio el logo del Canal Cuatro en la esquina de la pantalla. Apenas se oía la voz del narrador entre tanto ruido, así que activó los subtítulos.

[EL 8 DE ABRIL DE 2003, SE DENUNCIÓ LA DESAPARICIÓN DE UNA CHICA A LA SALIDA DEL COLEGIO.]

[KARINA KAUR TENÍA 17 AÑOS Y ESTUDIABA EN EL INSTITUTO DE SECUNDARIA DE SOUTHALL.]

[LE FALTABAN UNAS POCAS SEMANAS PARA ACABAR LOS ESTUDIOS.]

[A LAS 48 HORAS DE SU DESAPARICIÓN, SE INICIÓ LA BÚSQUEDA DE LA JOVEN.]

Dos chicas llamaron a Nikki desde su mesa.

—Todavía estamos a tiempo para la hora feliz, ¿verdad? —preguntó una.

Nikki respondió que no con la cabeza. La chica miró hacia el cliente que acababa de pedirle la cerveza.

—¿Seguro? —insistió.

Nikki les tomó la comanda sin apartar los ojos de la pantalla. Ahora las imágenes mostraban unas pequeñas llamas titilantes. Cuando la cámara abrió el plano, apareció un grupo de estudiantes vestidos con uniforme y sujetando velas entre las manos.

[TRAS LA APARICIÓN DEL CADÁVER DE KARINA, SE ORGANIZÓ UNA VIGILIA DELANTE DE SU INSTITUTO.]

—¿No te he dicho que te cogieras el resto de la noche libre? Venga, vete ya. Descansa —le dijo Grace mientras dejaba la bandeja encima de la barra.

Nikki asintió sin demasiada convicción; no podía apartar los ojos del televisor. La imagen mostraba a una joven punyabí de pie frente a las rejas del instituto. Sostenía una vela entre las manos y llevaba las uñas pintadas de rosa con purpurina dorada en las puntas. La llama iluminaba las lágrimas que le caían por las mejillas y el colgante de oro que descansaba sobre su pecho con forma de letra ge.

El hombre que la atendió en Sweetie Sweets seguramente creía que le estaba echando un piropo.

—Estos *gulab yamun* bien valen las calorías que llevan —le dijo mirándola de arriba abajo—. No es que tú tengas que preocuparte por eso, ¿eh? Al menos de momento. —Se rio—. Antes de casarnos, mi mujer estaba tan delgada como tú…

—Si me los pones en una caja para llevar, mejor —lo interrumpió Nikki.

—Claro, preciosa. ¿Has montado una fiesta? ¿Estoy invitado? —preguntó el hombre sonriendo e inclinándose por encima del mostrador.

Nikki estaba a punto de aplastarle un *gulab yamun* en la frente cuando su mujer apareció por la puerta del almacén, momento en el que él decidió empezar a buscar la caja para los dulces. Nikki pagó bajo la atenta mirada de la esposa y se marchó.

Miró la hora en el móvil. Era demasiado pronto para ir a casa de su madre sin tener que contestar un montón de preguntas sobre su trabajo de profesora. Siguió caminando por Broadway, donde las aceras estaban llenas de expositores de ropa barata y cajas llenas de verduras. Delante de una tienda de móviles que vendía tarjetas internacionales se había formado una cola de hombres. Encima de todas aquellas tiendas había más negocios y los rótulos de unos y otros se sobreponían como los bocadillos de un cómic: Contabilidad Pankaj Madhur, Pensión Himalaya, Vigilancia Privada RHP Ltd. Lo que para ella siempre había sido un caos, ahora era como su hogar, pensó Nikki mientras se abría paso entre la gente con la caja de los dulces bajo el brazo. Al final, llegó a una intersección, cruzó y se encontró delante del Banco de Boroda. Entró y vio a Sheena sentada frente a una mesa atendiendo a un cliente.

—Siguiente —dijo la mujer de la mesa de al lado.

—No, gracias —respondió Nikki—. He venido a ver a Sheena.

Sheena alzó la vista. Acabó de atender al cliente y se levantó para saludarla con una profesionalidad que contradecía la expresión de sorpresa de su cara.

—Kelly, me voy a comer —le dijo a su compañera. En cuanto pisaron la calle, se le borró la sonrisa de la cara—. ¿Qué haces aquí?

—¿Podemos hablar un momento?

—Ay, Nikki, te tendría que haber preguntado antes de pasar las historias a mis amigas. Estás enfadada, ¿verdad? Mira, las que vienen el próximo día son de fiar. Esta noche pensaremos en algo que podamos decirles a los Hermanos si vienen a hacer preguntas.

—No vengo por lo de las historias —dijo Nikki—. Es por Karina Kaur.

La expresión de preocupación desapareció de la cara de Sheena.

—Estás interrumpiendo mi hora de comer —replicó.

—En el templo no puedo preguntarte porque hay demasiados cotillas. Tenía que venir a verte.

—¿Qué te hace pensar que yo sé algo?

Nikki describió las imágenes de la vigilia con velas en el instituto.

—Estoy convencida de que eras tú.

—Eso es imposible —dijo Sheena—. Yo ya no iba al instituto cuando murió Karina. Acababa de casarme.

—Pues se parecía muchísimo a ti. Llevaba la misma manicura que tú.

—Muchas mujeres de Southall la llevan.

—Eras tú. Las dos lo sabemos. Llevabas el colgante con la letra ge.

Sheena retrocedió como si Nikki la hubiera golpeado y solo se recuperó después de recolocarse el cuello de la camisa y ocultar la cadena de oro.

—¿Para qué, Nikki? ¿Para qué quieres saberlo? Porque si es por simple curiosidad, no pienso darte el gusto. Los problemas de esta comunidad son muy reales.

—No es por curiosidad.

—Entonces ¿por qué? —insistió Sheena.

—También es mi comunidad —dijo Nikki—. No vivo aquí, pero ahora formo parte de ella. En toda mi vida, nunca me había sentida tan frustrada, entretenida, querida y desorientada como en estos últimos dos meses. Sin embargo, se me niega el acceso a ciertos niveles. —Suspiró y apartó la mirada—. No soy tan tonta como para pensar que puedo ayudaros, pero me gustaría saber qué es lo que está pasando.

La expresión de Sheena se suavizó. Justo en aquel momento, un rayo de sol se coló entre las nubes y encendió el naranja de su melena teñida con henna. Nikki no estaba dispuesta a bajar la vista, ni siquiera cuando Sheena miró a través de ella, inmersa en sus pensamientos.

—Vamos a dar una vuelta en coche —dijo al fin.

Nikki la siguió hasta el aparcamiento, donde estaba aparcado el pequeño Fiat rojo. Sheena puso la llave en el contacto y por los altavoces empezó a sonar una melodía *bhangra*. No hablaron en todo el trayecto, que las llevó por una zona de construcciones blancas. La carretera giró a la derecha y las casas quedaron atrás, sustituidas por una zona verde. Sheena detuvo el coche en un camino de grava que acababa en un pequeño lago. El sol brillaba en la superficie del agua.

—La chica que viste en el documental era Gulshan Kaur. Era una de mis mejores amigas —explicó Sheena—. Murió atropellada no muy lejos de aquí. El conductor nunca se entregó.

—Lo siento mucho —dijo Nikki.

—Su madre me dio este colgante; se lo regalaron al nacer. Al principio no quise aceptarlo, pero ella insistió. Por lo visto, trae mala suerte guardar el oro de una muerta en su propia casa. La gente lo vende o lo funde y lo convierte en otra cosa, pero la madre de Gulshan me insistió para que me lo quedara. Lo he llevado todos los días desde que murió.

—A veces lo tocas —dijo Nikki—. Como si te acordaras de ella.

—Si Gulshan estuviera viva, seguiríamos siendo amigas y viéndonos todos los días. No se habría distanciado de mí como las otras ni habría pensado que, después del cáncer de

Arjun, doy mala suerte. Le importaba la verdad. Por eso está muerta.

—¿Qué quieres decir?

Sheena cogió aire con gesto tembloroso.

—Karina y Gulshan eran primas. Gulshan y yo éramos uno poco mayores que ella, así que cada vez que Gulshan la mencionaba, yo solo sabía que era una chica muy alegre y que mi amiga era como su hermana mayor. Karina era una rebelde. Una vez la expulsaron del instituto por vender cigarrillos a los alumnos más jóvenes y solía escaparse para quedar con chicos. Gulshan le daba consejos. El padre de Karina era un hombre muy respetado en la comunidad y cada vez que Karina hacía algo malo, la gente murmuraba: «¿Qué problema tiene esa chica? Viene de una buena familia. No tiene excusa». Pero Gulshan sabía la verdad. El padre de Karina bebía mucho. Lo hacía a escondidas, nunca en público. A veces, Karina le enseñaba a Gulshan los moratones de las palizas de su padre.

—¿Cómo era su madre? —preguntó Nikki.

—No vivía con ellos. Eso explicaba en parte por qué el padre de Karina era tan estricto: no tenía ni idea de cómo controlar a su hija. La castigaba por cualquier tontería y las palizas eran cada vez más frecuentes. La presionaba para que dejara el instituto y se casara en la India con un hombre mayor. Un día, Karina llamó a Gulshan desde una cabina. Le dijo que se había escapado con su novio y que la llamaría en cuanto estuviera a salvo. Gulshan intentó convencerla, pero Karina le dijo: «Es demasiado tarde. Si vuelvo ahora, mi padre me mata». Gulshan no le dijo a nadie que su prima la había llamado, pero unos días después alguien consiguió localizarla.

—Un cazador de recompensas, supongo —dijo Nikki.

—Sí. Un taxista al que solo le interesaba el dinero. La encontró a varios kilómetros, en Derby. ¿Te lo puedes creer,

Nikki? Incluso estando tan lejos, la comunidad fue capaz de localizarla —explicó Sheena, y se le saltaron las lágrimas.

—¿La mandaron a casa? —preguntó Nikki, con un hilo de voz.

Sheena asintió. Sacó un pañuelo del bolso y se enjugó las lágrimas.

—Gulshan no volvió a saber nada de ella. Sus padres le advirtieron que no se metiera; pero un día se vino abajo y me dijo: «Sheena, a mi pobre prima le va a pasar algo horrible. La van a matar». Al principio, incluso a mí me costó creérmelo. El padre de Karina había impulsado una colecta benéfica para los recién llegados. Había ayudado a mi familia cuando llegamos a Inglaterra. Nos había echado una mano con los papeles, los impuestos, el trabajo, todo. Le recordé a Gulshan que las chicas jóvenes tienden a exagerar. Estaba convencida de que aquel hombre era incapaz de matar a su hija. Karina seguramente ya iba camino de la India para casarse y salvar el honor de la familia.

»Una noche puse las noticias y me enteré de que la policía estaba buscando a Karina. Su padre había denunciado la desaparición. Y entonces lo supe.

Sheena se quedó callada. En medio del silencio se oyó el ruido de un coche acercándose por el camino de grava. Se detuvo cerca de ellas; era una familia con dos niños. Sheena los siguió con la mirada y continuó.

—Si su padre le había dicho a la policía que Karina había desaparecido era porque sabía que no iba a volver. Unos días más tarde, encontraron su cuerpo en un bosque cerca de Herbert Park. Fue una época horrible para la comunidad. Todo el mundo encerraba a sus hijas en casa, convencido de que había un asesino suelto.

—Pero Gulshan sospechaba del padre —dijo Nikki, y un escalofrío le recorrió el cuerpo.

—Sí —respondió Sheena—. No podía saberlo con seguridad, pero cuando pasó todo el revuelo y la prensa desapareció, empezó a hacer preguntas. ¿No era raro que el padre de Karina hubiera denunciado la desaparición de su hija y en cambio no hubiera dicho nada la vez que Karina se había escapado de casa? ¿Por qué no había contratado a un cazador de recompensas también en aquella ocasión? La única explicación era que sabía que estaba muerta. Un día, Gulshan me llamó. Estaba muy nerviosa. Me dijo: «Sheena, tengo pruebas». Había ido con sus padres a casa de Karina a una sesión de oración en recuerdo de su amiga. Se coló en su habitación y rebuscó entre sus cosas hasta que encontró su diario. Había varias entradas que detallaban el mayor miedo de Karina: que su padre la matara para salvaguardar su reputación. Gulshan no podía llevarse el diario sin que la vieran, así que lo dejó donde lo había encontrado. Pensó que lo mejor sería llamar a la policía y que registraran la habitación. Pero entonces...

Sheena se mordió el labio.

—El accidente —dijo Nikki—. Gulshan murió antes de poder hablar con la policía —concluyó, y cerró los ojos como si bloqueando el mundo, aunque solo fuera durante unos segundos, pudiera eliminar las injusticias que habían sufrido Karina y Gulshan.

—Supongo que alguien le habló al padre de las preguntas de Gulshan, de la historia del diario... —dijo Sheena—. El... el diario nunca apareció.

—¿A quién le había contado lo del diario?

—A mí —respondió Sheena con un hilo de voz—. Y yo se lo conté a mi suegra. Yo acababa de casarme y nos llevábamos muy bien. No le di demasiada importancia y supongo que ella tampoco porque se lo contó a una amiga que, a su vez, se lo contó a otra... —Sheena sacudió la cabeza, incapaz de hablar—. Alguien pensó que había que parar a Gulshan, que había que detenerla antes de que avergonzara a toda la comunidad, antes de que nos hiciera quedar como una pandilla de bárbaros capaces de matar a sus propias hijas.

—Oh, Sheena. No sabes cuánto lo siento.

—Y yo —susurró Sheena.

La magnitud del secreto era tal que saturó el aire del interior del coche. Las dos miraron hacia el lago, que brillaba como un diamante. Una suave brisa acarició la hierba y levantó los tallos dejando a la vista la parte más oscura. Los edificios de Londres apenas eran trazos en la distancia.

—¿Vienes a menudo? —preguntó Nikki.

Sheena miró por la ventanilla.

—Mucho. Gulshan vivía cerca y venía a correr tres veces por semana. Tuvo que soportar muchos comentarios, te puedes imaginar... Una chica punyabí corriendo por ahí con las piernas al aire.

—El conductor del coche supo dónde encontrarla —dijo Nikki.

—Exacto. Después de su muerte, fui al sitio exacto donde la atropellaron y vi la trayectoria de la curva. Había un punto ciego. Poco después, el consejo pidió que se pusiera una señal para avisar a los peatones. Quizá llevaba los auriculares puestos y no prestaba atención. Intentas convencerte de que solo fue un accidente, de que la explicación más sencilla también es la más probable.

—Y quizá solo fue eso. Un accidente.

La teoría de la coincidencia le provocó un malestar inmediato y no pudo evitar imaginarse las dudas y el dolor que había sentido Sheena.

—Nunca lo sabré seguro, pero en esta comunidad siempre sospecho de los accidentes. Unos años más tarde, el padre de Karina acabó en el hospital con una cirrosis. La gente decía que tenía unos dolores insoportables y yo pensé: «Le está bien empleado». Ya no escondía su alcoholismo. Muchos comentaban que era por culpa de la muerte de su hija.

Decían que era un hombre roto por el dolor, un padre de luto. No sentí ni una pizca de compasión por él. En el funeral me puse el colgante de Gulshan por primera vez. La gente me miraba, pero no decía nada. Lo sabían.

Nikki casi podía sentir la dureza de aquellas miradas.

—Fuiste muy valiente.

Sheena se encogió de hombros y con una mano hizo rodar el colgante entre el pulgar y el índice.

—Solo fue un pequeño gesto. Estoy convencida de que luego nadie se volvió a acordar.

—Seguramente sí.

—O no.

La fuerza con la que respondió cogió a Nikki por sorpresa. Quizá Sheena se había sentido responsable de la muerte de Gulshan desde el primer momento. Nikki no dijo nada más y esperó a que la tensión se disipara.

—Volvamos —dijo Sheena.

Giró la llave y salió del aparcamiento dando marcha atrás. La radio se había encendido y en el coche sonaba una vieja balada hindi. Sheena se fue relajando a medida que se alejaban de aquel lugar. De pronto, empezó a tararear la canción.

—¿Conoces esta canción? —le preguntó cuando el cantante empezaba a entonar el estribillo.

—Mi madre seguro que la conoce —dijo Nikki.

—Ah, seguro. Es un clásico. —Subió el volumen—. Casi puedes sentir la pena que transmite la voz.

Escucharon al cantante lamentándose por la tristeza y la añoranza que albergaba su corazón. Nikki no podía negar que la canción tocaba la fibra sensible. Las calles de Southall no tardaron en reaparecer, con sus joyerías y sus puestos de *yalebi*, y la balada se convirtió en una especie de banda sonora. A pesar de la terrible historia que Sheena le acababa de contar, Nikki entendía perfectamente que aquel lugar fuese un hogar para tanta gente y por qué a algunos la idea de abandonarlo se les antojaba inimaginable.

Estaban aparcando el coche detrás del banco cuando, de pronto, Sheena levantó la vista y siguió con la mirada una silueta a lo lejos.

—Mierda —murmuró.

—¿Es Rahul? —preguntó Nikki entornando los ojos.

Sheena asintió. Aparcó en la plaza más alejada de la entrada y apagó el motor, pero no hizo ademán de bajarse.

—Prefiero esperar a que vuelva dentro —dijo.

—¿Hasta cuándo vais a seguir evitándoos en público? —preguntó Nikki.

—Ahora mismo, también nos evitamos en privado.

—¿Por qué? ¿Qué ha pasado?

Sheena giró la llave en el contacto. El motor ronroneó y una melodía invadió el coche.

—Habíamos empezado a tomarnos ciertas confianzas el uno con el otro.

—¿Y?

—Que vamos demasiado rápido. Mi marido me cortejó durante meses antes de atreverse a cogerme de la mano. Con Rahul, he pasado del beso en la mejilla a la máxima intimidad en cuestión de dos citas.

—Seguro que la cosa va tan rápida porque es la novedad y porque os gustáis mucho. Además, ahora tienes experiencia. No puedes comparar una relación en este momento de tu vida con tu primer matrimonio, hace catorce años.

—Eso ya lo sé —dijo Sheena—. Pero echo de menos los nervios del principio, la emoción.

—Esto deberías contárselo a Rahul.

—No funcionaría. A ti puedo contártelo, pero con él no puedo hablar de estas cosas.

—Inténtalo.

Sheena suspiró.

—Ayer por la noche le dije que necesitábamos un poco de distancia y lleva toda la mañana evitándome. Ahora no quiero cruzarme con él o creerá que lo hago a propósito, que me estoy haciendo la dura. —De pronto, ahogó una exclamación de sorpresa y se agachó—. Viene hacia aquí —susurró.

Efectivamente, Rahul se dirigía hacia el coche y Sheena decidió que tenía que disimular. Cambió la emisora de la radio y se inclinó hacia Nikki para abrir la guantera y buscar algo entre el amasijo de tíquets de aparcamiento. Rahul se detuvo junto al coche y picó en la ventanilla.

—Ah, hola —lo saludó mientras bajaba el cristal.

—Hola —respondió él—. ¿Va todo bien?

—¿Mmm? Ah, sí —contestó Sheena—. Estábamos hablando, así que si no te importa...

—Claro. He visto tu coche aparcado con las luces encendidas, por eso he venido a ver si había alguien dentro. No quería que te quedaras sin batería.

—Gracias —dijo Sheena—. Estamos bien —insistió, aunque el color de sus mejillas decía lo contrario.

—Me alegro.

Lo siguieron con la mirada. Cuando por fin entró en el banco, Sheena respiró aliviada.

—¿Crees que lo he hecho bien? ¿Me ha quedado natural? No sé. Me ha dejado un poco descolocada. —Se llevó las manos a las mejillas—. Y ahora encima voy a llegar tarde al trabajo. No puedo entrar así, roja como un tomate.

—No tendría que haber abusado de tu tiempo —dijo Nikki tras comprobar la hora en el reloj del salpicadero—. No sé qué esperaba exactamente presentándome en el banco sin avisar, como si pudiéramos hablar allí mismo.

Sheena seguía abanicándose con las manos; parecía que quisiera restar importancia a la disculpa de Nikki.

—No te esperabas una historia tan complicada. Ni tú ni nadie. Cuando muere una chica tan joven, a nadie se le ocurre que pueda haber intervenido su propia familia. Ni se lo plantean, a menos que sepan lo que pasa en la comunidad.

—Yo creía que lo sabía —murmuró Nikki—. Cuando Tarampal me habló del suicidio de Maya, me sorprendió, pero luego recordé que el honor es vital en esta comunidad. No pensé que hubiera nada más…

De pronto, Nikki se quedó callada. «El suicidio de Maya.» Al decirlo en voz alta, se dio cuenta de que había algo que le chirriaba. En su cabeza empezó a formarse una pregunta y Sheena se dio cuenta. Dejó de abanicarse la cara y juntó las manos sobre su regazo. En el denso silencio que reinaba en el interior del coche, Nikki consiguió reunir el valor necesario para hacer la pregunta.

—¿Maya se suicidó?

La respuesta de Sheena fue inesperadamente rápida.

—¿Tú crees que haría algo así?

—No la conocía —respondió Nikki.

Sheena suspiró y no pudo disimular una cierta irritación.

—Venga ya, Nikki. ¿Una chica joven y moderna dejando una nota en la que confesaba sus «pecados» y se declaraba culpable de haber «mancillado el honor de la familia»? Maya estaba demasiado occidentalizada para estar preocupada por esas cosas.

Tarampal no había mencionado ninguna nota. Según su versión de los hechos, había sido una reacción espontánea, un ataque de pánico ante la amenaza de divorcio de Jaggi.

—Entonces ¿quién dejó la nota?

—Probablemente la misma persona que la mató.

—¿No estarás insinuando que fue…? —Nikki sintió que le temblaban las piernas de la impresión—. ¿Jaggi? ¿Por lo de la aventura?

—Si es que existía una aventura, pero ¿quién sabe? —respondió Sheena—. Jaggi era más bien celoso y Tarampal tampoco ayudaba espiando a Maya y dando por sentado que cada vez que sonreía a un hombre era porque se estaba acostando con él. Se entrometió mucho en la pareja.

—¿La policía no investigó? ¿Cómo es posible?

Sheena se encogió de hombros.

—Sé que una vez Kulwinder intentó hablar con ellos, pero no les pareció que hubiera pruebas de algo turbio.

—¿Y cerraron el caso? ¿Así, sin más? —preguntó Nikki.

—Hubo varias declaraciones. Las mujeres de algunos amigos de Jaggi dijeron que Maya llevaba tiempo pensando en suicidarse. Por la forma de explicarlo, parecía que tenían una relación muy cercana, una especie de club de esposas, pero te puedo decir que Maya apenas se hablaba con ellas. Tenía sus propias amigas.

—¿Y dónde estaban? —quiso saber Nikki—. ¿Por qué no dieron la cara?

—Por miedo, supongo —respondió Sheena—. Todo el mundo está demasiado asustado para luchar por Maya. Los riesgos son demasiado elevados, y además nadie sabe si realmente hubo algo raro o no. Ahora hasta Kulwinder evita a la policía. A veces la veo cogiendo el camino más largo hasta el mercado para no pasar por delante de la comisaría. Supongo que alguien le dijo que no removiera la mierda.

Nikki se estremeció. Había entrado alegremente en una casa donde lo más probable era que se hubiera cometido un asesinato, y encima premeditado.

—Tarampal no estaba cuando pasó, ¿verdad?

—No. Recuerdo que aquella noche la vi en el programa del templo. Pero Kulwinder nunca se lo ha perdonado. Tarampal le contó a la policía que Maya había amenazado con quemar la casa la noche antes de su muerte. —Sheena puso los ojos en blanco—. En caso de que fuera verdad, estoy convencida de que lo sacaron de contexto. La declaración de Tarampal hizo que Maya pareciera la esposa agonizante en una película hindi.

«Inestable», esa era la palabra que Tarampal había repetido varias veces.

—Y consiguió que el suicidio pareciera más lógico.

—Exacto. —Sheena asintió—. La lealtad de Tarampal está con Jaggi al cien por cien.

El hijo que siempre había querido tener. Nikki negó con la cabeza.

—Todo esto es tan...

—¿Retorcido? ¿Enfermizo? ¿Ahora entiendes por qué te dije que no fueras por ahí haciendo preguntas? Es peligroso.

Nikki lo entendía, pero aun así se negaba a recular.

—¿Y qué pasa con la nota? ¿Era la letra de Maya?

—Supongo que se le parecía. La policía estaba convencida de que era una nota de suicidio. Le dijeron a Kulwinder que la tinta estaba corrida, como si Maya la hubiera escrito mientras lloraba.

—Buen ojo —dijo Nikki con ironía—. Por lo que veo, estaban desesperados por encontrar cualquier detalle que sugiriera el suicidio. Así no tenían que investigar ni remover la porquería.

Pobre Kulwinder.

—Supongo. Kulwinder ni siquiera pudo entrar en casa de Tarampal, y mucho menos para buscar una muestra de la caligrafía de Maya.

Nikki apoyó la cabeza en las manos.

—Es asqueroso, Sheena. Estamos aquí sentadas, prácticamente seguras de que una mujer joven e inocente murió asesinada.

—Pero no hay forma de demostrarlo —replicó Sheena—, que no se te olvide. Ni se te ocurra hacerte la heroína. Nunca funciona.

Antes de bajarse del coche, se colocó la cadena de tal manera que el colgante desapareció.

11

Geeta gesticulaba como una loca. El pelo, teñido con henna y recogido en forma de colmena, temblaba con ella cada vez que se movía.

—Entonces le dijeron que llevaba los zapatos llenos de barro y que no podía entrar en el país. ¿Te lo puedes creer? Por suerte, Nikki y Mindi no tienen que viajar por trabajo. La policía de aduanas puede llegar a ser tan quisquillosa...

—Creía que en Australia eran tan estrictos con lo del barro porque puede llevar partículas de tierra no autóctona y acabar mezclándose con el suyo —apuntó Harpreet, e ignoró el menosprecio de Geeta hacia sus hijas, que ocupaban puestos de trabajo tan poco importantes que no tenían que viajar.

—*Leh*. Tierra no autóctona. ¿Qué tiene de diferente la tierra británica? Que no, créeme, esa gentuza le estaba poniendo problemas porque creía que era musulmán.

Geeta no solo se había autoinvitado a casa de Harpreet para tomar el té, sino que encima se le notaba que estaba encantada de tener una audiencia dispuesta a escuchar sus quejas. Además, sus alardes y su fanfarronería nunca eran sutiles. En los últimos diez minutos, había mencionado el viaje de su hijo a Sidney por lo menos cuatro veces. Harpreet pensó que ojalá hubiera ido al templo el día anterior. Se había quedado en casa porque sabía que Geeta nunca se perdía los programas del *gurdwara* de Enfield, y resulta que al final se la había encontrado en el aparcamiento de Sainsbury. Echó un vistazo al reloj. Aún faltaba una hora como mínimo para que Mindi acabara su turno en el hospital y volviera a casa.

—Suresh dice que Sidney se parece mucho a Londres —insistió Geeta.

—¿Y qué hacía allí? —preguntó Harpreet.

—Su empresa lo envió para una conferencia. Gastos pagados. Hasta el billete en *business*. Me dijo: «Mami-ji, solo los jefes vuelan en clase *business*. Seguro que se han equivocado. Últimamente hay tantos recortes que hasta los directores generales vuelan en turista. Pero se ve que no, que no había ningún error».

—Qué bien —dijo Harpreet.

Ella no tenía ninguna noticia de sus hijas de la que presumir. Mindi seguía soltera y Nikki... Nikki no había dicho ni una sola palabra de su nuevo trabajo en Southall desde que empezó. Aquella misma tarde, antes de que llegara Geeta, le había traído la caja de dulces y se había marchado enseguida con la excusa de que había quedado. Harpreet no le había podido preguntar cómo le iba en el trabajo ni qué pensaba hacer con él en el futuro. Tenía la extraña sensación de que no era un tema del que Nikki quisiera hablar, lo cual seguramente quería decir que lo había dejado, al igual que la universidad.

Geeta respondió al silencio de Harpreet con una mirada compasiva.

—Los hijos hacen lo que les apetece —dijo, toda generosidad.

«Tus hijos no», pensó Harpreet. Claro que ¿quién quería hijos como los de Geeta, hombres maduros que seguían llamándola mami?

—¿Cómo van las clases de yoga? —preguntó para cambiar de tema.

—Bien, muy bien —respondió la tía Geeta—. Voy mejorando de la circulación. La profesora es una mujer muy delgada, aunque debe de rondar los cincuenta. Dice que solo lleva unos años practicándolo, pero que ya ha ganado muchísima flexibilidad.

—*Hahn*, el yoga te da mucha fuerza.

—Deberías apuntarte a la clase de los martes por la tarde.

A Harpreet no se le ocurría nada menos apetecible que ir a una clase de yoga con Geeta y su pandilla de amigas, que pasaban más tiempo criticando que haciendo la posición del perro.

—Personalmente, prefiero el gimnasio.

—¿Te has apuntado al gimnasio?

—Hace unas cuantas semanas —respondió Harpreet—. De momento, solo camino en la cinta y a veces hago un poco de bicicleta estática. Me gusta ir por la mañana, me da más energía.

—¿Energía para qué? —preguntó Geeta—. A nuestra edad, tenemos que empezar a bajar el ritmo —sentenció, y se le notaba en la voz que no aprobaba las actividades de Harpreet.

—Cada persona es un mundo.

Geeta se inclinó hacia delante para coger un trozo de *ladoo* y el cuello del *kameez* dejó al descubierto buena parte de su canalillo.

—Lo que me gusta del yoga es que somos todas mujeres. ¿Tu gimnasio es unisex?

Harpreet sintió que se ponía colorada. No podía esquivar la pregunta de Geeta, tenía que contestar. ¿Y si había hombres en el gimnasio? ¿Cuál era el problema?

—Sí —respondió.

—Ven a yoga —dijo Geeta, y esta vez la estaba regañando—. Hay más mujeres como nosotras —añadió.

—*Hahn*, mujeres como nosotras —repitió Harpreet, un tanto ausente.

Si algún día todas las mujeres punyabíes de más de cincuenta años tuvieran que llevar uniforme y seguir un código de conducta, Geeta sería sin duda su diseñadora.

—¿Qué tal está Mindi?

—Muy bien. Hoy trabaja.

—¿Ya ha encontrado a alguien?

—No estoy segura —respondió Harpreet.

Aquella era la respuesta estándar hasta que Mindi estuviera preparada para prometerse. Últimamente se había estado viendo con alguien, pero hacía días que ni mencionaba su nombre. A Harpreet le daba miedo preguntar. Por un lado, quería que su hija encontrara a alguien y fuera feliz, pero eso significaba que todas las tardes, cuando volviera a casa, se la encontraría vacía y, la verdad, no estaba preparada para eso.

—Será mejor que encuentre a alguien pronto, ¿eh? Da mala imagen dedicar mucho tiempo a buscar y no encontrar nada.

—Todo se andará —dijo Harpreet—. No tiene sentido presionarla. Es lista y sabe pensar por sí sola.

—Y tanto que sí —murmuró Geeta.

Harpreet sirvió a Geeta la última taza de chai que quedaba. La superficie se llenó de trocitos de hoja de té Lipton.

—Dame, que te lo cuelo —dijo, y le cogió la taza de la mano.

En la cocina, buscó el colador y se acordó de uno que le había regalado su madre cuando se marchó a vivir a Inglaterra; lo había tenido que tirar porque a Nikki y a Mindi se les ocurrió usarlo un día para sacar un pez de su pecera. Harpreet se puso triste al recordarlo. ¿Qué era un hogar sin la familia?

Cuando volvió a la sala de estar, Geeta estaba limpiándose la boca de migas.

—Sin azúcar, por favor —dijo con la dignidad de quien hace dieta, aunque no había postura de yoga ni combinación de movimientos capaces de eliminar las calorías del *ladoo*, pensó Harpreet con cierta malicia.

—Por cierto —dijo Geeta después de beber de su taza—, ¿has oído lo de las historias?

—¿Qué historias?

—Las historias —repitió Geeta arqueando una ceja.

A Harpreet le costó disimular la irritación. ¿Por qué la gente prefería repetir a explicarse?

—No sé de qué me estás hablando.

Geeta dejó la taza en el plato.

—Las historias que corren por toda la comunidad punyabí de Londres. Cuando Mittoo Kaur me lo contó, me lo tomé a risa y no la creí. Hasta que un día trajo una de las historias a mi casa. Dijo que se la había leído a su marido en voz alta y que luego... —Sacudió la cabeza—. Bueno, ya sabes, hay gente que se deja llevar por estas cosas. —Se la quedó mirando como si aquello sirviera para aclarar algo—. Tuvieron relaciones en el sofá —susurró.

—¿Qué? ¿Y te lo contó ella?

—Me sorprendió tanto como a ti, pero la historia era de lo más enrevesada.

—¿Y cómo se llama el libro? —preguntó Harpreet.

—No es un libro —repuso Geeta—. Son historias sueltas. Nadie sabe exactamente de dónde han salido.

—¿Qué quieres decir? ¿El autor es anónimo?

—Se supone que hay más de un autor. No han aparecido publicadas en ningún sitio. La gente las copia, las escanea, las envía por e-mail y por fax, las comparte por todo Londres; cada vez llegan a más gente. Mittoo Kaur ya se ha leído tres y las tres han transformado por completo las relaciones con su marido. El otro día, durante la clase de yoga, el profesor nos pidió que nos tumbáramos de espaldas y levantáramos las rodillas hacia el pecho. Mittoo me guiñó un ojo y dijo: «Igual que anoche». ¡A nuestra edad! ¿Te lo imaginas?

—No —respondió Harpreet rápidamente—. Imposible.

—Pero sí que se lo estaba imaginando. Se vio a sí misma en el sofá con Mohan—. ¿Te dijo Mittoo de dónde las había sacado?

—Por lo visto, se las pasó una prima. La prima las había conseguido a través de una amiga del templo, en Enfield, que, a su vez, las conocía gracias a una compañera de trabajo punyabí que vive al este de Londres. A partir de ahí, se pierde la pista; a mi prima no se le ocurrió preguntar de dónde han salido, pero Mittoo Kaur no es la única que las conoce. La mujer de Kareem Singh me dijo que a ella también le habían llegado. Me contó una que es especialmente gráfica. Una mujer punyabí lleva el coche al mecánico y acaba haciendo el amor con él encima del capó. Se quita el *dupatta* y le ata las muñecas al retrovisor.

—¿Tantos detalles explican? —preguntó Harpreet—. Es la primera vez que oigo hablar de una historia de esas con protagonistas punyabíes.

—Según los rumores, han salido de Southall.

—Eso es ridículo —protestó Harpreet, aunque se le escapó la risa—. Si me dices que vienen de Bombay, me lo creo, pero si son inglesas, es imposible que hayan salido de allí.

—En serio, es verdad. Su tía tiene una amiga que va a unas clases en las que te enseñan a escribir historias verdes.

Aquello no tenía sentido.

—Si existieran esas clases que dices, la comunidad ya se habría levantado en armas —dijo Harpreet.

—Por eso las anuncian como si fueran clases de inglés.

—Eso es impos...

De pronto, Harpreet se quedó callada. Southall. Clases

de inglés. Tragó saliva y no dijo nada. Sabía que Geeta era una cotilla, que exageraba las cosas. Nada hacía pensar que...

—¿Sabes qué más me dijo? Que las historias las escriben mujeres mayores que han perdido a sus maridos. ¿Te lo imaginas? Mujeres como nosotras.

—*Hahn* —consiguió articular Harpreet, y bebió un trago de té—. Mujeres como nosotras.

Al día siguiente, Nikki llegó a la estación de Southall refunfuñando entre dientes. El tren iba con retraso y ella llegaba tan tarde que no le iba a dar tiempo a fumarse el cigarrillo que tanto le apetecía. Maldito Jason y su plan para dejarlo los dos a la vez. El autobús subió la colina y luego bajó lentamente por Broadway. Delante del mercado, el suelo estaba lleno de restos de hortalizas y en los escaparates de las tiendas de saris las lentejuelas brillaban como constelaciones. Una pareja salía de una oficina de tramitación de visados urgentes con los papeles sujetos contra el pecho. El autobús se detuvo junto al templo y Nikki miró la hora en el móvil: la clase había empezado hacía media hora.

Se oía un zumbido procedente del edificio comunitario. Nikki subió las escaleras; el ruido cada vez iba a más. Nikki oyó dos voces conocidas, las de Arvinder y Sheena, por encima de un océano de risas desatadas. Entró en la clase y ahogó una exclamación de sorpresa. Había mujeres por todas partes: sentadas encima de las mesas con las piernas cruzadas, cómodamente instaladas en las sillas, apoyadas contra la pared, reunidas alrededor de la mesa de la profesora...

Nikki se quedó muda. Retrocedió y las miró, incapaz de acabar de entender lo que estaba viendo. Había un montón de viudas, todas vestidas de blanco, pero no eran las únicas. La presencia de chicas jóvenes resultaba caótica, con el tintineo de las pulseras y las nubes de perfume que las rodeaban. Las voces de las de mediana edad se elevaban sobre las demás con una seguridad envidiable.

Las primeras que la vieron fueron las viudas. Una a una, dejaron de hablar y se concentraron en Nikki. El ruido fue disminuyendo poco a poco hasta que se hizo el silencio. Nikki sintió que se ahogaba y se preguntó si había estado aguantando la respiración todo el rato.

—¿Es la profesora? —preguntó una mujer.

—No, las clases las lleva una *gori*.

—¿Qué *gori* conoces que sepa hablar punyabí? —repuso una tercera—. No, tiene que ser ella.

Todas querían opinar y sus voces rebotaban contra las paredes. Nikki se abrió paso entre las mesas y se acercó a Sheena.

—¿Cuándo han llegado? —le preguntó.

—Las primeras llevaban casi una hora delante del edificio. Las he visto desde el *langar* y he venido corriendo a avisarlas de que aún faltaba un buen rato para que empezara la clase. «Tranquila, estamos esperando a las demás», me han contestado. Luego ha llegado otro grupo.

—Cuando dices que las historias están corriendo por todo Londres... —Nikki miró a su alrededor.

—Yo tampoco me imaginaba que seríamos tantas —respondió Sheena—. Pero tampoco podía decirles que se marcharan.

—Pero ¿qué haremos cuando vuelva Kulwinder?

—Podemos hacer turnos —propuso Sheena—. Que cada una se apunte a la sesión que más le interese.

—O bien que cada una organice clases en su zona —apuntó una mujer que estaba sentada cerca—. ¿Alguien vive por Wembley?

Unas cuantas levantaron la mano. «Mierda», pensó Nikki. Si las historias estaban circulando como parecía, seguramente ya habrían llegado hasta Enfield. Buscó entre las asistentes alguna amiga de su madre, pero no reconoció a nadie.

—Atención, escuchadme —gritó. Las alumnas guardaron silencio y Nikki aprovechó la pausa para hablar—. Bienvenidas. Antes de nada, quiero daros las gracias por haber venido. No esperábamos tanta gente, y supongo que en el futuro tendremos que limitar el número de asistentes por clase. —Miró a su alrededor—. También me gustaría recordaros la importancia de que seamos discretas, aunque no sé si lo que digo es realista, la verdad. —Se imaginó a los Hermanos pillándolas y sintió que se le aceleraba el pulso—. Si esto llega a oídos de según quién, podemos tener muchos problemas.

Las alumnas se miraron entre sí. Nikki se temió lo peor.

—Ya lo saben, ¿verdad? —preguntó.

Preetam levantó la mano desde el fondo de la clase.

—Dharminder dice que ella se enteró de lo de las clases porque uno de los Hermanos se presentó en su casa preguntando si sabía algo de las historias.

Dharminder, una viuda corpulenta con el *dupatta* tan bajo que le colgaba sobre los ojos, asintió.

—Sí. En cualquier caso, son ellos los que están corriendo la voz.

Si eso era verdad, no tardarían en pasar por casa de Kulwinder. Nikki notó una sensación de pánico en el pecho. Tenía que interrumpir las clases, no le quedaba otra; si no lo hacía, estaría poniendo en peligro a sus alumnas. Y también a sí misma.

—Pues entonces no sé si es buena idea seguir con esto —dijo Nikki.

—Ahora no podemos anular las clases, Nikki —se quejó Sheena—. Algunas de estas mujeres han venido desde muy lejos. Sigamos con la clase de hoy y luego ya se nos ocurrirá algo.

En la sala reinaba el silencio. Todas las miradas estaban puestas en Nikki. Sheena tenía razón, aquellas mujeres habían ido a apoyar las clases. No podía soportar la idea de tener que rechazarlas y perder todas aquellas voces nuevas.

—¿Quién tiene una historia que quiera compartir?

Se levantaron un montón de manos y varias voces se solaparon. Nikki les pidió que guardaran silencio y paseó la mirada por el grupo. Una mujer de mediana edad, delgadísima y vestida con un *kurti* marrón y unas mallas negras, agitaba una hoja de papel.

—Mi historia no está acabada —confesó cuando Nikki le dio la palabra—. Necesito que me ayudéis. Ah, por cierto, me llamo Amarjhot.

Se rio tímidamente. Al ver aquel gesto, Nikki se acordó de sus primeros encuentros con Manjeet.

—¿Por qué no empiezas, Amarjhot? —la animó.

Amarjhot se colocó junto a la mesa de Nikki y las demás aplaudieron. Se aclaró la garganta y comenzó.

Había una vez una mujer joven y muy hermosa llamada Rani. Parecía una princesa, pero sus padres no la trataban como tal. Como era la hija pequeña y su familia era muy pobre, tenía que ocuparse de todas las labores de la casa y apenas salía a la calle. En el pueblo, eran muchos los que ni siquiera sabían de su existencia.

De pronto, se oyó un bostezó al fondo de la clase. Amarjhot leía a un ritmo muy lento. Siguió describiendo a Rani: tenía los ojos castaños, la piel clara, las mejillas tan sonrosadas que parecían manzanas y la cintura estrecha y marcada. Un día apareció un hombre en la casa y pidió la mano de Rani. Amarjhot dejó de leer. Se quedó observando fijamente la página y luego miró a Nikki.

—Después de esto, ya no he sido capaz de encontrar las palabras. No se me ocurría nada, aunque sé lo que quiero decir.

—Pues dilo. Salta a la noche de bodas —propuso Preetam—. ¿Qué hicieron Rani y su marido aquella noche?

La clase recibió la propuesta con risas; sabían lo que vendría a continuación.

Amarjhot cerró los ojos un instante y una sonrisa afloró en sus labios. De pronto, se empezó a reír. Algunas de sus compañeras, las menos tímidas, se ofrecieron a seguir con la historia.

—El marido le quitó la ropa y la tumbó en la cama.

—Luego se quitó la suya. O fue ella la que lo desnudó y tocó su cuerpo.

—La tenía muy grande.

—Enorme. Como una pitón.

—Pero la usó con mucho cuidado porque ella no sabía nada. Dejó que la sujetara entre las manos y la acariciara.

—Y luego la besó —continuó Amarjhot—. En cuanto notó el contacto de sus labios, Rani se relajó. Mientras se besaban, él deslizó los dedos por todo su cuerpo como si la estuviera dibujando. Le acarició los pezones con las palmas de las manos. En cuanto notó que se ponían duros, se llevó uno a la boca y empezó a chuparlo mientras le pellizcaba el otro con los dedos. Rani estaba en éxtasis.

—Pero empezó a murmurar un nombre que no era el de su marido —intervino Bibi.

Sorpresa y murmullos de asentimiento entre las alumnas.

—¿Y qué nombre era?

—No, no, Rani era una joven virtuosa que justo empezaba a sentir amor por primera vez en su vida. ¿Por qué estropearlo?

—Nadie lo está estropeando. Solo estamos añadiendo *masala* —dijo Tanveer.

Nikki dejó que el debate pasara a un segundo plano y se abrió paso como pudo hasta llegar a su mesa, donde guardaba la lista de asistencia. Sería buena idea anotar los nombres de todas las alumnas y sus datos. Buscó entre el papeleo y encontró la hoja de inscripción de Tarampal. De pronto, sintió otra oleada de pánico. ¿Qué puesto ocupaba el dieciséis de Ansell Road en el orden de interrogatorio de los Hermanos?

—¿Y si al principio lo intentan pero se dan cuenta de que él la tiene demasiado grande? —sugirió Preetam.

—Por eso deciden hacerlo por detrás —añadió otra de las mujeres.

—Puaj —exclamaron unas cuantas.

Tanveer acudió al rescate con una lección corta pero concisa sobre lo que quería decir «por detrás».

—No es por el culo —explicó, y las demás respiraron aliviadas.

—Ah, y ¿por qué no? No está tan mal. Es distinto.

—¿Es que no has oído cómo tiene de grande la manguera? Es como la de los bomberos. ¿De verdad querrías que te metieran algo de ese tamaño por la puerta de atrás?

—Pero ¿es que no tienen mantequilla o qué? —preguntó otra, visiblemente exasperada.

La discusión continuó. Al final decidieron que Rani y su marido transformarían aquella crisis en una aventura emocionante. Probarían varias posturas. El debate se extendió por toda la clase como un incendio. Muchas aprovecharon para confesarse intimidades al oído.

—Esa postura la probamos mi marido y yo una vez. —Hardayal Kaur resopló—. Solo funciona si eres muy flexible. Con veinte años, yo ya tenía las rodillas rígidas de tanto trabajar en el campo.

—El mío una vez intentó meterme el plátano entre los pechos. No lo recomiendo. Era como ver una canoa intentando abrirse paso entre dos colinas.

Amarjhot clavó los ojos en la hoja que aún tenía entre las manos.

—Creo que necesito darle otra vuelta a mi historia —dijo, y regresó a su sitio.

—«Mi lengua atizará tu fuego abrasador; una llama ardiente de puro deseo» —tronó una voz desde el fondo de la clase.

Todas se dieron la vuelta para mirar a Gurlal Kaur. Parecía una visión, con las piernas cruzadas y los ojos cerrados como si estuviera meditando. Sus palabras acallaron todas las voces. Solo entonces continuó.

Eres la flexibilidad de la tierra, la fuerza del tallo. Déjame cubrir tu cuerpo con el mío, que mi virilidad eche raíces en el abrazo aterciopelado de tu cuerpo. Cuando llueve, siento la caricia húmeda y el olor a almizcle de tu piel. Nos balancearemos como uno solo siguiendo el ritmo, evocando con nuestra pasión desbocada el trueno más potente, el que resquebraja la tierra.

Solo se oía la respiración de las alumnas. Nikki fue la primera que habló.

—¿Te lo acabas de inventar? —preguntó.

Gurlal negó con la cabeza y abrió los ojos.

—El año en que me casaba, una sequía terrible asoló mi pueblo. Mis padres no podían permitirse pagar la dote y sabían que yo no me conformaría con nadie que no fuera mi querido Mukesh Singh, al que había visto solo una vez pero del que me había enamorado perdidamente. Sabían que no había nadie que pudiera hacerme más feliz; habían apercibido la luz en nuestras miradas la primera vez que nos vimos. «Eres mi alma gemela», nos habíamos dicho en silencio.

—Qué bonito —dijo Preetam—. La tierra estaba yerma, pero su amor floreció.

Las demás la hicieron callar.

—Todos los días, por la mañana y por la noche, rezábamos para que lloviera, y lo mismo ocurría en el pueblo de Mukesh, donde la situación no era mucho mejor. Fueron precisamente aquellas oraciones las que le inspiraron los primeros poemas. Me los enviaba a casa y yo los recogía directamente de manos del cartero para que mis padres no se enteraran, aunque tampoco podían leerlos porque eran analfabetos. Aquel año, como yo insistía en casarme con Mukesh, mi padre empezó a quejarse porque, según él, el colegio me había dado demasiadas alas. Cogí una de las cartas y fingí que era una nota de parte de la familia de Mukesh en la que alababan a mi padre por tener una hija tan educada. Aquello lo tranquilizó. El poema de aquella carta era mi preferido.

—¿Aún lo recuerdas? —preguntó Sheena.

—Por supuesto. —Cogió aire y cerró otra vez los ojos.

Mi amor. Tu cuerpo es una galaxia entera; tus lunares y tus hoyuelos, un puñado de estrellas. No soy más que un viajero sediento avanzando por las arenas del desierto, con los labios resecos, en busca de un trago de agua. Cada vez que estoy a punto de rendirme, levanto la mirada y ahí estás, entre las estrellas del firmamento. La melena te enmarca la cara, y cuando apartas las manos, me muestras los pechos, pálidos y redondos. En las puntas, tus pezones se endurecen para recibir mis labios. Los beso con ternura y siento el escalofrío que recorre tu cuerpo, tu mundo. Entre tus piernas, una flor que se humedece y me recibe con los labios suaves y mullidos. Tu cuerpo es una galaxia entera. Te exploro con los labios, agradecido porque al fin mi sed ha sido saciada, y cuando por fin llego a tu jardín prohibido, mi sed se convierte en tu hambre. Tus largas piernas me rodean el cuello, tu cadera embiste mi boca. Mis labios se mojan con tu rocío. Los aprieto dentro de ti y siento el torrente de tu sangre latiendo en los lugares más íntimos. Qué suerte tengo de poder besarte así, de que el rubor de mis labios acaricie el rubor de los tuyos.

Gurlal sonrió. Su gesto, sereno e imperturbable, inundó su rostro de una cualidad etérea. Se inclinó hacia delante y agachó la cabeza en una reverencia.

—Explícanos cómo fue la primera vez que estuvisteis juntos. ¿Igual de bueno? —preguntó Preetam.

—Ah, seguro que sí. Si sus manos eran capaces de crear tanta poesía, imagínate lo que podía hacer en la cama —dijo Sheena.

—Fue maravilloso —explicó Gurlal—. Escribió un poema para cada una de las noches que estuvimos juntos. Os los puedo recitar todos de memoria.

La imposibilidad de semejante afirmación no pareció molestar a ninguna de las presentes. En la clase reinaba un silencio reverencial.

—Adelante, recítanos otro —la animó Arvinder.

Gurlal abrió los ojos. Estaba a punto de responder cuando, de repente, la atravesó una especie de sacudida. Las alumnas se revolvieron incómodas en sus sillas. Nikki levantó la mirada y sintió como si le asestaran una puñalada en el estómago.

Kulwinder Kaur estaba en la puerta con la boca abierta.

Nikki cruzó la clase de vuelta a su mesa con una sonrisa pegada en la cara. No sabía cuánto habría oído Kulwinder, pero ya se le empezaban a ocurrir las primeras excusas. Podía intentar convencerla de que las alumnas estaban discutiendo finales alternativos para una de sus telenovelas favoritas.

—Quiero hablar contigo ahora mismo, en el pasillo —la amenazó Kulwinder, y Nikki la siguió.

—Has aparecido en un mal momento —dijo Nikki, pero Kulwinder levantó una mano para hacerla callar.

—¿Desde cuándo dura esto? —preguntó Kulwinder.

Nikki clavó los ojos en el suelo. Estaba a punto de farfullar una respuesta, pero Kulwinder se le adelantó.

—Y pensar que confié en ti para que les enseñaras a leer y tú, en cambio, te has dedicado a llenarles la cabeza de porquerías.

Nikki levantó la vista y la miró a los ojos.

—Es lo que ellas quieren.

—Sandeces —replicó Kulwinder—. Has estado todo el tiempo corrompiendo la comunidad y encima lo has hecho delante de mis narices.

—¡Eso no es verdad! Mira… los maridos de muchas de ellas ni siquiera saben que están aquí. Por favor, no se lo digas.

—Tengo cosas mejores que hacer con mi tiempo que ir por ahí metiendo las narices en la vida de los demás —dijo Kulwinder, y miró por encima del hombro de Nikki hacia la clase llena de mujeres—. ¿Cómo has conseguido que se apuntaran tantas? ¿Qué les has dicho?

—No les he dicho nada —respondió Nikki—. Las noticias vuelan en esta comunidad, como bien sabes. Solo quieren tener un sitio en el que expresarse libremente.

—¿Expresarse libremente? —repitió Kulwinder dejándole bien claro lo que opinaba de su respuesta.

Entró de nuevo en clase, esta vez con las manos extendidas en un gesto que era a la vez una orden clara y concisa:

—Dadme ahora mismo las historias.

Las pocas que las habían puesto por escrito se las entregaron de mala gana; la mayoría no tenía nada que entregar.

Las más ancianas reaccionaron de forma admirable. Se la quedaron mirando fijamente, con los labios apretados como si así pudieran evitar que les robara las historias de la cabeza. A medida que Kulwinder avanzaba por la clase con su particular redada, las mujeres se iban apartando y abriendo un pasillo. Por fin llegó a la mesa de Nikki.

—¿Dónde están las demás? —preguntó.

—En mi cartera —respondió Nikki.

La cartera estaba cerrada. Nikki no se imaginaba en ninguna otra situación permitiendo que un extraño le abriera la bolsa, rebuscara dentro y sacara la carpeta llena de relatos sujetándola con la punta de los dedos como si fuese un órgano enfermo, que era lo que Kulwinder estaba haciendo en aquel preciso momento. En cuanto la tuvo entre las manos, la pegó al pecho, salió por la puerta y desapareció pasillo abajo. Nikki fue corriendo tras ella.

—*Bibi* Kulwinder, por favor. Déjame que te lo explique.

Kulwinder frenó en seco.

—No hay nada que explicar.

—Hay muchas horas de trabajo invertidas en esas historias —replicó Nikki—. Ni te lo imaginas. Por favor, devuélvenoslas. —Más de una vez había pensado en escanearlas y guardar una copia de seguridad, pero nunca había encontrado el momento—. Se suponía que aún estabas en la India —la acusó.

—Y pensaste que harías lo que te diera la gana con mis clases de inglés mientras yo estuviera fuera, ¿verdad? Menos mal que se me ha ocurrido venir a controlarte. Nunca te has tomado el trabajo en serio.

—Tú colgaste un anuncio buscando una profesora de escritura creativa. Es lo que quería yo y es lo que querían las alumnas.

—No te atrevas a echarme la culpa —dijo Kulwinder, con un dedo a escasos centímetros de la cara de Nikki—.

Debí darme cuenta de que ibas por ahí reclutando a mujeres para sabotear mis clases y convertirlas en algo corrupto.

—Han venido ellas solas.

—Fuiste a mi calle a picar de puerta en puerta antes incluso de que yo me marchara a la India. Te vi.

—Fui a ver a Tarampal porque quería...

—Antes pasaste por casa de la señora Shah. Te vi desde la ventana.

—Tenía mal la dirección —dijo Nikki—. De verdad. No iba por ahí...

—Ya basta. Me estás mintiendo a la cara.

—Te estoy diciendo la verdad. Pregúntaselo a la señora Shah si quieres. En el formulario de inscripción pone Ansell Road número dieciocho, pero Tarampal vive en el dieciséis. Por lo visto, lo había puesto bien, pero la tinta se había corrido y parecía un dieciocho...

Se quedó callada. Todo lo que decía sonaba a mentira. Tarampal ni siquiera sabía escribir su propia dirección.

—No quiero oír más excusas. Has jugado con mi reputación. ¿Sabes qué dirá la gente cuando esto se sepa? ¿Eres consciente de lo que me costó conseguir que los hombres de la junta financiaran las clases? —preguntó Kulwinder.

Nikki asintió distraída. Pensaba en el formulario de inscripción. Se acordó de lo que le había contado Jason, lo de su madre frotando las manchas de tinta de su mano izquierda.

—Y con tantas alumnas nuevas, ¿de verdad creías que podías ocultármelo? ¿Hasta cuándo pensabas...?

—*Bibi* Kulwinder... —dijo Nikki.

—No me interrumpas.

—*Bibi* Kulwinder, es importante —insistió Nikki, y la urgencia de su voz la debió de coger por sorpresa porque, por un momento, parecía preocupada.

—¿Qué pasa? —preguntó, malhumorada.

—Tu yerno, Jaggi. ¿Es zurdo?

—¿De qué estás hablando?

—No, mejor aún, ¿Maya era diestra? Porque... porque...

—Pero ¿de qué estás...?

—Por favor, escúchame un momento. Ya sé que no tiene sentido. —Nikki salió corriendo hacia la clase y volvió con el formulario de inscripción de Tarampal—. Esta es la letra de Jaggi. Se la podrías enseñar a la policía para que la compararan con la de la nota. La tinta también estaba corrida, ¿verdad? No eran lágrimas. Arrastró la mano por encima de la tinta y...

Kulwinder le arrancó la hoja de la mano. Ni siquiera la miró. Estaba tan furiosa que se le había acelerado la respiración.

—¿Quién te crees que eres para meter a mi hija en esto? —De pronto su voz sonaba grave y aterradora.

—Ya sé que te da miedo investigar, pero aquí podría haber algo —insistió Nikki señalando el formulario—. Piénsalo, por favor. Si quieres, te acompaño a la policía. Esto es una prueba.

—Lo que le pasó a Maya no tiene nada que ver contigo —replicó Kulwinder—. No tienes derecho a...

—Tengo derecho si creo que una mujer fue asesinada y podría ayudar a pillar al culpable.

—Intentas cambiar de tema para distraerme —dijo Kulwinder—. No pienso permitir que uses mis clases ni a las mujeres de esta comunidad para conseguir tus objetivos, sean los que sean.

—No tengo obj... —trató de responder Nikki, pero la mano de Kulwinder se había vuelto a interponer entre las dos como una pared.

—Quiero que vuelvas a la clase y las saques de aquí —le dijo mirándola de arriba abajo—. Las clases están suspendidas. Y tú, despedida.

12

Kulwinder se dirigió hacia su casa con la carpeta sujeta contra el pecho y el viento azotándole la cara. Estaba tan furiosa que la rabia amenazaba con derramarse a su paso por toda la calle. Tenía ganas de gritar y, por un momento, imaginó que se encontraba con Jaggi. Le bastaría con una sola mirada para ahuyentarlo.

Llegó a casa con el pelo alborotado y las mejillas coloradas. Sarab estaba en la sala de estar, como siempre; la luz del televisor se colaba a través de las ventanas. Entró como un torbellino y levantó la carpeta en alto para llamar la atención de su marido.

—¿Tú sabías algo de esto?

Sarab la miró con el mando a distancia preparado, como si estuviera a punto de ponerla en pausa.

—¿Algo de qué?

—Las clases de inglés. El otro día dijiste que se habían vuelto muy populares. ¿Sabías lo que estaba pasando?

Él se encogió de hombros y apartó la mirada. La heroína de la película atravesó la pantalla, con su fiel *dupatta* ondeando tras ella como una bandera roja.

—Algo había oído, sí. Que las clases de inglés no eran lo que parecían.

—¿Y qué dice la gente en concreto? ¿Qué dicen los hombres?

—Ya sabes que no suelo prestar mucha atención a ese tipo de conversaciones. Oí algo de que algunas mujeres se habían vuelto más directas. Que usaban un vocabulario completamente nuevo para describir...

Se encogió de hombros y miró a la heroína de la pantalla que, sin venir a cuento, de pronto llevaba un atuendo distinto. Kulwinder le quitó el mando de la mano y apagó el televisor.

—¿Describir qué? —preguntó.

—Sus deseos —respondió Sarab, y se puso colorado—. En el dormitorio.

—¿Y por qué no me lo dijiste?

—Kulwinder —dijo Sarab con calma, y a ella le dio un vuelco el corazón; hacía mucho tiempo que no decía su nombre—. ¿Cuándo he podido decirte algo que no quisieras oír?

Se lo quedó mirando incrédula.

—Las conversaciones de esas mujeres no son solo sobre su vida marital. Le contaron a Nikki lo de Maya. Hasta donde yo sé, llevan semanas enteras hablando abiertamente de ella y poniendo nuestras vidas en peligro.

No había reconocido ni a la mitad de las alumnas que había en la clase. ¿Qué versiones de la historia iban contando por ahí y qué podía hacer ella para controlarlo?

—¿Saben algo? —La voz de Sarab transmitía una esperanza que le partió el corazón a su mujer.

—Nikki cree que tiene una prueba, pero no es nada, Sarab. No deberíamos hacernos ilusiones.

Mientras le contaba el descubrimiento de Nikki sobre la letra de Jaggi, Kulwinder recordó lo que la policía le había dicho en relación a la nota y su contenido. El agente que habló con ella tuvo que sujetarla para que no se cayera al suelo.

¿Qué decía la nota? Algo como que lo sentía, que estaba avergonzada. «Mi hija no habla así», había conseguido decir. «A mi hija no le preocupa el *izzat*.» ¿Desde cuándo Maya utilizaba palabras en punyabí cuando le bastaba con su equivalente en inglés? El autor de la nota había imitado a su hija con prisas y sin invertir demasiado esfuerzo.

Sarab se la quedó mirando como si acabara de materializarse de la nada.

—Jaggi es zurdo.

—¿Y qué? —repuso Kulwinder—. No quiere decir...

—Hay una cosa que sí podemos hacer.

—¿La aceptarán? ¿O repetirán lo mismo de siempre? Que Maya estaba alterada, que es normal buscar culpables. ¿Y si la policía no nos ayuda y Jaggi descubre que hemos vuelto a ir a la comisaría? —La primera vez que Jaggi llamó en plena noche, no hubo amenazas. Simplemente le dijo que él y sus amigos sabían a qué hora acababa de trabajar Sarab cuando iba de turno de noche—. Ahora lo importante es que estemos a salvo.

—¿En serio? —preguntó Sarab enfadado—. ¿Tenemos que vivir el resto de nuestra vida atemorizados?

Cruzó la sala de estar y abrió las cortinas; al otro lado de la calle estaba la casa de Tarampal.

—Por favor —le suplicó Kulwinder, y dio la espalda a la ventana—. Cierra las cortinas. —Sarab obedeció y los dos se sentaron en la penumbra a escuchar el zumbido de las luces de la casa—. Sarab, si te pasara algo... —No pudo terminar la frase. Podía oír la respiración de su marido desde el otro lado de la estancia—. Ya perdí a Maya. No puedo perderte también a ti.

A Sarab le tembló el labio. «Dímelo, ahora», pensó Kulwinder, pero él la atravesó con la mirada. Kulwinder se preguntó si se había sentido solo mientras estaba en la India o si prefería no tener que hablar con ella. Era evidente que se estaban alejando cada vez más; dormían en habitaciones separadas y esperaban educadamente a que el otro saliera de la sala de estar para instalarse delante del televisor. La sola idea le bastó para sentir una soledad increíble, como si ya estuviera pasando.

—¿Y qué pasa con Nikki? —preguntó Sarab.

Kulwinder entornó los ojos. Lo último que le apetecía era hablar de Nikki.

—¿Qué pasa de qué? —preguntó impaciente.

—¿Dónde vive?

—No lo sé, en la zona oeste de Londres.

—Dile que tenga cuidado.

Kulwinder repasó la discusión y se dio cuenta de que no le había dicho ni una sola vez que podría estar en peligro. ¿Jaggi sabía algo de las preguntas de Nikki? ¿Y si los Hermanos descubrían que ella era la cabecilla de las clases? Sacudió la cabeza e intentó no pensar en ello. Nikki vivía fuera de Southall. No hacía falta sufrir por su seguridad.

—No sé dónde debe de estar ahora mismo.

—Pues ve a la siguiente clase y...

—He suspendido las clases —lo interrumpió Kulwinder—. Y he despedido a Nikki.

Al oír aquello, Sarab levantó la mirada.

—Kulwinder, piensa un poco en esa chica.

Se dirigió hacia la escalera y Kulwinder sintió la soledad de la estancia, aunque seguía indignada. Era Nikki la que los había puesto en aquella situación. Si se hubiera limitado a hacer su trabajo, nada de eso habría pasado. Kulwinder suspiró y abrió la carpeta. En aquellas páginas había semanas y semanas de mentiras. Hojeó los relatos y vio que una de las viudas, que no sabía escribir, había usado sus habilidades artísticas para llenar una página de dibujos. Un hombre sobre el pecho de una mujer con la boca un poco abierta para atrapar el pezón. Una mujer sentada a horcajadas encima de un hombre, con la línea de la columna y la del trasero definidas para mostrar la leve curvatura de la espalda. Basura.

Kulwinder metió las hojas en la carpeta y fue a la cocina a prepararse un té. Puso agua en la olla, y mientras esperaba a que hirviera, le vinieron a la mente los ángulos del cuerpo del hombre al inclinarse sobre la mujer. Sacudió la cabeza e intentó concentrarse en la olla. Empezaban a aparecer las primeras burbujas en el agua. Se dirigió hacia el armario de las especias y sacó el hinojo y las semillas de cardamomo. Luego respiró hondo y cerró los ojos. Unos puntitos de luz danzaron tras sus párpados mientras se acostumbraba a la oscuridad, pero en lugar de desaparecer, los puntitos se transformaron en siluetas humanas. Un hombre. Una mujer. Unos dedos deslizándose sobre la piel desnuda. Unos labios rojos frente a una piel brillante. De repente, abrió los ojos. Se acercó a los fogones y apagó el fuego de la olla. Miró hacia la carpeta por encima del hombro y pensó que tampoco pasaba nada si leía una historia solo para saber de qué iba todo aquello. Al fin y al cabo, si el consejo le hacía preguntas, tenía que saber los detalles.

Abrió la carpeta y cogió el primer relato.

El sastre

Hace muchos siglos, en los suburbios de una ciudad imperial, vivía un sastre modesto pero con mucho talento llamado Ram. Las clientas de Ram eran mujeres que querían parecerse a la realeza que vivía al otro lado de los muros del palacio. Recorrían muchos kilómetros para ver al sastre, siempre cargadas con las peticiones más inverosímiles. Se decía que Ram tenía un don para crear de la nada las versio-

nes más regias y a la vez más modernas. Podía tejer un sencillo hilo amarillo hasta convertirlo en oro y teñir una piedra verde cualquiera con el verde esmeralda profundo y brillante de una joya.

Muchas de las clientas de Ram estaban enamoradas de él. Se habían fijado en cómo trataba su sencilla máquina de coser, la destreza con la que sus dedos se movían entre las capas de tela, y habían llegado a la conclusión de que debía de tratarse de un hombre de muchos talentos entre las sábanas. Durante las tomas de medidas y las pruebas, algunas se desabrochaban los primeros botones de la parte de arriba y luego se inclinaban para enseñarle el canalillo. Otras dejaban una rendija en la cortina del probador para que las viera. Ram no les hacía caso. Prefería no dejarse distraer por las tentaciones mientras trabajaba. Algún día tendría tiempo para amantes, pero por el momento tenía demasiados encargos. Su fama se había extendido por toda la India y algunos lo consideraban el mejor sastre del país. Según una rima muy conocida:

El sastre Ram es el mejor de la ciudad,
la realeza acude a él desde la antigüedad.
Sus precios son buenos, sus precios son justos,
te sentirás como las reinas de los bustos.

Sin embargo, por cada alabanza que recibía, también tenía que soportar una maldición. Los sastres de todo el país estaban furiosos con él por quitarles los clientes con sus habilidades mágicas. Hombres normales y corrientes lo maldecían por aceptar los encargos de sus mujeres que, cuando vestían los saris que Ram confeccionaba, esperaban ser tratadas como reinas.

Una tarde, entró una mujer en el taller pidiendo ayuda. Sus ojos, de un color avellana, dejaron a Ram sin respiración.

—Por una vez en mi vida, me gustaría parecer una mujer rica —le dijo con una voz que Ram querría oír susurrándole al oído. La mujer le entregó un viejo chal—. No puedo permitirme comprar nada nuevo, pero ¿le puedes añadir una cinta a esto?

—Por supuesto —contestó Ram. «Por ti, haría cualquier cosa», pensó—. Imagino que el chal es un regalo de tu marido.

La mujer sonrió y se pasó un mechón de pelo por detrás de la oreja.

—No tengo marido —dijo, para alegría de Sam.

Aquella mujer tan hermosa merecía parecer una reina. Ram decidió que cuando terminara el chal no le cobraría nada. Solo quería volver a hablar con ella y descubrir su nombre. La pasión que sentía incendió su creatividad. Mezcló tintes para crear hilos de los colores más vivos, todo para impresionarla. El borde del chal iría rematado con una hilera de plumas turquesa y magenta. En el centro, Ram bordaría una réplica del palacio con la imagen minúscula de la mujer apostada en una de las ventanas. Le señalaría aquel detalle secreto, y ella sabría que era su reina.

Una escena con aquel nivel de detalle requería de toda su concentración. Estaba tan absorto en su trabajo que no oyó las voces de los niños que jugaban en la calle. Solo cuando escuchó su nombre dejó de trabajar y prestó atención.

El sastre Ram es el mejor de la ciudad,
la realeza acude a él desde la antigüedad.
Sus precios son buenos, sus precios son justos,
pero nunca sabrá lo que es dormir abrazado a un busto.

Aquella era la peor maldición posible porque sentenciaba al destinatario a una vida de soledad. Ram salió corriendo del taller.

—¿Dónde habéis oído eso? —preguntó, pero los niños se dispersaron a la carrera.

Ram corrió detrás de ellos calle arriba hasta que se dio cuenta de que llevaba el chal en la mano. Se había rasgado y estaba cubierto de barro de arrastrarlo por el suelo.

—¡Oh, no! —exclamó.

Regresó al taller e hizo todo lo que pudo para intentar arreglarlo, pero estaba completamente destrozado. Aquella misma tarde, cuando la mujer apareció para comprobar sus progresos, Ram agachó la cabeza avergonzado y le dijo que había perdido el chal. La mujer no se lo podía creer. La calidez de su mirada desapareció.

—¿Cómo has podido hacer algo así? —le gritó—. ¡Eres el peor sastre del mundo!

Al día siguiente, Ram cerró la tienda y lloró con amargura sentado frente a la máquina de coser. Su futuro se había vuelto negro como las nubes de una tormenta. Nunca había esperado nada de la vida, pero ahora deseaba poder intimar. «¿Por qué no me acosté con ninguna mujer cuando tuve la oportunidad?», se preguntó. Se fue a dormir pensando en los tiernos muslos de las clientas que se habían desnudado para él. Soñó que se atrevía a hundir la cara entre sus pechos y oler el dulce aroma de su piel. Soñó que se inclinaba sobre una mujer y la besaba mientras ella le acariciaba el miembro con una mano y con la otra se tocaba a sí misma entre las piernas...

De pronto, se despertó; había oído un ruido. ¡Ladrones! Bajó de la cama de un salto y corrió primero hacia el almacén. Allí no había nadie. Volvió a oír el mismo ruido. Cogió la linterna, la enfocó y vio que una de sus telas se movía. La cogió y se dio cuenta de que pesaba más de lo normal, como si fuera casi sólida. La llevó hasta la zona de trabajo para verla mejor, pero se le escurrió entre las manos. Cayó al suelo y fue cambiando de forma hasta convertirse en el cuerpo de una mujer. Ram retrocedió hasta la pared, sin apartar los ojos de aquella visión fantasmal que se había materializado en su casa.

—¿Q-qué eres? —balbuceó.

La mujer tenía esa clase de párpados que aletean como las alas de una mariposa. Su piel emitía un leve fulgor y la melena, larga y reluciente, desprendía el dulce olor del jazmín. Las curvas de su cuerpo eran muy sensuales. Siguió la mirada de Ram hasta su pecho y le cogió la mano. Su tacto era suave. Deslizó por su propio cuerpo los dedos, ya totalmente formados, para demostrarle que era real. Atrajo la atención de Ram a algunas partes en las que él, como sastre que era, jamás había reparado: los huesos que sobresalían del cuello, el ángulo afilado del codo. Tenía las uñas curvadas y blancas como una luna creciente. El ombligo era un cráter oscuro en el desierto dorado de su cuerpo. Ram cerró la mano sobre la carne que cubría la cadera. Era tan real como la suya.

—Llámame Laila —dijo ella.

Cerró los labios sobre el lóbulo de Ram y chupó suavemente hasta provocarle un escalofrío de placer tan potente como una descarga eléctrica. Él deslizó las manos por la espalda de ella, le agarró las nalgas y, unidos por la cadera, se desplomaron sobre una cama de tela. Laila desató el retal que le cubría la parte superior del cuerpo y le mostró los pechos. Ram le acarició un pezón, oscuro y erecto, con la punta de la lengua y ella gimió de placer y se retorció entre sus brazos. Cambió de pecho; su piel desprendía un sabor a sal y a almizcle como nunca había imaginado. Se armó de valor y le metió dos dedos en la boca, que Laila lamió y chupó con fruición. Imaginó lo que aquella boca dulce y sedosa podría hacer por él y sintió que algo latía en su entrepierna. Apartó los dedos de la boca de Laila y aprovechando que estaban empapados de saliva, los deslizó entre sus piernas.

—Eres tan real —susurró.

Ella abrió las piernas para que la pudiera acariciar. La tela sobre la que descansaban sus cuerpos se oscurecía al contacto con el sudor. Ayudándose de los dos pulgares, Ram abrió los pliegues del sexo de Laila y le acarició el clítoris con la punta de la lengua. Ella se rio y eso lo excitó aún más. Rodó encima de él y le arrancó los pantalones a tirones. Tenía el miembro completamente tieso. Lo cogió con una mano y se pasó la punta entre las piernas, sin dejar de mirarlo a la cara.

—¿Te gusta? —le susurró al oído.

Los pechos le colgaban sobre la boca. Respondió con un gruñido.

—Eso no es una repuesta —le espetó Laila; frunció el ceño, se dejó caer sobre él y empezó a montarlo.

La mirada furiosa de Laila era el único recordatorio de la naturaleza vengativa de la maldición. La cogió de las nalgas y apretó. Ella frunció aún más el ceño.

—¿Cómo te atreves? —preguntó.

Ram apretó los dientes; la tensión crecía por momentos en su interior. Sintió los músculos de Laila contrayéndose con los suyos y escuchó cómo gritaba su nombre en un gemido largo y tembloroso. Ser testigo del placer de aquella mujer desencadenó el suyo propio. La sujetó por la cadera y gimió. Laila siguió cabalgando lentamente sobre su miembro mientras todo su cuerpo, cubierto de sudor, se estremecía con las pequeñas réplicas del orgasmo.

Más tarde, tumbados sobre el lecho de telas, Laila le explicó que había sido creada para cumplir el anhelo de Ram de poder estar con una mujer. Su deseo había sido mucho más fuerte que la maldición. Ram, que sabía que, al igual que las maldiciones, los deseos también tenían una duración limitada, le preguntó cuánto tiempo estarían juntos.

—El mismo que todos estos rollos de tela —dijo ella.

Miraron a su alrededor. Las telas se habían desenrollado y ocupaban todo el suelo del modesto estudio. Naranjas ricos e intensos y deslumbrantes hilos plateados hasta donde alcanzaba la vista.

El té de Kulwinder estaba frío, pero apenas se dio cuenta cuando se lo llevó la taza a los labios y la apuró de un solo trago. Tenía las manos calientes, y los pies, y la cara, y podía sentir el latido de su propio corazón, además de otro un poco más abajo. Recordaba aquella sensación; era la misma que había sentido hacía muchos años al descubrir lo que hombres y mujeres hacían juntos, y por qué. Su reacción inicial era cosa del pasado. La historia le había parecido fascinante. Incluso llegó a pensar que valía la pena vivir el resto de la vida por aquello de lo que hablaba el cuento: la cercanía con otro ser humano.

Guardó la historia en la carpeta y sacó otra. Esta era de Jasbir Kaur, una viuda que vivía en la zona sur de Londres. Kulwinder había asistido a la ceremonia de compromiso de su nieto, hacía ya algunos años. Empezó a leer la historia y el pulso se le aceleró de tal modo que tuvo que interrumpirla. Se levantó y dejó la taza de té sobre la mesa. Una descarga de energía recorrió su cuerpo y la llevó escaleras arriba. Sarab estaba tumbado en la cama, con la mirada clavada en el techo. Kulwinder le cogió las manos y se las puso sobre los pechos. Al principio la miró confundido y, de pronto, lo entendió.

Nikki sabía, sin necesidad de haberlo comprobado, que en una pelea cuerpo a cuerpo tenía pocas posibilidades. Se imaginó la escena y enseguida se vio a sí misma en el suelo, inmovilizada por los brazos rollizos de Kulwinder. Se le escapó una mueca de dolor; ni siquiera era capaz de ganar dentro de su propia cabeza. Tendría que usar el ingenio. Los relatos, le diría, nunca habían tenido como objetivo burlarse de las clases ni tampoco de ella. Eran obra de las alumnas y sí, eran muy atrevidas, pero ¿acaso no les servían también para aprender el idioma?

Si aquella táctica no funcionaba, cogería la carpeta y se marcharía con ella, pero tendría que tenerla a mano, claro. De pronto, se le ocurrió que quizá Kulwinder la había tirado a la basura.

El viento arreció y sopló entre los árboles. En la calle principal, las luces de los coches brillaban con tanta intensidad que parecían ojos. Nikki giró por una calle lateral y apretó el paso para combatir el frío. Por la noche, parecía que las casas se apiñaban, escondidas tras las luces de los porches. De pronto notó que le vibraba el móvil. Era un mensaje de Sheena.

Todas quieren seguir con las clases. Se te ocurre algún sitio?

«Lo primero es lo primero», pensó Nikki, y guardó el móvil en el bolsillo. En la sala de estar de Kulwinder, la televisión brillaba como un faro intermitente por detrás de las cortinas, que no estaban corridas del todo. Nikki llamó al timbre y esperó, pero no apareció nadie. Llamó otra vez y luego se asomó a la ventana. Desde allí podía ver casi toda la planta baja. La luz de la cocina estaba encendida; encima de la mesa había una tetera de metal y una taza a juego, pero no se veía a nadie. Nikki empezó a temblar del frío. Llovía cada vez con más fuerza. Se ajustó la capucha de la chaqueta alrededor de la cara. Al otro lado de la calle, la casa de Tarampal estaba a oscuras.

Cruzó la carretera y se detuvo en la acera. Quería tener una visión mejor de la casa de Kulwinder, pero para ello no le quedaba más remedio que acercarse al porche de Tarampal. No había nadie, era evidente, pero aun así la vivienda desprendía un aura amenazadora, con las enormes ventanas como ojos negros. Se obligó a avanzar. Al menos la cubierta del porche la protegería de la lluvia. La luz del dormitorio de Kulwinder, en la primera planta, estaba encendida. Nikki entornó los ojos en busca de algo, algún detalle. De pronto, le pareció ver una sombra pasando por delante de la ventana, pero también podía ser una cortina de lluvia arrastrada por el viento.

«¿Qué hago aquí?» La pregunta asaltó a Nikki mientras la lluvia repiqueteaba sobre la cubierta del porche. Aunque llamara a la puerta y Kulwinder abriera, ¿qué posibilidades había de que le devolviera los relatos? Lo importante no eran las páginas. Todas recordaban sus historias de memoria y además muchas estaban grabadas. Lo que quería Nikki era hablar con Kulwinder. Explicarle cómo habían llegado hasta aquel punto. Obligarla a ver que aquellas mujeres, que habían empezado una revuelta silenciosa, podían unirse y luchar contra injusticias mucho más graves. No podía dejar de pensar en lo que había descubierto sobre Jaggi y su letra. Solo tenía que convencerla de que el caso valía la pena.

Agachó la cabeza y echó a andar por la acera. Ya se enfrentaría a Kulwinder otro día. Era demasiado pronto, tenía que esperar a que se le pasara. Giró a la izquierda en dirección a la estación. La cartera rebotaba contra su cadera sin el peso de la carpeta. Las ventanas de las viviendas desprendían una luz cálida y familiar. Nikki tenía ganas de volver a casa. Estaba empezando a diluviar. Recordó los largos paseos por la ciudad después de dejar la universidad, con la cara empapada por la lluvia y las lágrimas. Una tarde especialmente lluviosa, entró en el O'Reilly's y se sintió bienvenida. Allí podía esconderse.

De repente, frenó en seco. ¡El pub! Las viudas podían seguir reuniéndose allí. Echó a andar y sacó el móvil del bolsillo.

—Sheena, he encontrado un sitio donde podemos seguir con las clases. O'Reilly's, el pub en el que trabajo. Entre semana está bastante vacío.

—¿Estás proponiendo que un grupo de ancianas punyabíes, viudas, se reúnan en un pub?

—Ya sé que no es muy ortodoxo, pero...

—Me lo estoy imaginando.

—Yo también —dijo Nikki. La visión pasó de una Preetam escandalizada y negándose a entrar a una Arvinder borracha y colgada de la lámpara—. Pero escucha, Sheena, en cuanto empecemos con las historias no se darán ni cuenta de dónde están. Lo importante es seguir reuniéndonos. Sería temporal, hasta que encontremos una solución mejor.

—Yo podría llevar a alguna en coche —propuso Sheena—. Puedo pedir a alguien que me eche una mano y les dé indicaciones de cómo llegar. Dime dónde es y ya me busco la vida.

—¿De verdad que no te importa?

—En absoluto —respondió Sheena.

—Otra cosa —dijo Nikki, y esperó un momento antes de seguir. A Sheena no le iba a gustar—. Quizá haya una forma de incriminar a Jaggi.

—¡*Hai*, Nikki!

—¡Tú escucha!

Antes de que Sheena pudiera protestar, Nikki le explicó lo del formulario manchado de tinta.

—¿Y qué opina Kulwinder? —preguntó Sheena cuando terminó de hablar.

—No quiso ni oírlo —respondió Nikki—. Creo que estaba demasiado cabreada por lo de las clases. Ahora mismo estoy en Southall. Quería ir a verla, pero al final he pensado que es mejor dejarle un poco de espacio.

—Si estás cerca de su casa, no estás muy lejos de la mía. ¿Quieres venir a verme? Está cayendo una buena.

—Ah, pues sí. Estoy en Queen Mary Road. Hay una parada de autobús y un parque pequeño al otro lado de la calle.

—Valeee... ¡Ah! Ya te veo.

—¿Dónde estás?

Nikki entornó los ojos. A través de la lluvia, podía ver la silueta de varias personas en sus respectivas casas, pero ninguna de ellas era Sheena.

—Estoy al otro lado de la calle. Vivo cerca del parque. Oye, Nikki, no te pares. Sigue andando.

—¿Por qué? ¿Qué pasa?

—Sigue recto y gira a la izquierda en el siguiente cruce.

Nikki sintió un extraño cosquilleo en la nuca; detrás de ella, no muy lejos, una sombra la seguía.

—¿Me están vigilando? —susurró.

—Sí —confirmó Sheena.

—¿Quién es? ¿Lo conoces?

—Puede que sea uno de los Hermanos.

—Voy a decirle algo.

—¡No seas tonta! —le gritó Sheena, y el tono de su voz cogió a Nikki por sorpresa—. Sigue andando. No te pongas nerviosa. Un poco más adelante hay un supermercado que está abierto toda la noche. Ve al aparcamiento y espérame allí. Ahora voy a buscarte.

—No hace falta, Sheena, no pasa nada.

—Nikki...

Pero Nikki había colgado. El tipo que la seguía no tardaría en reconocer el coche rojo de Sheena. En realidad, ir a pie era una ventaja. Aceleró el paso; cada vez le costaba más respirar. Podía oír los pasos del hombre, que no aminoraba la marcha ni daba media vuelta. Quería ver adónde iba. Nikki bajó la velocidad hasta recuperar su ritmo habitual y miró a izquierda y derecha para no perder la sombra de vista. Cruzó la calle hacia el supermercado y se refugió en la explanada blanca y abierta del aparcamiento. Solo entonces se atrevió a echar un vistazo atrás. Un hombre joven, punyabí, la estaba observando fijamente. Nikki le devolvió la mirada con toda la calma del mundo, aunque podía oír el latido de su propio corazón. Al final, el tipo dio media vuelta y se marchó, no sin antes echarle una última mirada amenazante por encima del hombro.

13

Kulwinder abrió los ojos y se incorporó. La colcha le resbaló por el pecho: estaba desnuda. Ahogó una exclamación de sorpresa y se tapó con la sábana, se la enrolló alrededor del pecho y la sujetó debajo de las axilas. Se volvió a estirar y notó el frío de las sabanas en el culo y en las pantorrillas. Rememoró lo que había ocurrido la noche anterior mientras localizaba su ropa, tirada por toda la habitación. El *salwaar* colgaba de la esquina de la tabla de planchar; la parte de arriba estaba tirada en una esquina; y los pantalones (¡los pantalones!), hechos una bola sobre la cómoda.

Cerró los ojos avergonzada. «Ay, ¿qué hemos hecho?», pensó. Se habían comportado como dos *goreh* dejándose llevar por la emoción. Se habían abrazado como dos tortolitos, moviéndose arriba y abajo, a izquierda y derecha, retorciéndose incluso. ¿De dónde había salido aquello? Los relatos no traían instrucciones, pero aun así ambos habían sabido cómo despertar la pasión del otro. El recuerdo provocó un intenso cosquilleo en su interior, suficiente para que se avergonzara de nuevo.

«Pero ¿por qué?»

Le sorprendió la pregunta, enunciada con tanta claridad que rompió el silencio de la habitación. ¿Por qué se avergonzaba? Porque era lo que se esperaba de ella; porque las mujeres, sobre todo a su edad, no buscaban ese tipo de placeres. Recordó los gemidos que habían escapado de su boca, de cada parte de su cuerpo mientras atraía a Sarab hacia ella, y se puso colorada. ¿Y si la habían oído los vecinos? La noche anterior ni siquiera se le había ocurrido pensarlo.

El lado de la cama de Sarab estaba vacío, como de costumbre. Siempre se levantaba antes que ella. Su rutina matinal consistía en ducharse y luego sentarse en la sala de estar con el periódico. ¿Qué pensaría de ella? Seguro que se estaba preguntando qué había ocurrido, qué la había llevado a buscarlo de aquella manera. Quizá había llegado a la conclusión de que a su mujer le pasaba algo malo, que le gustaba hacerlo, que nunca tenía suficiente. Eso sería humillante. Una vergüenza.

¿Por qué?

Bueno, pensó Kulwinder, a él también le gustó, ¿no? Aún recordaba sus gruñidos, sus exclamaciones de sorpresa. También le había gustado. Entonces ¿quién era él para quejarse o preguntarle por qué había pasado?

—Sarab —lo llamó.

Lo mejor era aclararlo cuanto antes. Le explicaría que su comportamiento de la noche anterior era a consecuencia de las historias de Nikki, nada más. Un momento de debilidad. No tenían por qué hablar más de ello.

No obtuvo respuesta. Lo volvió a llamar. Nada. Pasó las piernas por encima del borde de la cama y, sujetando la sábana contra el pecho, se asomó por la puerta y gritó el nombre de su marido. Esta vez sí respondió.

—Estoy en la cocina.

Extrañada por la respuesta de Sarab, Kulwinder recogió su ropa del suelo y se dirigió hacia las escaleras. Mientras bajaba, le pareció que la casa olía a especias. Se dirigió hacia la cocina y allí encontró a su marido delante de los fogones, custodiando la olla que hervía al fuego. Era una mezcla espesa (demasiado, pensó Kulwinder, pero estaba tan sorprendida que no dijo nada), con hojas negras y varias especias borboteando en la superficie.

—¿Desde cuándo te ocupas tú de hacer el té? —le preguntó.

—Tú llevas veintisiete años preparándolo todas las mañana —respondió Sarab, y removió la mezcla con una cuchara—. Te he visto hacerlo un millón de veces y quiero pensar que yo también soy capaz de preparar una taza de chai.

Kulwinder se acercó al fuego y lo apagó.

—Se te está quemando —le dijo—. Siéntate, ya te lo preparo yo.

Sarab no se movió y la observó mientras ella sacaba las hojas y volvía a empezar. Cuando levantó la mirada, se lo encontró sonriendo.

—¿Qué? —preguntó irritada, y apartó la mirada.

Sarab le acarició la barbilla y la obligó a levantar la cara. Sus ojos se encontraron y Kulwinder apretó los labios. De pronto, la cocina se llenó de risas cálidas como los primeros días del verano. Consiguieron controlarse, pero enseguida empezaron otra vez. Acabaron llorando de risa, enjugándose las lágrimas el uno al otro.

—Las historias —consiguió decir Sarab—. Ay, las historias.

Estaba encantado.

14

Una densa neblina flotaba entre los coches aparcados y los árboles. Nikki se dirigía hacia el supermercado a hacer la compra de la semana, con la cara protegida tras el cuello forrado de lana de la chaqueta. Cuando estaba a punto de salir de la tienda, le sonó el móvil en el bolsillo.

—Hola, Min. ¿Cómo estás?

—Oye, acabo de comer con las chicas y está aquí el prometido de Kirti... ¿Te he contado que se ha prometido con un chico que conoció en una cita rápida?

—No —respondió Nikki—. Felicítala de mi parte.

Echó a andar en dirección a su piso, a buen paso y protegiéndose la cara de una cortina de lluvia.

—Pero te he llamado para preguntarte algo. El prometido de Kirti, Siraj, dice que en el templo de Southall hay un curso para *bibis*. Algo así como una clase de educación sexual.

A Nikki casi se le cae el móvil de la mano.

—¿Educación sexual?

—Le he dicho que mi hermana trabaja allí dando clases de inglés y que si existiera ese curso, lo sabría. ¿Te lo puedes creer? ¡Educación sexual! ¡Para señoras punyabíes! Espera que te lo paso.

—Un momento —dijo Nikki—. No quiero hablar con él. ¿Dónde lo ha oído?

—Dice que se lo oyó comentar a unos amigos. A veces los hombres son más cotillas que las mujeres.

—¿Qué clase de amigos? —preguntó Nikki.

—No lo sé. No te preocupes, Nikki, nadie se lo cree. No va a afectar a la reputación de tus clases de inglés, si eso es lo que te preocupa. ¿Quién se va a creer que un montón de abuelas se sientan en una clase y se ponen a hablar de sexo?

Nikki sintió la necesidad de salir en defensa de las viudas. De repente, una ráfaga de viento azotó la calle e hizo volar el pelo de Nikki.

—Le puedes decir a Siraj que se equivoca.

—Te equivocas, Siraj —repitió Mindi—. Mi fuente me lo acaba de confirmar.

De fondo, se oyó la desagradable voz de Kirti.

—Oh, cariño, era una buena historia, ¿eh?

—Dile a Siraj que mis estudiantes escriben relatos eróticos. No necesitan que nadie les dé clases de educación sexual; conocen a la perfección todo lo que ocurre entre una pareja. Además tienen esa sabiduría que solo se consigue con la edad y la experiencia —añadió Nikki.

Al otro lado de la línea, Mindi se quedó callada. Nikki podía oír el ruido de fondo del restaurante cada vez más lejano.

—Repite lo que acabas de decir. No te oía muy bien con tanto jaleo, he tenido que salir a la calle.

—Me has oído perfectamente —replicó Nikki.

—¿Lo dices en serio? ¿Es tu clase?

—Yo no lo llamaría clase. Son más bien sesiones en las que compartir inquietudes.

—¿Qué tipo de inquietudes? ¿Consejos sexuales?

—Fantasías.

De pronto, se oyó un ruido al otro lado de la línea, una

especie de grito de alegría. No podía ser, Nikki conocía bien a su hermana. Frenó en seco y dejó caer las bolsas al suelo.

—¿Mindi? —preguntó sin demasiada convicción, y el teléfono le devolvió una carcajada brutal y descontrolada.

—No me lo puedo creer. Las *bibis* de Southall escribiendo relatos eróticos.

—¿Te parece divertido? —preguntó Nikki— Mindi, ¿estás borracha?

Mindi se rio y luego bajó la voz hasta que apenas fue un susurro.

—Ay, Niks, ya sabes que normalmente no bebo, pero hemos pedido un poco de champán para celebrar el compromiso y he tenido que beber para no oír la voz de Siraj. Es muy majo, pero habla muy alto. Cuando nos estaba contando lo de las clases, tenía la sensación de que nos miraba todo el restaurante.

—¿Dónde ha oído lo de las clases?

—Ya te lo he dicho, se lo contaron unos amigos.

—¿Algún nombre en concreto? ¿Podrías investigar un poco?

—Se lo he preguntado y ha escurrido el bulto. «Una gente que conozco.» Por eso creía que era mentira. Si quieres se lo vuelvo a preguntar.

—No, no hace falta —dijo Nikki pensándolo mejor. No conocía al tal Siraj y tampoco quería que les fuera a sus amigos con el cuento de que alguien iba por ahí preguntando por ellos. No sabía si tenían algún tipo de conexión con los Hermanos—. Mindi, te tengo que dejar. He salido a comprar y voy cargada de bolsas. Luego te llamo.

—Noooo —exclamó Mindi—. Tengo tantas preguntas sobre las clases… Además, he de contarte algo. Estoy saliendo con alguien. Hace días que quería hablarte de él. Creo que es el definitivo.

—Qué bien, Mindi. ¿Lo sabe mamá?

—Está un poco rara con el tema.

—¿Un poco rara? ¿Se lo has presentado?

—Aún no. Es demasiado pronto. Mamá se comporta de una forma un poco extraña últimamente. No quiere que me case porque se quedará sola en casa y no tendrá a nadie con quien hablar.

—Eso no es verdad.

—Que sí, que me lo ha dicho. El otro día me soltó: «Primero Nikki y ahora tú. ¿Qué voy a hacer?».

—Podrá hacer lo que quiera —dijo Nikki, pero entonces se lo pensó mejor; sin duda su madre estaría sola, sin nadie con quien hablar, nadie con quien pasar las largas tardes en casa.

A Mindi le entró hipo.

—Mejor hablamos cuando estés sobria.

—Eso debería decírtelo yo a ti.

—Ya no, borracha.

Mindi se rio y colgó.

A última hora de la tarde, Nikki bajó al pub con la cartera colgando del hombro, mucho más ligera ahora que no contenía las historias de sus alumnas. No había dejado de sonreír desde la conversación con su hermana, pero en cuanto dobló la esquina se le borró la sonrisa de la cara. Jason la estaba esperando en la puerta del pub.

—Nikki, lo siento mucho.

Nikki pasó de largo sin mediar palabra y él la siguió hasta la puerta.

—Por favor, Nikki.

—Lárgate, Jason. Estoy ocupada.

—Quiero hablar contigo.

—Ah, qué bien. ¿Y yo puedo decir algo al respecto o solo decides tú?

—El otro día no pude venir. Debería haberte llamado, pero… Mira, estoy hecho un lío y…

—¿Y has olvidado las normas de educación más básicas? —le espetó Nikki—. Me podrías haber enviado un mensaje. Habrías tardado diez segundos.

—Quería hablar contigo en persona. Lo siento mucho, Nikki. He venido a hablar contigo, a pedirte perdón.

Nikki entró en el pub mirando a Jason de reojo. A juzgar por su cara, parecía más cansado que arrepentido. Nikki sintió que se ablandaba, pero no quería ceder tan fácilmente.

—¿De qué querías hablar? —le preguntó con el ceño fruncido.

—Es una conversación de esas de sentarse —dijo Jason.

—Ahora mismo estoy ocupada. Sheena va a venir con toda la clase a las siete.

—¿La clase de escritura creativa? ¿Os reunís aquí?
Nikki asintió.

—¿Y qué ha pasado con el centro comunitario? —preguntó Jason.

—Kulwinder nos ha descubierto y ha cancelado las clases. A mí me ha despedido.

—¿Cómo lo ha sabido?

—Se presentó en el aula sin avisar y lo oyó todo. Teníamos un montón de alumnas nuevas y no pensamos en ir con cuidado. Da igual, es una historia muy larga y ahora tampoco me apetece hablar de ello. Sheena las va a traer en coche, están a punto de llegar.

—¿Podemos vernos cuando termine la clase? Puedo pasarme.

—Ahora mismo tengo muchas cosas en la cabeza y es evidente que tú también.

—Necesito que me des una oportunidad para explicarme —insistió Jason—. Solo eso, escucharme y ya está. Tú dime sitio y hora y allí estaré.

—Una oportunidad —dijo Nikki—. Nueve y media, en mi casa.

—Allí estaré.

Nikki levantó una ceja.

—Allí estaré —repitió Jason con decisión.

Las primeras alumnas aparecieron casi tres cuartos de hora tarde. Se quedaron en la puerta mirando hacia dentro con la nariz arrugada. Sheena se abrió paso entre ellas.

—No te imaginas lo difícil que ha sido —murmuró—. En cuanto se han dado cuenta de que salíamos de Southall, han empezado a coserme a preguntas. ¿Dónde vamos exactamente? ¿A qué parte de Londres? No reconozco esa señal, ¿dónde estamos? Al final, he parado el coche y les he dicho: «Vamos al pub de Nikki, ¿vale?». Si no queréis ir, os bajáis del coche y volvéis a casa en autobús.

—¿Y?

—No se ha bajado ninguna —respondió Sheena—. Estaban demasiado asustadas. Preetam ha empezado a rezar en voz alta.

Nikki se dirigió hacia la puerta.

—Soy yo, señoras —las saludó con una sonrisa—. Cómo me alegro de que hayáis podido venir.

Arvinder, Preetam, Bibi y Tanveer se la quedaron mirando.

—¿No viene nadie más? —le susurró Nikki a Sheena.

—El otro coche me seguía, pero parece que se han perdido —dijo Sheena, y comprobó el móvil—. O han dado media vuelta.

—Entrad —dijo Nikki—. El tiempo ha vuelto a empeorar, ¿eh? Aquí dentro se está muy a gusto. —El silencio de las viudas amenazaba con hacer tambalear la seguridad de Nikki. Iba a ser mucho más difícil de lo que creía—. Tenemos refrescos y zumos —añadió, pero las mujeres no se movieron ni un milímetro—. Y chai. —Estaba exagerando: solo tenían Earl Grey, pero podía añadirle un poco de leche y canela. La cara de Bibi se iluminó y Nikki vio que se estaba frotando las manos—. Hace frío fuera. ¿Por qué no entráis y pedimos algo calentito?

—No —repuso Preetam al ver que Bibi daba un paso al frente—. Este sitio no es para mujeres punyabíes.

—Yo vivo aquí —dijo Nikki—. En el piso de arriba. —De repente, se sintió extrañamente orgullosa de aquel pub decrépito—. Llevo más de dos años trabajando aquí.

—Si entramos, la gente se nos quedará mirando —dijo Tanveer—. Es lo que intenta decir Preetam. Será como el día que llegamos a Londres. Nos verán con nuestro *salwaar kameez* y pensarán: «Marchaos a vuestro país».

—Es lo que nos decían —intervino Bibi—. Ahora ya no pasa tanto, pero aún se lo vemos en los ojos.

Arvinder se revolvió incómoda. Nikki entendió por la expresión de su cara que estaba de acuerdo.

—Tenéis miedo, ya lo sé —les dijo—. Siento que la gente haya sido desagradable con vosotras, pero escogí este pub porque es justo el tipo de sitio en el que todo el mundo es bienvenido.

Bibi seguía frotándose las manos.

—¿Y si nos obligan a beber cerveza?

—Nadie puede obligaros a beber cerveza —respondió Nikki.

—¿Y si nos ponen alcohol en la bebida cuando no miramos, eh? —preguntó Bibi.

—Estaré especialmente atenta para asegurarme de que no pase —dijo Nikki.

De repente, Arvinder se abrió paso entre sus compañeras y entró en el pub. Nikki estaba a punto de sentirse orgullosa de su capacidad de persuasión cuando oyó que preguntaba con su inglés entrecortado:

—Perdón por favor el lavabo ¿dónde?

—Le he dicho que no bebiera tanta agua —dijo Preetam refunfuñando—. No paraba de quejarse de lo seca que tenía la garganta.

Tanveer tosió.

—Creo que se lo he pegado —dijo—. Nikki, has dicho que tenéis té, ¿verdad?

—Sí.

—¿Podrías pedirme una taza, por favor? —Apoyó las manos en los frágiles hombros de Bibi y los frotó—. Vamos, Bibi. Dentro estaremos más calientes.

Las dos miraron a Preetam como disculpándose y entraron en el pub. Solo quedaba Preetam.

—*Hai, hai* —susurró—. Me han traicionado.

No estaba claro si se lo decía a Nikki o a un público invisible.

—Dentro hay tele —dijo Nikki.

—¿Y?

—Que dan unos culebrones buenísimos.

Preetam arrugó la nariz al oír aquello.

—No los entenderé.

—Pero se te da muy bien inventarte historias a partir de lo que pasa en la pantalla —le recordó—. ¿Por qué no entras y lo intentamos? A las demás les encantan tus historias.

Seguramente no quería decir nada, pero Preetam dudó un instante antes de responder que no. Nikki suspiró.

—¿No te importa esperar aquí sola? Supongo que tardaremos un buen rato.

Preetam se ajustó el *dupatta*.

—Para nada.

—Tú misma.

Dentro del pub, las viudas se habían reunido alrededor de la mesa que quedaba más cerca de la puerta. Tenían razón con lo de las miradas. Los pocos clientes que había y el personal del pub las estudiaban con una mezcla de curiosidad y mofa.

—¿Por qué no buscamos un sitio más tranquilo? —sugirió Nikki, y las llevó a la parte de atrás del pub, que no era más que un anexo de la sala principal, pero menos concurrido.

Arvinder, Bibi y Tanveer la siguieron sin rechistar, abrazadas a sus bolsos. Se instalaron alrededor de una mesa larga que estaba alejada del resto de los clientes. Por encima de sus cabezas había una ventana que daba a la calle. Los pies de Preetam se pasearon por delante del cristal y volvieron a desaparecer. Nikki se dio cuenta de que Arvinder la estaba vigilando.

—¿Quieres que intente convencerla? —le preguntó.

—No. Déjala que conozca tu barrio.

Bibi miró a su alrededor.

—¿Tiene que estar tan oscuro? ¿Por qué a los *goreh* les gusta tanto beber en estas cuevas tan oscuras?

—No solo vienen blancos —dijo Nikki—. También he servido a indios.

—Una vez probé un poco de whisky, solo un dedo del vaso de mi marido. Tenía un resfriado horrible y me dijo que me despejaría la nariz, pero estaba asqueroso. Me abrasó la garganta —explicó Tanveer.

—Yo solía beber vino con mi marido —dijo Sheena—. El doctor le dijo que era la alternativa más sana a la cerveza y que podía tomarse una o dos copas por la noche. Decidí beber con él.

—¿Se lo recomendó un médico? —preguntó Bibi—. Un médico inglés, seguro.

Sheena se encogió de hombros.

—Sí. No era la primera vez que bebía. Cuando trabajaba en el centro, solíamos tomar una copa a la salida de la oficina.

El móvil de Nikki emitió un pitido desde su bolsillo. Lo sacó y abrió un mensaje de un número desconocido.

Hola, Nikki. De verdad que lo siento. Esta noche te lo explico todo. Besos, Jason.

Levantó la mirada de la pantalla. Las viudas estaban discutiendo sobre si el médico de Sheena merecía la cárcel o no por recomendarle a un paciente vino en lugar de medicamentos. Nikki miró por la ventana. ¿Quién era el hombre de los pantalones de pinza que estaba hablando con Preetam? Le sonaba de algo, pero la parada del autobús le tapaba la cara. Preetam lo ahuyentó agitando el *dupatta*.

—¡Lárgate, imbécil! —gritó de repente.

Nikki se levantó y salió corriendo hacia la calle. Era Steve el del Abuelo Racista.

—Namasté —la saludó con una sonrisa y la mano levantada—. Solo intentaba indicarle el camino de vuelta a la tienda *kebab* de la que ha salido.

—Lárgate, Steve. No eres bienvenido en el pub.

—Pero puedo quedarme en la calle. —Se volvió hacia Preetam e inclinó la cabeza en una reverencia exagerada—. Pollo *tikka masala* —soltó con aires de solemnidad.

Preetam dio media vuelta y se dirigió hacia la puerta del pub.

—*Hai* —dijo cuando Nikki consiguió atraparla—, cualquier cosa es mejor que quedarme ahí fuera, muerta de frío y con ese chalado.

Nikki se rio y le dio un abrazo.

—Me alegro de que hayas decidido unirte a nosotras. —La llevó hacia la mesa donde esperaban las demás, que la recibieron con vítores.

—¿Quién tiene una historia que quiera compartir? —preguntó Nikki.

Pasaron los segundos hasta que ser levantó una mano. Bibi.

—He pensado en la mía de camino hacia aquí —dijo.

—Adelante —la animó Nikki, y se puso cómoda en su silla.

—«La mujer a la que le gustaba montar a caballo» —anunció Bibi, y las demás se echaron a reír.

—¿También le gustaba montar en *rickshaws* en carreteras especialmente llenas de baches?

—¿Y sentarse encima de la lavadora mientras centrifuga?

—Silencio —ordenó Bibi—. Estoy intentando contaros mi historia. —Carraspeó y empezó de nuevo—. «La mujer a la que le gustaba montar a caballo.» Había una vez una mujer que vivía en un terreno muy grande. Su difunto padre se lo había dejado en herencia con las siguientes instrucciones: no te cases con un hombre que solo piense en el dinero porque intentará quitarte la propiedad de la tierra...

Todas prestaban atención a la historia excepto Sheena, que estaba arrellanada en su silla, al lado de Nikki.

—¿Quieres ayudarme con el té? —le preguntó Nikki en voz baja.

Sheena asintió. Pidieron excusas a la mesa y fueron a la barra, donde Nikki preparó una bandeja con tazas y encendió la tetera.

—¿Te apetece beber algo?

—Pues no me importaría tomarme una copita de vino —respondió Sheena.

Miró por encima del hombro. Las viudas estaban demasiado concentradas en la historia de Bibi como para darse cuenta de su ausencia, y mucho menos del vino que Nikki le estaba sirviendo.

—Pareces cansada. ¿Va todo bien?

—Sí, solo que he tenido un día agotador en el trabajo y anoche apenas pude dormir. Estuve hablando con Rahul hasta las tantas —explicó Sheena—. Le dije que las cosas iban demasiado deprisa.

—¿Cómo se lo tomó? —preguntó Nikki.

—Al final, bien. Estuvimos hablando mucho rato. Pero me sorprendió su reacción inicial. Se puso a la defensiva. Me dijo: «¡Pero si a ti también te gusta!».

—¿Creyó que le estabas acusando de no respetarte?

—Exacto. Le dije: «Que me guste no quiere decir que no pueda cambiar de opinión y decidir que a partir de ahora no quiero ir tan deprisa, ¿vale?». Y puso una cara como de sorprendido y a la vez impresionado.

—Le diste algo en lo que pensar.

—Lo curioso es que yo también me sorprendí. No era consciente de lo que quería decirle hasta que se lo dije. Por eso no quería hablar con él. —Se llevó la copa a los labios y miró hacia la mesa de las viudas—. Estas sesiones son divertidas, pero creo que también he aprendido a decir lo que quiero sin tapujos.

Nikki recordó el subidón de confianza que había sentido el día que les plantó cara a Garry y a Viktor.

—Yo también —admitió—. Y eso que creía que no necesitaba ayuda en ese tema.

Intercambiaron una sonrisa y Nikki se sintió afortunada de tener una amiga como Sheena.

Volvieron con las viudas. Nikki sirvió el té. Bibi estaba totalmente metida en la historia que estaba contando: «Sentada a lomos de aquel magnífico semental, podía mandar en cada uno de sus movimientos. Sus músculos se movían debajo de ella y le acariciaban sus partes más íntimas...».

La historia de Bibi se vio interrumpida por la llegada de dos compañeras. Les faltaba la respiración y tenían tantas ganas de sentarse que les daba igual estar dentro de un pub.

—Yo soy Rupinder —se presentó una.

—Y yo Jhoti —dijo la otra—. Manjinder también viene. Está buscando sitio para aparcar.

—Íbamos justo detrás de vosotras —explicó Rupinder Kaur—, pero Jhoti ha visto a alguien y hemos tenido que pararnos en un callejón y escondernos mientras ella intentaba averiguar si era él o no.

—Uh, ¿quién era? ¿Un amante secreto? —bromeó Tanveer.

—No digas chorradas —saltó Jhoti—. Era el sobrino de Ajmal Kaur.

Todas ellas tenían un radar que les permitía detectar a miembros de la comunidad, incluso fuera de Southall. A Arvinder no se le escapó la sonrisa de Nikki.

—¿Lo conoces? —le preguntó.

—No —respondió Nikki.

—Mejor para ti. Estaba fumando —apuntó Jhoti.

Las demás chasquearon la lengua.

—Venga, ya estamos otra vez —dijo Sheena en inglés; miró a Nikki y puso los ojos en blanco.

—¿Fuma? —dijo Arvinder Kaur—. No creía que fuera de esos. Lo he visto algunas veces en el templo.

—Sus padres son gente muy respetable. ¿Recordáis su boda? No había visto nada parecido.

—Fue espléndida —reconoció Tanveer—. Los dos, el novio y la novia, eran primogénitos. Las celebraciones duraron una semana.

—Por cierto, he oído que tienen problemas. Mi hija trabaja cerca de los vecinos de la familia de ella y dicen que ha vuelto a casa de sus padres. Por eso me ha sorprendido verlo a él. Suponía que también había vuelto a casa, pero imagino que se habrá quedado para arreglar las cosas —explicó Jhoti.

—¿De dónde era él, que no me acuerdo? —preguntó Arvinder—. Su familia es de Canadá, ¿verdad?

—California —respondió Tanveer—. Hubo aquel malentendido, ¿te acuerdas? El padre de la chica dijo: «Mi hija se va a casar con un americano», y todo el mundo pensó que era una *gorah*.

—Pero era porque su nombre no parecía punyabí —apuntó Preetam—. El chico se llama Jason.

Nikki sintió que el corazón le daba un vuelco.

—¿Jason? —repitió, y las demás asintieron.

—La novia estaba guapísima, ¿verdad? Tenía la piel tan clara que el *mehendi* se veía oscuro. «Eso quiere decir que tu marido será rico, eso quiere decir que tu suegra será buena contigo», le decían —añadió Preetam.

Nikki se excusó de la mesa y esperó a estar fuera de su campo de visión para sacar el móvil. Se sentía como si le hubieran arrancado las entrañas. «Jason está casado. Ha estado casado todo este tiempo.» Dos fuerzas opuestas tiraron cada una en una dirección: la primera, llamarlo y decirle que era un desgraciado; la segunda, bloquear su número y dejar que se pasara el resto de sus días preguntándose cómo lo había descubierto. Un carrusel de recuerdos empezó a girar dentro de su cabeza. Se vio besándolo, en la cama abrazados mientras su mujer se tiraba del pelo en algún lugar de Londres. Nunca antes se había sentido tan estúpida.

Al final, decidió enviarle un mensaje.

No te molestes en venir. Se acabó

No esperó ni un segundo y le dio al botón de enviar.

15

El teléfono de Kulwinder estaba sonando sobre la encimera de la cocina, que era donde lo había dejado. Cuando vio el número desconocido, no pudo reprimir un instante de ansiedad. Descolgó antes de que se cortara, pero no dijo nada.

—¿Hola? —dijo la voz de Gurtaj Singh.

—*Sat sri akal* —respondió Kulwinder, visiblemente aliviada.

Él le devolvió el saludo y fue al grano.

—Entiendo que la clase de hoy se ha alargado.

Kulwinder miró el reloj. Eran las nueve y cuarto, aunque de todas formas allí no podía haber nadie. Ella misma había cerrado con llave.

—Ya no habrá más clases. —Evitó decir «nunca más»—. Hoy.

—¿Me está diciendo que las luces llevan encendidas desde la clase anterior? —preguntó Gurtaj.

—¿Las luces?

—Después de cenar, he pasado por delante del templo con el coche y he visto que había luz en las ventanas. Se da cuenta de que el dinero para pagar la factura de la luz saldrá de su presupuesto, ¿verdad?

Kulwinder apartó el móvil para no tener que oír las quejas de Gurtaj Singh. Se acordaba perfectamente de haber cerrado las puertas con llave. Antes, como siempre, había apagado las luces. ¿O se había olvidado? Era posible, teniendo en cuenta el enfado que llevaba encima. La duda cayó sobre ella con la fuerza de una ola; algo no iba bien.

—Ahora mismo voy a apagarlas.

—No hace falta que salga de casa a estas horas —dijo Gurtaj.

Entonces ¿por qué la había llamado? ¿Para meterse con ella?

—No he dicho que estuviera en casa —respondió.

Dejó en el aire la cuestión de su paradero y de lo que estaba haciendo y se imaginó la cara de sorpresa de Gurtaj Singh.

Kulwinder avanzó con paso decidido en dirección al templo, con el bolso bajo el brazo y dando zancadas. Se le ocurrió que quizá la estaban siguiendo otra vez, pero hoy sentía una sensación nueva, una especie de descaro, que le corría por las venas. Los sijs son guerreros, le había dicho una vez a Maya cuando era pequeña, y a la niña le habían brillado los ojos de tal manera que Kulwinder se había asustado. «Pero las niñas deben actuar como tal», había añadido. Desde la muerte de Maya, Kulwinder solo se había permitido sentir la ausencia de su hija en dosis pequeñas y muy breves. Ahora, en cambio, algo había prendido en su interior y se sentía capaz de escupir fuego contra el primero que se cruzase en su camino.

Todas las ventanas estaban a oscuras excepto la clase y su despacho. Sintió un momento de pánico, pero siguió caminando hasta que llegó al pasillo de la tercera planta.

—¿Hola? —llamó mientras avanzaba lentamente hacia la puerta.

No obtuvo respuesta. La luz se colaba a través de la pequeña ventana que tenía la puerta. Lo primero que vio fueron los daños. La clase estaba patas arriba, con las mesas y las sillas tiradas de cualquier manera, hojas de papel por todas partes y marcas de espray rojo por el suelo y en la pizarra. Kulwinder se agarró a la tela de su camisa porque era lo más cerca que podía estar de su corazón. Retrocedió y salió corriendo hacia su despacho.

Los vándalos habían hecho lo mismo. Habían dejado todo patas arriba y las carpetas de los archivos estaban tiradas por el suelo de cualquier manera. También habían roto el cristal de una de las ventanas.

De pronto, se oyó el ruido de unos pasos acercándose. Kulwinder entró en su despacho y buscó desesperadamente un sitio en el que esconderse. Los pasos se oían cada vez más cerca. Al final, cogió lo más pesado que encontró a mano, una grapadora, y la sujetó con ambas manos. Los pasos se detuvieron y en la puerta apareció una mujer vestida con una túnica azul oscuro con los bordes rematados en color plata. La mujer le resultaba familiar y al mismo tiempo extraña.

—¿Qué ha pasado aquí? —preguntó mirando a su alrededor.

De pronto, Kulwinder reconoció a Manjeet Kaur. Era la primera vez desde hacía un año que la veía sin la ropa de viuda.

—Alguien... —balbuceó Kulwinder señalando el desastre; se había quedado sin palabras.

—¿Dónde están las demás? —preguntó Manjeet—. He estado unos días fuera y acabo de volver. Desde mi casa he visto que estaban las luces de la clase encendidas y me he acercado a darles una sorpresa.

—Ya no se reúnen aquí. He cancelado las clases.

—Vaya. Entonces ya lo sabes, ¿no?

Kulwinder se dispuso a revisar los daños, incapaz de superar la impresión inicial. La mesa en la que siempre se sentaba con tanto orgullo estaba destrozada. Uno de los cajones colgaba como una lengua.

—Deberíamos empezar a recoger todo esto —dijo.

—De ninguna manera —replicó Manjeet—. He empezado el día de hoy dejando a mi marido y no pienso terminarlo limpiando lo de otro hombre.

Kulwinder la miró sorprendida.

—¿Tu marido? Pensaba que estaba...

Manjeet negó con la cabeza.

—Me abandonó y luego quiso que volviéramos. Me fui con él porque pensé que era mi obligación, pero lo único que quería él era a alguien que le cocinara y que le limpiara porque su flamante mujercita lo había plantado. En cuanto me di cuenta, hice las maletas, y hoy he vuelto a casa. En el tren, cada vez que me sentía mal por lo que había hecho, pensaba en Nikki y en las viudas, y en que me recibirían entre aplausos.

Kulwinder se sintió culpable.

—Esto no habría pasado si hubieran estado en clase. No debería haberlas echado.

Manjeet pisó los papeles y le pasó un brazo alrededor de los hombros.

—No te culpes. Nadie puede detener a esos imbéciles. —Suspiró y miró a su alrededor—. Pensaba que los Hermanos serían más respetuosos, sobre todo en un *gurdwara*.

Kulwinder se agachó para recoger una carpeta del suelo, pero se dio cuenta de que estaba mojada y retrocedió. Un intenso olor a orina se le metió en la nariz. Retrocedió hasta la puerta y sintió que se le llenaban los ojos de lágrimas. Las enjugó con rabia. Manjeet tenía razón. Los Hermanos eran capaces de destrozar coches y casas de mujeres díscolas, pero el templo y sus alrededores eran sagrados. Desde la distancia, Kulwinder reparó en que todo estaba desperdigado con demasiada precisión, como para que pareciera un simple acto de vandalismo.

—¿Han encontrado las historias? —preguntó Manjeet.

Kulwinder respondió que no con la cabeza.

—Tienes razón... No me imagino a los Hermanos haciendo esto.

—Entonces ¿quién?

Kulwinder se disponía a responder cuando vio algo en el cajón abierto que le llamó la atención. Estaba totalmente vacío, a diferencia de los otros. Era el segundo de la derecha; allí guardaba el currículum de Nikki y su solicitud de trabajo. Lo había vaciado justo cuando Nikki se presentó para el trabajo, encantada de tener sus primeros papeles oficiales para archivar.

Buscó por el suelo. El currículum, la solicitud de trabajo, los datos personales de Nikki... El corazón le dio un vuelco y sintió que una sensación de pánico le subía por la garganta.

—Creo que ya lo sé —dijo Kulwinder.

16

Una ráfaga de viento le azotó la cara mientras se paseaba por delante del pub fumándose el tercer cigarrillo. Se lo había ganado con creces después de aguantar toda la sesión como una campeona, a pesar de lo que acababa de descubrir de Jason. Un grupo de hombres pasó por su lado y uno de ellos la miró.

—Sonríe, preciosa —le dijo.

Nikki vio su reflejo en la ventana de un autobús, la cara deformada por la rabia. Lo fulminó con la mirada y el tipo le dio un codazo a su amigo y se alejó entre risas.

Le sonó el móvil mientras subía las escaleras hasta su piso. Se paró allí mismo y lo cogió.

—Vete a la mierda, Jason.

—Nikki, por favor, déjame que te lo explique.

Colgó y estuvo a punto de tirar el teléfono por la ventana solo para poder romper algo. Siguió subiendo las escaleras y buscando las llaves en los bolsillos. Las lágrimas le caían por las mejillas. Estaba tan desconcertada que ni siquiera vio a Tarampal hasta que llegó al rellano.

—¿Qué...? —Se enjugó las lágrimas con el dorso de la mano.

—¿Estás bien, Nikki? —preguntó Tarampal—. ¿Qué ha pasado?

—Es una larga historia —murmuró Nikki.

«¿Qué haces aquí?»

Tarampal se acercó y le apretó el hombro.

—Pobrecita —musitó.

Su compasión parecía sincera, lo cual le dio ánimos. Aun así no era capaz de disimular su sorpresa. ¿Se habría enterado Tarampal de lo de las clases en el pub y querría apuntarse? Era poco probable. Estuvo a punto de echarse a reír por lo absurdo de la situación: allí estaba Tarampal, en la puerta de su casa, consolándola porque su novio, al parecer, estaba casado.

—Me preguntaba si podría hablar un momento contigo —dijo Tarampal, y miró hacia la puerta.

—Ah. Eh… claro —respondió Nikki. Abrió la puerta y la invitó a entrar—. No hace falta que te quites los zapatos —le dijo, aunque ya era demasiado tarde—. Adelante, por favor, como si estuvieras en tu casa —añadió, y de pronto se dio cuenta de lo mal que se le daba hacer de anfitriona. Señaló hacia la pequeña mesa de la cocina y Tarampal se dirigió hacia allí con los pies desnudos y sobresaltándose de vez en cuando por culpa de los crujidos de la madera—. Siéntate —le dijo, pero Tarampal prefirió quedarse de pie.

Del respaldo de una de las sillas de la cocina colgaba un sujetador; Tarampal se lo quedó mirando fijamente hasta que Nikki lo recogió y lo tiró dentro de la habitación. También había un paquete de tabaco y un mechero, pero pensó que llamaría más la atención si intentaba esconderlo.

—Nikki, me parece que tienes una idea equivocada de mí —empezó a decir Tarampal cuando por fin estuvieron sentadas.

—¿Por eso has venido? —preguntó Nikki, sin saber muy bien de dónde había sacado su dirección, aunque se la veía tan afligida que prefirió no preguntarle—. No tengo ninguna idea preconcebida sobre ti.

—Yo creo que sí —replicó Tarampal—. Las viudas te han dicho que no soy una buena persona, estoy segura. Y no es cierto.

—¿Es verdad que aceptas dinero a cambio de plegarias? —preguntó Nikki.

—Sí, pero son ellos los que vienen a buscarme porque quieren que les ayude.

—Eso no es lo que he oído.

Tarampal bajó la mirada y se revolvió incómoda como una colegiala a punto de recibir una regañina. No quedaba ni rastro de la suegra amargada de Maya. Había sido sustituida por aquella criatura solitaria e indefensa, y con tantas ganas de aprender que Nikki le había llevado una caja llena de cintas de casete a su casa.

—¿Qué harías tú para sobrevivir, Nikki, si te quedaras viuda y no tuvieras ninguna habilidad especial? ¿Acaso no intenté aprender inglés para encontrar trabajo? Tú y todas las demás me echasteis de la clase.

No tenía sentido que hubiera venido desde tan lejos solo para aclarar un malentendido.

—¿Qué es lo que quieres, *bibi* Tarampal? —le preguntó Nikki.

—Me gustaría que fuéramos amigas —respondió ella—. De verdad. Todo lo que dije sobre Maya... Supongo que te asustaste. Creíste que la quería ver muerta. ¿En qué clase de persona me convertiría eso? Yo solo deseaba que en mi casa hubiera paz, que Jaggi fuera feliz. No esperaba que Maya se suicidara y eso es algo que Kulwinder se niega a aceptar.

—¿Y no te parece normal? —replicó Nikki—. Su hija murió bajo tu techo.

—Se suicidó. No estaba bien, Nikki. No estaba bien de la cabeza.

Se tocó la sien con los dedos y asintió, y Nikki se dio cuenta de que no era un gesto ensayado; Tarampal estaba diciendo la verdad, o lo que ella creía que era la verdad. Jaggi le había contado su versión de la historia y ella se la había creído.

—¿Y si aquella noche no fue como tú crees?

Tarampal sacudió la cabeza.

—Jaggi no le haría daño a nadie. No es ese tipo de hombre. —De pronto, le brillaron los ojos y en sus labios asomó una sonrisa—. Es tan bueno...

«Puaj», pensó Nikki, y recordó la conversación de las viudas sobre suegras que dormían entre sus hijos y sus nueras. Se preguntó cuál habría sido el destino de Maya si Tarampal hubiera tenido hijos en lugar de hijas. Quizá no habría defendido tanto a Jaggi. O puede que Maya hubiera acabado casada con uno de sus hijos por obligación.

—Mira, ya sé que te preocupas mucho por Jaggi, pero tal vez no conozcas todos los detalles —dijo Nikki.

Tarampal negó con la cabeza.

—Kulwinder no lo deja tranquilo porque se siente culpable.

—¿Estás segura de eso? —le preguntó Nikki tratando de suavizar el tono—. Diría que estás confundida.

—Eres tú la que está confundida, Nikki —insistió Tarampal—. Ya sé que crees que tienes pruebas contra Jaggi, pero de verdad que te equivocas.

—¿Y cómo lo sabes?

—He hablado con Kulwinder esta tarde. Ha venido a mi casa y me ha dicho que se iba a la comisaría. He intentado convencerla; al final he conseguido que me diera tu dirección para poder hablar en persona contigo.

—¿Kulwinder te ha dado mi dirección? —¿En qué estaba pensando Kulwinder al enviarle a Tarampal? ¿Y por qué había ido a su casa a presumir de que tenía pruebas? Había algo que no encajaba—. Yo no tengo el formulario de inscripción, si es lo que has venido a buscar.

A Tarampal le cambió la cara.

—¿Y quién lo tiene?

—Kulwinder. ¿No te lo enseñó?

Tarampal apartó la mirada.

—No, me dijo que lo tenías tú, que si lo quería, que hablara contigo.

Le temblaba la voz; era evidente que estaba mintiendo. Nikki vio la imagen del formulario perfectamente doblado dentro de su cartera, la misma que había metido debajo de la cama de una patada aquella misma tarde, antes de coger el móvil y bajar al pub donde había quedado con las viudas.

—No lo tengo —repitió, y se dio cuenta de que Tarampal estaba mirando a su alrededor, buscándolo con desesperación. Se levantó de la mesa—. Creo que será mejor que te vayas, *bibi* Tarampal.

—He venido desde muy lejos. Al menos invítame a una taza de té, ¿no? Es lo que hice yo el día que viniste a mi casa.

—Lo siento, no tengo té. No esperaba visitas —replicó Nikki.

Sabía que se estaba comportando como una maleducada, pero empezaba a sentirse incómoda. Tarampal se aclaró la garganta y asintió. Se levantó de la silla y se dirigió hacia la puerta, y esta vez no le importó que las maderas del suelo crujieran. Mientras se ponía los zapatos, carraspeó otra vez y luego empezó a toser.

—Ay —exclamó—. Ay, qué tos tengo de tanto ir por la calle con esta lluvia. —Se apoyó en la puerta con un golpe seco y siguió tosiendo—. ¿Te importa calentarme un poco de agua en la tetera?

Las habilidades dramáticas de Tarampal no tenían nada que envidiar a las de Preetam.

—Está bien —dijo Nikki.

Volvió a la cocina y, sin perderla de vista, llenó la tetera de agua. Tarampal seguía tosiendo junto a la puerta. Nikki no pudo evitar que le diera un poco de pena, así que abrió el armario y sacó el Earl Grey para prepararle una taza de té antes de que se marchara.

—Tarampal, ¿quieres…? —Levantó la mirada y se quedó helada. La puerta estaba abierta. Tarampal tenía medio cuerpo fuera y hablaba en voz baja con alguien—. ¿Quién hay ahí? —preguntó Nikki.

La puerta se abrió del todo y apareció un hombre. Entró en el piso, empujó a Tarampal a un lado y cerró la puerta. Un grito nació y murió en la garganta de Nikki. Era el hombre que la había seguido la otra noche por la calle.

—¿Qué coño está pasando aquí?

—Bloquea la puerta —le dijo el desconocido a Tarampal, que corrió junto a la puerta y apoyó la espalda. El tipo miró a Nikki y la señaló con un dedo—. Si gritas, lo pagarás caro —le dijo sin levantar la voz—. ¿Lo has entendido?

Nikki asintió. Veía los ojos de Tarampal por encima del hombro de él, como platos, atentos a lo que estaba pasando, pero no sorprendidos. Le había ayudado a entrar en el piso. Solo podía ser Jaggi.

—Te vi la otra noche —dijo Nikki—. Me… me estabas siguiendo.

Debió de oírla hablar del formulario de Tarampal. Jaggi le clavó la mirada.

—Has estado provocando problemas desde el primer día que llegaste a Southall. Lo de las historias guarras y las viudas, vale, pero ¿por qué tenías que meterte en nuestra vida? —Miró a su alrededor—. Te lo voy a poner fácil: solo quiero el formulario. Dámelo y te dejamos en paz.

—¿Te crees que puedes entrar así en mi casa…?

—Tú me has abierto —la cortó Jaggi señalando la puerta—. No hay signos de que esté forzada.

—Yo no tengo el formulario —repuso Nikki. Vio que Tarampal se revolvía incómoda, con los brazos extendidos a lado y lado de la puerta en una actitud bastante cómica, como si estuviera cubriendo una portería y estuvieran a punto de chutarle un penalti. De pronto, sintió que recuperaba el valor—. Puedes buscarlo tú mismo si quieres —le soltó, y rezó para que no empezara mirando debajo de la cama; así al menos podría ganar algo de tiempo.

—No pienso registrar el piso. Me lo vas a traer tú —dijo Jaggi.

—Que no lo tengo —insistió Nikki.

Por el rabillo del ojo, vio que el agua de la tetera ya hervía. Si conseguía acercarse sin que Jaggi la viera, podría cogerla y usarla como arma.

Jaggi la agarró del brazo y la empujó contra una silla.

—Tarampal, ven a vigilarla.

Tarampal obedeció. Se colocó al lado de Nikki y cruzó los brazos, pero se le notaba en los ojos que empezaba a estar asustada. Detrás de ella se oía el ruido que hacía Jaggi mientras registraba el dormitorio.

—Dale el formulario y nos vamos —le susurró Tarampal—. Te estás buscando un problema.

—¿De verdad crees que es inocente? —preguntó Nikki—. Te ha convencido para que le ayudaras a colarse en mi piso. Y ahora está buscando pruebas para destruirlas.

—No lo conoces —replicó Tarampal.

Jaggi había empezado a maldecir en voz alta. Para ser tan «buen yerno» como decía Tarampal, no parecía que le importara decir tacos delante de ella. También la había llamado por su nombre de pila, una muestra de familiaridad que a Nikki le había resultado extraña.

—No parece que te tenga mucho respeto, ¿no? —le dijo. Tarampal estaba nerviosa, era evidente. Miraba cada dos por tres hacia la habitación, seguramente porque era la primera vez que lo veía actuar así—. Quiero decir que un hijo...

—Ya te lo he dicho, no es mi hijo —la interrumpió.

329

—Pero eres mayor que él.

—Solo tengo doce años más que él —replicó Tarampal.

¿Y si fueran...? Nikki empezaba a sospechar. De pronto, se oyó un estallido en la habitación. Era una lámpara que se había caído al suelo, pero bastó para que Tarampal se distrajera un segundo. Nikki se levantó de un salto y la empujó a un lado, y Tarampal salió corriendo detrás de ella.

—¡Fuera de mi casa! —gritó, con la esperanza de que alguien la oyera.

Jaggi se lanzó sobre ella y le puso las manos alrededor del cuello.

—Dame el formulario —le ordenó apretando los dientes.

Nikki no podía respirar.

—¡Jaggi, no! —gritó Tarampal, e intentó quitarle las manos del cuello.

Jaggi soltó a Nikki y de un empujón tiró a Tarampal al suelo. Nikki cogió aire y puso las manos en alto.

—Vale, vale. Ya te lo doy. —Tenía que pensar rápido—. Está escondido en el armario de la cocina.

Jaggi se agachó al lado de Tarampal.

—Tráemelo —le ordenó.

Respiró hondo y se dirigió hacia la cocina. La tetera seguía allí, pero no sabía si cogerla o no. Jaggi tenía mucha fuerza; si no conseguía escapar, la mataría. Lo sabía por cómo le había clavado los dedos en la garganta.

—¿Por qué me has tirado? —gimoteó Tarampal.

Jaggi murmuró algo, pero Nikki no lo oyó. El corazón le iba a mil por hora; no podía entretenerse más. Cogió la tetera y, cuando se dio la vuelta, vio a Jaggi pasándole un mechón de pelo por detrás de la oreja a Tarampal. Era un gesto demasiado íntimo, tanto que solo podía significar una cosa.

Eran amantes.

La revelación resonó en su cabeza como una campana.

Dejó la tetera encima del fogón. El ruido alertó a Tarampal, que desvió la mirada y se apartó de Jaggi.

—¿Cuánto tiempo lleváis juntos? —le preguntó Nikki.

Tarampal negó con la cabeza.

—No estamos juntos —repuso, y tiró del *dupatta* para taparse la cara.

«Todo lo bueno viene después», le había dicho a Nikki con las mejillas sonrojadas como ahora.

—¿Por eso lo hiciste? —le preguntó Nikki a Jaggi en inglés—. ¿Porque tu mujer se enteró de lo vuestro?

Jaggi no pudo disimular la sorpresa. La desafió con la mirada, pero Nikki sabía que lo había descubierto.

—No sabía tener la boca cerrada —respondió.

Tarampal los miraba nerviosa, tratando de descifrar la conversación.

—¿Tan importante era vuestra reputación? ¿Más que la vida de Maya?

Al oír el nombre de Maya, Tarampal se puso tensa. Nikki volvió al punyabí.

—Lo acaba de admitir, Tarampal. La mató él.

—Yo no he dicho eso —dijo Jaggi apretando los dientes, y se volvió hacia Tarampal—. Todo fue muy rápido. Fue un accidente.

—Fue un accidente —repitió Tarampal, pero parecía desconcertada—. ¿Qué quieres decir?

—Sabía lo vuestro —dijo Nikki.

—Tú cierra la boca —le advirtió Jaggi, pero Nikki vio que había miedo en su cara.

—¿Lo sabía? —preguntó Tarampal, y se cubrió el pecho con el *dupatta*—. No voy por ahí acostándome con los maridos de las demás. No soy así —añadió mirando a Nikki.

Igual que tampoco chantajeaba a la gente. Tarampal usaba las palabras para negar la realidad. Le bastaba con anunciar su inocencia en voz alta para que fuera verdad.

—Es un asesino —dijo señalando a Jaggi.

Él se levantó y avanzó hacia ella. Nikki retrocedió hasta la encimera, dominada por un miedo visceral.

—Jaggi —dijo Tarampal. Él se detuvo y la miró por encima del hombro—. ¿Kulwinder sabía lo nuestro?

—No.

—¿Estás seguro?

—Sí.

—¿Por qué Maya querría contarle lo nuestro? —preguntó con un hilo de voz. Jaggi se dio la vuelta y miró a Nikki—. Por favor, contéstame —insistió Tarampal.

—No tenemos tiempo para esto —dijo Jaggi.

—Oh, Jaggi —murmuró Tarampal—. ¿Por qué?

—Se enfadó muchísimo y me dijo que se lo iba a contar a todo el mundo, y yo empecé a pensar en ti y en tu reputación en la comunidad. No podía permitirlo. Fue todo muy rápido. Le tiré la gasolina por encima para asustarla y ella me dijo: «No te atreves». Cogí la caja de cerillas y la empujé hasta el jardín. Solo quería asustarla.

Tarampal lo miró horrorizada.

—Le dijiste a la policía que no estabas en casa.

—Tarampal…

—Me mentiste.

—No te dejes influir por Nikki —le dijo Jaggi—. ¿Qué habrías hecho tú? ¿Qué querías que hiciera?

Tarampal se había tapado la boca con las manos y tenía los ojos llenos de lágrimas.

—Tú eres mejor persona, Tarampal, y lo sabes. Tú no habrías querido que Maya muriera, ¿verdad? —le preguntó Nikki—. Me lo has dicho tú misma.

—La querías fuera de nuestras vidas para que pudiéramos estar juntos —dijo Jaggi interponiéndose entre las dos para que Tarampal no tuviera más remedio que mirarlo a él—. ¿Qué otra cosa podía hacer?

Tarampal vaciló. «Antes la muerte que la deshonra», pensó Nikki. ¿Acaso importaba que la muerte de Maya hubiera servido para ocultar la deshonra de Tarampal?

—No lo sé —dijo finalmente Tarampal, dirigiendo la respuesta a Nikki. Era la primera verdad que decía desde hacía un buen rato. Estaba pálida—. No... lo... sé —repitió, y se le escapó un sollozo; parecía una niña de diez años.

—Tarampal —dijo Jaggi. Se agachó junto a ella y le puso una mano en la cintura—. No hace falta montar una escena. Ya hablaremos luego.

Tarampal se mordió el labio y sacudió la cabeza. Jaggi intentó acariciarle la mejilla con la otra mano, pero fue como si de repente algo se hubiera roto. Se apartó de él y le dio un tortazo. La bofetada se oyó en todo el piso.

Nikki se quedó petrificada y Jaggi también, hasta que sin previo aviso la cogió del cuello y empezó a zarandearla.

—¡No! —gritó Nikki.

Cogió la tetera y la lanzó con todas sus fuerzas. Falló por poco, pero el agua hirviendo le cayó justo en la espalda. Jaggi gritó, soltó a Tarampal y sacudió la camisa para que no le tocara la piel y aliviar la quemadura.

—Vamos —gritó Nikki.

Apartó a Jaggi de un empujón y se agachó para coger de la mano a Tarampal, que intentaba recuperar el aliento mientras la levantaba del suelo. Sin embargo, no le dio tiempo, porque Jaggi la agarró por la muñeca y la volvió a tirar al suelo, detrás de él. Nikki se irguió para encararse e intentó retroceder, pero tropezó con la pata de una silla. Se inclinó hacia delante para recuperar el equilibrio y vio que el puño de Jaggi iba directo hacia su cara. Lo único que oyó fue el crac de su cabeza contra la encimera, seguido de un fundido a negro.

El coche de Sheena aún no se había detenido cuando Kulwinder y Manjeet abrieron la puerta y se montaron de un salto.

—¡*Hai*, esperad! Que os vais a hacer daño —gritó Sheena, pero no había tiempo que perder.

—¿Recuerdas dónde está el pub? —le preguntó Kulwinder.

—Claro. Vengo de allí —respondió Sheena.

—Pues corre.

Sheena pisó el acelerador y el coche salió disparado del aparcamiento del templo. Kulwinder se agarró al asiento instintivamente. Manjeet había llamado a Sheena cuando esta ya iba camino de casa, después de haber acompañado al resto de las viudas.

—¡Manjeet! —Su voz había sonado como un estallido a través del manos libres—. ¿Estás bien?

—Estoy en Southall. Luego te lo explico, pero primero tenemos que ir a casa de Nikki —había respondido Manjeet.

—Está en peligro —había añadido Kulwinder.

Sheena no preguntó nada más.

—Dadme cinco minutos.

Kulwinder se alegró de no tener que llamar a Sarab. Sin duda le diría: «Kulwinder, ¿estás segura? Intenta llamarla otra vez. Ya sabes cómo son los jóvenes, nunca cogen el teléfono». Y se habría parado en todos los semáforos en ámbar que Sheena se saltaba sin contemplaciones.

Llegaron al pub y Sheena las dejó en la puerta.

—Venga, entrad —les dijo—. Voy a aparcar y vengo.

Kulwinder y Manjeet entraron en el pub como un torbellino, preguntándose a gritos dónde estaban las escaleras. Estaban tan metidas en la misión que no se dieron cuenta de que había más clientes, que las miraban estupefactos.

Kulwinder fue directa hacia la barra.

—¿Sabes dónde está el piso de Nikki?

—Arriba —respondió la chica que, al parecer, encontraba la situación divertida—. ¿Eres su madre?

—¿Cómo subimos? —preguntó Kulwinder.

—Necesitas una llave para la puerta de fuera, a la izquierda. Solo pueden subir los residentes. Tendrás que llamarla y decirle que te abra.

—He intentado llamarla pero no responde. Por favor. Puede que haya un hombre malo con ella.

La chica se mordió el labio para que no se le escapara la risa. De pronto, Kulwinder supo lo que estaba pensando: Manjeet y ella no eran más que dos señoras indias intentando impedir que su hija cometiera una indecencia.

—Es un asesino —dijo desesperada.

—Seguro que sí. En serio, no puedo abrirte, así que...

Kulwinder arrugó la nariz.

—Manjeet, ¿hueles eso? —preguntó.

Manjeet abrió los ojos como platos.

—¡Es fuego!

Sheena entró corriendo en el local.

—¡Fuego! ¡Fuera! ¡Todo el mundo fuera!

La chica de la barra frunció el ceño mientras los clientes corrían hacia la puerta.

—No han pagado —protestó.

Kulwinder señaló hacia la ventana.

—Mira. ¡Humo! Danos las llaves.

La chica abrió los ojos como platos. Se agachó detrás de la barra para buscar las llaves y las mostró en alto con aire triunfal. Kulwinder se las arrancó de la mano.

—¡Vamos!

Salieron a la carrera con los *dupattas* al vuelo, forcejearon con la cerradura y, cuando por fin consiguieron abrir la puerta, corrieron escaleras arriba gritando «¡Nikki, ¡Nikki!» y perdiendo las sandalias por el camino. El humo era cada vez más denso. Llegaron a la puerta del piso. Kulwinder buscó el pomo entre la nube de humo y apartó la mano en cuanto notó que estaba caliente. Para su sorpresa, la puerta no estaba cerrada. El muy cabrón había prendido fuego al piso y se había escapado.

Cuando abrieron la puerta, el humo inundó la escalera y las tres mujeres empezaron a toser. Kulwinder fue la primera en entrar, agachándose para poder ver algo bajo la espesa nube de humo negro.

—¡Vosotras esperad aquí! ¡Voy a ver si la encuentro! —gritó.

Enseguida vio las llamas y, no muy lejos, una silueta en el suelo. Era Nikki. Tratando de mantenerse lo más agachada posible, Kulwinder la cogió por los tobillos y tiró de ella. Tragó un poco de humo y empezó a toser violentamente. Volvió a tirar y sintió que el cuerpo de Nikki se deslizaba por el suelo. Había demasiada distancia hasta la puerta. Tiró de nuevo con todas sus fuerzas, pero le dio otro ataque de tos; le escocían los ojos y le caían lágrimas por las mejillas. Quería gritar pero no podía. Se desplomó de rodillas en el suelo. El impacto le provocó un calambre que le recorrió todo el cuerpo y le recordó el momento en el que había descubierto que Maya estaba muerta. «No, no, no», había gritado. «Por favor, por favor, por favor.» Intentar que el tiempo diera marcha atrás era tan desesperante como la asfixia. Kulwinder tiró en vano una última vez.

De repente, una mano sujetó el tobillo de Kulwinder y otra se cerró alrededor de su cintura.

—¡Espera! ¡Para!

No podía dejarla allí. Intentó pensar en algo, lo que fuera. Podía oír su propia respiración entrecortada, farragosa, pero no la de Nikki. Se quitó el *dupatta* y se lo ató alrededor del tobillo. Luego, con la ayuda de Sheena y de Manjeet, entre las tres fueron capaces de arrastrar a Nikki hacia la puerta.

—¡La tenemos! —oyó que gritaba Sheena.

17

Nikki solo veía sombras a través de las estrechas rendijas de los párpados. Oía fragmentos de conversaciones, pero inconexos. Alguien le había cogido la mano. Cuando empezó a abrir los ojos, percibió la emoción que desprendía la voz de su hermana.

—Se está despertando.

En la habitación del hospital la luz era cegadora. Nikki gruñó y notó que le empezaba a doler la cabeza. Mindi le apretó la mano. Junto a ella estaba su madre, que se inclinó sobre la cama y remetió los bordes de la colcha para que le tapara bien las piernas.

—Mamá.

Fue todo lo que dijo antes de perder el conocimiento.

Cuando se despertó, ya era por la tarde. Junto a los pies de la cama, al lado de Mindi y de su madre, había dos agentes de policía. Nikki se los quedó mirando, confundida. Lo último que recordaba era un golpe muy fuerte que la había tirado de espaldas y a continuación un dolor muy intenso en la cabeza.

—Hola, Nikki —la saludó uno de los policías—. Soy el agente Hayes y este es mi compañero, el agente Sullivan. Cuando estés preparada, nos gustaría hacerte unas preguntas.

—Necesito un poco de tiempo —dijo Nikki; le dolía la pierna y no tenía la cabeza demasiado despejada.

—Claro —contestó el agente Hayes—. De momento, solo quiero que sepas que hemos encontrado al hombre que entró en tu casa y que hemos presentado cargos en su contra. Está detenido. ¿Querrás declarar sobre lo sucedido?

Nikki asintió y los agentes le dieron las gracias y se marcharon. Dejó caer la cabeza otra vez sobre la almohada y miró hacia el techo.

—¿Por qué me duele la pierna? —preguntó.

Por el rabillo del ojo vio que Mindi y su madre se miraban.

—Tienes una quemadura —dijo Mindi—. No es grave, pero te molestará durante una temporada.

—¿Una quemadura? ¿Cuánto tiempo tengo que quedarme aquí?

—El doctor dice que mañana ya podrás venirte a casa —le explicó Mindi, y miró a su madre—. Te prepararemos tu antigua habitación...

De pronto, su madre dio media vuelta y salió de la habitación. «¿Qué le pasa?», quiso preguntar Nikki. Mindi le leyó la cara.

—No te preocupes por ella. ¿Recuerdas algo?

—Que me pegaron. Después me desmayé —murmuró Nikki. Recordaba trozos sueltos, fragmentos que se le aparecían y volvían a desaparecer—. Había dos personas.

—Incendiaron el piso —dijo Mindi.

—¿Cómo? —exclamó, e intentó incorporarse.

—Chisss. —Mindi la obligó a estirarse otra vez—. No te levantes tan rápido. Hubo un incendio en la cocina. Lo provocaron y se marcharon, pero no se propagó por el resto del piso.

—Menos mal —dijo Nikki.

Se imaginó el piso envuelto en llamas y no pudo evitar estremecerse.

—Pues sí. Podría haber sido mucho peor. Tienes suerte de que esas mujeres estuvieran allí. Te han salvado la vida, o al menos es lo que parece por lo que explica la policía.

—¿Qué mujeres?

—Tus alumnas.

—¿Estaban allí?

—¿No lo sabías? —Ahora era Mindi la que no entendía nada—. ¿Y qué hacían en tu barrio?

Nikki apenas recordaba lo que había hecho durante el día, pero sabía que se habían reunido en el pub para la clase semanal y también que había descubierto lo de Jason. ¿Qué había pasado entre la clase y el ataque en el piso? Jaggi. Tarampal. Iba recordando fragmentos. ¿Cuándo habían llegado las viudas? ¿Y por qué? Quizá alguien las había avisado.

—Fueron a salvarme —dijo, y sintió que se le llenaban los ojos de lágrimas.

El médico de Kulwinder le dijo que había sufrido una intoxicación por inhalación de humo.

—La dejaremos en observación esta noche para monitorizar los síntomas y mañana ya podrá irse a casa.

Cuando salió de la habitación, Sarab le cogió la mano. Tenía los ojos rojos y muy cansados.

—¿En qué estabas pensando? Mira que meterte en un incendio…

Kulwinder abrió la boca para hablar, pero tenía la garganta seca. Señaló la jarra de agua que descansaba en la mesita. Sarab llenó un vaso y esperó mientras se lo bebía.

—Estaba pensando en Maya —respondió.

—Podrías estar muerta —dijo Sarab.

Se le escapó un sollozo y se tapó la cara con las manos. Mientras lloraba por su mujer, por sus miedos, por su hija, las lágrimas corrían por sus brazos y le empapaban las mangas de la camisa. Kulwinder aún estaba aturdida. Quería consolarlo, pero solo fue capaz de apretarle la mano.

—¿Y Nikki? —preguntó Kulwinder.

Sarab levantó la mirada y se enjugó las lágrimas.

—Está bien —contestó—. Acabo de hablar con su hermana en el pasillo. Está herida, pero se recuperará.

Kulwinder se dejó caer sobre la almohada y cerró los ojos.

—Gracias a Dios.

Le daba miedo hacer la siguiente pregunta. Miró a su marido y él la adivinó enseguida.

—Lo han detenido —dijo—. He hablado con su madre en el pasillo. La policía quiere interrogar a Nikki antes de acusarlo formalmente, pero de momento está bajo custodia por allanamiento de morada y agresión.

—¿Y por Maya?

—Parece que van a reabrir el caso —respondió Sarab—. Podría pasarse una buena temporada entre rejas.

De pronto, Kulwinder se echó a llorar. Sarab creyó que era de alivio, pero Kulwinder había vuelto al pasado, al día en que le había dado su bendición a aquel hombre que resultó ser un monstruo. El mismo hombre al que había llamado hijo.

18

En la habitación de Nikki aún quedaban restos de su adolescencia. Las paredes estaban llenas de marcas de la masilla azul que usaba para colgar los pósteres y sobre la cómoda había unas cuantas fotos enmarcadas.

Por aquel entonces solía pegar los paquetes de tabaco a la pata de la cama con cinta adhesiva, pero un día se encontró uno en el suelo y decidió pasarse al velcro. No recordaba si se había llevado el último paquete y, la verdad, ahora mismo le vendría bien fumarse un cigarrillo. Se agachó al lado de la cama, metió la mano entre la pata y la pared y justo en ese momento oyó pasos en la escalera. Retiró la mano, pero se le quedó el codo enganchado. Su madre apareció en la puerta y se la encontró retorciéndose en el suelo como un insecto.

—Eh... se me ha caído un pendiente —dijo Nikki.

A juzgar por la cara de su madre, estaba claro que sabía la verdad. Tiró de la cama para liberarle el brazo y se marchó. Nikki la siguió escaleras abajo hasta la cocina.

—Mamá.

—No quiero escucharte.

—Mamá, por favor.

¿Cuánto tiempo iba a durar aquello? Desde que le habían dado el alta en el hospital aquella misma mañana, su madre se negaba a mirarla a la cara. Iba de aquí para allá guardando la vajilla de la noche anterior, entrechocando los platos y cerrando las puertas de los armarios de golpe. El ruido era tal que Nikki estuvo a punto de gritar: «¡Que ya soy mayorcita, joder!».

—Mamá, siento lo del tabaco.

—¿Crees que es por eso?

—Es por todo. Primero que me independizara, luego el pub... Todo. Lo siento, mamá, siento no haber sido quien querías que fuera.

—No te olvides de las mentiras —dijo su madre mirándola directamente a los ojos—. Las clases del centro comunitario. Nosotras creyendo que enseñabas a leer y escribir a mujeres analfabetas y resulta que...

Sacudió la cabeza, incapaz de encontrar las palabras.

—Mamá, algunas de esas mujeres se han pasado toda la vida preguntándose cómo sería disfrutar con su marido. Otras echan de menos la intimidad que compartían con ellos y les apetece recordar el pasado, solo eso.

—Y entonces llegas tú y te crees que vas a salvar el mundo obligándolas a compartir sus historias.

—Yo no les he obligado a nada —replicó Nikki—. Son mujeres muy fuertes; no creo que nadie pueda forzarlas a hacer algo que no quieren.

—No tenías derecho a meterte en su vida privada de esa manera —dijo su madre—. Al final te has buscado un problema.

—Yo no me he buscado nada —protestó Nikki.

—Ese hombre te atacó porque te estabas metiendo donde no te llaman.

—No tenía nada que ver con las clases, mamá. Era por Maya, la chica que asesinaron.

—Si no te hubieras metido...

—¿Me estás diciendo que lo he provocado?

—Yo no he dicho eso.

—Entonces ¿por qué estás tan enfadada? —preguntó Nikki.

Su madre cogió una bayeta como si fuera a limpiar algo y la volvió a soltar.

—Llevas una doble vida. Soy la última en enterarme de todo. Siempre me lo ocultas todo.

—Mamá, hay cosas de las que no puedo hablar contigo.

—Llevas meses contándole tus intimidades a un montón de desconocidas. Bien que eres sincera con ellas.

—La última vez que dije la verdad en esta casa, se armó un pitote descomunal y acabé largándome. Me llamasteis egoísta por no querer lo que todos queríais para mí —dijo Nikki.

—Es que sabemos lo que te conviene.

—Yo creo que no.

—Si me hubieras contado lo que estabas haciendo, te habría advertido de los peligros, y si me hubieras escuchado, ese hombre no habría ido a por ti. Dime, ¿ha valido la pena? Eso que has empezado en Southall, ¿vale tanto la pena como para haber estado a punto de morir por ello?

—Pero fueron precisamente ellas las que vinieron a salvarme —exclamó Nikki—. Hasta Kulwinder vino a salvarme. Algo bueno habré hecho si han arriesgado sus vidas por mí. Lo de Southall no es una simple travesura, mamá, y tampoco tengo intención de dejarlo ahí. Gracias a las clases, estas mujeres se han sentido apoyadas y aceptadas por primera vez en su vida, y han podido compartir sus pensamientos más íntimos sabiendo que no estaban solas. Yo les he ayudado a descubrirlo y también he aprendido mucho con ellas. Estaban acostumbradas a poner la otra mejilla ante las injusticias porque se supone que no hay que meterse en los asuntos de los demás, porque no hay que ir a la policía ni traicionar a los tuyos. Pero cuando supieron que yo estaba en peligro, no dudaron ni un segundo en venir a ayudarme poniéndose ellas mismas en peligro. Ahora saben que pueden plantar cara.

Nikki se había quedado sin aliento. Había hablado muy rápido, esperando una interrupción de su madre. Sin embargo, no solo no la había interrumpido, sino que su mirada se había suavizado.

—Por eso tu padre creía que serías una buena abogada —dijo finalmente—. «Esta niña es capaz de encontrarle la lógica a todo.» Siempre lo decía.

—Pues a él no fui capaz de convencerlo de que no quería ser abogada.

—Lo habría acabado aceptando tarde o temprano —dijo su madre—. No podía retirarte la palabra para siempre.

—Yo creo que sí —le confesó Nikki—. Siento que levanté un muro de silencio eterno entre los dos. Murió enfadado conmigo.

—No murió enfadado —replicó su madre.

—Tú eso no lo sabes —insistió Nikki.

—Tu padre era muy feliz cuando murió, te lo aseguro.

Al principio, Nikki creyó que el brillo que desprendían sus ojos eran lágrimas, hasta que detectó un ligero movimiento en los labios.

—¿Qué quieres decir?

Su madre ya no pudo aguantarse más. Se le escapó una sonrisa y se puso colorada como un tomate.

—Cuando te dije que tu padre murió en la cama, no quería decir que estuviera durmiendo. Dejé que lo creyeras porque... —Miró a Nikki y carraspeó—. Porque murió por un exceso de actividad física. En la cama.

De pronto, Nikki lo entendió.

—¿El ataque al corazón lo provocasteis... vosotros dos? —preguntó, y agitó las manos en una peculiar imitación de sus padres haciendo el amor.

—Exceso de actividad física —repitió su madre.

—Creo que prefería no saberlo.

—*Beti*, no quiero que sigas culpándote. Papá ya tenía problemas de corazón antes de que tú dejaras la universidad. No murió de pena ni de dolor. Te lo parece porque la última vez que lo viste estaba enfadado, pero en cuanto llegamos a la India empezó a verlo todo con más perspectiva. Una tarde fuimos a ver a unos familiares y tu tío estaba dale que te pego con lo de que el sistema educativo de allí está mucho más avanzando que el nuestro. Ya sabes cómo son: a la mínima ocasión, convierten una reunión familiar en una competición. Tu tío estaba hablando de los proyectos complicadísimos que tiene que hacer su hija Raveen, y aún está en primaria. Dijo: «El colegio de Raveen garantiza que todos sus estudiantes tengan éxito. ¿Qué más puedo pedir?». Tu padre le respondió: «Pues mis hijas han aprendido a tomar sus propias decisiones sobre el éxito».

—¿Papá dijo eso? —preguntó Nikki, y su madre asintió.

—Creo que se sorprendió a sí mismo. Tu padre no era de esos que vuelven a su tierra natal de visita y se dedican a presumir de lo bien que les va la vida, pero aquel día algo cambió. De todas las oportunidades que nos había ofrecido este país, él escogió la posibilidad de elegir como la más importante. No se dio cuenta hasta que lo dijo en voz alta delante de tu tío.

Nikki parpadeó para no llorar. Su madre le acarició la mejilla y el contacto con su mano bastó para que se le escapara el llanto, sollozando como cuando era una niña. Apretó la cara contra la mano de su madre y dejó que le enjugara las lágrimas.

Por la tarde, Olive pasó a verla. Llevaba una bolsa de lona enorme colgada del hombro y repleta de trabajos pendientes de corregir, y una caja con algunas pertenencias de Nikki.

—Hoy ha sido un día muy emotivo —le explicó Nikki, que aún tenía la cara hinchada de tanto llorar.

—Yo diría que la semana entera ha sido una mierda —replicó Olive—. ¿Cómo lo llevas?

—Aún me duele la cabeza, pero intento no pensar en ello.

Sin embargo, no podía huir de los vívidos sueños que tenía todas las noches: las manos cerrándose alrededor de su cuello, las llamas lamiéndole los pies. Se estremeció. En las pesadillas, no siempre la salvaban. En una versión del sueño, se tiraba por la ventana del piso para huir de las llamas. Moría del impacto contra el suelo y, justo en ese momento, se despertaba sobresaltada y temblando de miedo.

—Ayer por la noche me pasé por el pub para ver si Sam necesitaba algo. El pub está más o menos intacto; solo hay una parte del techo un poco dañada, pero ha tenido que cerrar por seguridad.

—¿Y él está bien?

—Sí, va tirando. El seguro le cubre las reparaciones y las pérdidas de estos días.

—Vaya, quién iba a decir que la única forma de que arreglara los problemas del pub era quemándolo hasta los cimientos y empezando de cero. O cortando amarras y marchándose.

—Exacto, tú lo has dicho. No es que haya ardido hasta los cimientos ni mucho menos, pero ahora mismo lo que menos nos preocupa a todos es el pub. Él está muy preocupado por ti. No paraba de preguntarme. Le comenté que hoy vendría a verte y me dijo que te diera un beso de su parte. —Olive miró a su alrededor—. Este sitio me trae recuerdos.

—Sí —dijo Nikki, y suspiró.

—Crecer aquí tampoco estuvo tan mal, ¿no?

Desde donde estaban, Nikki podía ver la vieja butaca de su padre.

—No, la verdad es que no.

Olive metió la mano en la bolsa y sacó un sobre.

—Bueno, tengo algo para ti y he de asegurarme de que lo recibes —dijo, y le entregó el sobre.

Nikki pensó que era el finiquito, que se lo había entregado Sam, pero cuando lo abrió vio que era una carta. Empezaba con un «Querida Nikki» y acababa con un «Te quiero, Jason».

—No puedo —exclamó, y lanzó la carta a Olive.

—Nikki, léela.

—¿Sabes lo que ha hecho?

—Sí. Ha venido todos los días al pub como un corderito degollado, esperando verte. Sam y yo nos negamos a darle tu dirección, pero yo le prometí que te entregaría la carta.

—Está casado.

—Está divorciado —la corrigió Olive—. Pidió el divorcio antes de conocerte. El pobre estaba tan obsesionado con demostrarlo que trajo los papeles para que los viéramos. Te aseguro que no eran falsos.

—Y entonces ¿por qué me lo ocultó?

Olive se encogió de hombros.

—No tiene sentido. Si ya no estaba con su mujer, ¿quién le llamaba a todas horas? ¿Por qué desaparecía así, de repente?

—Seguro que en la carta te lo explica todo —dijo Olive señalando el sobre—. Al menos, léetela.

—Vamos a ver, ¿tú de qué lado estás?

—En el de la verdad, siempre. Como tú. Y la verdad es que se asustó y actuó como un imbécil. Tiene mucho que explicarte, pero deberías darle una oportunidad, Nik. Se os ve tan felices juntos… Yo creo que es un tío legal que simplemente ha metido la pata.

Nikki cogió la carta.

—Creo que prefiero leerla a solas.

—Claro. De todas formas, tengo un montón de ejercicios por corregir. —Se colgó la bolsa del hombro, se inclinó hacia

Nikki y le plantó un beso en la frente—. Eres la persona más valiente que conozco.

Nikki volvió a la cama en cuanto acabó de cenar. En la caja que le había traído Olive estaba su biografía de Beatrix Potter. La abrió, y mientras leía las primeras líneas, se acordó de la copia manchada de té de *Diarios y bocetos de Beatrix Potter* y pensó que ojalá algún día la encontrara. En la calle ya casi era de noche y las farolas brillaban como ascuas. En el fondo de la caja estaba su cartera, debajo de unas deportivas viejas y unos cuantos libros. Nikki apartó la caja y se tapó con la manta hasta la barbilla. Aún no tenía la entereza necesaria para sacar el resto de sus cosas. Además, era deprimente pensar que todas sus pertenencias cabían en una caja.

Luego estaba la carta de Jason, que seguía sobre la cómoda. Desde donde estaba podía ver una esquina. Cada vez que pensaba en abrirla, se le revolvía el estómago y se hundía más y más en la cama. Contenía todas las disculpas del mundo, seguro, pero aún no estaba preparada para escucharlas.

19

Kulwinder volvía a casa paseando después del servicio de la mañana en el templo, bajo unas nubes tan espesas que el cielo parecía hecho de piedra. Cómo odiaba aquel tiempo cuando pisó Inglaterra por primera vez. «¿Dónde está el sol?», se preguntaban Sarab y ella. Luego nació Maya. «Aquí está el sol», le encantaba decir a Sarab mientras acunaba el cuerpecito minúsculo de su hija con un brazo y con una sonrisa en la cara que parecía eterna.

Cuando llegó a casa, Sarab estaba en el jardín de la entrada hablando con otro hombre. Kulwinder lo reconoció enseguida: era Dinesh Sharma de Reformas Dinesh.

—Buenos días.

El hombre no era sij, pero aun así juntó las palmas de las manos y la saludó con un «*Sat sri akal*». A Kulwinder aquel detalle le gustó. Le invitó a tomar un té.

—No, no se moleste —dijo él—. He venido un momento a darle un presupuesto a su marido.

—Le he pedido que nos arregle el buzón y alguna cosa más de la casa —explicó Sarab—. La puerta del patio está a punto de caerse y yo ya no veo bien, así que prefiero no usar el taladro.

—Estupendo. Seguid, seguid —les dijo Kulwinder.

Con el rabillo del ojo le pareció ver una sombra en la ventana de la casa de enfrente. Sentía el corazón en la garganta. Tarampal. ¿Era ella? No, no podía ser, era un efecto de la luz. La noche del incendio había vuelto a su casa, el único sitio que conocía en todo Londres, y a la mañana siguiente ya había desaparecido. Una vecina la había visto cargando maletas en un taxi; según los rumores, había vuelto a la India, lejos de chismes y especulaciones. La gente decía que se había ido porque no quería tener que declarar contra Jaggi, pero la justicia podía obligarla a volver si lo creía necesario. En Southall no se hablaba de otra cosa. La gente decía que había tenido varios amantes y que sus hijas ni siquiera eran de Kemal Singh. Nada de aquello era verdad, tan solo las típicas exageraciones que salían de vez en cuando del templo, mezcladas con el alivio generalizado de saber que se había ido. A veces, la gente le ofrecía información a Kulwinder y ella la rechazaba con educación pero también con firmeza. Después de todo, nunca había sido su intención que el desenlace de Tarampal se convirtiera en combustible para los chismorreos de la comunidad. Lo que Tarampal se había negado a creer sobre la muerte de Maya bien valía una vida de humillaciones.

Kulwinder volvió a salir de casa, esta vez con la carpeta bajo el brazo, y subió por Ansell Road. Cada vez que pasaba por delante de una vivienda, se preguntaba cómo era la vida de quienes la habitaban. ¿Habrían leído las historias? ¿Cuántas vidas habrían cambiado? En el aire flotaba una lluvia fina como el rocío que le salpicaba el pelo de minúsculas gotas que parecían diamantes. Siguió caminando y apretó el brazo con el que sujetaba la carpeta.

En la copistería trabajaban dos chicos, pero Kulwinder se dirigió al hijo de Munna Kaur. Parecía imposible, pero había crecido desde la última vez que lo había visto, hacía ya unos cuantos meses, cuando fue a fotocopiar el anuncio para las clases. Tenía los hombros más anchos y sus movimientos transmitían más seguridad que antes. Había otro cliente esperando antes que ella, un hombre que se ofreció a dejarla pasar, pero Kulwinder respondió que no y le dio las gracias.

—Hola —saludó al joven cuando le llegó el turno.

—Buenas tardes —murmuró él sin levantar la mirada de la libreta que tenía delante—. ¿Fotocopias?

—Sí, por favor —respondió Kulwinder—. Son bastantes, puedo volver más tarde a buscarlas si quieres. —Dejó la carpeta encima del mostrador—. Cien copias encuadernadas en espiral.

El chico levantó la cabeza y la miró a los ojos. Kulwinder sonrió, pero enseguida notó que se le aceleraba el pulso.

—No puedo.

—Puedo venir a buscarlas más tarde —dijo Kulwinder.

El muchacho empujó la carpeta hacia ella.

—No voy a hacer copias de esas historias.

—En ese caso, quiero hablar con el encargado —replicó ella.

—Yo soy el encargado y le digo que se busque otra copistería.

Kulwinder se puso de puntillas e intentó ver más allá del chico. El otro empleado era un muchacho somalí que parecía demasiado joven para mandar sobre el otro.

—Hijo, ¿cómo te llamas?

Él se la quedó mirando.

—Akash —dijo finalmente.

—Akash, conozco a tu madre. ¿Qué diría si supiera que estás siendo tan maleducado conmigo?

Kulwinder supo que sus palabras no servirían para nada en cuanto las dijo. Allí había algo más, una obligación moral que anulaba las normas más básicas de la educación. Akash retrocedió. Por un momento, Kulwinder pensó que le iba a escupir.

—¿Es consciente de lo que estas historias le están haciendo a nuestra comunidad? La están destruyendo —le espetó Akash—. Si las fotocopio, las hará llegar a más casas.

—Yo no estoy destruyendo nada —dijo Kulwinder, y de pronto lo vio con una claridad meridiana—. Sois tú y la pandilla de matones con la que vas los que quieren destruirlo todo.

Así que ese era el método de reclutamiento que utilizaban los Hermanos. Hacía apenas unos meses, aquel chico era muy tímido y retraído. Su madre, Munna Kaur, le contó que había presionado a su hijo para que se buscara un trabajo a tiempo parcial en el que estuviera en contacto con la gente. «Ninguna chica querrá casarse con un hombre inseguro», había dicho. Ahora, en cambio, le sobraba confianza, tanta que le salía por los poros.

Entró otro cliente. Kulwinder consideró la posibilidad de organizar un escándalo tan exagerado que el chico accediera a hacerle las fotocopias solo para que se callara, pero no tenía sentido. Se dio la vuelta, y cuando se dirigía hacia la puerta, vio la imagen del chico reflejada en el cristal. Su mirada estaba llena de odio. Entonó una plegaria silenciosa en su nombre. «Que encuentre el equilibrio y la moderación en todas las cosas; que se escuche a sí mismo y no al ruido de los demás.» Ruido. Era lo único que hacían los Hermanos. Recorrían las calles de Southall dando voces e intimidando a todo el mundo, pero después de lo de Nikki, después de lo que había vivido junto a las demás viudas, Kulwinder había dejado de tenerles miedo. Se había dado cuenta de que cada vez había menos adeptos patrullando por la zona de Broadway, y a mediodía había visto a uno en el templo, sirviendo *langar* como un sij normal y corriente, en lugar de vigilar a las mujeres de la cocina. «Creo que nos tienen un poco de miedo», había dicho Manjeet, pero ¿acaso no había sido así siempre? Ahora ya sabían de qué eran capaces las mujeres. «Pues yo creo que nos respetan más», puntualizó, tras lo cual Manjeet asintió y le apretó la mano por encima de la mesa.

Una vez en la calle, sacó el móvil y buscó en la lista de contactos hasta que encontró a Nikki.

—¿Sí?

—Hola, soy Kulwinder.

Hubo una pausa.

—*Sat sri akal*, Kulwinder —la saludó Nikki.

—*Sat sri akal* —respondió Kulwinder—. ¿Cómo te encuentras?

—Pues... bien, estoy bien. —Se oyó una risa nerviosa—. ¿Y tú?

—También. ¿Ya estás en casa?

—Sí, hace unos días.

—¿Y te vas a quedar ahí de momento?

—Creo que sí. No puedo volver a mi piso.

—¿Has perdido muchas cosas en el incendio?

—Nada valioso —respondió Nikki—. Lo más importante es que estoy viva gracias a ti. Te debo la vida, Kulwinder. De hecho, hace días que quiero llamarte, pero no sabía si darte las gracias o pedirte perdón.

—No tienes por qué disculparte —dijo Kulwinder.

—Claro que sí. Te engañé, te hice creer que les estaba enseñando a leer y a escribir. Lo siento mucho.

Kulwinder vaciló. No la había llamado con la esperanza de que se disculpara, pero era de agradecer.

—*Hanh*, sí, sí. Eso ya es agua pasada —le dijo, orgullosa de sí misma por haber recordado una frase hecha en inglés.

—Eres muy generosa.

—Pero es la verdad. Si te hubieras centrado en enseñarles a escribir, no habrían creado estas historias. —«Y qué pérdida tan grande habría sido», se dijo a sí misma, y pensó que ojalá se lo pudiera hacer entender al chico de las fotocopias—. He leído unas cuantas —añadió.

—¿Y qué te han parecido?

A Kulwinder no se le escapó la ansiedad que desprendía la voz de Nikki.

—Te rescaté de un edificio en llamas, ¿no? Imagínate si me gustan.

Nikki tenía la misma risa libre y sincera que Maya. «No enseñes los dientes», solía decirle a su hija cuando era una adolescente. «O los hombres creerán que los estás invitando a divertirse contigo.» Había heredado aquella advertencia de su madre. Ahora, en cambio, se rió con Nikki y experimentó una sensación maravillosa al percibir la alegría de ambas, entrelazada como una sola nota.

—Quiero compartir las historias con el resto de la comunidad —anunció Kulwinder—, no solo con las viudas que vienen a clase.

—A mí también me encantaría.

—He intentado hacer copias aquí en Southall, pero el chico de la tienda se ha negado a atenderme. ¿Hay alguna copistería por tu zona? Yo te doy el dinero. Las podríamos encuadernar. Y buscar a alguien que nos diseñe una portada.

—¿Estás segura de que quieres hacer eso? Podrías buscarte más problemas —dijo Nikki, y a Kulwinder le sorprendió y le emocionó la prudencia que transmitía su voz.

—Sí, estoy segura.

Kulwinder volvió a casa abrazando la carpeta contra el pecho. Dinesh ya no estaba en el jardín y el buzón estaba arrancado del suelo y colocado de lado sobre la hierba.

—¿Dónde nos va a dejar las cartas el cartero? —le preguntó a Sarab.

—Solo será hoy, Dinesh volverá mañana. —Sarab vio la carpeta—. ¿Y qué hacías con eso?

—Ya lo verás —respondió Kulwinder, y por el rabillo del ojo advirtió que algo se movía en casa de Tarampal—. ¿Hay alguien ahí? —le preguntó a su marido, haciendo un gesto con la cabeza hacia la casa—. Es la segunda vez que me parece ver algo.

—Esta mañana había policías investigando. Seguramente es lo que has visto.

Pero la persona que había distinguido en la ventana se movía a escondidas, como si supiera que no era más que una visión pasajera. Kulwinder no creía en fantasmas, pero por un momento se preguntó si habría un espíritu flotando por la casa, esperando a que alguien lo liberase.

«Todo está cambiando», había dicho Kulwinder la noche anterior durante la cena, y Sarab había asentido. Su marido creía que se refería a las estaciones y ella no lo había aclarado. Empezaba a hacer calor. Dentro de poco, a las nueve de la noche aún sería de día. Los niños ya correteaban por las calles. Cuando sus madres los llamaban, Kulwinder se unía a sus súplicas y pedía más tiempo. En la calle, el mundo era un crisol de emociones imposibles de ignorar. En cinco minutos, podían ir hasta el final de la calle y ver pasar los autobuses hacia Hammersmith y los trenes saliendo de la estación de Paddington. También podían volver a sus casas y seguir planeando en secreto las rutas que algún día los llevarían por las calles de aquella enorme ciudad, grandiosa e interminable. Dejó la carpeta sobre la mesa y se dirigió hacia la puerta.

—¿Y ahora adónde vas? —le preguntó Sarab, pero Kulwinder no respondió.

Cruzó la calle y se acercó a la entrada de la casa de Tarampal. Había salido el sol y sus rayos iluminaban las fachadas blancas con una luz pasajera pero generosa. Kulwinder se asomó a la ventana. Era consciente de las miradas de los vecinos; casi podía oírlos susurrar, preguntándose qué estaba mirando.

A través de la estrecha rendija de las cortinas solo podía ver la entrada y la escalera. La silueta de la ventana había sido una ilusión óptica: el sol amaneciendo y poniéndose sin demasiada convicción, como si no supiera cuál era su lugar entre estaciones. Una sensación de alivio recorrió el cuerpo de Kulwinder, como cuando tenía fiebre y de pronto la temperatura empezaba a bajar. Se besó la punta de los dedos y los apretó contra la ventana.

Había llegado el momento de liberar a Maya. Por fin.

20

Por la tarde, una bulliciosa multitud que volvía del trabajo salió disparada del metro con Nikki. Mindi la estaba esperando en la estación con un vestido negro con un cuello brillante que dibujaba una forma de uve muy sugerente sobre sus pechos.

—Bonito vestido —dijo Nikki.

—Gracias. No creo que falte mucho —replicó Mindi.

—¿Para qué?

Mindi se inclinó hacia su hermana y susurró:

—Sexo.

—¿Aún no os habéis acostado?

—Estaba esperando la aprobación de todo el mundo.

—Así que si te digo que sí, ¿lo haréis en el lavabo mientras yo pido los entrantes?

—No seas bruta —la regañó Mindi.

—¿No te parece atractivo?

—Sí, pero no quiero acostarme con alguien con quien no me vaya a casar. Y si ves algo raro que se me haya pasado, bueno, quizá me lo pienso antes de prometerme.

—No necesitas mi aprobación. Creía que ya te lo había dicho —dijo Nikki—. Ni la mía ni la de nadie.

—No la necesito pero la quiero. Sigues sin entenderlo,

Nikki. Todo esto del matrimonio concertado en realidad es una elección. Ya sé que tú crees que es lo contrario, pero te equivocas. Estoy tomando una decisión, pero quiero que mi familia también participe de esa decisión.

Mindi saludó a alguien. Nikki solo veía un grupo de mochileros alemanes, hasta que, de pronto, entre ellos apareció un hombre muy delgado al que enseguida reconoció.

—Dios mío, yo a ese hombre lo conozco —dijo Nikki, y se volvió hacia su hermana—. Te ha contactado a través del tablón de anuncios del templo, ¿verdad?

—¿Cómo lo sabes?

—Hablé con él cuando estaba colgando tu perfil. Era... ¡Hombre, hola!

—Hola —dijo Ranjit, y se le escapó una risa nerviosa—. Tú eres la hermana de Mindi.

—Nikki. Ya nos conocíamos.

Mindi miró a su hermana y luego a Ranjit.

—Si os conocisteis mientras Nikki colgaba el anuncio, eso quiere decir que fuiste el primero en verlo, ¿no? —preguntó Mindi, y sus ojos rebosaban pura adoración.

—Id entrando vosotros —dijo Nikki cuando llegaron al restaurante—. Enseguida voy.

Esperó a que se cerrara la puerta del restaurante y se encendió un cigarrillo. La acera estaba mojada por la lluvia y la gente pasaba junto a ella hablando y riéndose, mezclándose con el ruido del tráfico. Nikki metió la mano en el bolsillo para coger el móvil, pero la retiró. «Ni se te ocurra llamarlo», se regañó a sí misma. Apagó el cigarrillo a medias y entró en el restaurante.

En la mesa, el camarero tomó nota de las bebidas.

—¿Os parece si pedimos una botella de vino para los tres? —preguntó Nikki.

Mindi miró a Ranjit de reojo.

—Yo no tomaré vino, gracias.

—¿Y tú, Ranjit?

—No bebo —respondió él.

—Ah, vale. Bueno, pues la botella entera para mí. —El camarero fue el único que sonrió—. Es broma, chicos. Un agua mineral para mí, por favor.

—Puedes pedir una copa de vino si te apetece, ¿eh? —dijo Mindi.

—No hace falta —repuso Nikki, y le pareció que los hombros de su hermana se relajaban.

De camino a casa en el metro no hablaron de Ranjit. Nikki esperó pacientemente a que su hermana le preguntara. Al final, después de llegar a casa y subir a sus respectivas habitaciones, Nikki dejó el bolso sobre la cama y siguió a Mindi hasta el lavabo.

—Un poco de intimidad, por favor —protestó Mindi mientras se desmaquillaba.

—No me has preguntado qué me parece —dijo Nikki.

—No necesito saberlo —respondió Mindi; tenía los ojos cerrados y se frotaba los párpados con una toallita.

—¿Y qué ha pasado con eso de que querías mi aprobación?

—Sinceramente, me da miedo preguntarte.

—¿Por qué?

—En cuanto nos han servido el primer plato, apenas has abierto la boca. Ranjit ha intentado conocerte y tú te has dedicado a contestar con monosílabos.

—Es que no se me ocurre qué decirle a un tío así.

—¿Así cómo?

—Ya lo sabes.

—Ilumíname, por favor —dijo Mindi.

—Parece bastante conservador.

—¿Y qué tiene eso de malo?

Nikki se quedó mirando a su hermana.

—¿Se va a sentir incómodo cada vez que me tome una copa delante de él? Si huelo a tabaco, ¿me mirará y arrugará la nariz? Porque me he sentido como la hermana rebelde, la que destruye la reputación de la familia.

—Dale tiempo, está en ello —explicó Mindi—. Ha crecido en una familia tradicional. Cuando le dije que vives y trabajas en un pub, se asustó un poco.

—¿Sabe lo de las clases de narrativa? ¿Y cuál es mi papel?

—Sí.

—¿Qué te dijo?

—No le gustó.

—Qué sorpresa.

—La cuestión es que se está esforzando. Quiere estar conmigo y por eso está aprendiendo a ser más tolerante, pero necesita tiempo, claro.

—Pero ¿por qué esperar a que recorra todo el camino cuando podrías estar con alguien que ya haya llegado a la meta?

—Los valores tradicionales también tienen su parte buena. Ranjit quiere tener familia y es un hombre muy educado y respetuoso. Nikki, siempre te quejas de lo estrecha de miras que es la gente, y sin embargo estás convencidísima de que solo existe una forma de vivir y de enamorarse. Todos los que no somos como tú estamos equivocados.

—¡Eso no es verdad! —protestó Nikki.

Mindi tiró la toallita a la basura, apartó a Nikki y se dirigió hacia su habitación. Cogió la carta de la cómoda y se la puso delante de la cara. Nikki intentó quitársela.

—¿Qué coño haces, Mindi?

—La voy a tirar a la basura.

—Devuélvemela.

—No sé de quién es ni qué dice, pero es evidente que te está volviendo loca.

—Esto no tiene nada que ver con...

—Estás inquieta por algo y sé que esta carta tiene algo que ver. Cada vez que la ves, pones la misma cara de estreñida que estás poniendo ahora, como si estuvieras a punto de taparte las orejas y gritar «la la la» hasta que te dejemos en paz. Léela o la tiro.

Mindi lanzó la carta encima de la cama y se marchó a su habitación. Nikki estaba demasiado atónita para decir algo. Se dejó caer en la cama. Los faros de un coche proyectaron sombras en el techo de su habitación. Podía oír a Mindi a través de la pared.

—Min.

—¿Qué?

—Nada.

Silencio, seguido de un «Idiota».

Nikki sonrió, se acercó a la pared que compartían y le propinó una patada con el talón. Mindi respondió con un manotazo, igual que cuando eran pequeñas. Se hizo el silencio en el lado de Mindi.

—Oye.

—Dime —dijo Nikki.

—Pensaba que ya estarías durmiendo.

El tono acaramelado de su hermana parecía indicar que no estaba hablando con ella. De pronto se oyó una risa; estaba hablando con Ranjit. Nikki levantó el pie, preparada para un último golpe, pero decidió que mejor se lo guardaba. Cogió el sobre, respiró hondo y lo abrió.

Hola, Nikki:

No puedo esperar que leas esta carta y no me odies. Te he mentido. Tuve muchas oportunidades para explicártelo, para hablarte de mi matrimonio y de mi divorcio, pero te lo oculté porque me daba miedo lo que pudieras pensar de mí.

Todo el mundo cree que mi matrimonio fue un fracaso

y a mí me cuesta aceptarlo; le he fallado a mi familia y he fallado como adulto.

Te debo una explicación y de ti depende leerla o no.

Hace años, cuando acabé la universidad y empecé a trabajar, se esperaba de mí que me casara de inmediato. Mi familia me presionó; soy el primogénito y tenía que dar ejemplo. En cuanto llegaba a casa después del trabajo, mis padres se encerraban en el despacho conmigo y me enseñaban sus perfiles favoritos de entre todas las páginas indias que solían consultar.

A mí me apetecía vivir un poco la vida antes de sentar cabeza, por eso siempre les daba largas para no conocer a aquellas mujeres. Creía que tenía tiempo de sobra, pero las discusiones con mis padres eran constantes y al final acabé largándome de casa. Al poco tiempo, a mi madre le diagnosticaron un cáncer. Le hicieron un millón de pruebas y las sesiones de quimioterapia la dejaron agotada. Volví a sentirme presionado, esta vez por mi padre y por mis tíos; hasta mis hermanos pequeños querían tener algo que celebrar. El mensaje era muy claro: cásate y que tu madre se quede tranquila.

Conocí a Suneet por internet. Ella vivía en Londres. Hablábamos por Skype y nos enviábamos e-mails. Un día decidí venir a conocerla. Para mí, el viaje fue como un primer paso en la relación; para nuestras familias era la confirmación de nuestro compromiso. Me dejé llevar, a pesar de que no estaba seguro de mis sentimientos. Le dije a mi familia que me gustaba y era verdad. Suneet era una mujer guapa e inteligente, muy defensora de las tradiciones, y quería un matrimonio concertado. No vi motivo para no pedirle matrimonio, sobre todo cuando la salud de mi madre empeoró. Nos estábamos quedando sin tiempo. Los meses previos a la boda pasé momentos de mucha ansiedad, pero conseguí controlarlos diciéndome que ya tendríamos tiempo de conocernos después de casados. A mis padres les había funcionado, y a miles de parejas indias. ¿Por qué no iba a funcionarme a mí? Éramos bastante compatibles y, más importante aún, nuestras familias estaban encantadas. Mi madre seguía enferma, pero el compromiso le devolvió la alegría. Mi padre y yo dejamos de discutir por todo. Fueron unos meses muy tranquilos y, después de la infelicidad que les había provocado, quería mantener aquella paz a toda costa.

Sin embargo, resultó que Suneet y yo éramos incompatibles en muchas cosas que ni siquiera se me habían ocurrido. Había muy poca química sexual entre nosotros, pero al principio no le di más importancia porque en nuestra cultura no es un motivo válido para la separación. Suneet quería tener hijos de inmediato y yo prefería esperar. Su familia presionaba a sus padres preguntándoles cuándo iban a ser abuelos y yo la acusaba de ceder a las presiones y arriesgar nuestra felicidad solo para satisfacerlos. Y sí, cuando se lo decía, sabía perfectamente que yo había hecho lo mismo.

Estábamos tan tensos el uno con el otro que discutíamos por tonterías. Al final, fue ella quien propuso lo del divorcio. Estaba cansada y amargada, y aún tenía toda la vida por delante. Creo que no entendí lo mal que se lo había hecho pasar hasta que me dijo: «Ya me has quitado dos años de mi vida. No me hagas perder más el tiempo». Sabía que volver a casa como una mujer divorciada iba a ser terrible para ella. Lo peor de todo fue tener que enfrentarnos a nuestros padres. Mi madre acababa de empezar una tanda de quimioterapia que le estaba funcionando y había mejorado bastante. Cuando supo lo de mi divorcio, recayó y tuvo que pasar un tiempo en cama. Mi padre no me cogía el teléfono. Suneet pasó por lo mismo.

Mientras duró el divorcio, me busqué un piso pequeño y me planteé la posibilidad de volver a California, pero no soportaba la idea de tener que enfrentarme a mi familia.

Un día me llamó mi padre y me dijo que mi madre estaba en remisión y que la cosa pintaba bien. Ese día fui al templo a dar gracias; entonces te conocí. En casa de Suneet las cosas iban de mal en peor. Su padre estaba resentido, creía que el divorcio de su hija había afectado a su imagen pública, y decidió atacarnos a mí y a mi familia. Se sentía mal por su hija, eso lo entiendo, pero empezó a difundir rumores horribles sobre mis hermanos que acabaron llegando hasta California. Quería hundir la reputación de mi familia del mismo modo que, según él, yo había hundido la de su hija, que por mi culpa no encontraría ningún marido decente. Cuando se cansó de esa táctica, intentó demandarme por daños y perjuicios. Según él, al divorciarme de su hija, había provocado un daño irreparable a su familia. Suneet no participó en todo aquello, pero tampoco lo detuvo. Todo el mundo sufrió las consecuencias.

Las llamadas urgentes que tenía que coger, casi siempre estando contigo, eran de mi madre, del padre de Suneet, de su abogado (que resultó ser un auténtico inútil; un tío lejano con el título de Derecho de una universidad india de tercera) y de mis hermanos. Siempre pasaba algo y siempre era culpa mía. Tenía que apaciguar los ánimos de todos, lo cual implicaba conversaciones largas y negociaciones. Al final resultaba más agotador apagar incendios familiares que trabajar a jornada completa. No te imaginas el chantaje emocional al que me han sometido.

Estuve a punto de decirles a mis padres que sabía que no estaba enamorado de Suneet porque me había enamorado de ti y eran dos sensaciones muy diferentes, pero no quería involucrarte. Ya sé que parecía que me estaba alejando de ti porque no me interesabas, pero era lo contrario: tenía miedo de acercarme más y que todo fuera de mal en peor. No quería que vinieras a mi piso por si alguien nos veía y me acusaban de tener una aventura, y encima te salpicaba a ti también.

Nikki, la cobardía me ha impedido encontrar las palabras con las que contarte la verdad. Me arrepiento de cada segundo que no he pasado a tu lado. He sido poco honesto y un egoísta por mentirte y desaparecer tantas veces sin darte una explicación. Tú te mostraste muy abierta conmigo desde el día que nos conocimos y yo podría habértelo pagado compartiendo de entrada lo que me estaba pasando. No te imaginas cuánto lo siento, Nikki. Supongo que no querrás volver a verme, pero si me equivoco, estoy dispuesto a hacer lo que sea para ganarme otra vez tu confianza.

Te quiero,

JASON

21

La mañana era fría y corría un poco de viento. Nikki tenía las manos dormidas. En el tren, cogió una copia del *Evening Standard* del día anterior y se entretuvo leyendo las noticias.

Cuando llegó a la estación de Notting Hill Gate, las tiendas seguían cerradas, pero ya había una procesión de turistas que avanzaban en dirección al mercado de Portobello Road. De vez en cuando paraban y se hacían una foto delante de las casas pintadas de colores pastel.

Nikki salió de la estación y fue en dirección contraria, hacia el cine que aún tenía en cartel la película francesa que Jason y ella se habían perdido. Aún tenía media hora antes de que empezara la sesión, así que siguió paseando. Al llegar a un semáforo, una familia de americanos se acercó para preguntarle cómo llegar a Hyde Park. Nikki les señaló hacia dónde tenían que ir, pero ellos querían que se lo indicara en un mapa enorme que llevaban encima. Estaba intentando localizar dónde estaban exactamente cuando una racha de viento golpeó el mapa por el centro y lo rompió.

—No te preocupes, ya lo encontraremos —dijo la madre de la familia. Cogió el mapa y lo plegó—. Necesitamos que nos dure todo el viaje.

—Lo siento —dijo Nikki, y cuando se alejaban, oyó que

la mujer le decía a su marido: «Deberíamos preguntar a gente de aquí».

Nikki no daba crédito a lo que acababa de oír. El marido se dio la vuelta y le hizo un gesto con la cabeza, como pidiéndole disculpas. Nikki siguió andando, pero por un momento sintió la tentación de ir detrás de la mujer y decirle que, por si no se había dado cuenta, ella era de allí. Estaba tan absorta en su propia indignación que cuando se dio cuenta había pasado de largo la librería Sally's Bookshop y ya estaba al final de la calle. Volvió sobre sus pasos, se detuvo delante de la tienda y encendió un cigarrillo. Se lo fumaría a gusto, teniendo en cuenta que una turista ignorante acababa de robarle la nacionalidad británica.

Se acercó al escaparate de la librería y localizó el expositor de libros rebajados que había al fondo de la tienda. De pronto, apareció una cara al otro lado del cristal. Nikki retrocedió del susto y se le cayó el cigarrillo al suelo. Era la cajera de la librería, la mujer con la que había estado hablando la última vez. La mujer golpeó el cristal y le hizo un gesto para que pasara. Nikki pisó el cigarrillo y entró.

—Perdona, no quería asustarte —le dijo la cajera entre risas.

Nikki forzó una sonrisa. Solo le quedaban dos cigarrillos en el paquete y se suponía que cuando se acabara lo dejaba. Encima el que se le había caído al suelo estaba a medias; se lo imaginó tirado en la acera y sin querer sintió una pena inmensa.

—Solo quería asegurarme de que no te me escapabas —le explicó la mujer—. Eres Nikki, ¿verdad? Yo soy Hannah.

De pronto, desapareció debajo del mostrador y volvió aparecer con un libro en la mano. Era *Diarios y bocetos de Beatrix Potter*.

—Dios mío —exclamó Nikki.

Fue a coger el libro pero dudó, como si le diera miedo

tocarlo. Abrió la tapa. La primera imagen era un retrato de Beatrix Potter con la cara un poco en ángulo y una sonrisa pícara en los labios.

—¿Dónde lo has encontrado? —preguntó.

—Es un encargo especial. Ha llegado directamente desde la India.

Allí estaba, la mancha de té del tamaño de una hoja pequeña en la esquina superior de la cubierta. Era el mismo libro que había visto en Nueva Delhi hacía un montón de años.

—Es increíble.

Sacó la tarjeta de crédito y se la dio a Hannah, que la rechazó.

—Ya lo ha pagado el caballero —le explicó.

—¿Qué caballero?

—El que lo encargó. Le pregunté si prefería que se lo enviara a su casa o a la tuya, por aquello de eliminar al intermediario, pero me pidió que lo expusiéramos en el escaparate por si pasabas por aquí y lo veías. Supongo que quería darte una sorpresa. Tuve que guardarlo dentro porque si lo ponía en el escaparate sería como tenerlo a la venta, pero he estado atenta a ver si te veía, y los chicos que cierran la tienda también, aunque creo que lo han usado de excusa para hacer entrar a todas las chicas que pasaban por la calle...

La explicación de Hannah se desvaneció poco a poco. Nikki solo podía pensar en la palabra «caballero». Por alguna extraña razón, se imaginó a un hombre sin rostro y con sombrero de copa, aunque sabía perfectamente que se trataba de Jason. Sin duda había tenido que llamar a todas las librerías de Connaught Place en Nueva Delhi, y la idea era tan descabellada que la dejó sin aliento.

—Muchísimas gracias —le dijo a la cajera.

Abrazó el libro contra el pecho y salió a la calle un poco aturdida. Pasó por delante del cine, pero decidió dejar la película para otro día. Los árboles formaban un bonito dosel verde sobre la calle que discurría hacia los jardines. Nikki caminó a la sombra de los árboles, atravesando de vez en cuando algún rayo de luz que se colaba entre las ramas. El estrépito del tráfico desapareció en cuanto atravesó las puertas de Hyde Park. Paseó un rato y encontró un banco delante de Kensington Palace. El libro parecía especialmente sólido entre sus manos. Acarició la cubierta y se lo llevó a la nariz para saber a qué olía. Siempre había tenido miedo a que el libro, si algún día lo encontraba, le trajera recuerdos de la discusión que había tenido con su padre. Sin embargo, si cerraba los ojos solo podía pensar en Jason, en el jersey azul marino que había llevado en su primera cita, en el vuelco que le daba el corazón cada vez que lo veía entrar en el O'Reilly's... Nikki examinó las hojas: las cartas, los dibujos. Las páginas eran lisas, pero los añadidos tenían textura y parecían reales, como si estuvieran dentro de la mente de Beatrix Potter. Jason se había dado cuenta de cuánto significaba para ella tener aquel libro entre las manos.

En el parque, los turistas zigzagueaban entre los corredores y los que paseaban el perro. Hyde Park reunía todo lo que la gente esperaba de Londres: el verde de los parques, las cúpulas majestuosas y las agujas de las iglesias, los taxis negros yendo de un lado para otro. Era regio y misterioso; Nikki entendía de sobra las ganas de formar parte de aquello. De pronto, se acordó de las viudas. Antes de llegar al país, apenas conocían aquel Londres; una vez en él, seguramente lo conocían menos aún. Gran Bretaña era sinónimo de una vida mejor, y se aferraban a ella aun cuando esa vida les resultaba confusa y ajena. Cada día que pasaban en aquel nuevo país era un ejercicio de perdón.

Sacó el móvil y buscó el número de Jason.

—Me quedan dos cigarrillos y luego lo dejo para siempre —le dijo—. Y tú conmigo, ¿vale?

Se oyó un suspiro al otro lado de la línea, como si Jason hubiera estado aguantando la respiración a la espera de su llamada.

—Guárdame uno.

Nikki le dijo dónde estaba y esperó. Por delante del banco pasó un grupo de ciclistas, todos gente mayor, pedaleando lentamente y disfrutando del aire frío de la mañana. Nikki se moría de ganas de ver a Jason. De empezar de nuevo.

22

El despacho nuevo de Kulwinder resplandecía. Se sentó en la silla con reposacabezas y ruedas en las patas. Una ventana enorme enmarcaba el cielo de verano en un cuadrado azul perfecto. Desde allí no se veía el edificio viejo y le sorprendió darse cuenta de que lo echaba de menos. Cierto, era pequeño, estaba decrépito y no le vendría mal una buena reforma, pero allí al menos no tenía que compartir pasillo con los hombres de la asociación, que se paseaban por delante de su puerta como si al dejarla abierta estuviera invitándolos a mirar. Kulwinder Kaur, la mujer que había reunido a las *bibis* y se había presentado en una reunión de la Asociación de la Comunidad Sij con todas ellas y una lista de exigencias.

Exigencias no, se dijo a sí misma. Peticiones más que razonables. Fondos para un centro nuevo donde las mujeres tuvieran servicios gratuitos como asistencia legal en casos de maltrato y un gimnasio no mixto donde poder hacer ejercicio sin sentirse acosadas. Aun así, Kulwinder no pudo evitar reírse al recordar la expresión de sus caras cuando les dijo: «Tómense el tiempo que necesiten para estudiar nuestra propuesta, pero a partir de ahora quiero estar presente en todas las reuniones. Se acabaron las decisiones improvisadas en camarilla aprovechando que están en el *langar*. ¿Ha quedado claro? —Nadie dijo nada, así que Kulwinder asintió y concluyó—: Bien, estamos todos de acuerdo.

Alguien llamó a la puerta.

—Adelante —dijo Kulwinder, pero la puerta no se abrió.

Llamaron otra vez, esta vez más fuerte. También tendría que acostumbrarse a eso: una puerta más sólida aislaba el ruido de fuera, al igual que las voces de dentro.

—Adelante —repitió levantando la voz, y en esta ocasión la puerta sí se abrió—. ¡Nikki! —Kulwinder se levantó para abrazarla y se dio cuenta de que no traía su famosa bolsa de cartero. En su lugar, llevaba una mochila llena de libros—. Veo que has estado estudiando mucho —le dijo.

—Tengo que ponerme al día. La universidad empieza dentro de unas semanas y hace mucho que no piso una facultad.

—Seguro que coges el ritmo muy rápido.

—Tengo que aprender muchas cosas nuevas. El tema es un poco distinto.

Le habían ofrecido una de las pocas plazas que quedaban en un grado de Derecho que hacía especial énfasis en la justicia social. «Quiero aportar mi granito de arena para que no pasen cosas como lo que le pasó a Maya», le había explicado cuando la llamó para darle la noticia, y Kulwinder se sintió muy orgullosa de ella. Luego había aprovechado para hablar de los derechos de las mujeres, muy al estilo de Nikki, solo que esta vez Kulwinder sí que la había escuchado. «Puede que haya más casos sin resolver, como los asesinatos de Gulshan y de Karina. Tan poca gente cuestionó sus muertes que fue como una invitación para seguir con la violencia. Quién sabe, puede que tengamos fundamentos para ordenar una investigación en el caso de Gulshan y reabrir el de Karina. Estoy buscando maneras de fomentar el debate sobre los crímenes por honor en comunidades como la nuestra.» «Como la nuestra.» Kulwinder notó que se le formaba un nudo en la garganta.

Nikki señaló el periódico que Kulwinder había dejado sobre su mesa.

—¿Algo nuevo? —preguntó.

—Nada —respondió Kulwinder con un suspiro.

—Hay que tener paciencia —dijo Nikki—. Aunque sé que la espera es muy dura.

Jaggi estaba pendiente de juicio, esa era toda la información que tenían. Kulwinder revisaba el periódico a menudo, pero con el paso de los días la decepción iba en aumento. Una parte de ella esperaba que lo metieran en la cárcel en cuanto Nikki encontró el formulario entre sus pertenencias. ¿Por qué tenían que hacerle tantas preguntas si la caligrafía coincidía claramente? Los abogados le habían explicado algo sobre el debido proceso de la ley y los trámites que vendrían a continuación, y a Kulwinder no le había quedado más remedio que aceptarlo. Al menos ahora ya tenían abogado, Gupta y Asociados, que se habían ofrecido a llevar el caso de Maya gratis. Le habían asegurado que tenían un buen caso y que confiaban en desmontar la defensa de Jaggi cuando llegara el momento. Kulwinder les estaba muy agradecida, pero no podía dejar de pensar que tenía que haber alguna trampa, por mucho que el señor Gupta le explicara una y otra vez que no les cobraba porque lo hacía como un servicio a la comunidad. Aun así, una vez a la semana se presentaba en la oficina de Broadway y le dejaba a la recepcionista una caja de *ladoos*.

Nikki acercó una silla a la mesa.

—Es un despacho muy bonito. Mucho más grande que el otro.

Kulwinder miró a su alrededor.

—Gracias —dijo llena de orgullo, mientras deslizaba los dedos sobre la superficie de la mesa.

—He venido porque tengo una noticia muy importante que darte —dijo Nikki.

—Tu hermana se ha prometido.

—No, todavía no. Aunque está saliendo con alguien.

—Ah. ¿Un buen chico? —preguntó Kulwinder.

—Sí —respondió Nikki—. Es bastante majo. Se la ve muy feliz.

—Me alegro —dijo Kulwinder. Estaba un poco decepcionada. Hacía mucho tiempo que no asistía a una boda en Londres y tenía ganas de ponerse el oro—. ¿Cuál es la noticia?

Nikki cogió aire.

—Tenemos editorial.

Kulwinder se la quedó mirando, pero no dijo nada. Era broma, seguro.

—¿Para las historias? ¿Estas historias?

Señaló la colección de fotocopias que descansaba sobre su mesa, con la espiral tan maltrecha por el uso que había empezado a desenroscarse. Había otras copias circulando por Southall y más allá, pero aquella era la original.

—Las mismas... y probablemente alguna más. ¡Una editorial que se llama Gemini Books quiere publicar *Historias eróticas para viudas del Punyab*!

Nikki abrió la mochila, sacó un taco de hojas y se lo dio a Kulwinder. Era un contrato editorial lleno de jerga técnica y frases rimbombantes que Kulwinder no entendía, pero aun así se puso las gafas y fue señalando las distintas cláusulas como si valorara muy positivamente su inclusión.

—¿En qué idioma las publicarán? —preguntó.

—Están especializados en ediciones bilingües, así que quieren publicarlas en gurmukhi y en inglés. Les he comentado que estamos escribiendo historias nuevas y nos han ofrecido la oportunidad de seguir publicándolas en una colección.

—Es una gran noticia —dijo Kulwinder—. ¿Podremos tener algunas copias aquí para que la gente las coja prestadas?

—Seguro que sí. O podemos vender el libro y que los beneficios sean para el centro para la mujer.

—Ay, Nikki. Esto es mejor incluso que un anuncio de compromiso —dijo Kulwinder.

Nikki se echó a reír.

—Me alegro.

—Hablando del centro, ¿te has pensado lo que te dije?

Una semana antes, Kulwinder la había llamado para preguntarle si quería seguir dando clases. Nikki no parecía muy convencida entonces, y a juzgar por su lenguaje corporal, era evidente que iba a decir que no.

—Es una gran oportunidad, pero me temo que, entre los estudios y lo lejos que vivo ahora, no va a poder ser.

—¿Dónde estás?

—En Enfield —respondió Nikki.

—¿Con tu madre?

—De momento sí. El año que viene a lo mejor compartiré piso con mi amiga Olive.

—Necesitarás un trabajo —le recordó Kulwinder—. Los alquileres son muy caros.

Nikki debía de pensar que estaba desesperada, pero lo cierto era que iba sobrada de candidatas para enseñar en el centro nuevo. Había corrido la voz por el barrio y cada día llamaba alguien para preguntar si había alguna vacante.

—Las viudas quieren que vuelvas —le explicó Kulwinder.

—Las echo de menos —dijo Nikki—. Mantengo el contacto con ellas. Acabo de ver a Arvinder, Manjeet y Preetam en el *langar*. Y luego he quedado con Sheena para tomar un café.

—Podrías verlas cuando quisieras. Sheena va a dar un curso sobre internet y las demás se han apuntado.

—De momento debo centrarme en mis estudios —dijo Nikki—. Conste que me encantaría, pero no puedo.

Kulwinder lo entendía perfectamente. Nikki tenía que leer todos los libros que llevaba en la mochila y a saber cuánto podía tardar. Aun así, había otras formas de recordar a la juventud cuáles eran sus obligaciones. Kulwinder torció el gesto y se cogió a la pechera de la blusa, justo en el centro del pecho.

—¿Qué te pasa? —preguntó Nikki.

—¿A mí? Nada. —Kulwinder mantuvo el rictus un segundo antes de relajarse. Funcionó. Nikki parecía preocupada.

—¿Quieres que llame una ambulancia? —le preguntó.

—No, no —contestó Kulwinder—. Es el reflujo ácido. A veces me duele y parece que va a más con los años.

En realidad, el médico le había dado muestras de una medicación nueva que le permitía comer tanto *achar* como quisiera, sin pasarse el resto del día hinchada o eructando.

—Vaya, lo siento.

—Hay días que necesitaría quedarme en casa en vez de venir aquí a preocuparme por si tengo todas las clases cubiertas.

—¿Hay alguna los domingos? —preguntó Nikki.

—No, no, no te preocupes. Estás muy ocupada con los estudios.

—Podría venir los domingos.

Kulwinder se sabía los horarios de memoria y los domingos no había ninguna clase porque los reservaban para bodas y plegarias especiales en el templo.

—No te podemos pagar por las clases de los domingos.

—Pues no me pagues. Lo haré como voluntaria. Puedo dar una clase de narrativa en inglés o un taller de conversación y que venga quien quiera.

—No puedo abusar de ti de esa manera —dijo Kulwinder.

—Ya sacaré el tiempo de donde sea —insistió Nikki—. Yo debería formar parte de esto y tú deberías cuidarte más.

—Es la barriga, nada más.

—Sí, como las migrañas de mi madre —repuso Nikki, no sin cierta ironía—, que solo aparecen cuando discutimos y si gana ella desaparecen misteriosamente.

Kulwinder le dedicó una sonrisa y un guiño final, por si acaso.

Cuando Nikki se marchó, Kulwinder se acercó a la ventana. Desde allí arriba, la vida de Southall era una colección de miniaturas; personas, coches y árboles tan pequeños que le cabían en la palma de la mano. Ahora sabía por qué los hombres siempre parecían tan altos y tan poderosos durante las reuniones. Contemplaban el mundo desde aquel lugar privilegiado y todo les parecía insignificante. Solo había que mirar aquel grupo de viudas abriéndose paso entre los coches aparcados, parecían fantasmas. Podrían ser trozos de papel arrugados. Kulwinder contempló su despacho con la mirada cansada y tomó una decisión: haría todo el papeleo oficial allí, pero se aseguraría de pasar el mayor tiempo posible a pie de calle, con las mujeres. Empezando a partir de ahora mismo.

Cuando se iba a retirar de la ventana para coger el bolso, vio la figura minúscula de Nikki cruzando el aparcamiento. Un joven la esperaba. Tenía que ser Jason Bhamra. Kulwinder sabía por las viudas que eran pareja. Los vio encontrarse; se saludaron chocando las manos. Jason le susurró algo al oído y Nikki echó la cabeza hacia atrás y soltó una carcajada.

Kulwinder desvió la mirada hacia el templo y murmuró una plegaria de gratitud por el placer que le había sido devuelto. La sensación del contacto, la emoción ante un beso o de una caricia de Sarab en el muslo desnudo; momentos insignificantes que equivalían a toda una vida de felicidad.

Agradecimientos

Mi gratitud, amor y admiración a las siguientes personas: Anna Power, la primera persona que leyó esta historia y le vio potencial. De mentora a agente literaria y amiga, tu dedicación y entusiasmo me ayudan a seguir adelante.

El equipo de HarperCollins por recibirme con tanto cariño y emoción. Martha Ashby y Rachel Kahan, vuestros comentarios y vuestros conocimientos convirtieron el proceso de edición en un descubrimiento en lugar de en un proceso. Kimberley Young, Hannah Gamon y Felicity Denham, tengo suerte de tener tres paladinas tan apasionadas como vosotras.

Jaskiran Badh-Sidhu, sus maravillosos padres y su abuela. Gracias a su amor y su generosidad, consiguieron que Inglaterra fuera como un segundo hogar para mí. Sin vosotros, este libro no existiría.

Prithi Rao, tus comentarios sobre el manuscrito no tienen precio y tu amistad, tampoco.

Mi padre y mi madre, por animarme a perseguir este sueño loco que es la literatura. Mis suegros, los Howell, por vuestro amor y apoyo.

Paul, eres lo mejor de este mundo, lo más inspirador y lo más sincero. La vida sería muy aburrida sin ti. Te quiero a cachitos.